教育部人文社会科学研究基金项目（05JA740024）成果
“明代早中晚期三部白话小说虚词计量研究”三种之二
苏州大学211工程学科建设经费资助项目成果

《金瓶梅词话》虚词计量研究

曹炜 著

暨南大学出版社
JINAN UNIVERSITY PRESS

中国·广州

目录

第一章　绪　论

第一节 《金瓶梅词话》虚词研究的意义

一、专书语法研究的意义

对汉语语言史进行全面准确的还原和建构是汉语学术界几代人的梦想。

20世纪50年代，王力先生等完成了《汉语史稿》的写作，这是国内第一部描写汉语语言史的著作。今天看来，除了“语音的发展”部分（上册）的描写比较清晰、细腻、准确之外，“语法的发展”（中册）和“词汇的发展”（下册）两部分的描写均相对比较薄弱，不少问题语焉不详，不少描写或者不够准确，或者缺乏足够的材料依据。《汉语史稿》面世以后，学术界对其中的一些论断争讼不断就是明证。个中主要原因是，汉语语音史的勾勒有比较充分的可以依凭的断代成果，如《切韵》、《广韵》便是唐宋时期语音描写的断代成果，《中原音韵》则是元明时期语音描写的断代成果，《诗经》押韵反映的是先秦时期的语音概貌，再加上清儒的古音研究成果、高本汉的音韵学成果以及方言研究成果等，所有这些都为汉语语音史的建构提供了扎实、可靠的依据。而汉语语法史、词汇史的建构则远没有汉语语音史的建构那么幸运、那么富有基础。一方面是我们的前人在语言研究中没有“语法学”、“词汇学”的概念，数千年下来，几乎没有某一个时段语法系统或词汇系统的断代描写的成果；另一方面是20世纪50年代国家民族刚获太平，百废待举，语言研究的成果缺乏。在这样的一个背景下，要建立一个翔实的、经得起推敲的汉语语法史和汉语词汇史实在是一种奢望。

这里不谈汉语词汇史的建构，单表汉语语法史的勾勒。

前面已经说过，汉语语法史的勾勒所依赖的是某一个时段汉语语法系统的断代描写，而某一个时段汉语语法系统的断代描写则又依凭于能准确反映某个时点汉语语法系统概貌的专书语法研究。事实证明，那些在没有某一时点代表性专书语法研究提供基础的前提下所进行的某一类语法现象发展史的研究多多少少总会存在一些缺漏。可见，专书语法研究对汉语语法史的建立是多么的重要！

20世纪80年代以降，在汉语史领域最亮丽的一道风景是学者们对有关晚唐五代以来近代汉语语法现象的研讨，出现了一些专书语法研究和断代语法研究的论著，也出现了一些语法专题研究的论著，但在总体数量上依然显得很不够。尤其是宋、元、明、清四个朝代的专书语法研究、断代语法研究，还存在着许多空白点。要建立“晚唐—清汉语虚词史”、“晚唐—清汉语语法史”等还有许多重要的基础性工作要做。因此，国家社会科学规划办公室在2005—2007年连续三年的国家社科基金项目的“语言学申报课题指南”中均指出：“今后要在发掘事实和理论探讨的基础上，以建立更为翔实的汉语词汇史、语法史为目标，开展系列专题、专书、断代研究。”这种倡导是非常正确、非常及时的。

我们着手的《金瓶梅词话》虚词研究便属于专书语法专题研究。

二、《金瓶梅词话》虚词研究的意义

《金瓶梅词话》是明代万历年间由文人撰写的一部白话长篇小说，其极其口语化的语言比较真实地反映了明代中后期汉语语法的基本概貌，并保存了大量的明人口语语法资料，其中相当一部分还不见于以前的其他文献，这些首见资料更是弥足珍贵，是我们研究明代中后期语言不可或缺的材料。

关于《金瓶梅词话》的虚词研究，早在20世纪80年代以后至世纪末，就已经出现了一些成果，但都是些零星的、不成系统的个案研究。其时，大家的兴趣主要集中在句型、句式研究层面，如对主谓谓语句、双宾句、“得”字句、“S_1与S_2没有施受关系的动词句”式、“VP_1也VP_2”式、“VP也怎的”式、因果句、选择问句、疑问句等的研究。在虚词研究层面，空白点较多，有关《金瓶梅词话》颇具特色的代词系统、介词系统、助词系统、连词系统、副词系统研究的成果尚难觅踪影。而且，就是在那些已有成果中，存在的问题也不少，最严重的问题是一些研究人员对《金瓶梅词话》版本的不加选择，随意使用，从而影响了结论的科学性。

21世纪以来，关于《金瓶梅词话》虚词的讨论日益引起学界的关注，我们也加入了其中的讨论。《苏州大学学报》2001年第3期发表的《〈金瓶梅词话〉中的结构助词和语气助词》一文，是我们最初的讨论成果；《古汉语研究》2002年第3期发表的《〈金瓶梅词话〉中的动态助词》，以及《苏州大学学报》2003年第4期发表的《〈金瓶梅词话〉中的时间、处所、方向类介词初探》等也都是我们当时讨论的一些重要成果。这些成果也构成了本人2001年开始主持并于2004年完成并通过验收的江苏省哲学社会科学“十五”规划项目《〈金瓶梅词话〉语法研究》（编号：K3—007）的主要内容之一。与此同时，学术界关于《金瓶梅词话》虚词研究的成果也纷纷涌现，比较重要的有三项，依出版年代先后排列为：①郑剑平的《〈金瓶梅〉语法研究》，巴蜀书社2003年5月出版。全书没有章节，正文由16篇论文构成，是一本论文集，其中9篇讨论了数十个副词——没有采用计量统计的方法，7篇讨论了6种句型和1种结构。作者“所用工作底本均为刘辉、吴敢辑校的《会评会校金瓶梅》，天地图书有限公司，1998年”[①]。②杨荣祥的《近代汉语副词研究》，商务印书馆2005年4月出版。全书共6章，《金瓶梅词话》是作者讨论所使用的四种基本语料之一，讨论中采用了计量统计的方法，全书正文后还附有“表4《金瓶梅词话》副词表”。作者讨论“所用版本为文学古籍刊行社1955年影印明刊本，疑误处径加校改”[②]。③许仰民的《〈金瓶梅词话〉语法研究》，中华书局2006年11月出版。全书也没有章

① 郑剑平：《〈金瓶梅〉语法研究》，巴蜀书社，2003年，第1页。

② 杨荣祥：《近代汉语副词研究》“引言”，商务印书馆，2005年，第7页。

节，如作者在绪论中所言“本书收入《词话》研究论文27篇。其中词类研究论文19篇，涉及11个词类；句子研究论文8篇，涉及7种句式”①，也是一本论文集。其中涉及虚词的有5篇，依次为《代词》、《副词》、《副词“自”》、《介词》、《助词“着”、“来”》。其中关于代词、副词和介词的讨论均过于简单，展开不够，而且基本未采用计量统计的方法。作者“依人民文学出版社1986年版《中国小说史丛书·金瓶梅词话》为蓝本搜集语言材料，并据明万历本影印本将删节处补出”②。从上述成果来看，除了《金瓶梅词话》副词系统的讨论比较全面、细腻外，其他几类虚词的讨论均有进一步深入细致地加以考察分析的必要。选用合适的版本，选择尽可能多的视角，再辅之以科学而行之有效的方法，我们应该能够看到前人所未曾看到的新景观。

有明一代时间跨度近三百年，其时汉语正处于从近代汉语向现代汉语过渡的重要时期。作为保存着这一时期丰富语法资料的一部文献，《金瓶梅词话》的虚词研究，无疑对近代汉语虚词的研究、对汉语虚词史的建构，乃至对现代汉语虚词系统形成问题的探讨，均具有重大的理论意义和重要的参考价值。

第二节　《金瓶梅词话》虚词研究的步骤和方法

一、《金瓶梅词话》虚词研究的步骤

《金瓶梅词话》虚词研究的具体步骤为：

（一）版本的选择

《金瓶梅词话》俗称《金瓶梅》，目前市面上的本子颇多，大体上有三种：一种是刊刻于明代万历年间的本子，为《金瓶梅词话》本，俗称“万历本”或“词话本”，目前容易看到的是我国1957年文学古籍刊行社重印的“古佚小说刊行会”影印本以及1985年人民文学出版社出版的洁本《金瓶梅词话》；一种是刊刻于明代天启、崇祯年间的本子，为《新刻绣像批评金瓶梅》本，俗称“崇祯本”或“绣像本”，目前容易看到的是1986年北京大学出版社影印本以及时下网上可以下载的电子版本；还有一种是刊刻于清代康熙年间的本子，为张竹坡评刻《皋鹤堂批评第一奇书金瓶梅》本，俗称“张评本”或“康熙本”，目前容易看到的是齐鲁书社1987年出版的排印本。语言研究应以把“万历本”作为研究对象为宜，因为只有这种本子才比较真实地反映了明代中后期汉语语法的基本概貌；而后出的“崇祯本”则在“万历本”的基础上作了一定的改写，像第一回已全部改写过，语言文字上已经发生了一些变化；至于“张评本”又出自“崇祯本”，虽然修改不多，但语言文字上的变化较之

① 许仰民：《〈金瓶梅词话〉语法研究》“绪论”，中华书局，2006年，第3页。
② 许仰民：《〈金瓶梅词话〉语法研究》“绪论”，中华书局，2006年，第11页。

"崇祯本"尤甚。而我们的一些研究人员在研究《金瓶梅》的语法现象时，或不注明版本，或注明是"张评本"①，由此所得出的结论在科学性上是要打些折扣的。

我们的讨论所依据的是1957年文学古籍刊行社重印的"古佚小说刊行会"影印本。该本子市面上没有相应的电子文本。2001年在北京大学访学时曾先后求助于蒋绍愚先生和赵金铭先生，结果只有蒋绍愚先生处的前20回的电子文本。当初的计量研究，无奈之下，只得靠手工检索统计。由于工作量巨大，我的硕士研究生吕传峰、张云峰、施建平等曾经与我一同进行过手工统计。当初的那些论文就是依据这些手工统计所提供的数据来撰写的。

（二）电子文本的制作

随着对《金瓶梅词话》虚词研究的逐步展开，我们越来越渴望有古籍刊行社重印本的电子文本。当时，苏州大学的本科学生黄潇潇（目前正攻读北京语言大学博士学位），得知我们的想法后，就自告奋勇地提出由她来完成文本的输入。由于一时还真找不到合适的人选，我们就把电子文本的制作任务交给了她。考虑到工作量的巨大，当时只给她分配了前50回的输入任务，结果她提交给了我们前55回的电子文本。后45回的输入工作是由我当时的研究生、目前就职于江苏技术师范学院的郑秋娟同学完成的，她在完成后45回的输入工作之后，还将全部100回电子文本仔细校对了一遍，这就是我们写作本书所依据的《金瓶梅词话》电子文本。

（三）考察对象的确定与语料的收集

《金瓶梅词话》中每一类虚词究竟有多少个成员，这是摆在我们面前的第一个问题。对此，我们采取了以下步骤：

（1）本人通过反复阅读《金瓶梅词话》来将自己要研究的某类虚词的成员一一摘录下来。

（2）考虑到《金瓶梅词话》与《水浒传》的联系，以及两者在时间上相距并不遥远的事实，我将摘录的结果与香坂顺一的《水浒词汇研究》（虚词部分）中该类词的所有成员一一对照，以检查有没有缺漏。

（3）翻阅裴学海的《古书虚字集释》，董志翘、蔡镜浩的《中古虚词语法例释》，吕叔湘的《现代汉语八百词》，北京大学中文系1955、1957级语言班编的《现代汉语虚词例释》等书籍，选择一些未被摘录的虚词，通过对《金瓶梅词话》电子文本的搜索来检查有没有缺漏。

（4）最终确定每类虚词的成员阵容。

在确定了考察对象之后，我们通过电子文本，将被考察对象的所有用例下载下来，而后甄别其身份，琢磨其在语法意义和用法上的些微差异（详见本小节"二、

---

① 张鹤泉（1987）、许仰民（1991）、张惠英（1995）均未注明版本；夏齐富（1997）注明的是"张评本"，何洪峰（1993）、（1996）采用的是台湾天下周刊社出版的《金瓶梅》，虽注明是词话本，但从引例来看，同"万历本"有出入。

《金瓶梅词话》虚词研究的方法”)。

后来，我们在开展《水浒传》、《型世言》虚词研究的过程中，也采用了上述确定考察对象与收集语料的方法。

二、《金瓶梅词话》虚词研究的方法

在对《金瓶梅词话》虚词系统作全面考察的过程中，我们采用了一些独特而有效的研究方法，主要有：

（一）全方位全过程地运用计量统计法

此前的一些论著也曾采用计量统计的方法，但一般只用于一些具体问题的讨论中。而我们在讨论中则是全方位全过程地运用计量统计法，不但对《金瓶梅词话》中的每一类虚词的成员状况及每一个虚词的分布情况进行穷尽性的调查，还对每一个虚词的每一种语法意义和具体用法的数量、比例都详尽地进行计量统计，力求呈现《金瓶梅词话》虚词系统中每个成员用法上的特点，做到定量统计与定性分析相结合。在计算比例时采用四舍五入的方法，精确至小数点后两位。同时，为了直观明了起见，我们还常采用列表分析法来加以分析、比较。

（二）着重作详尽的共时研究，一般不作历时考察

时下的一些近代汉语专书、语法研究论著，往往在作共时描写之前先对被考察对象作一番历时演变轨迹的勾勒，从甲骨文中的意义说起，一直说到晚唐宋元明时期，这似乎已成为一种程式。然而一个虚词发展演变的真正准确的历史轨迹只有一条，说的人多了，难免重复，当然，属于历史比较的那种追溯不在此列。

我们在讨论某个虚词时一般只对其在《金瓶梅词话》中的分布及用法状况作多角度的详尽的共时描写，描写的内容包括该虚词的分布情况、各种语法意义及其分布、句法功能及其分布、组合能力及其分布。该虚词与其他同类虚词的语义、句法方面的横向比较等，具体到不同类别的词会各有所侧重，力求全面展示每一个虚词的用法特点。

至于某个虚词语法意义和用法的来源及此前的发展演变轨迹，我们一般不作描写，除非该虚词在《金瓶梅词话》中的语法意义和用法同它此前的大相径庭，才有必要作比较分析。

而《金瓶梅词话》中的虚词用法与稍前或稍后的明代其他专书中的虚词用法究竟有何差异，我们将在《〈型世言〉虚词计量研究》一书中设立专章予以讨论。

（三）微观分析与宏观勾勒相结合

专书语法专题研究微观的分析一般不缺乏，缺乏的是宏观的勾勒，高屋建瓴的概括，所谓“只见树木，不见森林”说的就是这种情形。我们在微观分析不放松的前提下，着力于某类虚词或某个虚词的用法特点的总体勾勒和宏观概括，从而使描写错落而丰满，同时也使讨论的系统性和关联性得到加强。

本课题中凡属《金瓶梅词话》中的用例，均在句末标以回数，不再出示书名。至于其他文献用例则均注明书名、篇名、卷数等。所引文献版本情况请参阅正文后面的“参考文献”。

《金瓶梅词话》虚词研究的方法在此后依次开展的《型世言》虚词研究和《水浒传》虚词研究的过程中均得到了全面的贯彻。

第三节 “《金瓶梅词话》虚词计量研究”课题概述

“《金瓶梅词话》虚词计量研究”课题是曹炜主持的教育部人文社会科学基金项目“明代早中晚期三部白话小说虚词计量研究”（05JA740024）的子课题之一。该子课题由项目主持人独自实施。

“《金瓶梅词话》虚词计量研究”子课题与“《水浒传》虚词计量研究”子课题、“《型世言》虚词计量研究”子课题等构成“明代早中晚期三部白话小说虚词计量研究”总课题的全部内容。当然，在实施“《型世言》虚词计量研究”子课题的过程中，我们将同时完成另一项工作——明代早中晚期三部白话小说虚词的比较研究。

“《金瓶梅词话》虚词计量研究”课题主要由五个部分组成，依次为绪论、代词系统计量研究、助词系统计量研究、介词系统计量研究和连词系统计量研究。

这里有几个问题需要说明：

（一）关于将代词纳入本课题的说明

代词在现代汉语中归为实词，这是从代词可以充当句子成分的角度来归类的。而在古代汉语中，前贤们一般将代词归为虚词。《马氏文通》虽把“代字”归为“实字”，但也承认“先儒或以代字列诸虚字”[①]。这显然是从代词的意义比较虚空的角度来归类的。而前述裴学海的《古书虚字集释》中就收录有代词，北京大学中文系1955、1957级语言班编的《现代汉语虚词例释》中也收录有代词，董志翘、蔡镜浩《中古虚词语法例释》的“凡例”中更是将代词作为其讨论的七种虚词之一。[②]出于上述种种原因，本课题也将代词纳入讨论的范围。

（二）关于助词系统涵盖范围的说明

现代汉语的助词系统所涵盖的范围中没有语气词，但在古代汉语中，语气词也被称为语气助词，是助词内部的一个次类。语气词单立不是不可以，但单立的语气词在专书研究中较之介词、连词、代词等来说显得有些单薄。因此，在本课题的实施中，

---

① 马建忠：《马氏文通》，商务印书馆，1983年，第20页。

② 董志翘、蔡镜浩：《中古虚词语法例释》（吉林教育出版社，1994年）“凡例”三：“本书在每个词目下，首先标明词性，共分为代词、副词、连词、助词、介词、词缀、助动词七类。”

我们将语气词放在助词系统中来加以讨论。

（三）关于副词系统讨论阙如的说明

杨荣祥的《近代汉语副词研究》将《金瓶梅词话》作为讨论所使用的四种基本语料之一，讨论中采用了计量统计的方法。全书正文后还附有“表4《金瓶梅词话》副词表”，表中详细罗列了每个副词所属的类别、构成方式、所修饰的对象（动词、形容词、句子、名词谓语、数量短语）等。虽然有些地方的处理尚待斟酌，但总体而言，已无更多新的发现。为避炒冷饭之嫌，本书忍痛割爱，将原已有之的副词系统讨论尽付阙如。

这里也有几个问题需要说明：

（一）关于《金瓶梅词话》虚词研究课题漫长的开展过程的说明

早在20世纪末，我就开始了《金瓶梅词话》虚词的讨论。21世纪初，我完成了《金瓶梅词话》助词的讨论，有关成果先后分别发表在《苏州大学学报》2001年第3期和《古汉语研究》2002年第3期上。2001年，我主持的“《金瓶梅词话》语法研究”课题被立为江苏省哲学社会科学“十五”规划项目。至2002年6月，我已经完成了《金瓶梅词话》代词系统、介词系统以及部分连词、副词的讨论，其中关于时间、处所、方向类介词的讨论发表在《苏州大学学报》2003年第4期上。2004年“《金瓶梅词话》语法研究”课题完成并顺利通过验收。

由于在接下来的六七年中，自己的兴趣转移到了现代汉语词汇语义的探索与研讨上，对《金瓶梅词话》虚词研究旧稿的整理和修订工作就暂时停顿了下来，但同时又指导了一届又一届的研究生开展了对明清时期部分重要文献的专书语法专题研究，而且主要是各类虚词的研究。

自2001年初夏至2003年仲秋，我完成了《现代汉语词汇研究》一书的写作，交由北京大学出版社出版。

2004年初至2006年初，我带着我的硕士研究生、访问学者等一起完成了我主编的“商务语言研究丛书”6种的写作，交由汉语大词典出版社陆续出版。

2006年春天至2007年初夏，我和我的研究生高军同学完成了《广告语言学教程》的写作，交由暨南大学出版社出版。

2007年7月，我开始逐字逐句逐段全面修订50多万字的《〈水浒传〉虚词计量研究》的初稿，直至2008年12月完成；2009年1月开始，我按照暨南大学出版社的意见对《〈水浒传〉虚词计量研究》的初稿进行删繁压缩，至2009年6月交由暨南大学出版社出版。

2006年仲夏至2008年末，我还断断续续地完成了《现代汉语词义学》一书（学林出版社，2001年初版）的修订，由原来的20万字扩写到了39万字，修订本交由暨南大学出版社出版。

直至2009年初始，我才有时间和精力整理修订《金瓶梅词话》虚词计量研究旧稿，并进而完成了《〈金瓶梅词话〉虚词计量研究》一书的写作。

因此，从20世纪末开始讨论《金瓶梅词话》的虚词到2009年初开始整理修订旧稿，《金瓶梅词话》虚词研究课题的开展前后跨度达10多年之久。

（二）关于本次整理修订的主要内容的具体说明

本次整理修订的主要内容，可以分为两大块：

一块是内容的增补。由于当初只讨论了《金瓶梅词话》中的部分连词，而没能揭示整个连词系统的基本概貌，因此，这次整理修订时将阙如的部分悉数补上。此外，当初介词系统的讨论，一些地方过于简约，这次整理修订时也进行了必要的展开。

一块是数据的核实。前面已经说了，当初的讨论，在计量统计部分靠的是手工检索统计，难免因为有遗漏而造成数据的差错。这次整理修订时，所有数据全部通过电子文本检索核实，数据的精确度大大提高了。同时，因为有了电子文本检索，初稿中的一些比较含混笼统的表述，如“主要充当”、“基本上是”、“大多为”、“一般作”、“常作”、“常表”、“最常见的是”、“很少”、“极为罕见”等等，现在均换成了用具体的数据来表述。

最后，需要补充说明的一点是，“明代早中晚期三部白话小说虚词计量研究”三种的先后排列顺序是按照被研究对象所处时代的先后来安排的，而不是按照写作年代先后来排列的。从写作年代先后来讲，《〈金瓶梅词话〉虚词计量研究》是20世纪末开始动笔的，至2002年仲夏完成初稿的写作；《〈型世言〉虚词计量研究》是2002年仲夏开始动笔的，至2003年初夏完成助词系统、介词系统和代词系统的写作；《〈水浒传〉虚词计量研究》是2005年秋开始着手的，2006年暮春开始写作，至2007年初夏定稿。在酝酿、讨论、写作的过程中，前一种成果均对后一种或后两种成果产生了极为重要的影响，而后一种成果总是力求在前者的讨论上有所超越，同时尽量摆脱前者的束缚，尤其是在形制上尽可能避免相似或雷同。于是，在形制规模上就变得一种比一种大，讨论也一种比一种详尽。虽然我们在交付出版时已在形制规模上作了最大限度的调整，消冗补羸，压缩有余而增补不足，但形制规模还是呈现后撰者居大的局面。

本章参考文献

1. 北京大学中文系1955、1957级语言班编：《现代汉语虚词例释》，北京：商务印书馆，1982年。

2. 董志翘、蔡镜浩：《中古虚词语法例释》，长春：吉林教育出版社，1994年。

3. 冯春田：《近代汉语语法研究》，济南：山东教育出版社，2000年。

4. 何乐士、敖镜浩、王克仲等：《古代汉语虚词通释》，北京：北京出版社，1985年。

5. 侯学超：《现代汉语虚词词典》，北京：北京大学出版社，1998年。

6. 江蓝生：《近代汉语探源》，北京：商务印书馆，2000 年。

7. 蒋绍愚、曹广顺主编：《近代汉语语法史研究综述》，北京：商务印书馆，2005 年。

8. 蒋绍愚：《近代汉语研究概况》，北京：北京大学出版社，1994 年。

9. 刘坚、江蓝生：《近代汉语虚词研究》，北京：语文出版社，1992 年。

10. 吕叔湘主编：《现代汉语八百词》（增订本），北京：商务印书馆，1999 年。

11. 马真：《现代汉语虚词研究方法论》，北京：商务印书馆，2004 年。

12. 马建忠：《马氏文通》，北京：商务印书馆，1983 年。

13. 裴学海：《古书虚字集释》，北京：中华书局，1954 年。

14. ［日］太田辰夫著，蒋绍愚、徐昌华译：《白话语汇研究》，北京：中华书局，1997 年。

15. 王力：《汉语史稿》（中册），北京：中华书局，1980 年。

16. 吴福祥：《敦煌变文语法研究》，长沙：岳麓书社，1996 年。

17. ［日］香坂顺一著，江蓝生、白维国译：《白话语汇研究》，北京：中华书局，1997 年。

18. ［日］香坂顺一著，植田均译：《水浒词汇研究》（虚词部分），北京：文津出版社，1992 年。

19. ［日］志村良治著，江蓝生、白维国译：《中国中世语法史研究》，北京：中华书局，1995 年。

20. 许仰民：《〈金瓶梅词话〉语法研究》，北京：中华书局，2006 年。

21. 杨伯峻、何乐士：《古汉语语法及其发展》，北京：语文出版社，1992 年。

22. 杨荣祥：《近代汉语副词研究》，北京：商务印书馆，2005 年。

23. 俞光中、植田均：《近代汉语语法研究》，上海：学林出版社，1999 年。

24. 袁宾：《近代汉语概论》，上海：上海教育出版社，1992 年。

25. 张斌主编：《现代汉语虚词词典》，北京：商务印书馆，2001 年。

26. 张谊生：《现代汉语虚词》，上海：华东师范大学出版社，2000 年。

27. 郑剑平：《金瓶梅语法研究》，成都：巴蜀书社，2003 年。

28. 中国社会科学院语言研究所古代汉语研究室编：《古代汉语虚词词典》，北京：商务印书馆，1999 年。

29. 中国社会科学院语言研究所词典编辑室编：《现代汉语词典》（第 5 版），北京：商务印书馆，2005 年。

30. 朱德熙：《语法讲义》，北京：商务印书馆，1982 年。

第二章　《金瓶梅词话》中的代词系统

有人说："汉语发展到唐代以后，形成了与古代汉语完全不同的代词系统，奠定了现代汉语代词系统的基本格局。"① 这话大致没错，但不是十分贴切。的确，从敦煌变文、《祖堂集》、《景德传灯录》、《古尊宿语要》、《五灯会元》等文献所反映的情况来看，代词系统较之前代已有了巨大的改变，除了保留前代语言中的一小部分代词外，绝大部分都是以往所不曾见过、晚唐五代以来新产生的。但是这个新出现的代词系统同现代汉语代词系统之间的差异也同样是不言而喻的，而真正奠定了现代汉语代词系统基本格局的，准确地说，应当是在元代以后，即问世于元末明初的《水浒传》以及刊行于明代中后期的《金瓶梅词话》（以下除章节标题外一律简称作《词话》）所反映的代词系统。尤其是《词话》的代词系统，同现代汉语的代词系统仅有一步之遥，无疑应视为后者的滥觞。

《词话》中极为丰富的代词总体上可以分为三大类，即人称代词、指示代词和疑问代词。这三大类代词便构成了《词话》的代词系统。

第一节　人称代词②

《词话》中的人称代词总共有 19 个。按照通行的标准，可以将它们分为以下四类：第一人称代词，有"我"、"吾"、"朕"、"咱"、"俺"、"奴（家）"、"俺每（们）"、"咱每（们）"、"我们（每）"等 9 个；第二人称代词，有"你"、"汝"、"你每（们）"、"尔"等 4 个；第三人称代词，有"他"、"他每（们）"、"伊"等 3 个；反身代词，有"自己"、"自家"、"自"等 3 个。下面我们依次对上述四类人称代词展开讨论。

一、第一人称代词

《词话》中的第一人称代词有"我"、"吾"、"朕"、"咱"、"俺"、"奴（家）"、"俺每（们）"、"咱每（们）"、"我们（每）"等 9 个，其数量大大超过现代汉语中的第一人称代词。这些代词在《词话》中的出现频率及分布情况很不一样（见表 1）。其中个别的，如"朕"，现代汉语中已不用；"吾"也只见于某些书面语中；有些人称代词，如"俺"、"奴"、"奴家"等，则只见于现代汉语的某些方言中；而像"我"、"咱"、"我们"、"咱们"等则依然活跃在现代人们的语言生活里。

---

① 冯春田：《近代汉语语法研究》，山东教育出版社，2000 年，第 1 页。

② 本小节内容删减后以《〈金瓶梅词话〉中的人称代词系统》为题发表在了《苏州科技学院学报》2009 年第 3 期上。

表1

词项	我	吾	自（是）我	朕	咱	俺	奴（家）	我每（们）	咱每（们）	俺每（们）
用例数	6 727	31	8	16	313	458	438	52	70	407
百分比（%）	78.96	0.36	0.07	0.19	3.67	5.38	5.14	0.61	0.82	4.78

（一）我、吾

一般认为，“我”和“吾”在先秦汉语中是有所分工的：“主语跟领格‘吾’多‘我’少；宾语基本上用‘我’。”①“当‘我’用于宾格时，‘吾’往往用于主格；当‘吾’用于领格时，‘我’往往用于主格。在任何情况下，‘吾’都不用于动词后的宾格。”② 这在先秦的文献中基本得到了印证。据学者统计，《韩非子》中“我”作宾语的有62例，而“吾”作宾语的则未见1例；另一方面，“吾”作定语的有59例，而“我”作定语的仅有8例；同样，“吾”作主语的用例（131例）也大大多于“我”(58例)。③ 对先秦另一部重要文献《左传》中“我”和“吾”用法的考察与统计的结果也大体如此④。这种情形在书面语中直到东汉以后才大有改观⑤，主要表现为“我”和“吾”用法上的分别消失以及“我”对“吾”的全方位置换，个中缘由，据吕叔湘先生推测“大概在语音上我字是比较强势的一个”⑥。但是，这种置换自汉以降一直存在反复，那就是在有的作品中“吾”基本上均为“我”所替代，而在其后的作品中“吾”依然存在。王力先生以为，后人的仿古是造成这种拉锯战局面的主要原因。⑦ 当然还有别的因素。这种情形就是到了元末明初依然如此。香坂顺一在考察了《水浒传》中的“我”、“吾”的使用情况后指出：“在《水浒》中，虽然‘我’、

① 吕叔湘著，江蓝生补：《近代汉语指代词》，学林出版社，1985年，第2页。

② 王力：《汉语史稿》（中册），中华书局，1980年，第262页。

③ 冯春田：《魏晋南北朝某些语法现象探究》，载程湘清主编：《魏晋南北朝汉语研究》，山东教育出版社，1988年，第224~225页。

④ 何乐士《〈左传〉的人称代词》，载中国社会科学院语言研究所古代汉语研究室编：《古汉语研究论文集》（二），北京出版社，1984年，第108~138页。

⑤ 吕叔湘先生推测，“我”大概在周秦之际“已经扩展到‘吾’字的领域”。“秦汉以后的口语里很可能已经统一于‘我’，‘吾’字只见于书面了。”（见吕叔湘著，江蓝生补：《近代汉语指代词》，学林出版社，1985年，第2页）从书面语的情况来看，至少在汉代，源自先秦汉语的“我”、“吾”的分工并没有太大的改变，如西汉时期的《史记》中“吾”作主语、定语相对于“我”来说仍处极大的优势，而作宾语依然基本上是“我”的专利（见漆权：《〈史记〉中的人称代词》，载《语言学论丛》（第十二辑），商务印书馆，1984年，第171~193页）。而在东汉时期的《论衡》中“我”、“吾”的上述分工也仅仅是略有变化：“吾”作主语仍处极大的优势，作宾语的“吾”仅1例，作宾语依然是“我”的专利，竟达42例，只是作定语的“吾”数量锐减，而作定语的“我”的数量在增加。

⑥ 吕叔湘著，江蓝生补：《近代汉语指代词》，学林出版社，1985年，第2页。

⑦ 王力《汉语史稿》（中册），中华书局，1980年，第269页。

'吾'都使用，但语感上有区别。""此种'吾'表示有文化，有才能。""以'吾'代'我'只用于表现一定语感的场合，绝非随便通用。从使用频率来看，'吾'虽然是个古汉语词，但在口语中仍然很活跃。"① 可见，①"我"对"吾"的置换在《水浒传》中依然没有完成；②《水浒传》中"我"、"吾"用法上的区别并非像先秦时期——是语法上的，而是修辞语用上的——体现了一种新的发展。但是在《词话》中，"吾"似乎并不活跃，仅见于个别章回中（见表2），且总共只有31例；与此相反，"我"的分布则覆盖全书，竟多达6 727例（见表1），是《词话》第一人称代词中使用频率最高的一个词，两者不可同日而语。

表2

回数	1	29	47	49	57	62	73	78	92	100	用例数总计
主语	2	1					1	1	1		6
宾语					1	1					2
定语	1		2	3		1	1			1	9
使用者	项羽、刘邦	相面先生、吴神仙	苗员外	西门庆对长老	道长老	潘道士、西门庆	明悟禅师	西门庆对荆统制	徐知府	普静禅师	17

《词话》中的"我"在语法功能上无所不能，最常见的是作主语，共有3 439例，占其全部用例的51.12%。如：

①我去到那里，看他有甚么话说。(14回)

②我破着这命，摈兑了你，也不差甚么。(24回)

③我进去，小厮在桌子跟前推写字儿了。(35回)

④我若不起身，别人也只顾坐着，显的就不趣了。(42回)

其次是作宾语，共有1 518例，占其全部用例的22.57%。如：

⑤他慌了，使丫头叫我回去，才拿出这银子与我。(21回)

⑥你别要说我对你说，交他怪我。(51回)

⑦你既要见这雌儿一面，与我五两银子。(86回)

⑧那汉子，你不会磨镜子，去罢，只顾看我怎的？(90回)

也常作兼语，共出现653例，占其全部用例的9.71%。如：

⑨小油嘴儿，他请我说什么话？(35回)

⑩贲四嫂家大节间要请姐们坐坐，姐教我来禀问爹，去不去？(46回)

---

① ［日］香坂顺一著，植田均译：《水浒词汇研究》（虚词部分），文津出版社，1992年，第2页。

⑪伯爵道:"只与我这两个儿!由他由他,等我问李家小淫妇儿要。"(52回)

⑫今早见你妖妖娆娆,摇飐的走来,教我浑身儿酥麻了。(53回)

作主语、宾语的"我"有时与表谦称的词语"学生"、"在下"等一起使用,构成复指关系。这种情况现代汉语中也存在。所不同的是,现代汉语中只能是谦称在前,"我"在后;而《词话》中则是"我"在前,表谦称的词语在后,这种用法的"我"共有95例。如:

⑬宋御史再三辞道:"这个,我学生怎么敢领?"(49回)

⑭蔡御史道:"年兄贵治所临,自然之道。我学生岂敢当之?"(49回)

⑮(周守备)又道:"我学生来迟,恕罪,恕罪。"(58回)

⑯何千户道:"此系便毒。我学生有一相识,在东昌府探亲……"(79回)

⑰伯爵道:"我在下一个字也不识,行个急口令罢。"(60回)

⑱小张闲道:"列位倒罢了,只是苦了我在下了。"(69回)

⑲那婆子道:"我的姐姐,我老身吃。"(72回)

⑳我兄弟思想姐姐,如渴思浆,如热思凉。(92回)

"我"还常作定语,而且作定语时往往可以直接附加在名词性成分前边,不带"的"。作定语的"我"在《词话》中共有1 016例,占其全部用例的15.10%。如:

㉑金莲又说:"李大姐,把我裙子又兜住了。"(25回)

㉒由他,只休要撞到我手里……(25回)

㉓我儿,外边没人欺负你?(35回)

㉔我左右有两个法儿,你原出得我手。(42回)

"我"有时同"你"对举,还可表示虚指。如:

㉕各人冤有头,债有主,你揭条我,我揭条你,吊死了,你还瞒着汉子不说。(29回)

㉖月娘道:"倒是俺嫂子,见他家新养的姐,和咱孩子在床炕上睡着,都盖着那被窝儿,你打我一下儿,我打你一下儿……"(41回)

㉗那个夸死了的李大姐,比古人那个不如他,又怎的两个交的情厚,又怎么设山盟海誓,你为我,我为你,无比赛的好。(73回)

《词话》中的"我"有时也可说成"自我"或"是我",共有8例。如:

㉘是我这干女儿又温柔,又软款,强如李家狗不要的小淫妇儿一百倍了。(45回)

㉙伯爵打恭说道:"哥,谢容易。是我后日早来会你,咱一同起身。"(78回)

㉚我行不更名,坐不改姓,自我便是阳谷县人氏,姓武名松,排行第二。(1回)

㉛春梅道:"你每有皮袄的,都打发与他。俺娘也没皮袄,自我不动身。"(46回)

有时“我”同“自我”在上下文中还会构成异文。如：

㉜月娘道：“……行动题起来：‘别人不知道，我知道。’……你便就撑着头儿说：‘别人不知道，自我知道。’……”（75 回）

只是将“我”说成“自（是）我”这种现象在《词话》中极为罕见，我们在 100 回中仅找到 8 例。①

从表 2 反映的情况来看，整个一部《词话》“吾”仅见 31 例，其所出现的场合不外乎以下三种情形：一种是出自于历史人物的口中，共 5 例，如第一回中出现的 3 例“吾”；一种是出自于相面先生、道士、僧人、官员以及“颇好诗礼”的员外等当时的所谓文化人口中，共有 21 例；还有一种出自于西门庆口中，共 5 例，其中 3 例是出现在第 49 回西门庆同胡僧的对话中。虽然从“我”、“吾”悬殊的使用频率来看，《词话》中的“我”可以说基本上完成了对“吾”的取代、置换，但是，如果一定要说“吾”、“我”用法上的差异，那么它也是修辞语用上的，而非功能上的。

就语法功能而言，《词话》中的“吾”主要作定语，共有 18 例，占其全部用例的 58.06%。如：

㉝东京乃辇毂之地，景物繁华所萃，吾心久欲游览，无由得便。（47 回）

㉞胡僧看毕，西门庆问道：“吾师用酒不用？”（49 回）

㉟吴大舅道：“此乃吾妹，西门之妻。因为夫主，来此进香，得遇老师搭救，恩有重报，不敢有忘。”（84 回）

㊱禅师便道：“……汝当谛听吾言，随方托化去罢……”（100 回）

其次是作主语，共有 11 例，占其全部用例的 35.48%。如：

㊲帝曰：“不难。吾明日出朝，废太子而立尔子，意下如何？”（1 回）

㊳吾观官人，头圆项短，必为享福之人。（29 回）

㊴当下归房，令行者烧汤洗浴，坐在禅床上，“吾今赶五戒和尚去也。汝可将两个龛子盛了，放三日一时焚化。”（73 回）

㊵徐知府道：“无妨，吾自有主意。”（92 回）

也可作宾语，仅有 2 例，占其全部用例的 6.45%：

㊶这是西门老爹门首么？那个掌事的管家，与吾传报一声，说道：扶桂子，保兰孙，求福有福，求寿有寿，东京募缘的长老求见。（57 回）

㊷那位神将拱立阶前，大言：“召吾神那厢使令？”（62 回）

---

① 张惠英（1995）在讨论《词话》中“‘自我’用作‘我’”的现象时所列举的一些用例并不十分贴切，因为《词话》中的“自”也可解释为“只”，如“自是没打在我脸上罢了（75 回）”中的“自”就表“只”之意。所以像“哥，别人不知你心，自我略知一二。（65 回）”等中的“自”未必不是表“只”。详见张惠英：《〈金瓶梅〉人称代词的特点》，《语言研究》1995 年第 1 期。

此外，《词话》中的“我”、“吾”均只有单数用法，而无复数用法。

（二）朕

“朕”在《词话》中用例极少，全书仅16例，是《词话》所有的人称代词中使用频率最低的代词之一。

《词话》中的“朕”主要出现在两个场合：一个是出现在皇帝的言谈中或所下的所谓“圣旨”里，是皇帝的自称，用法同“我”，共9例。如：

①（刘邦）因大惊曰：“朕昔求聘诸公，如何不至，今日乃从吾儿所游。”（1回）

②卿言深切时艰，朕心嘉悦，足见忠猷，都依拟行。（48回）

③这神运奉迎大内，奠安艮岳，以承天眷，朕心嘉悦。（70回）

另一个是出现在帝王戏的戏曲唱词里，也是皇帝的自称，用法同“我”，共7例。如：

④朕不学汉高皇身居未央，朕不学唐天子停眠在晋阳。（71回）

⑤朕幼年间广学枪棒，恨则恨未曾到孔子门墙。（71回）

⑥朕将卿如太甲逢伊尹，卿得嫂嫂呵恰便是梁鸿配孟光，则愿你福寿绵长。（71回）

从语法功能来看，“朕”可作主语，共出现12次，频率较高，占其全部用例的75%，如例①、④、⑤、⑥等；也可作定语，共有4例，占其全部用例的25%，如例②、③等。未见“朕”作其他成分的用例。

（三）咱

“咱”，学术界通行的解释是“自家”的合音：“咱字不见于宋以前的字书，但是宋词之见于语体者里头已经有这个字，这分明是个俗字。从字形上看，‘口’旁往往是俗字的符号，右边从‘自’，跟自字该有关系；从语音方面说，又恰好是自家的切音。”[①]“自家”始见于唐代的文献，而“咱”则始见于宋代的文献，金元时代的文献中“咱”作为第一人称代词已用得相当普遍了。但是“即使是在‘咱’字盛行的时期，它也没完全替代了‘我’字。除了《五代史平话》所用为一种特殊方言，那里边‘咱’比‘我’多以外，其余文献里都是‘我’多‘咱’少”[②]。香坂顺一指出：《水浒》中“咱”用得极少，而且“多用于第87回以后，第87回前用得很少，尤其是1回至70回中，除去杨志所言以外，很难找到”。根据“咱”在《水浒》全书中的分布极不均衡这一点推断“咱”的使用“可能反映了某些地区特色”[③]。

据我们统计，《词话》中的“咱”共有313例（不包括“咱每”），不可谓不多，当然相对于“我”而言仍算是少的；而且，除了从《水浒传》中剥离出来的前10回

---

① 吕叔湘著，江蓝生补：《近代汉语指代词》，学林出版社，1985年，第97页。

② 吕叔湘著，江蓝生补：《近代汉语指代词》，学林出版社，1985年，第99页。

③ ［日］香坂顺一著，植田均译：《水浒词汇研究》（虚词部分），文津出版社，1992年，第4页。

中没有1例外①，在全书其余90回中的分布基本均衡，而不像《水浒传》，“咱”的出现主要集中在83回以后。

《词话》中的“咱”有单数和复数两种用法。表单数的“咱”同“我”，数量不多，共有35例，占其全部用法的11.18%。如：

①玳安道：“吃的红头红脸，咱家去爹问，却怎的回爹？”（35回）

②我的亲亲，昨夜孟三儿那冤家，打开了我每，害得咱硬邦邦撑起了一宿。（53回）

③只见那万回老祖一忽地跪到跟前，说：“娘，你还未睡炕哩，咱已到辽东抓着哥儿，讨的平安家信来也。”（57回）

④咱那时口虽不言，心窝里已有下几分了。（57回）

表复数的“咱”同“咱们”，包括听话方，属于包括式。这种用法在《词话》中占据优势，共出现278例，占其全部用法的88.82%。如：

⑤金莲便向二人道：“他爹今日不在家，咱对大姐姐说，往街上走走。”（24回）

⑥你我虽是武官，系领敕衙门，提点刑狱，比军卫有司不同。咱后日起身，离城十里寻个去所，预备一顿饭，那里接见罢。（35回）

⑦交小伴当在这里看着，咱往混一回子去。（50回）

⑧咱不趁热脚儿，不替他穿上衣裳，还等甚么？（62回）

⑨咱两个把这头来整理整理。（62回）

⑩我这里听大师父说笑话儿哩，等听说了这个笑话儿咱去。（21回）

⑪西门庆留吴大舅坐，说道：“这咱晚了，料大舅也不拜人了，宽了衣服，咱房里坐罢。”（78回）

尤其是当“咱”和“我”对举时，“我”表单数，而“咱”则往往表复数，而且包括听话方。如：

⑫金莲道：“他刚才袖着，对着大姐姐不好与咱的，悄悄递与我了。”（52回）

以上数据表明，《词话》中的“咱”表复数的用例要大大多于表单数的用例。

从语法功能角度考察，《词话》中的“咱”常作主语，共出现176例，频率较高，占其全部用例的56.23%，如例①~⑪中的“咱”便是如此。作定语的次之，共有109例，占其全部用例的34.82%，一般仅限出现在“家”、“家里”等中心语之前。如：

⑬女儿、女婿两个业障，搬来咱家住着。（17回）

⑭（金莲）又问：“这蒋太医，不是常来咱家看病的那蒋太医……”（19回）

---

① 第8回中的两段韵文中有4个“咱”：“凌波罗袜，天然生下。红云染就相思卦。似藕生芽，如莲卸花。怎生缠得些娘大？柳条儿比来刚半叉。他，不念咱；咱，想念他。……他，辜负咱；咱，念恋他。”

⑮经济道："他在东大街上，使了一千二百银子，买了所好不大的房子，与咱家房子差不多儿，门面七间，到底五层。"(33回)

⑯楼梯子趄，我只当咱家里楼上来，滑了脚。(33回)

作宾语的更次之，仅有23例，占其全部用例的7.35%，除了例⑫外，还有如：

⑰奴眉儿淡淡教谁画？何处绿杨拴系马？他，辜负咱；咱，念恋他！(8回)

⑱平昔街坊邻居，恼咱的极多。(17回)

⑲我前日因往东京，多亏众亲友们与咱把个盏儿。(57回)

⑳来保道："他家女儿见在他家得时，他敢只护他娘老子，莫不护咱不成？此话只好在家对我说罢了，外人知道，传出去倒不好了。这几两银子，罢，更休题了。"(82回)

也可作兼语，共出现5例，占其全部用例的1.60%：

㉑妇人道："这个是咱新买的丫头，名唤锦儿。过来与你爹磕头！"(38回)

㉒大官人见不方便，许了要替咱每大街上买一所房子，叫咱搬到那里住去。"(38回)

㉓吃咱两个曾在浊河边洗衣，见了那老人，问咱借房儿住。(39回)

㉔这孩子也不是你的孩子，自是咱两个分养的。(67回)

㉕春梅道："咱既受了他礼，不请他来坐坐儿又使不的，宁可教他不仁，休要咱不义。"(97回)

（四）俺

"俺"是《词话》中又一个常见的第一人称代词，用例多达458例［不包括"俺（每）们"的用例］，比"咱"还多145例（参见表1）。

"俺"始见于宋代文献，一般认为是"我们"的合音，"既是我们的合音，自然是用于复数"①，但实际情形是"'俺'似不分别单、复数"②。吕叔湘先生（1985）的解释是"现代的'我们'可以用于单数，当时的'俺'也可以"③。香坂顺一指出："在《水浒》中，'俺'多用于单数。"④ 冯春田（2000）在作了一番调查研究之后也指出："从调查所得的用例来看，元明以来'俺'用于单数的居多。"⑤ 可惜的是两者都没有提供翔实的相关数据。而《词话》中"俺"的用法倒是可以为这一观点提供有力支撑。

《词话》中的"俺"表示单数的共有378例，这是其主要用法（参见表3）。如：

---

① 吕叔湘著，江蓝生补：《近代汉语指代词》，学林出版社，1985年，第79页。

② 冯春田：《近代汉语语法研究》，山东教育出版社，2000年，第9页。

③ 吕叔湘著，江蓝生补：《近代汉语指代词》，学林出版社，1985年，第79页。

④ ［日］香坂顺一著，植田均译：《水浒词汇研究》（虚词部分），文津出版社，1992年，第2页。

⑤ 冯春田：《近代汉语语法研究》，山东教育出版社，2000年，第10页。

①你秤出来，俺好往后边问李娇儿、孙雪娥要去。(21回)

②俺大丫头兰香，在厨房内听见小厮每说……(21回)

③桂姐使了个眼色，说道："我来爹宅里来，他请了俺姐姐桂卿了。"(32回)

④俺便罢了，你是个大娘子，没些家法儿？(35回)

⑤等我请将俺爹来，随你老人家与俺爹说就是了。(47回)

⑥如意儿道："姥姥还不知道，杨姑娘老病了。从年里俺娘念经就没来，俺娘们都往北边与他上祭去了。"(78回)

⑦玳安道："俺五娘倒没养儿子，倒养了女婿。俺大娘请你老人家，领他出来嫁人。"(86回)

⑧玳安道："为他和俺姐夫在家里殴作攘乱，昨日差些儿没把俺大娘气杀了哩……"(86回)

以上诸例中的"俺"均表单数，用法同"我"。这样的用例在《词话》中俯拾皆是。

当然，《词话》中也有80例"俺"表复数，用法同"我们"，其中76例不包括听话方，属于排除式，占全部表复数用例的95%。如：

⑨这个都是人气不愤俺娘儿们，做出这样事来。(12回)

⑩爹就恼了，不由分说，叫俺众人把淫妇家门窗户壁尽力打了一顿。(21回)

⑪哥吃四钟罢，只当俺一家孝顺一钟儿。(35回)

⑫(潘金莲)说道："你每这里边的样子，只是恁直尖了，不相俺外边的样子跷……"(58回)

⑬李大姐，你有甚么话儿，二娘也在这里，你和俺两个说。(62回)

⑭俺这些老婆死绝了，教你替他浆洗衣服……(72回)

⑮这春梅看见经济，说道："姐夫，你好人儿，就是个弄人的刽子手！把俺娘儿两个弄的上不上下不下。"(86回)

像下面这样的"俺"表复数且包括听话方的用例是少而又少的，我们仅见4例：

⑯月娘说道："哥，你天大的造化！生下孩儿，你又发起善念，广结良缘，岂不是俺一家儿的福分！……"(57回)

⑰又向袖中取出一个物件的儿来，递与金莲瞧，道："此是他老公公内府画出来的，俺两个点着灯，看着上面行事。"(13回)

⑱月娘见李瓶儿锺锺酒都不辞，于是亲自巡了一遍酒，又令李娇儿众人各巡酒一遍，颇嘲问他话儿，便说道："花二娘搬的远了，俺姊妹们离多会少，好不思想。"(14回)

⑲西门庆与乔大户对面坐下，因告诉说："昨日巡按两司请侯老之事，侯老甚喜。明日起身，少不的俺同僚每都送郊外方回。"(76回)

有时候"俺"和"俺每"在上下文中构成异文，这时"俺"的复数用法就更明显了。如：

⑳如今还不得俺每一个是，说俺转了主子的钱了，架俺一篇是非。(81 回)

㉑老道出门，问我姊那里借的衣裳，几件子首饰，就说是俺落得主子银子治的！要挤撮俺两口子出门，也不打紧。等俺每出去，料莫天也不着饿老鸦儿吃草。(81 回)

例⑳中的“俺”即“俺每”；例㉑中的“俺”即“俺两口子”、“俺每”，也即来保夫妇俩。

通过对《词话》中“俺”作复数的用例的调查，我们不能支持冯春田（2000）所提出的元明以来“在‘俺’用于复数时，往往是作定语”[①] 的结论，而似宜改为：在“俺”用于复数时，往往同其后的名词性成分构成同位短语，在语义上有一种复指关系。

就语法功能而言，《词话》中的“俺”作定语的频率非常高，共出现 320 例，占其全部用例的 69.87%，如例②、③、⑤、⑥、⑦、⑧等中的“俺”便是。我们可能会注意到，作定语的“俺”往往表单数，表单数的“俺”大多作定语。所以“俺”作定语的用例在《词话》中俯拾皆是，可以说体现了“俺”的用法的主流面，因为我们前面已经说过，《词话》中的“俺”主要用于单数。这倒是与吕叔湘先生（1985）依据金元时期的文献所得出的“俺”“跟‘我们’相同，也是领格比非领格更多”的结论基本吻合的。[②] 看来，“俺”主要充当领格的状况到明代中叶依然存在。

而且，在《词话》中我们也能看到吕叔湘先生在金元时期的文献里所发现的一句之内往往“非领格用‘我’而领格用‘俺’”的例子。[③] 如例③、⑤便是。同时我们也会看到，有时候，在上下文中，“我”、“俺”交替作领格。如：

㉒（玳安）半日出来道：“对俺爹说了，头面爹收下了，教你上覆二娘：再待几日儿，我爹出来往二娘那里说话。”(17 回)

㉓娘且是说的好，我家里没人，俺姐姐又被人包住了。(44 回)

《词话》中的“俺”除了主要作定语之外，也可作主语（73 例，占其全部用例的 15.94%）、宾语（51 例，占其全部用例的 11.14%）或兼语（14 例，占其全部用例的 3.06%）。作主语的如例①、④、⑪、⑭中的“俺”，其中例⑪中的“俺”充当的是作宾语的主谓词组的主语；作宾语的如例⑨、⑬、⑮，其中例⑬、⑮中的“俺”作介词宾语；作兼语的如例⑩中的“俺”。又如：

㉔鲁华那里肯接，说道：“小人受你老人家恩还少哩！我只道叫俺两个往东洋大海里拔苍龙头上角，西华岳山中取猛虎口中牙，便去不得。”(19 回)

---

① 冯春田：《近代汉语语法研究》，山东教育出版社，2000 年，第 10 页。

② 吕叔湘著，江蓝生补：《近代汉语指代词》，学林出版社，1985 年，第 79 页。

③ 吕叔湘著，江蓝生补：《近代汉语指代词》，学林出版社，1985 年，第 79 页。

㉕他也甚是都没意思，今日早请了俺两个到他家……（21 回）

㉖那驴子是隔壁豆腐铺里驴子，借俺院儿里喂喂儿……（68 回）

表 3

功能 / 用例数 / 单复数	作定语	构成复指关系	所占百分比（%）
单数	309	0	64. 47
复数	0	65	14. 19

（五）奴（家）

“奴（家）”是近代汉语中一个特殊的第一人称代词，一般认为始见于唐代。“唐五代时‘奴’字男女尊卑均可使用，后来才逐渐缩小为女子专用。”① 这句话中的“后来”指的是宋代以后。据吴福祥（1996）统计，宋代以前的敦煌变文中共有“奴”（包括其变体“奴家”、“阿奴”等）21 例，其中既有女子自称，也有男子（均为国王或皇帝）自称；而宋代以后的《刘知远诸宫调》、《张协状元》等中的“奴”均为女子自称，尤其是后者，68 例“奴”和 56 例“奴家”无一例外均为女子自称。② 这种情形直到明代也未改变。香坂顺一在讨论《水浒传》的第一人称代词时未提及“奴”，是该书中真的没有还是研究者未予关注，也未可知，估计即使有也不会多。与此相反，《词话》中“奴（家）”的用例竟多达 438 例，甚至超过了“咱”的用例，这不能不说是该书代词使用上的一个特色。

《词话》中的“奴（家）”均为女子自称，只用于单数。同“我”一样，在语法功能上“奴（家）”无所不能。最常见的是作主语，共有 327 例，占其全部用例的 74. 66%。如：

①妇人道：“你分付，奴知道了。”（12 回）

②奴那里有这个话，就把身子烂化了。（19 回）

③奴也照样儿要教银匠打恁一件哩。（20 回）

④奴伏侍娘这几年，岂不知娘心腹，肯对人说！（82 回）

也常作宾语，共有 72 例，占其全部用例的 16. 44%。如：

⑤你饶了奴罢！你容奴说，奴便说；不容奴说，你就打死奴，也只臭烟了这块地。（12 回）

⑥甚么材料儿，奴与他这般玩耍，可不坷碜杀奴罢了。（17 回）

---

① 吕叔湘著，江蓝生补：《近代汉语指代词》，学林出版社，1985 年，第 14 页。

② 吴福祥：《敦煌变文语法研究》，岳麓书社，1996 年，第 7 ~ 8 页。

⑦只怕和尚来听见，饶了奴，快些丢了罢！(8 回)

也常作定语，共有 88 例，占其全部用例的 20.09%。如：

⑧把奴的钗梳凑办了去，有何难处。(1 回)
⑨惟有奴知道你的心，你知道奴的意。(12 回)
⑩你到家对大娘说，只当可怜见奴的性命罢。(16 回)
⑪谁似冤家这般可奴之意，就是医奴的药一般。(17 回)

还可作兼语，共出现 23 例，占其全部用例的 5.25%。如：

⑫休要嫌奴丑陋，奴情愿与官人铺床叠被，与众位娘子作个姐妹，奴死也甘心。(16 回)
⑬他娘每又不肯坐，只说家里没人，教奴倒没意思的。(16 回)
⑭白日黑夜，教奴只是想你。(17 回)
⑮娘放了奴去罢。(44 回)

“奴”有时也作“奴家”。如：

⑯就是奴家亲自安排与叔叔吃，也干净。(1 回)
⑰妇人谢道：“多承官人厚意，奴家量浅，吃不得。”(3 回)
⑱前日奴家心中不好，蒙赐良剂，服之见效。(17 回)
⑲况且奴家这边没人，不好了一场，险不丧了性命。(17 回)
⑳这韩爱姐便向前道了万福，告道：“奴家是清河县人氏……”(100 回)

据我们统计，《词话》中作“奴”的共有 438 例，作“奴家”的仅有 39 例。而且“奴”散见于全书各回之中，而“奴家”则主要集中在第 1 回到第 10 回中（见表 4），分布可以说极不均匀。

表 4

回数	1	2	3	5	6	7	8	12	16	17	62	87	100	总计
用例数	5	1	5	1	2	1	1	1	1	2	1	2	2	25

从“奴”和“奴家”在上下文中经常构成异文来看，两者在语法功能上并不存在什么差异。如：

㉑奴今日与你百依百随，是必过后休忘了奴家。(6 回)

㉒大官人，贵人稀见面。怎的把奴来丢了，一向不来傍个影儿？家中新娘子陪伴，如胶似漆，那里想起奴家来。(8 回)

㉓我的哥哥，奴承望和你并头相守，谁知奴家今日死去也。趁奴不闭眼，我和你说几句话儿……(62 回)

（六）俺每（们）

“俺每（们）”是“俺”的复数形式。学术界关于词尾“每（们）”的沿革的一般结论是：用词尾“们”表复数始于宋代，当时的写法不一而足，先后大致有“懑”、“满”、“瞒”、“门”、“们”等形式；到了元代，文献里虽然也有写作“们”的，但“只是少数例外，大多数作‘每’”；“明初的情形还是如此”，“到明朝中叶以后‘们’字才又多起来”，但也有个别文献写作“每”的。[①]《词话》就属于这少见的“个别文献”。

《词话》中的“俺每（们）”用例多达407例，与“俺”的数量接近，我们以为这也便是《词话》中“俺”主要用于单数的根本原因。即词尾“们（每）”出现以后，“俺”和“俺们（每）”逐渐有了较为明确的分工：前者主要用于单数；后者主要用于复数，至少在《词话》时代是如此。问题是类似的分工为什么没有出现在“咱”的身上，《词话》中“咱们”的用例仅有70例，大大少于“咱”，“咱”绝大多数同于“咱们”，这确乎是个不太容易解释的问题。

《词话》中的“俺们（每）”的基本或叫常见形式为“俺每”（见表5），其“俺每”的用例数量创下了宋、元、明时期文献用例之最。

表5

词项	俺每	俺们
用例数	352	55
百分比（%）	86.49	13.51

《词话》中的“俺每（们）”主要用于复数，具体来说，又有以下两种情形：

其一，“俺每（们）”包括听话方，属于包括式，用法同现代汉语中之“咱们”：

①金莲道：“……俺每是没时运的，行动就相乌眼鸡一般……”（35回）

②聂钺道：“两个老婆，都是他心上人……也休怪人，是俺每的晦气，偏撞在这网里……”（69回）

③玉楼道：“你由他说不是……对着他三位师父、郁大姐，人人有面，树树有皮，俺每脸上就没些血儿……”（76回）

④荆都监起身，因问：“云大人到几时请俺每吃酒？”（78回）

⑤金莲道：“可是他说的：有孩子屋里热闹，俺每没孩子的屋里冷清。”（31回）

⑥月娘道：“也是千里姻缘着线穿。既是韩伙计这女孩儿好，也是俺每费心一

---

① 吕叔湘著，江蓝生补：《近代汉语指代词》，学林出版社，1985年，第37页。又见冯春田：《近代汉语语法研究》，山东教育出版社，2000年，第80页。

场。”（37回）

例①是潘金莲对孟玉楼所发的牢骚，“俺每”自然也包括孟玉楼；例②是聂钺对四个同伙说的话，“俺每”括指五人；例③是孟玉楼对潘金莲说的话，“俺每”包括潘金莲；例④是荆都监问西门庆的话，“俺每”也包括西门庆；例⑤也是潘金莲对孟玉楼所发的牢骚，“俺每”包括孟玉楼；例⑥是吴月娘对西门庆说的话，“俺每”自然包括西门庆。

其二，“俺每（们）”不包括听话方，属于排除式，用法同现代汉语中之“我们”。如：

⑦李桂姐、吴银儿搭着头出来，笑嘻嘻道：“爹，只怕晚了。轿子来了，俺每去罢。”（32回）

⑧刚说着，玳安出来，被金莲骂了几句：“……他一顶轿子倒占了两个灯笼，俺每四顶轿子反打着一个灯笼。俺每不是爹的老婆？”（35回）

⑨桂姐便道：“我央及姑夫，你看外边俺们的轿子来了不曾。”（44回）

⑩月娘再三留他：“俺们如今便都往吴大妗子家去，连你们也带了去。你越发晚了从他那里起身，也不用轿子，伴俺每走百病儿，就往家去便了。”（45回）

⑪（应伯爵、谢希大两个）见琴童儿收家活，便道：“大官儿，到后边取些水来，俺每漱漱口。”（52回）

⑫月娘道：“碜说嘴的囚根子，你是你爹肚里蛔虫！俺每这几个老婆倒不如你了。你怎的就知道他两个来才吃饭？”（62回）

⑬于宽道：“实和你说了罢，休推睡里梦里！刚才提刑院打了俺每，押将出来，如今还要他正身见官去哩。”（69回）

⑭月娘道：“小厮对你说来，明日云伙计家又请俺每吃节酒……”（78回）

例⑦~⑭中的“俺每”均不包括听话一方，除了例⑭需结合下文才获知“俺每”其实并不包括西门庆之外，其余诸例均一目了然。

从用例来看，“俺每（们）”用于排除式的要大大多于包括式的（见表6）。尤其是当“俺每”同“咱每”对举时，前者必定是排除式，而后者必定是包括式，没有例外。如：

⑮玉楼笑道：“今日俺每因在李大姐处下棋，赢得李大姐猪头，留与姐姐吃。”月娘道：“这般有些不均了。各人赌胜，亏了一个就不是了。咱每这等计较……”（23回）

⑯周守备道：“二位老太监，此日又是西门大人公子弥月之辰，俺每同僚都有薄礼庆贺。”薛内相道：“这等……”因向刘太监道：“刘家，咱每明日都补礼来庆贺。”（31回）

表 6

用法	包括式	排除式
用例数	29	372
百分比（%）	7.23	92.77

除了主要用于复数之外，"俺每（们）"有时也用于单数，用法同"我"，仅见6例。如：

⑰可是他对着人说的："你每有钱的，都吃十轮酒，没的拿俺每去赤脚绊驴蹄。"（23回）

⑱那雪娥鼻子里冷笑道："俺每是没时运的人儿，漫地里栽桑人不上，他行骑着快马，也不上赶他……"（23回）

⑲平安儿道："嫂嫂，俺每笑笑儿也嗔！"（23回）

⑳你天生的就是有时运的爹娘房里人，俺每是上灶的老婆来。（24回）

㉑（如意儿）说道："俺每后来，也不知什么来旺儿媳妇子，只知在爹家做奶子。"（72回）

㉒琴童又不敢接，说道："俺爹才从衙门中来家，辛苦，后边歇去了，俺每不敢禀。"（77回）

（七）咱每（们）

《词话》中的"咱每"总共有70例，在数量上较"俺每"要少得多，简直不可同日而语。

正如"俺每"是"俺"的复数形式一样，"咱每"也是"咱"的复数形式。可是，作为复数形式的"俺每"有时可用于单数，那么"咱每"呢？是否也同样兼容呢？答案是否定的。事实上，《词话》中的"咱每"无论在写法上还是用法上均表现出了高度的一维性，即写法一般均采用"咱每"的形式，而用法上均表复数，无一例外。这后者恐怕与"咱"在《词话》中主要用于复数有关。试想，连照理说是单数形式的"咱"都大量表复数，更何况原本就属于复数形式的"咱每"了，自然也不可能用于单数了。

《词话》中的"咱每"不但均表复数，而且绝大多数包含听话方，属于包括式，共有63例，占其全部用例的90%。这一点也同"咱"类似。如：

①玉楼道："咱每今日赌甚么好？"（23回）

②咱每不是要他的，讲过只拆他三件厅、六件厢房、一层群房就勾了。（35回）

③西门庆道："你两个打双陆。后边做着个水面，等我叫小厮拿面来咱每吃。"（52回）

④伯爵道："我刚才这里和哥不说，新酒放在两下哩，清自清，浑自浑。出不的

咱每怎么说来？……”（52回）

当然，有时“咱每（们）”也不包括听话方，属于排除式，不过《词话》中仅出现7例，只占其全部用例的10%，比较少见。如：

⑤贲四道：“……咱每不是要他的，讲过只拆他三间厅、六间厢房、一层群房就勾了。他口气要五百两。……”（35回）

⑥（薛姑子）说道：“咱们没有甚么孝顺，拿得施主人家几个供佛的果子儿，权当献新。”（57回）

⑦今日咱每在云二哥家吃了酒来。（78回）

⑧吴大舅道：“姐夫连日辛苦了，罢罢，咱每告辞罢。”于是起身。那西门庆又不肯，只顾拦着留坐，到二更时分才散。（79回）

冯春田指出：“明清时期‘咱’或者‘咱们’的用法还值得进一步调查，因为这一时期它们的方言差别较以往可能更为明晰。比如，在《老乞大》、《朴通事》和《醒世姻缘传》里，‘咱’等均为复数包括式，但《老乞大》往往用‘咱们’，《朴通事》则是用‘咱’、也用‘咱们’，《醒世姻缘传》则往往只用‘咱’：它们之间尽管有用‘咱’或者‘咱们’的不同倾向，但在复数包括式这一基本点上却又是一致的。而在时间略早于《醒世姻缘传》的《型世言》中，单用‘咱’往往是排除式，‘咱们’才是包括式。”①《词话》中“咱”等的用法较之上述文献要稍显复杂一些：一方面，《词话》中的“咱”并不“均为复数包括式”，其中也有一些表单数，用法同“我”；另一方面，“咱”的复数形式为“咱每”，而非“咱们”，“咱每”虽均表复数，但也并非均为包括式，有时也为排除式。

就语法功能而言，“咱每（们）”常作主语，共有62例，占其全部用例的88.57%。如例①～④等中的“咱每（们）”。也作宾语，共有7例，占其全部用例的10%。如：

⑨你我如今出来在外做土官，那朝里事也不干咱每。（64回）

⑩又讨了他值七分银一条孝绢，拿到家做裙腰子；他莫不白放咱每出来，咱还吃他一阵……（80回）

⑪莫不他七个头八个胆，敢往太师府中寻咱们去？（81回）

⑫平空留着他在屋里做甚么？到明日，没的把咱们也扯下水去了！（86回）

还可作定语，仅有1例：

⑬那怕狐吴典恩追拷着平安小厮，供出奸情来，随他那淫妇一条绳子拴去，出丑见官，管咱每大腿事！（97回）

---

① 冯春田：《近代汉语语法研究》，山东教育出版社，2000年，第22页。

（八）我每（们）

“我每（们）”是“我”的复数形式。相对于“俺每（们）”、“咱们”等其他复数形式而言，“我每（们）”在《词话》中的用例是最少的，共有52例，其中35例作“我每”，17例作“我们”。

同“俺每（们）”相似，“我每（们）”主要用于复数，共有42例，占其全部用例的80.77%。也有两种情形：

一种为排除式，共有29例，占其全部用例的55.77%，占其全部复数用例的69.05%。如：

①玉楼道：“姐姐不坐，我每也不起来。”（21回）

②伯爵道：“这个有甚行款，我每怎么估得出来。”（31回）

③安进士道：“你等先妆扮了来，唱个我每听。”（36回）

④两个公人道：“也罢，我每押你到他门首。”（26回）

⑤玳安道：“别要写字去了，爹差我们两个在这里服侍，也不得去了。”（54回）

⑥西门庆道：“也罢，就恕了你。只是方才说我们不吃不是个人，如今你渐有些没人气了。”（54回）

另一种为包括式，共有13例，占其全部用例的25%，占其全部复数用例的30.95%。如：

⑦武大道：“你也不要吃他的才得，我们也有央及他处。……”（3回）

⑧应伯爵便说道：“哥，咱这时候就家去，家里也不收我每。知你许久不曾进里边看看桂姐，今日趁着落雪，只当孟浩然踏雪寻梅，咱望他望去。”（20回）

⑨吴大妗子道：“只怕姐夫进来，我每活变活变儿。”（51回）

⑩白来创道：“这却妙了。小弟极怕的，是面没相识的人同吃酒。今日我们弟兄辈小叙，倒也好吃酒……”（54回）

值得注意的是，同“俺每（们）”一样，“我每（们）”作为排除式的用例也大大多于作为包括式的用例。至此，我们可以得出如下结论：在三种复数形式中，“俺每（们）”和“我每（们）”一般用于排除式；“咱们”一般用于包括式。

有时，“我每（们）”也用于单数，同“我”，共有10例，占“我”全部用例的19.23%。如：

⑪伯爵道：“这个有甚行款，我每怎么估得出来！”（31回）

⑫两个一递一口说勾良久，看看说得入港，婆子道：“我每说个傻话儿，你家官人不在，前后去的恁空落落的，你晚夕一个人儿，不害怕么？”（37回）

⑬王六儿笑道：“怪油嘴儿，要饭吃休要恶了火头。事成了，你的事甚么打紧？宁可我们不要，也少不得你的。”（47回）

⑭金匮道：“不是我私来，里边奶奶差出我们来。”（100回）

就语法功能而言，“我每（们）”常作主语，共有30例，占其全部用例的57.69%。如例①、②、③、④、⑥中的“我每（们）”。也作宾语，共有13例，占其全部用例的25%。如：

⑮亲兄弟难比别人，与我们争口气，也是好处。(1回)

⑯如此怎了？干娘遮藏我每则个，恩有重报，不敢有忘。(8回)

⑰今日俺每请你爹和你大娘赏雪。你将就少落我们些儿罢，我教你五娘不告你爹说罢。(21回)

⑱玉楼道：“好奶奶，若是我每，谁嗔他唱。……”(73回)

还可作兼语，共有6例，占其全部用例的11.54%。除了例⑤之外，还有如：

⑲西门庆道：“此是花二哥，前日请我们在院中与吴银儿做生日，醉了，被我搀扶了他来家……”(13回)

⑳西门庆道：“若是我们赢了，要你吃，你怎的就肯吃？”(54回)

㉑董娇儿道：“等我每到后边就来。”(58回)

还可作定语，共有3例，占其全部用例的5.77%：

㉒老爹不知道，我们佛经上说，人中生有夜叉罗刹，常喜啖人，令人无子，伤胎夺命，皆是诸恶鬼所为。(54回)

㉓翟谦道：“这个有何难哉！我们主人虽是朝廷大臣，却也极好奉承。……”(55回)

㉔那薛姑子就说：“我们佛祖留下一卷《陀罗经》，专一劝人法西方净土的。……”(57回)

“我每（们）”也可带谦称，构成同位短语，“我每（们）”在前，谦称词语居后，如例⑩中的“我们弟兄辈小叙”。现代汉语中还保留着这种用法。需要注意的是，《词话》时代“我+谦称词语”、“我每（们）+谦称词语”的用法，到了现代汉语中发生了一些变化，“我每（们）+谦称词语”的用法还保留，而“我+谦称词语”则演变成“谦称词语+我”的用法。

《词话》中第一人称代词的语法功能及常见用法情况详见表7：

表7①

词项	作主语	作宾语	作定语	作兼语	单数	复·包	复·排	带谦称
我	3 439	1 518	1 016	653	6 727	0	0	95
吾	11	2	18	0	31	0	0	0

① 表7中的“复·包”表复数，而且包括听话方，即包括式；“复·排”表复数，但不包括听话方，即“排除式”。

（续上表）

词项	作主语	作宾语	作定语	作兼语	单数	复·包	复·排	带谦称
朕	12	0	4	0	16	0	0	0
咱	176	23	109	0	35	278	0	0
俺	73	51	320	14	378	5	75	0
奴（家）	327	72	88	23	327	0	0	0
我每/们	30	13	3	6	10	13	29	0
咱每/们	62	7	1	0	0	63	7	0
俺每/们	257	95	19	36	6	29	372	0

二、第二人称代词

《词话》中的第二人称代词有“你”、“汝”、“尔”、“你每（们）”等4个，它们在《词话》中的出现频率高低悬殊：其中，“你”出现频率最高，“你每（们）”、“汝”就很少见，“尔”则可以用“罕见”一词来表述（见表8）；“汝”同“你”的差异并不是语法上的，而是修辞语用上的。

表8

词项	你	汝	尔	你每	你们
用例数	7 918	21	4	155	70
百分比（%）	96.94	0.26	0.05	1.90	0.86

至于金诸宫调和元曲中常见的第二人称代词“您”以及《水浒传》中出现的少许第二人称代词“恁”及其复数形式“恁每（们）”在《词话》中则没有踪影。

（一）你

一般认为，近代汉语中的“你”是由上古汉语中的第二人称代词“尔”发展演变而来的。王力先生（1980）指出：“你，《广韵》：‘乃里切，秦人呼傍人之称’，似乎是唐代新产生的一个词。其实‘你’也是一个‘强式’，是‘尔’字古音保存在口语里……《通雅》说：‘“爾”、“汝”、“而”、“若”乃一声之转，“爾”又为“尔”，“尔”又作“伱”，俗写作“你”’。这个语源的解释是正确的。”①吕叔湘先生（1985）也指出：“第二人称代词‘你’就是古代的‘爾’。汉晋以来，草书里早已把‘爾’

① 王力：《汉语史稿》（中册），中华书局，1980年，第272页。

写作‘尔’。”“我们可以相信，南北朝人写这个字已经跟现代的情形相似，除必须工整的场所作‘爾’外，通常就写‘尔’。至于什么时候又在左边加上‘亻’旁，那一定是在‘爾’的语音跟读音已经分歧之后，借这个来分别一下。在《北齐书》里(百衲本《二十四史》，其他版本同)，‘爾’、‘尔’、‘你’三种写法都有……大概‘你’的写法也是南北朝的后期就已经出现，隋唐之际已经相当通行，到了修史的文人或誊写的钞胥敢于录用的程度。”① 从一些文献资料来看（见表9），“你”对“尔”的全面替代可能是从晚唐五代开始的。

表9②

用例数 词项 文献	尔	你
王梵志诗	0	47
寒山子诗集	2	18
敦煌变文集	40	187
祖堂集	1	361

“你”是《词话》中出现频率最高的第二人称代词，用例多达7 918例，比用例数量排在第二的“你每”多了50倍。

《词话》中的“你”在语法功能上无所不能，最常见的是作主语，共有6 786例，占其全部用例的85.70%。如：

①秋菊道：“娘，你穿着鞋，怎的屋里没有?”(28回)
②月娘便问：“你邀请的众奶奶们，怎的这咱还不见来?”(43回)
③你去了这半个来月，奴那刻儿放下心来。(72回)
④你有长俊正条，肯教奴才排说你?(85回)
⑤月娘道：“作气不作气，休对我说，我不管你。望着管你的人去。”(26回)
⑥月娘向王姑子道：“我正月里好不等着你，就不来了!”(50回)
⑦吴大舅道：“既是姑娘留你，到初四日去便了。”(76回)
⑧月娘道：“姐姐，你自从出了家门在府中，一向奴多缺礼，没曾看你，你休怪。”(89回)

《词话》中的“你”也常作定语，可带“的”也可不带“的”，共有1 132例，占其全部用例的14.30%。如：

---

① 吕叔湘著，江蓝生补：《近代汉语指代词》，学林出版社，1985年，第3~4页。
② 吴福祥：《敦煌变文语法研究》，岳麓书社，1996年，第17页。

⑨怪到前日他见了我笑，原来有你的话在里头。(82 回)

⑩金莲道："我不好说的，巴巴寻那肥皂洗脸，怪不的你的脸洗的比人家屁股还白。"(27 回)

⑪西门庆道："我的心肝，你话是了。……"(26 回)

⑫冯妈妈道："你当家不恁的说，我来哄你不成！他好少事儿，家中人来人去，通不断头的。"(37 回)

⑬衙内便问妇人："你兄弟住那里下处？我明日回拜他去，送些嘎程与他。"(92 回)

其中例⑨、⑩中的"的"自不用说。例⑪中的"你话"即"你的话"；例⑫中的"你当家"即"你的当家"，也即"西门庆"；例⑬中的"你兄弟"即"你的兄弟"。

《词话》中的"你"主要用于单数，如例①～⑬中的"你"均表单数。但有时也可用于复数，同"你们"，共有 347 例，占其全部用例的 4.38%。主要有以下四种情形：

第一种情形是"你"后面紧跟表复数的名词性成分"两个～"、"～每"、"这起～"等，从而构成同位短语，在语义上形成一种复指关系："你"即指"两个～"、"～每"、"这起～"等。这种用法的"你"共有 299 例，占其表复数用例的 86.17%，占其全部用例的 3.78%。如：

⑭你两个贼人，专一积年在江河中，假以舟楫装载为名，实是劫帮凿漏，邀截客旅，图财害命。(47 回)

⑮伯爵道："你笑话我老，我那些儿放着老？我半边俏，把你这四个小淫妇儿，还不勾摆布。"(58 回)

⑯你两个拿钥匙，那边屋里寻他装防的衣服出来。(62 回)

⑰西门庆尝了尝，说道："自好你娘每吃。"(23 回)

⑱我把你这起光棍，我倒将就了，如何指称我这衙门，往他家吓诈去？(69 回)

第二种情形是"你"同"你每"在上下文中形成异文，"你"就是"你每"，共有 26 例，占其表复数用例的 7.49%，占其全部用例的 0.33%。如：

⑲你每不依我，只顾说去；等住回乱将起来，我不管你。(12 回)

⑳伯爵道："怯床不怯床，拿乐器来，每人唱一套，你每去罢，我也不留你了。"(58 回)

㉑大姐道："原来你每都在这里，却教俺花园内寻你。"(58 回)

㉒你每衣服都是有的，不消与你了。(62 回)

第三种情形是"你"虽然没同那些表复数的名词性成分直接构成同位短语，但在语义上存在一种明显的复指关系。被复指的名词性成分在句子前部，"你"则在后边，《词话》中共出现 7 例。如：

㉓实不瞒你，他如此这般，问了你两个的年纪，到明日讨了鞋样去，每人替你做双鞋儿，要拜认你两个做姐，他情愿做妹子。(13 回)

㉔西门庆拦住道："怪小油嘴，趁早休动手，我每人赏你一朵罢。"(27 回)

㉕我每人与你这两对金裹头簪儿，两枝金花儿，做一念儿。(62 回)

第四种情形是仅在"你"所处的句子中，无法确认其是单数还是复数，但结合前后语句则会看得很清楚，这样的用法共有 15 例。如：

㉖月娘满心欢喜，说道："又叫你娘费心。"一面看菜儿，打发两个吃了点心。月娘与了那小丫头一方汗巾儿，与了小厮一百文钱，说道："多上覆你娘，多谢了。"(11 回)

㉗多亏吴月娘向前拉住了手，说道："没的大家省事些儿罢了！好交你主子惹气！"(11 回)

㉘董娇儿道："他留俺每在房里吃茶来。他每问来：还不曾与你老人家磕头，不知娘是几娘？他便说：我是你四娘哩。"(58 回)

㉙……四个粉头都用汗巾儿搭着头出来。伯爵看见道："我的儿，谁养的你恁乖？搭上头儿，心里要去的情！"(58 回)

例㉘中的孙雪娥是针对"他每"的询问所作的回答："你四娘"应是"你每四娘"；"你每"指的是"董娇儿一行"。例㉙中的"你"应是"你每"，是指前文所说的"四个粉头"。

有时几种情形会一同出现在上下文中，如：

㉚你两个，……也是你从小在我手里答应一场，我今死去，也顾不得你每了。(62 回)

此外，有时候"你"也可说成"自你"，共有 4 例：

㉛休说你仗义疏财，敲金击玉，伶牙俐齿，穿罗着锦，行三坐五，这等为人上之人，自你每日吃用稀奇之物，他在世几百年还没曾看见哩！(20 回)

㉜自你两个梯己话儿，就不教我知道了。(45 回)

㉝月娘道："我就听不上你恁说嘴。自你家的好，拿掇的出来见的人！"(75 回)

㉞月娘道："我偏不要你去，我还和你说话哩。你两人合穿着一条裤子也怎的？是强汗世界，巴巴走来我这屋里硬来叫他。没廉耻的货，自你是他的老婆，别人不是他的老婆？"(75 回)

《词话》中的"你"有时并不指听话方，而是指听话方以外的其他人，类似于"他"。如：

㉟看官听说：但凡世上妇人，由你十八分精细，被小意儿过纵，十个九个着了道儿。(3 回)

㊱使丫头往你家瞧去，说你来了，好不教妈说我，早时就与他姐妹两个来了。你

就拜认与爹娘做干女儿，对我说了便怎的，莫不搀了你什么分儿？瞒着人干事。嗔道他头里坐在大娘炕上，就卖弄显出他是娘的干女儿……（32回）

㊲春梅道："我刚才不骂的你？你覆韩道国老婆那贼淫妇，你就学与他，我也不怕他。"（75回）

例㊱是妓女吴银儿对帮闲应伯爵所说的一段话，是数落另一个妓女李桂姐的，例中两个加点的"你"所指的不是作为听话方的应伯爵，而是被数落者李桂姐，"你"即"他"；例㊲是春梅对着潘姥姥、迎春、郁大姐等众人数落申二姐时所说的一段话，例中加点的"你"所指的也不是作为听话方的潘姥姥、迎春、郁大姐等众人，而是被数落者申二姐，"你"即"他"。

（二）汝

相对于"你"而言，"汝"在《词话》中出现的频率低多了，全书仅见21例。其具体分布及使用情况见表10：

表10

回数	1	47	48	56	59	61	62	66	73	100
用例数	3	3	1	2	5	1	2	1	1	2
使用者	霸王项羽	苗青、陈三、翁八、西门庆	县丞（西门庆在前一回）	水秀才	薛姑子引观世音菩萨、夜叉语	赵捣鬼	潘道士	高功	明悟	普静禅师

从表10反映的情况来看，"汝"的使用场合同前面我们讨论过的"吾"的使用场合类似，也不外乎三种场合：一种是出自于历史人物的口中，如第一回中的3例"汝"；一种是出自于官员、秀才、道士、僧人等当时的所谓文化人口中，共有16例；还有一种是出自于家仆及江湖盗贼口中，是用在密谋杀人劫财的当口，属于非正常状态下的交际，共3例。显然，"汝"在《词话》中的使用主要是出于修辞语用上的考虑，而非语法上的因素。

从语法功能角度来看，《词话》中的"汝"可作主语、宾语，共有19例；也可作定语，共有2例。如：

①陈三、翁八笑道："汝若不言，我等不瞒你说，亦有此意久矣。"（47回）

②县丞道："分明是汝众僧谋杀此人，埋于此处……"（48回）

③（苗青）说道："……汝二人若能谋之，原将此物均分。"（47回）

④（观世音菩萨）乃谓此妇人曰："……为缘你常持诵《佛顶心陀罗经》，并供养不缺，所以杀汝不得。……"（59回）

⑤（夜叉）报言："……我已蒙观世音菩萨受度了，从今永不与汝为冤。"（59回）

⑥（潘道士）嘱咐西门庆："今晚官人切忌不可往病人房里去，恐祸及汝身，慎之，慎之！"（62回）

⑦霸王曰："不然。吾与汝不忍相舍故耳。况汝这般容色，刘邦乃酒色之君，必见汝而纳之。"（1回）

其中例①、②、③中的"汝"作主语，例④、⑤中的"汝"作宾语；例⑥中的"汝"作定语；例⑦中的3个"汝"依次作主语、主语、宾语。

此外，从例①~⑦中可以看出，"汝"可表单数，用法同"你"，如例①、②、⑤、⑥、⑦中的"汝"；"汝"也可表复数，用法同"你们"，如例③、④中的"汝"。只是在《词话》中，表单数的"汝"共有15例，表复数的"汝"仅有7例，表单数是"汝"的主要用法。

"汝"表复数时，也作"汝等"。如：

⑧西门庆道："据这小厮所言，就是实话，汝等如何展转得过！"（47回）

例⑧中的"汝等"是指陈三、翁八。不过"汝等"的用例在《词话》中极为罕见，我们仅发现1例。

（三）你每（们）

"你每（们）"是"你"的复数形式。《词话》中"你每（们）"的用例共有225例，常见的形式是"你每"，共有155例，占68.89%；间或也作"你们"，共有70例，占31.11%。

《词话》中的"你每（们）"均用于复数，无一例外。

从语法功能角度来看，"你每（们）"主要作主语，共有172例，占其全部用例的76.44%。如：

①西门庆道："你们不济，等我奉劝二娘。二娘好小量儿！"（14回）

②西门庆道："你每试估估价值。"（31回）

③月娘道："不知你每笑什么，不对我说。"（35回）

④月娘道："你们慌怎的，也就要去？……"（44回）

⑤……梦见李瓶儿下炕来，推了迎春一推，嘱咐："你每看家，我去也！"（62回）

也可作宾语，共有38例，占其全部用例的16.89%。如：

⑥春梅道："教人还往那里寻你们去，谁知蓦地这里来。"（27回）

⑦你每明日还来答应一日，我请县中四宅老爹吃酒，俱要齐备些才好，临了等我一总赏你们罢。（32回）

⑧西门庆道："我早辰对众人不好邀你每的……"（42回）

仅有10例作定语。如：

⑨月娘道："我也不晓的你们底事。你每大家省言一句儿便了。"（11回）

⑩不意一诺千金，远蒙员外记忆我记得那古人交谊，止有那范张结契，千里相从，古今一位美谈，如今你们那个员外，委的也是难得。(57回)

⑪西门庆道："五七多谢你每茶。"(68回)

⑫只怕亲家和龙溪等不的，误了你每勾当。遇老爷闲，等我替二位禀，就是一般。(70回)

另有5例作兼语：

⑬我目下就要送你们过去，你们早收拾包裹，待我稍下书，打发你们。(55回)

⑭月娘道："教你们贼狗胎在这里看看，就恁惹是招非的！"(63回)

⑮到满月，不要饶花子，奈何他好歹发帖儿，请你们往他家走走去，就瞧瞧春花儿怎么模样。(67回)

⑯西门庆送了回来，打发了戏子，分付："后日原是你们来，再唱一日，叫几个会唱的来。宋老爹请巡抚侯爷哩。"(74回)

⑰西门庆道："不打紧，到明日正月十六日，还有一席，可请你每众伙计娘子走走去。是必休到根前又推故不去着。"(79回)

（四）尔

《词话》中"尔"的用例仅有4例：

①帝曰："不难。吾明日出朝，废太子而立尔子，意下如何？"(1回)

②"雇头口，星夜上东京打听消息。不消到尔陈亲家老爹下处。但有不好声色，取巧打点停当，速来回报。"(17回)

③又唱道："问尔丫鬟，欲铸黄金拜将坛。莫通明晓，寄与书生，云雨巫山。重门今夜未曾拴，深闺特把情郎盼。"(68回)

④偈曰：劝尔莫结冤，冤深难解结。(100回)

以上分别出自历史人物刘邦、西门庆之口，以及唱词、偈文之中。从语法功能上看，前3例作定语，最后1例作兼语。

三、第三人称代词

《词话》中的第三人称代词有"他"、"他每（们）"、"伊"等3个。其中"他"的用例最多，是《词话》所有代词中使用频率最高的一个词；"他每（们）"的用例次之；"伊"的用例最少（见表11）。

表11

词项	他	伊	他每	他们
用例数	8 242	9	46	25

（一）他

近代汉语中的第三人称代词“他”是由古代汉语中的无定代词“他”发展、转化而来的。王力先生指出：古代汉语中的“他”字“等于‘其他’的‘他’，它在上古的意义是‘别的’。‘他’在上古可以指事物，亦可写作‘它’，例如《诗经·庸风》：‘之死矢靡它’，《小雅·鹤鸣》：‘它山之石，可以攻玉。’（后人引作‘他山’），《孟子·梁惠王下》：‘王顾左右而言他’；又可以指人，例如《诗经·郑风》：‘子不我思，岂无他人’，《小雅·巧言》：‘他人有心，予忖度之。’人称代词的‘他’正是从‘他人’的‘他’来的”。[①] 而这种转化，一般认为在唐代已完成了，所以王力先生断言：作为第三人称代词的“‘他’字起源于唐代”，[②] 吕叔湘先生也指出：“到了唐代，这种真正的第三人称代词‘他’字就很常见了。”[③]

《词话》中的“他”主要用于单数，共有8 121个用例，占其全部用例的98.53%。如：

①月娘道：“他罢，你每不要缠他了，教李大姐挨着摆。”（23回）

②李瓶儿到前边，便悄悄说奶子：“他哭，你慢慢哄着他，等我来；如何教五娘抱着他，到后边寻我？”（32回）

③且休教他递酒，倒便益了他。（32回）

④他到明日，还要请我家中知谢我去。（69回）

⑤小玉道：“我不晓的，敢是玉箫他听见来。”（58回）

当然，也有一部分“他”用于表复数，共有121个用例，只占其全部用例的1.47%。结构上主要有以下三种情形：

一种情形是“他”后紧跟表复数的名词性成分，如“～每”、“～两个”、“～二人”、“～众人”等，从而构成同位短语，在语义上存在一种复指关系，“他”即表示“～每”、“两个”、“二人”、“众人”等。这种表示复数的“他”在《词话》中共有87个用例，占其表复数用例的71.90%。如：

⑥他娘每又不肯坐，只说家里没人，教奴倒没意思的。（16回）

⑦我刚走到花园前，只见玉箫那狗肉在角门首站立，原来替他两个观风。（25回）

⑧他二人回说：“到陈千户家，看了几副板，都中等，又价钱不合。”（62回）

⑨你怎的就知道他两个来才吃饭？（62回）

⑩见今他众人在前边催逼甚急。（69回）

① 王力：《汉语史稿》（中册），中华书局，1980年，第271页。

② 王力：《汉语史稿》（中册），中华书局，1980年，第270页。

③ 吕叔湘著，江蓝生补：《近代汉语指代词》，学林出版社，1985年，第9页。

另一种情形是“他”虽然没同那些表复数的名词性成分直接构成同位短语，但在上下文语境中两者却存在着一种明显的复指关系：被复指的名词性成分在上文；“他”则在下文。这样的例子在《词话》中并不很多，共有 21 个用例，占其表复数用例的 17.36%。如：

⑪下边原解的，你都与他说了不曾说？（47 例）

⑫两个小姑子，与了他两匹小布儿。（52 回）

⑬兰香推玉箫，玉箫推迎春，迎春推春梅，要令齐了，转央李娇儿，和西门庆说，放他去。（46 回）

⑭每人掐了一撮与他。（52 回）

⑮你教大官儿拿三个座儿来，教他与列位递酒，倒还强似唱。（32 回）

⑯一手拉着一个，都拉到席上，教他递酒。（32 回）

还有一种情形是仅在“他”所处的句子中，无法确认其是单数还是复数，但结合前后语句则会看得很清楚。这种表复数的情形较少，《词话》中共有 13 例，占其表复数用例的 10.74%。如：

⑰西门庆分付伯爵：“你若看见他每，只说我不知道。”伯爵道：“我晓得。机不可泄，我怎肯和他说。”（69 回）

⑱有甚难处勾当，等我出去安抚他，再安排些酒肉点心茶水，哄他吃着。（69 回）

⑲夏提刑道：“长官所见不错，必须该取他。”（69 回）

从语法功能角度来看，《词话》中的“他”可以充当各种成分。最常见的是作主语，如例①、②中的前一个“他”，还有例④、⑥、⑧、⑨、⑩中的“他”。

也常作宾语，如例①、②、③中前一个“他”以外的“他”，还有例⑦、⑪、⑫、⑭、⑰、⑲中的“他”以及例⑱中的前一个“他”。

也常作兼语，如例③中的前一个“他”、例⑤、⑮、⑯中的“他”以及例⑱中的后一个“他”。

也常作定语，且多不带“的”。如：

⑳他妈妈在屋里忙着手哩。（32 回）

㉑他口气要五百两。（35 回）

㉒（贲四嫂）大节下安排了许多菜蔬果品，使了他女孩儿长儿来，要请他四个去他家里坐坐。（46 回）

㉓我摸他身上还温温儿的，也才去了不多回儿。（62 回）

例⑳“他妈妈”中的“他”、例㉑“他口气”中的“他”、例㉒“他女孩儿”、“他家里”中的“他”、例㉓“他身上”中的“他”等均作定语。

“他”有时也作“他家”。如：

㉔玉楼道："只许他家拿黄杆等子秤人的，人问他要，只相打骨秃出来一般。不知教人骂多少！"（21回）

㉕（潘金莲）心下暗道："这段姻缘，还落在他家手里。"（87回）

《词话》中的"他家"一般指"他的家里"、"他们家"，可例㉔中的"他家"同后面的"他"形成异文，均指西门庆家管钱的李娇儿。当然，这样的例子在《词话》中极为罕见，仅有4例。

《词话》中的"他"除了表第三人称之外，还可指代人以外的别的事物。如：

㉖那人道："我图他润肺。"（35回）

㉗金莲道："谁教他唱他来，没的又来缠我。"（21回）

㉘……才与了我这匹段。谁得闲做他。（25回）

㉙秋千虽是北方戎戏，南方人不打他。（25回）

㉚那衣服在橱柜里。我昨日才收了，今日又要穿他。（31回）

㉛傅伙计恐怕他湿了帐簿，连忙取手巾来抹了。（50回）

㉜金莲看了说道："二十三是壬子日，交芒种五月节。"便道："姐姐，你问他怎的？"（52回）

㉝相俺爹虽是抄的银子放在屋里，俺娘正眼儿也不看他的。（78回）

其中例㉖中的"他"指的是榧子；例㉗"唱他"中的"他"指的是曲子《南石榴花》；例㉘中的"他"复指前面的"这匹段"；例㉙中的"他"复指前面的"秋千"；例㉚中的"他"复指前面的"那衣服"；例㉛中的"他"指倒在水柜上的酒；例㉜中的"他"复指前面的"壬子日"；例㉝中的"他"指银子。

《词话》中的"他"有时还可表虚指，不过全文仅有9例，并不多见。如：

㉞被宋惠莲骂了他几句："你咬人的狗儿不露齿。是言不是语，墙有缝，壁有耳。田床了那黄汤，挺他两觉。"（26回）

㉟若是我，外边叫个小厮，辣辣的打上他二三十板……（28回）

㊱那马在家歇他两日儿。（38回）

㊲桂姐道："还是爹这节间酒吃的多了，清洁他两日儿就好了。"（79回）

（二）伊

作为第三人称代词，"伊"显然要比"他"早。王力先生推测："'伊'字大约起源于第四世纪到第五世纪。""'伊'、'渠'在六朝、唐代的时候很重要。到了宋代，由于'他'在口语里的更普遍的应用，'伊'、'渠'已经很少见了。"[①]"渠"在《词话》中已见不到了，"伊"还能见到，但已极少，我们仅见到9例。如：

①（陈三、翁八）只是供称："跟伊家人苗青同谋。"（47回）

---

① 王力：《汉语史稿》（中册），中华书局，1980年，第270页。

②从伊别后，相思病缠；昏昏如醉，汪汪泪涟。知他几时再得重相会！（49 回）

③伊家做作无始终。山盟海誓一似耳边风也，不记当时，多少恩情重。（61 回）

④已知是西门庆家出来的，周旋委曲，在伊父案前，将各犯用刑研审，追出赃物数目，冀其来领。（91 回）

⑤朝廷明降，兵部覆题引奏："已故统制周秀……伊子照例优养，出幼袭替祖职。"（100 回）

从语法功能角度来看，9 例"伊"中，有 5 例作主语，如例②、③；4 例作定语，如例①、④、⑤，且均表单数。有时"伊"也作"伊家"，但这样的情况并不多见，《词话》中仅有 2 例，且都出现在戏文唱词之中，如例③。

（三）他每（们）

"他每（们）"是"他"的复数形式。《词话》中"他每（们）"的用例共有 71 例，略多于"我每（们）"，但大大少于"俺每（们）"。其常见形式是"他每"，共有 46 例，占 64.79%；间或也作"他们"，共有 25 例，约占 35.21%。

《词话》中的"他每（们）"均用于复数，无一例外。从语法功能角度来看，"他每（们）"主要作主语、宾语，共有 54 例，占其全部用例的 76.06%。如：

①他每都在第四层大空房拨灰筛土，叫出来就是了。（33 回）

②他每都在这里，不方便。（62 回）

③西门庆道："你还想那一梦儿，他每去的不耐烦了！"（64 回）

④玉箫道："他们敢在前头吃酒来。"（75 回）

⑤俺每内官的营生，只晓的答应万岁爷，不晓的词曲中滋味，凭他每唱罢。（31 回）

⑥那伯爵得了这消息，急急走去回他每话去了。（35 回）

⑦（金莲）教秋菊："你往后边问他每借来使使罢！"（72 回）

⑧谢希大道："自古道：强将手下无弱兵。毕竟经了他们，自然停当。"（54 回）

"他每（们）"也常作兼语，共有 11 例，占其全部用例的 15.49%。如：

⑨东家，也不消教他每唱了，翻来吊过去，左右只是这两套狗挝门的，谁待听！（32 回）

⑩说了一回话，月娘分付玉箫："早些打发他们吃了茶罢。等住回只怕那边人来忙了。"（43 回）

⑪我待的打发了他每起身，我才来哩。（50 回）

⑫我明日就拿疏簿去，要他们写。写的来，就不拘三百二百，一百五十，管教与老师成就这件好事。（57 回）

《词话》中的"他每（们）"较少作定语，仅有 6 例，占其全部用例的 8.45%。如：

⑬爹吃酒来家，到我屋里才待脱衣裳，我说你往他每屋里去罢，我心里不自在。(33回)

⑭伯爵道："李日新在那里来？你没曾打听得他每的事怎么样儿了？"(52回)

⑮吴恩典道："这罢了，停了几时才想出来。他每的东西都花费了，那在一杯酒。"(54回)

⑯花子虚道："这咱晚我就和他们院里去，也是来家不成，你休再麻犯我是的。"(13回)

四、关于"NP每（们）"

前面我们讨论了人称代词"俺"、"咱"、"我"、"你"、"他"后面带上词尾"每（们）"表单复数的问题。《词话》中的"每（们）"还可以用在各种名词性成分（记作"NP"）后面表复数。当然，这并非《词话》的首创，早在宋金元时期的文献里就已出现了不少"NP每（们）"的用例，《词话》中出现的不过是这种用法的延续而已。

《词话》中的"NP每（们）"主要有以下四种情况：

（一）亲属称谓词+每（们）

这是《词话》中"NP每（们）"最常见的一种现象，主要是由"爹"、"娘"、"哥"、"姐"、"亲家"等和词尾"每（们）"构成。如：

①小的也记不多几个曲子，胡乱席上答应爹每罢了。(35回)

②小的和琴童拿了两个来接娘每。(35回)

③你把娘们还放不到心上，何况以下人。(24回)

④哥每说的是。你每略坐坐儿。(69回)

⑤亲家每又不老，往后愁没子孙，须得慢慢来，亲家也少要烦恼了。(59回)

以上诸例中的"NP每（们）"是面称用语，也有作背称用语的，如：

⑥那乔大户娘子说道："亲家，怎的这般说话？孩儿每各人寿数，谁人保得后来的事。……"(59回)

⑦我且买几匹布，勾孩子每冬衣了。(35回)

⑧对着他姐儿每，说我长，道我短，那个纸包儿里也看哩！(59回)

⑨今日不想云二哥娘子送了五个帖儿，又请房下每都会会儿。(78回)

例⑥是乔大户娘子安慰李瓶儿的话，"孩儿每"指的是她们的孩子；例⑦是应伯爵对他娘子说的话，"孩子每"指的是其子女；例⑧是孙雪娥对李瓶儿说的话，"姐儿每"指的是西门庆其他几房娘子；例⑨是西门庆对应伯爵说的话，"房下每"指的是西门庆的众娘子。

（二）非亲属称谓词+每（们）

这种情况的"NP每（们）"一般是谦称用语或尊称用语。如：

①他列位每都明日起身远接。(35 回)

②蔡状元道:"学生每初会,不当深扰潭府,天色晚了,告辞罢。"(36 回)

③哥,你聪明,你伶俐,何消兄弟每说。(62 回)

例①中的"列位每"是夏提刑在西门庆面前对其他官员的尊称;例②中的"学生每"是蔡状元在西门庆面前用的谦称;例③中的"兄弟每"是应伯爵在西门庆面前用的谦称。

(三)指人的普通名词+每(们)

这是《词话》中"NP 每(们)"的又一种常见现象,由指人的普通名词"同僚"、"姐妹"、"丫头"、"小厮"等与词尾"每(们)"构成。如:

①(西门庆)因告诉说:"昨日巡按两司请侯老之事,侯老甚喜。明日起身,少不的俺同僚每都送郊外方回。"(76 回)

②(月娘)闲中率众姐妹每游戏一番,以削春昼之困。(25 回)

③姊妹每都不出来,各自在房做针指。(72 回)

④恁一个小淫妇,昨日教丫头每平白唱"佳期重会",我就猜是他干的营生。(21 回)

⑤爹今日和应二叔每,都在院里吴家吃酒。(18 回)

⑥西门庆早起,往衙门中去了,分付小厮每抬出灯来,收拾揩抹干净。(78 回)

(四)詈词+每(们)

这实际上也属于由指人的普通名词与词尾"每(们)"构成的"NP 每(们)",之所以将它们单列为一类,是因为这些普通名词都是用来骂人的,是詈词。如:

①如今惯的你这奴才们,想有些折儿也怎的?(46 回)

②淫妇们闲的声唤,平白跳甚么百索儿!(18 回)

③琴童儿来回走的抱怨了:"就死也死三日三夜,又撞着恁瘟死鬼小奶奶儿们,把人魂也走出了。"(46 回)

例①是吴月娘骂詈玳安儿的话;例②是西门庆骂詈吴月娘、潘金莲等的话;例③是琴童儿的骂人话。

"每(们)"有时也用在一些名词性词组,如"的"字结构等后面,构成"NP 每(们)",作谦称用等。如:

④小张闲等只顾在下叩头哀告道:"小的并没吓诈分文财物,只说衙门中打出小的每来,对他说声……"(69 回)

⑤众人一齐哀告,哭道:"天官爷超生小的每罢,小的再不敢上他门缠扰了……"(69 回)

例④中"小的每"是小张闲等的谦称;例⑤中"小的每"是众人在西门庆面前

的谦称。

《词话》中词尾“每（们）”，有时作“每”，有时作“们”。前者大大多于后者，两者仅是写法、形式不同，在用法上并没什么区别，所以常常在上下文中构成异文。如：

⑥书童见贲四嫂又使了长儿来邀，说道：“我破着爹骂两句，也罢，等我上去替姐们禀禀去。”一直走到西门庆身边，掩口对耳说道：“贲四嫂家大节间要请姐每坐坐，姐教我来禀问爹，去不去？”西门庆听了，分付：“教你姐每收拾去，早些来，家里没人。”（46 回）

⑦李铭跪下掩口说道：“小的和吴惠先到宅里来，宅里说爹每在这边房子里摆酒，前来伏侍爹们。”（42 回）

例⑥上文作“姐们”，下文作“姐每”；例⑦上文作“爹每”，下文作“爹们”。如果一定要说两者的差异，例⑥尚可解释为：书童是常熟人，属于吴地人，所以称“姐们”；西门庆是山东人，所以称“姐每”。作者敏锐而又细腻地捕捉到了书中人物的方音差异。但例⑦则无法解释，因为出自同一个人的同一段话语中。

五、反身代词

反身代词也叫己称代词、复指代词。上古汉语中的反身代词有 2 个：“自”和“相”①。魏晋时期“自”仍然很活跃；晚唐五代时期产生了“自家”、“自己”等新的反身代词。这些新的反身代词在宋元时期大行其道，尤以“自家”更为常见。而“自己”的大量使用一般认为是在明代：“‘自己’在明代较多，入清以后更为普遍。”②《词话》中的反身代词有“自己”、“自家”、“自”等 3 个，其使用情况似乎同大的趋势有些悖逆：最常见的是“自”；其次是“自家”；“自己”则使用频率最低（见表 12）。

表 12

词项	自己	自家	自
用例数	32	67	234
百分比（%）	9.61	20.12	70.27

（一）自

“自”在《词话》中的用例多达 234 例，占《词话》反身代词总量的 70.27%，是《词话》中最为常用的反身代词。“自”在《词话》中有以下三种用法：

---

① 王力：《汉语语法史》，商务印书馆，1989 年，第 81 页。
② 冯春田：《近代汉语语法研究》，山东教育出版社，2000 年，第 59 页。

1. 紧跟在人称代词或指人的名词后面，作状语，修饰其后的动词性成分。“自”在语义上同其前的人称代词或名词构成复指关系。“自”的这种用法在《词话》中较多，共有164例，占其全部用例的70.09%。如：

①这蒋竹山自知存身不住，哭哭啼啼，忍着两腿疼，自去另寻房儿。(19回)

②姐，你自开门取了去。(13回)

③西门庆道：“卑职自知其本府胡正尹，民望素著；李知县吏事克勤。其余不知其详，不敢妄说。”(76回)

④月娘自忖道：“不吃他，不得见效；待吃他，又只管生疑……”(53回)

⑤（金莲）径撇了玉楼，玉楼自进房去。(53回)

⑥伙计，你自安心做你买卖，休理他便了。(86回)

⑦婆婆道：“你每自去盛吃。”(100回)

⑧金莲道：“你自在这里扫完了地，等我自家问这囚根子要去。”(64回)

2. 单用，作主语。在语义上同前面分句中的某个人称代词或名词构成复指关系。这种用法的频率次于第一种，《词话》中共有61例，占其全部用例的26.07%。如：

⑨你快梳了头，自过去和李瓶儿说去。(21回)

⑩常二道：“你生世要骂汉子，见了银子就来亲近哩！我明日把银子去买些衣服穿好，自去别处过活，却再不和你鬼混了。”(56回)

⑪金莲骂道：“说嘴的短命！”自把各人面前酒斟上。(33回)

⑫西门庆连醉了几日，觉精神减了几分，正遇周内相请酒，便推事故不去，自在花园藏春坞游玩。(56回)

⑬（西门庆）说道：“你甚要紧，自身上不方便，理那小淫妇做什么，平白和他合甚么气?”(75回)

⑭（金匮）又取出一定五十两大元宝来，撇与李安，自去了。(100回)

⑮（月娘）又恐丫鬟每觉着了，不好放声哭得，只管自埋自怨，短叹长吁。(53回)

3. 单用，作状语。在语义上泛指句中未出现的某个主体。如：

⑯色不迷人人自迷，迷他端的受他亏。(3回)

⑰自古清者清，浑者浑，久而自见。(92回)

不过，《词话》中“自”的这种用法比较少见，仅有8例。

4. 单用，作定语。在语义上同前面分句中的人称代词构成复指关系。

⑱贲四这狗啃的，我举保他一场，他得了买卖，扒自饭碗儿，就不用着我了。(36回)

这种用法在《词话》中极为罕见，仅见1例。

（二）自家

“自家”在《词话》中的用例共有67例，占《词话》反身代词总量的20.12%，是

《词话》中相对来说不太常见的一个反身代词。“自家”在《词话》中有以下三种用法：

1. 紧跟在人称代词或指人的名词后面，同人称代词或指人的名词构成同位短语，一起作主语或宾语。“自家”在语义上同其前的人称代词或名词构成复指关系。共有24例，占其全部用例的35.82%。如：

①西门庆骂道：“……你骂他奴才，你如何不溺胞尿，把你自家照照？”（11回）

②伯爵道：“贼小淫妇还哄我住！等我自家后边叫去。”（32回）

③只听得潘金莲在那里，和孟三儿说我自家没得养，倒去奉承别人。（53回）

④其余奇巧们富丽，便是蔡太师自家受用，也不过如此。（55回）

⑤不如与你些银子儿，你自家治买罢。（72回）

⑥（来保）说念月娘：“你老人家青春少小，没了爹，你自家守着这点孩儿子，不害孤另么？”（81回）

2. 单用，作主语或定语。“自家”虽然没与其前的某个人称代词或名词直接构成同位短语，但在语义上却存在一种明显的复指关系：被复指的那个成分在句子前边，“自家”则在后边，共有27例，占其全部用例的40.30%。如：

⑦我养汉养主子，强如你养奴才！你倒背地偷我汉子，你还来倒自家掀腾。（26回）

⑧咱须办自家去走一遭。（57回）

⑨西门庆便唤玳安铺子里取天平，请了陈姐夫，先把他讨的徐家二十五包弹准了，后把自家二百五十两弹明了，付与黄四、李三。（53回）

⑩那妇人只顾饶舌，又见常二不揪不采，自家也有几分惭愧了，禁不的吊下泪来。（56回）

⑪他自长成了，只认自家的娘，那个认你！（53回）

3. 单用，作主语。“自家”前面没有被复指的成分，共有13例，占其全部用例的19.40%。如：

⑫平白浪着自家又好了，又没人劝他。（21回）

⑬又没人劝，自家暗里又和汉子好了。（21回）

⑭自家养的亲骨肉，倒也叫他是冤家。（53回）

⑮自家打滚撞头，荻髻踩扁了，皇帝上位的叫。（75回）

⑯我说这孩子有些不长俊，护头，自家替他剪毽罢。（52回）

⑰我明日不得去。拿我帖儿，回你夏老爹，自家拜了牌罢。（62回）

4. 单用，作定语。“自家”前面没有被复指的成分。《词话》中仅见3例：

⑱……口里道：“输在这三着了。”连忙数自家棋子，输了五个子。（54回）

⑲看看到八月十五将近，月娘因他不好，连自家生日都回了不做。（59回）

⑳被月娘瞅了一眼，说道：“你自家把不住自家嘴头了。他死了，嗔人分散房里丫头，相你这等，就没的话儿说了。”（74回）

（三）自己

“自己”在《词话》中的用例共有32例，占《词话》反身代词总量的9.61%，是《词话》中用例最少的一个反身代词。“自己”的用法基本上同“自家”，在《词话》中主要有以下三种用法：

1. 紧跟在人称代词或指人的名词后面，同人称代词或指人的名词构成同位短语，一起作主语或宾语。“自己”在语义上同其前的人称代词或名词构成复指关系。这种用法的数量并不多，《词话》中共有7例。如：

①不是我自己夸奖：大官人正喜我这一件儿。(33回)
②他自己也攒勾十来两银子。(64回)
③就等不得王婆叫，他自己出来，向武松道了万福……(87回)

2. 单用，作主语或定语。“自己”虽然没同其前的某个人称代词或名词直接构成同位短语，但在语义上却存在一种明显的复指关系：被复指的那个成分在句子前边；“自己”则在后边。这是《词话》中“自己”的主要用法，共有15例。如：

④武松也知了八九分，自己只把头来低了，却不来兜揽。(1回)

⑤早在房中预备下一桌酒，齐整果菜，等西门庆进房，妇人还要自己递与酒。(40回)

⑥西门庆走到面前坐地，就把那道长老募缘，与那自己开疏的事，备细对月娘说了一番。(57回)

⑦他灯台不明，自己还张着嘴儿说人浪。(75回)

3. 单用，作主语或宾语。这种用法的“自己”在《词话》中共有10例。如：

⑧自己走进去，收拾了二百五十两银子……(53回)
⑨那婆子不知好歹，又奚落他。打发武松出门，自己寻思……(87回)
⑩我前日已说过了：幼嫁由亲，后嫁由自己。(8回)

第二节　指示代词

《词话》中的指示代词总共有19个，按照目前通行的标准，可以将它们分为以下三大类：近指指示代词、远指指示代词、兼指指示代词。

一、近指指示代词

《词话》中的近指指示代词有“这”、“此”、“是”、“这里”、“这边”、“这咱”、“这咱晚”、“这般”、“这等”、“这样”等10个。它们在《词话》中的使用情况见表13：

表 13

词项	这	此	是	这里	这边	这咱	这咱晚	这般	这等	这样
用例数	3 455	1 211	34	659	110	45	25	261	255	44
百分比（%）	56.65	19.86	0.56	10.81	1.80	0.74	0.41	4.28	4.18	0.72

（一）这

“这”是近代汉语中新出现的一个表示近指的指示代词，同上古汉语中的“此”相当。一般认为，“这”最早出现在唐代的文献里，最初有“者”、“这”、“遮”等三种形式；到宋金元时期“者”、“遮”两种形式逐渐隐没乃至消失，从而形成了“这”一统天下的局面。“这”是《词话》的近指指示代词中使用频率最高的一个，用例多达3 455个，占《词话》全部近指指示代词的56.65%。《词话》中的“这”概括起来讲，主要有以下一些用法：

1. 直接放在名词或名词性成分前面，作定语，表示近指。这是《词话》中的“这”最常见的用法，共有1 792例，占“这”的全部用例的51.87%。如：

①金莲接过来道：“这一家子，只我是好欺负的……”（18回）

②（金莲）因令春梅：“你取那只鞋来与他瞧！——你认的这鞋是谁的鞋？”（28回）

③寻常时在俺每根前，倒且提精细撇清，谁想暗地却和这小伙子儿勾搭。（24回）

④这奴才当我的鞋，又翻出来，教我打了几下。（28回）

⑤你倒把这大的卖与他罢。（24回）

⑥来兴儿因爹叫俺这一个买办，说俺每夺了他的，不得撰些钱使，挟下这仇恨儿……（26回）

这种用法的“这”有时候近指的意味很淡，而纯粹是一种叙述、描写的形式，在《词话》中成为一种套路，也便成了套话。这种套话若放在句群或篇章中去考察，我们就会发现，实际上，它是一种提示下文或转换话题的最便捷的手段，当然很多时候是可用可不用的。如：

⑦……众小厮应诺道：“小的每知道了。”

这宋惠莲自从拿了来旺儿去后，头也不梳，脸也不洗，裙腰不整，倒趿了鞋，只是关闭房门哭泣……（26回）

2. 同量词“个”、“些”、“伙”、“干”等构成指量短语，作定语，表示近指，这也是《词话》中“这”比较常见的用法，共有1 138例，占“这”的全部用例的32.94%。如：

⑧（金莲）说道："姐夫，你爹分付，好歹饮奴这杯酒儿。"（24回）

⑨他有这个欺心的事，我也不饶他。（25回）

⑩为今之计，不如把这位先生招他进来，过其日月，有何不可。（17回）

⑪怎禁这伙人死拖活拽，于是同进去院中。（15回）

⑫太太既分付，学生到衙门里，即时把这干人处分惩治……（69回）

3. 插在两个名词性成分之间，并在同后者组成偏正短语后与前者构成同位短语，在语义上有一种复指关系。这种用法在《词话》中的使用频率要大大少于前两者，共出现183例，仅占"这"的全部用例的5.30%。如：

⑬别人犹可，惟有潘金莲这妇人，青春未及三十岁，欲火难禁一丈高……（12回）

⑭（我）跷起脚儿来，比你这淫妇好些儿。（24回）

⑮左右破着把老婆丢与你，坑了你这头子，拐的往那头里停停脱脱去了……（26回）

⑯满天下人都象你这奴才，也不敢使人了。（26回）

⑰你这歪剌骨可死成了。（28回）

4. 单用，或带上量词构成指量短语，直接称代，作主语。"这"的这种用法在《词话》中更为少见，有171例，仅占"这"的全部用例的4.95%。如：

⑱陈亲家是我的亲家，女儿、女婿两个业障，搬来咱家住着。这是一件事。（17回）

⑲翟管家答道："这是老爷教的女乐。"（55回）

⑳这怎的这等生分，大白日里借不出个干灯盏来。（72回）

㉑西门庆道："这也罢了。"（78回）

㉒我听见王经说，又寻了个甘伙计做卖手，咱每和崔大哥与他同分利钱使，这个又好了。（59回）

㉓（春梅）说道："姥姥，这个都是整菜，你用些儿。"（78回）

5. 同"这么"，附加于数量短语之前，强调事物的数量。"这"的这种用法在《词话》中是最为少见的，共计74例，仅占"这"的全部用例的2.14%。如：

㉔你两口子聒频了这半日，也勾了，休要误了勾当。（8回）

㉕兄弟到府上几遍，见大门关着，又不敢叫，整闷了这几日。（18回）

㉖玳安道："乔大爹，花大爹，大舅，二舅，谢爹，都来了这一日了。"（32回）

㉗你每说了这一日，我不懂，不知说的是那家话。（32回）

6. 放在谓词性成分之前，作状语，或表动作行为的方式，或表强调，同"这么"。"这"的这种用法在《词话》中也不多见，共有97例，仅占"这"的全部用例的2.81%。如：

㉘既你这说，我明日打发他去便了。(25 回)

㉙你老人家寻他怎的？这早来问着我，第二个人也不知他。(8 回)

㉚李瓶儿道："我也往屋里穿件衣服去，这回来冷，只怕夜深了。"(24 回)

㉛大姐已是嫁出女，如同卖出田一般，咱顾不的他这许多。(86 回)

㉜武松道："如何要这许多？"(87 回)

（二）此、是

"此"和"是"及"斯"均是古代汉语中表示近指的指示代词。在古代汉语中这三个近指代词虽然在用法上看不出有什么分工，但在使用频率上是有所不同的。如在《尚书》、《诗经》、《左传》、《公羊传》、《谷梁传》、《论语》、《孟子》、《墨子》、《庄子》、《荀子》等 10 部典籍中，"是"的用例为 2 948 例，为最多；"此"的用例为 1 884 例，为其次；"斯"的用例为 113 例，为最少。[①] 可见，"是"在古代汉语的近指代词中是最为活跃的。而到了近代汉语中这种情形有了变化，尤其是"此"的使用频率大大高于"是"。如在《敦煌变文》中，"此"的用例为 1 155 例，而"是"的用例仅为 198 例，"斯"为 70 例。[②] 从《词话》的情况来看，"此"的走强、"是"的走弱这种态势更加明显。"此"在《词话》中的用例多达 1 211 例，是《词话》中"这"以外的 9 个近指代词中使用频率最高的一个，占《词话》中全部近指代词的 19.86%；"是"的用例仅为 34 例，占《词话》中全部近指代词的 0.56%。

《词话》中的"此"概括起来讲，主要有以下一些用法：

1. 单用，直接称代，作主语或宾语。"此"的这种用法在《词话》中使用频率最高，共有 573 例，占"此"全部用例的 47.32%。如：

①迎春道："此是上边筛酒的执壶，你平白拿来做甚么？"(31 回)

②此是哥打着绵羊娄驹战，使李桂姐家中害怕，知道哥的手段。(69 回)

③交与西门庆说："此列位奉贺哥的分资。"(76 回)

④陈经济道："有书在此。"(17 回)

⑤公人禀道："离此不远，就是慈惠寺。"(42 回)

2. 放在名词性成分之前，作定语，表近指。"此"的这种用法在《词话》中使用频率仅次于直接作主语或宾语的，共有 526 例，占"此"全部用例的 43.44%。如：

⑥西门庆道："他真个说此话来？"(16 回)

⑦这蒋竹山不听便罢，听了此言，喜欢的势不知有无…… (17 回)

⑧那里有此话，俺每就代他赌个大誓…… (16 回)

⑨那玉箫听见主子使他干此营生，又似来旺媳妇子那一本帐，连忙钻头觅缝，袖的去了。(79 回)

---

① 郭锡良：《试论上古汉语指示代词的体系》，《语言文字学术论文集》，知识出版社，1989 年。

② 吴福祥：《敦煌变文语法研究》，岳麓书社，1996 年，第 32 页。

㉗西门庆道："无是理。如此，教棋童打灯笼送到家。"（58回）

（三）这里、这边

指示代词"这"和方位词"里"组合构成的表处所的代词"这里"早在晚唐五代的文献里就已经出现了，最初的形式有"这里"、"者里"等，宋代以后渐渐地统一作"这里"。《词话》中，"这里"的用例有659例，占全部近指代词的10.81%，也不算少了。

《词话》中的"这里"主要有以下两种用法：

1. 单独作主语、宾语，称代离说话人较近的处所。这种用法出现的频率较高，全文共有626例，占"这里"全部用例的94.99%。如：

①这里是姑奶奶大人，有话不先来和姑奶奶说，再和谁说！（7回）

②这里无人，他出去了，早晚爹和我说句话儿也方便些。（25回）

③韩道国道："这里使着了人做卖手，南边还少个人立庄置货。"（59回）

④李瓶儿把西门庆抱在怀里叫道："……休丢我在这里日夜悬望。"（16回）

⑤冯妈妈道："好哥哥，我在这里等着……"（17回）

⑥一般三个人在这里，只踢我一个人。（18回）

有时"这里"前有人称代词，作定语。如：

⑦也罢，我这里还差个人同你去。（18回）

⑧玳安说："他那里说不认的，教咱这里转送送儿罢。"（78回）

⑨我这里替你封上分帕礼儿，你差应宝早送去就是了。（78回）

2. 同"那里"配合使用，泛指处所。如：

⑩当下这里推那里，那里推这里，就耽误了半天。（24回）

⑪这相这回子，这里叫那里叫，把儿子痨病都使出来了。（25回）

"这边"是由指示代词"这"和方位词"边"组合所构成的表处所的代词。"这边"早在晚唐五代的文献里就已经出现了。最初有"这边"、"这伴"、"这畔"等形式；宋代以后渐渐地统一作"这边"。"这边"的用法按理应同"这里"大体一致，但由于《词话》中"这边"的用例要大大少于"这里"，有110例，因此其用法就比"这里"显得狭窄了些。

1. 作主语中心语，称代离说话人较近的处所，前面常常有人称代词等修饰。《词话》中这种用法的"这边"使用频率最高，共计76例，占"这边"全部用例的69.09%。如：

⑫李瓶儿道："奴午斋后叫进他到房中，就说大官人这边做亲之事，他满口说好……"（16回）

⑬况且奴家这边没人，不好了一场，险不丧了性命。（17回）

⑭远远的见月娘这边一簇男女过来，就要拉请进去。(46 回)

⑮妇人道："没他的主儿，那里着落？倒常时来我这边，和我做伴儿。"(79 回)

像例⑯这样单用作主语的用例是难得一见的：

⑯左右没人，这边是二叔和小人与黄四哥，他那边还有两个伙计，二八分钱使。(78 回)

有时也作定语，如：

⑰那月儿不信，还伸手往他这边袖子里掏……(59 回)

2. 单用，作宾语，直接称代离说话人较近的处所。全文共有 34 例，占"这边"全部用例的 30.91%。如：

⑱（三官儿娘子）等闲不过这边来。(78 回)

⑲春梅道："刚才吃了酒，打发他两个睡下了。我来这边瞧瞧姥姥。"(78 回)

⑳春梅便归这边来，推了推角门开着，进入院内。(78 回)

有时也作"这面"，当然，这种情况较为罕见，《词话》中仅有 1 例：

㉑我的香茶不放在这面，只用纸包儿包着。(59 回)

（四）这咱、这咱晚

"这咱"不见于明代以前的文献中，而且从目前已有的文献来看也只见于《词话》。冯春田认为"这咱"来源于早在元代的文献里就已出现的"这早晚"，其中的"咱"是"早晚"的合音；而"这早晚"，等同于"这时候"，指称时间。冯所提供的例证（共 4 例）全部出自《词话》，并指出："这咱"受旧形式"这早晚"的影响，还形成了另一种形式"这咱晚"，所提供的例证（共 3 例）也全部出自《词话》。[①] 关于"这咱"的源流演变似还有待于作进一步的研究。"来源于'这早晚'"说可以解释"这咱"的由来，但无法解释"这咱时"、"咱晚"等的由来。尤其是"这咱晚"是否就是"这咱"的另一种形式，即"这咱晚"是否完全等同于"这咱"，恐怕还不能轻易下结论。因为有的时候"这咱"还不能用"这咱晚"来替换。此外，《词话》中还有"那咱"、"那咱晚"等形式，而且"那咱"和"那咱晚"的差异尤为明显，两者一般不能替换（参见本小节之"二、远指指示代词"之"（五）那咱、那咱晚"）。因此，需要联系起来全面地加以考察、归纳。

《词话》中的"这咱"主要有以下一些用法：

1. 用在谓词性成分前面，作状语，称代现在的时候，多用来强调行为动作在时间上的拖延，所以后面往往有"还"、"才"等时间副词与之相呼应。这是《词话》中"这咱"最为常见的用法，共有 39 例，占其全部用例的 86.67%。如：

---

① 冯春田：《近代汉语语法研究》，山东教育出版社，2000 年，第 108～109 页。

①婆子道："今日这咱还没来，教老身半夜三更开门闭户等着他。"(24 回)

②今早他汉子来家，一顿好打的，这咱还没起来哩。(24 回)

③月娘便问："你怎的衙门中这咱才来?"(76 回)

④好贼囚，你这咱还来描眉画眼儿的，爹吃了粥便出来。(31 回)

⑤他这咱不来，俺每往门首瞧他瞧去。(21 回)

⑥（月娘）问道："你今日往那里，这咱才来?"(78 回)

⑦原来你在屋里，这咱才起来，好自在！(82 回)

以上的"这咱"均可以用"这咱晚"来替换。但下面的"这咱"却不可以用"这咱晚"来替换：

⑧西门庆便问月娘道："你这咱好些了么?"(75 回)

2. 用在介词之后，作宾语，或独立成小句，也多用来强调行为动作在时间上的推延。《词话》中共有 6 例。如：

⑨伯爵道："这咱哩！从李桂儿家拿出来，在县里监了一夜，第二日，三个一条铁索，都解上东京去了。"(52 回)

⑩傅伙计老头子，熬到这咱，已是不乐坐，搭下铺，倒在炕上就睡了。(64 回)

⑪月娘道："这咱哩！未曾念经，经钱写法都找完了与他了。早是我还与你留下一匹衬钱布在此。"(68 回)

⑫文嫂儿道："这咱哩！那一年吊死人家丫头，打官司，为了场事，把旧房儿也卖了，且说驴子哩！"(69 回)

⑬春梅道："这咱哩，后边散了，来到屋里就睡了。"(75 回)

⑭玉箫道："郁大姐往家去不耐烦了，这咱哩！"(75 回)

这种用法的"这咱"均可以用"这咱晚"来替换，有所不同的是，前者略微含蓄，而后者则比较直露，更加突出时间的"晚"。

《词话》中"这咱晚"共有 25 例，用法同"这咱"基本一致，主要有以下几种：

一种是作状语的，共有 11 例。如：

⑮白来创道："既是送行，这咱晚也来家了。"(35 回)

⑯月娘道："这咱晚那里买烧鸭子去。"(35 回)

⑰洪四儿道："大爷，这咱晚七八有二更，放了俺每去罢。"(58 回)

⑱早是他妈妈没在跟前，这咱晚平白抱出他来做什么?(33 回)

一种是作介词宾语的，共有 7 例：

⑲要不是，过了午斋我就来了，因与众人在吴道官房里算帐。七担八柳缠到这咱晚。(14 回)

⑳不想又撞见两个朋友拉去院里，撞到这咱晚。(16 回)

㉑谁知他安心早买了礼，就先来了，倒教我等到这咱晚。(32 回)

㉒想必两个打伙儿养老婆去来。去到这咱晚才来，你讨的银子在那里？(52 回)

㉓因把秋菊唤至跟前，说：“论起这咱晚，这狗也该打发去了，只顾还放在这屋里做甚么？”(58 回)

㉔老身该催促了几遍，说：老爹今日来，你早些起来，收拾了罢。他不依，还睡到这咱晚。(59 回)

㉕西门庆无得说：“我在应二哥家，留坐到这咱晚。”(78 回)

还有一种是独立成小句的，共有 7 例：

㉖因向西门庆道：“这咱晚，武大还未出门，待老身往她家，推借瓢看一看。”(4 回)

㉗这西门庆听了，只顾犹豫：“这咱晚，端的有甚缘故？须得到家瞧瞧。”(17 回)

㉘进来见大姐正在灯下纳鞋，说道：“这咱晚，热剌剌的，还纳鞋？”(52 回)

㉙李瓶儿催促道：“你睡去罢，这咱晚了。”(62 回)

㉚（西门庆）说道：“这咱晚了，料大舅也不拜人了，宽了衣裳，咱房里坐吧。”(78 回)

㉛薛嫂儿道：“这咱晚了，不吃孰你只教大官儿写了帖儿，我拿了去你不知，我一身的事在我身上哩。”(95 回)

㉜经济道：“这咱晚了，回去不得，明日起身去罢。”(98 回)

《词话》中还有作“这咱时”的，其用法同“这咱”，其中有的可用“这咱晚”来替换。如：

㉝李大姐好自在，这咱时还睡，懒龙才伸腰儿。(21 回)

有的则不能替换，如：

㉞月娘道：“这咱时不说，如今忙匆匆的，你择定几时起身？”(55 回)

有时也作“咱晚”，如：

㉟王婆道：“咱晚来，茶前酒后，他定也不来。待老身明日侵早，往大官人宅上请他去罢。”(8 回)

（五）这般

“这般”是近代汉语中新出现的一个指称样态的近指代词，早在晚唐五代的文献里就已出现。最初有“这般”、“遮般”等不同形式；到元明时期随着“者”、“遮”两种形式的逐渐隐没乃至消失，也就仅存了“这般”一种形式。“这般”在《词话》中的用例共有 261 例，占《词话》全部近指代词的 4.28%。

《词话》中的“这般”概括起来讲，主要有以下一些用法：

1. 单用，作宾语，直接称代样态。这种用法不多见，全文仅有 3 例：

①那妇人看了这般，心内焦燥起来，骂道："不识时浊物！……"（2回）

②（王婆）说道："大娘子，只怪老身不去请大官人来。就是这般的。还不与他带上着，试了风。"（8回）

③伯爵把二物与众人看，都道："既是这般，须着完了。"（54回）

2. 单用，作主语，直接称代样态。这种用法很罕见，全文仅有1例：

④月娘道："这般有些不均了。各人赌胜，亏了一个就不是了。……"（23回）

3. 单用，用在谓词性成分之前，作状语，指示动作行为的方式、状态。《词话》中这种用法的"这般"共有97例，占"这般"全部用例的37.16%。如：

⑤今日花大哥也是这般说。（62回）

⑥他妈妈原来不在屋里，他怎这般哭？（32回）

⑦林氏道："好大人，怎生这般说！……"（72回）

⑧武二哥，比旧时保养，胡子楂儿也有了，且是好身量，在外边又学得这般识礼。（87回）

4. 单用，用在名词性成分之前，作定语，表示人或事物的性质。《词话》中共出现24例，占"这般"全部用例的9.20%。如：

⑨只因小女出嫁，忙了几日，不曾得闲工夫来看你。就是这般话。（8回）

⑩妇人道："人家倒也不论乎大小，只像先生这般人物的。"（17回）

⑪你也是男子汉大丈夫，房子没间住，吃这般懊恼气。（56回）

⑫你娘勾了，官人这等费心追荐，受这般大供养。（78回）

有时"这般"也作"是般"，《词话》中仅有1例：

⑬西门庆道："我问春梅，他也是般说。"（12回）

5. 与副词"如此"合用，构成"如此这般"及"如此如此，这般这般"等固定格式，属于一种叙述用的避免内容重复的套话，或作谓语，或作定语、状语。这种用法的"这般"全书共有136例。

其中构成"如此这般"格式的有112例，占"这般"全部用法的42.91%。如：

⑭玳安如此这般，把家中娶孟玉楼之事，从头至尾告诉了一遍。（8回）

⑮（蔡攸）就差管家高安同去见李老爷，如此这般替他说。（18回）

⑯宅里大老爹昨日到那边房子里，如此这般对我说……（37回）

⑰大娘，你头里还要不出去，怎么知道你心中如此这般病。（76回）

⑱一日，春梅向经济商议："守备教你如此这般，河下寻些买卖，搭个主管，觅得些利息，也勾家中费用。"（98回）

而构成"如此如此，这般这般"格式的有12例，占"这般"全部用法的4.60%。如：

⑲如今如此如此，这般这般，武二差土兵寄了书来。(8 回)

⑳我实对你说罢了，前者打太医那两个人，是如此如此，这般这般，使的手段。(19 回)

㉑悄悄向伯爵耳边，如此如此这般这般。(45 回)

㉒西门庆因附耳低言，如此如此，这般这般，分付："拿我帖儿，上覆夏老爹，借过那里房子的原契来，何公公要瞧瞧。就同贲四一答儿来。"(71 回)

㉓依我不如如此如此，这般这般，悄悄送上二十两银子与吴大舅，只当兖州府干了事来了。(79 回)

（六）这等、这样

"这样"和"这等"均是近代汉语中新出现的指称样态的近指代词。在时间上，"这样"始见于宋代文献，而"这等"是元代以后才出现的。在《词话》中"这等"的用例有255例，占《词话》全部近指代词用例的4.18%；"这样"的用例仅有44例，占《词话》全部近指代词用例的0.72%，前者要大大多于后者。大概宋元明时期，"这样"处于弱势位置，而"这般"、"这等"则处于强势位置①；估计是清代以降，"这样"才渐渐走强；到了现代汉语中，"这样"完全取代了"这般"、"这等"而一统天下。

《词话》中的"这等"概括起来讲，主要有以下一些用法：

1. 单用，直接称代样态，可以作主语、宾语、谓语和补语，也可独立成小句。表称代的"这等"在《词话》中共有42例，占"这等"全部用例的16.47%。

其中作主语和宾语的如：

①荆统制说道："这等就不是了……"(78 回)

②伯爵道："这等才好。事要早干，多才疾足者得之。"(78 回)

③李瓶儿道："便是这等。前日迎春说……"(53 回)

④合理都象这等，好人歹人，都乞他骂了去，也休要管一管了？(75 回)

作谓语的如：

⑤月娘便道："银姐，你这等我才喜欢……"(45 回)

⑥伯爵道："哥，你这等就不是了，难说他来说人情，哥你赔出礼去谢人，也无此道理。……"(67 回)

⑦老者便道："阿呀贤侄！你这等就不是过日子的道理。……"(93 回)

作补语的如：

⑧可可今日轮他手里，便娇贵的这等了！(11 回)

⑨如何狐迷变心这等的！(12 回)

① 冯春田（2000）指出，在宋代"这样"的用例也不如"这般"常见。

⑩春梅手里拿着茶，推泼一身，骂玉箫："怪淫妇，不知甚么张致！都顽的这等，把人的茶都推泼了，早是没曾打碎盏儿！"（64回）

独立成小句的如：

⑪薛内相道："这等——"因向刘太监道："刘家，咱每明日都补礼来庆贺。"（31回）

⑫西门庆踌躇了半晌，道："既这等，也不难。且问你，要多少房子才勾住了？"（56回）

⑬月娘道："这等，叫刘婆子来瞧瞧，吃他服药，再不头上剁两针，由他自好了。"（75回）

2. 放在谓词性成分之前，作状语，指示样态。这种用法的"这等"在《词话》中使用频率最高，共有154例，占其全部用例的60.39%。如；

⑭不然，怎的把他的鞋这等收藏的娇贵，到明日好传代。（28回）

⑮恁小丫头，原来这等贼头鼠脑的。（44回）

⑯那玉箫还只顾嘻笑，被西门庆听见，使下玳安儿来问："是谁笑？怎的这等灰起？"（46回）

⑰统制便道："这厮，我倒看他，原来这等无恩，等我慢慢差人拿他去。"（100回）

⑱西门庆便道："他真个这等说来？"（78回）

⑲你天生就是这等聪明伶俐到得这步田地？（78回）

3. 放在名词性成分之前，作定语，指示事物的性质。这种用法的"这等"在《词话》中共出现59例，占其全部用例的23.14%。如：

⑳怪不的一物一主，那里有哥这等大福，偏有这样巧价儿来寻你的。（45回）

㉑原来贼囚根子成日只瞒着我，背地替他干这等茧儿。（59回）

㉒……平安在铺子里歇了，他就和老婆在屋里睡了一宿。有这等的事！（78回）

㉓不知原来家中大小姐这等躁暴性子，就是打狗也看主人面。（79回）

"这等"有时也作"这等样"，这种情况并不多见，《词话》中仅见2例：

㉔（薛姑子）叫声："佛啊！老爹，你这等样好心作福，怕不的寿年千岁，五男二女，七子团圆。……"（57回）

㉕傅伙计闲中因话题话，问起玳安，说道："你六娘没了，这等样棺椁祭祀，念经发送，也勾他了。"（64回）

二、远指指示代词

《词话》中的远指指示代词有"那"、"那里"、"那边"、"那咱"、"那样"、"那这种用法的“此”有时还同“这”连用，一起作定语，起突出、强调的作用。“此这”连用在《词话》中共有7例。如：

⑩经济道：“五娘可怜见儿子来，真吃不得了。此这一钟，恐怕脸红，惹爹见怪。”（33回）

⑪此这一不来倒好，若来，正是……（79回）

3. 用在谓词性成分之前，作状语，指示样态，同“这样”。《词话》中这样的用法并不多见，共有58例。如：

⑫原来西门庆有心要梳笼李桂姐，故此发言，先索落他唱。（11回）

⑬西门庆笑道：“倒不是此说……”（26回）

⑭因问：“二公此回去，还到船上?”（37回）

⑮此这一去，不为身名离故土，争知此去少回程。（100回）

“此”有时还同“彼”连用，表虚指，共有54例。如：

⑯金莲道：“左右的皮靴儿没番正，你要奴才老婆，奴才暗地里偷你的小娘子，彼此换着做！……”（26回）

⑰彼此攀话之间，语言调笑之际，只见丫鬟进来安放桌儿……（69回）

⑱当下唱毕，彼此穿杯换盏，倚翠偎红，吃得酒浓时，——常言：世财、红粉、歌楼酒，谁为三般事不迷?（94回）

⑲每日春梅吃饭，必请他两口儿同在房中一处吃，彼此以姑妗称之，同起同坐。（97回）

此外，值得注意的现象还有：现代汉语中“此日”指的是“今日”之外的任何一天，而《词话》中的“此日”指的是“今日”。如：

⑳周守备道：“二位老太监，此日又是西门大人公子弥月之辰，俺每同僚都有薄礼庆贺。”薛内相道：“这等……”因向刘太监道：“刘家，咱每明日都补礼来庆贺。”（32回）

《词话》中的“是”用例不多，所以在用法上也就显得比“此”狭窄了许多：

1. 单用，直接称代，作主语或宾语。共有20例。如：

㉑西门庆道：“老九是必记心，不可泄漏。改日另有补报。”（6回）

㉒妇人道：“是必累你，请的他来……”（8回）

㉓由是要一奉十，宠爱愈深。（11回）

㉔那时孟玉楼兄弟外边做买卖去了，五六年没来家，至是来家。（65回）

2. 放在名词性成分之前，作定语，表近指。共有14例。如：

㉕于是几句把西门庆说的窝盘住了，是夜与他淫欲无度。（12回）

㉖西门庆一见便道：“岂有是礼。”（69回）

等”等6个。它们在《词话》中的使用情况见表14：

表14

词项	那	那里	那边	那咱	那样	那等
用例数	3 109	418	226	24	16	64
百分比（%）	80.61	10.84	5.86	0.62	0.41	1.66

（一）那

“那”是近代汉语中新出现的跟“这”相对的一个表示远指的指示代词，同上古汉语中的“彼”相当。王力先生认为：“‘那’字的来源比较简单。如果不是上古的指示代词‘若’字，就是‘尔’字。我们比较地相信是来自‘尔’字，因为上古指示代词‘尔’字用途比较广，应用的历史比较长，这样就和‘那’字接得上了。”① 吕叔湘先生虽然也认为“‘那’跟古代的远指指示代词‘彼’或‘夫’毫不相干，倒是跟第二人称代词‘尔’和‘若’有关系”，但他不赞成“‘那’出自‘尔’”说，而认为“如果从语音上考察，似乎不如假定‘那’从‘若’出较为合适”。② “那”最早出现在唐代的文献里，到宋金元时期已大量地使用，并最终取代了“彼”。“那”是《词话》的远指指示代词中使用频率最高的一个，用例多达3 109个，占《词话》全部远指指示代词的80.61%。《词话》中的“那”概括起来讲，主要有以下几种用法：

1. 直接放在名词或名词性成分前面，作定语，表示远指。这是《词话》中的“那”最常见的用法，共有2 599例，占其全部用例的83.60%。如：

①陈经济取出他那五百两银子，交与西门庆打点使用。（17回）
②那官吏道：“管家叔也不在了，跟出老爷去了。”（18回）
③即令堂候官：“取过昨日科中送的那几个名字与他瞧。”（18回）
④小的穿青衣抱黑柱，不先来告五娘说声，早晚休乞那厮暗算。（25回）
⑤金莲道：“你休来问我，只问那上房里小玉便知了。”（25回）
⑥甚么罕稀物件，也不当家化化的，怪不得那贼淫妇死了堕阿鼻地狱！（28回）

这种用法的“那”有时候远指的意味很淡，纯粹是一种叙述、描写的形式，在《词话》中成为一种套路，也成了套话。这种套话若放在句群或篇章中去考察，则会发现，实际上，它是一种提示下文或转换话题的最便捷的手段，当然，很多时候是可用可不用的。如：

⑦……迎春便道：“……”那金莲取过来……向李瓶儿道：“……”潘姥姥

① 王力：《汉语史稿》（中册），中华书局，1980年，第284页。
② 吕叔湘著，江蓝生补：《近代汉语指代词》，学林出版社，1985年，第186页。

道：“……”

那经济走道铺子里袖内摸摸，不见钥匙，一直走到李瓶儿房里寻。(33回)

2. 同量词“个”、“些”、“伙”、“起”等构成指量短语，作定语，表示远指，这也是《词话》中“那”比较常见的用法，共有442例，占其全部用例的14.22%。如：

⑧这金莲才待下台基，往花园那条路上走，正撞见西门庆。(25回)

⑨那起人正在那里饮酒喧闹，被公人进去，不由分说都拿了，带上镯子。(69回)

⑩我还差人把那几个光棍拿了，要枷号。(70回)

⑪这陈经济对着那些人，作耍当真说道……(86回)

3. 插在两个具有属种关系的名词性成分之间，并在同后者（多数为“奴才”一词）组成偏正短语后与前者构成同位短语，在语义上有一种复指关系。这种用法在《词话》中数量较少，共有25例。如：

⑫就是我罢了，俺春梅那小肉儿，他也不肯容他。(25回)

⑬月娘因问：“琴童儿那奴才，如今在那里？”(31回)

⑭又问：“书童那奴才穿的谁的衣服？”(35回)

⑮你教西门庆那厮垫发我充军去，今日我怎生又回家了，西门庆那厮却在那里？(87回)

⑯若不是，那时就留下你，争奈有雪娥那贱人在我这里，不好又安插你的，所以放你去了。(97回)

4. “那”有时也可用在谓词性成分之前，作状语，指示样态，同时也强调程度深。这种用法的“那”在《词话》中共有32例。如：

⑰想着迎头儿，俺每使着你，只推不得闲，“爹使我往桂姨家送银子去哩”，叫的桂姨那甜。(21回)

⑱贼不逢好死的强人，就睁着眼骂起我来，骂的人那绝情绝义！(41回)

⑲老冯妈妈急得那哭，只要寻死。(44回)

⑳月娘又是那恼，又是那笑。(86回)

5. “那”也可以单用，表称代，作主语或宾语。只是这种用法的“那”在《词话》中比较少见，仅有13例。如：

㉑翟谦道：“那是老爷的，此是我的，不必推辞。”(30回)

㉒恰便似前不着店后不着村里来呵！那是我叶落归根，收园结果？(89回)

㉓西门庆分付平安：“我不在，有甚人来拜望，帖儿接下，休往那去了。派下四名排军把门。”(75回)

㉔月娘道：“别要说嘴！看那看儿便怎的？却把他唬了。”(90回)

（二）那里

远指代词“那”和方位词“里”组合构成的指称处所的代词“那里”早在唐代的文献里就已经出现了，晚唐五代以后更是大量地使用。《词话》中，“那里”的用例有418例，占全部远指代词用例的10.84%。

《词话》中的“那里”均用来称代处所，没发现用作指示的。从语法功能来看，最常见的是作主语中心语。前面有名词性成分作定语，起限定作用。《词话》中属于这种用法的“那里”共有214例，占其全部用例的51.20%。如：

①冯妈妈道：“你二娘使我来请你爹来……请你爹那里瞧去，你二娘还和你爹说话哩。”（17回）

②你二娘那里好不恼我哩。（17回）

③因说：“谢子纯，哥这里请你，也对我说一声儿，三不知就走的来了，叫我只顾在粘梅花处那里寻你。”（42回）

④落后老爹那里又差了人来。（59回）

⑤西门庆与了他约三四钱一块银子，说道：“从你娘没了，就不常往我那里走走去。”（79回）

有时候，“那里”会同其所称代的那个名词性成分共现，构成同位语，且“那里”居前。这种情况并不多见，《词话》中仅见5例：

⑥这妇人不听便罢，听了由不的那里眼中珠泪儿顺着香腮流将下来。（8回）

⑦那里藏春坞是爹的暖房儿，娘这一向又没到那里。（28回）

⑧金莲一把扯住西门庆道：“那里人家睡的这般早，起了恁的晏，日头也沉沉的待落了，还走往那里去？”（53回）

⑨便交付薛姑子与那王姑子：“即便同去，随分那里经坊，与我印下五千卷经。待完了，我就算帐，找他。”（57回）

⑩这点儿那点儿羞他，说道：“孩儿，那里猪八戒走在冷铺中坐着，你怎的丑的没对儿！”（73回）

例⑦中的“那里藏春坞”在现代汉语中不说，而会说成“藏春坞那里”。

其次是作宾语或宾语中心语。《词话》中共出现172例，占其全部用例的41.15%。如：

⑪不知几时与了贼强人，不敢拿到屋里，悄悄藏放在那里……（28回）

⑫看见玳安与琴童站着高凳，在那里挂那三大盏珠子吊挂灯。（78回）

⑬今日门外花大舅生日，请你往那里走走去。（79回）

⑭你还往到李爷那里说去。（18回）

⑮如今请哥同到里边吴银姐那里吃三杯，权当解闷。（18回）

⑯我和他往那山子洞儿那里过一夜。（23回）

“那里”也可作状语，但出现频率并不高。《词话》中共有47例，只占其全部用例的11.24%。如：

⑰只见陈经济那里封蟒衣尺头。(25回)

⑱只象那里挽了分儿一般，睁着眼和我两个叫。如今却怎么好？(48回)

⑲西门庆即令小厮收拾前厅西厢房干净，放下两条宽凳，要把孩子连枕席被褥抬出去，那里挺放。(59回)

⑳……先往那十里长堤杏花村酒楼下，拣高阜去处，人烟热闹，那里设放桌席等候。(89回)

例⑰中的“那里”即表“在那里”，称代的是实施动作行为的处所，同时也表动作行为正处于进行状态。

此外，《词话》中的“那里”还可同“这里”配合使用，表泛指[参见本节“一”之“(一)”]。

(三)那边

“那边”也是近代汉语中新出现的一个指称处所的远指代词，由远指代词“那”和方位词“边”组合而成。“那边”的出现稍晚于“那里”，最早出现在晚唐五代的文献里。《词话》中，“那边”的用例共有226例，占全部远指代词用例的5.86%，较之“那里”的用例要少一些。

同“那里”有所不同，《词话》中的“那边”既可称代处所，也可指示处所。概括起来讲，主要有以下几种用法：

1. 直接称代处所，作主语或宾语，共有43例，占其全部用例的19.03%。如：

①妇人就知西门庆来了在那边，婆子拿瓢出了门，一力撺掇武大吃了饭，挑担出去了。(4回)

②良久，只听的那边赶狗关门。(13回)

③(李瓶儿)对西门庆道：“方才你在应家吃酒，奴已候得久了。又恐怕你醉了，叫玳安来请你早些归来，不知那边可有人觉道么。”(16回)

④李瓶儿忙叫迎春：“那边安下个坐儿，放个锺箸在面前。”(38回)

⑤一面喝令画童儿起去，分付：“再不消过那边去了。”(76回)

⑥那绣春不一时走过那边取了来。(78回)

2. 作主语中心语或宾语中心语，前面有名词性成分作定语，起限定作用。《词话》中总共出现了73例，占其全部用例的32.30%。如：

⑦他陈亲家那边为事，各人冤有头，债有主，你平白焦愁些甚么？(17回)

⑧李瓶儿道：“我那边楼上还有几件没裁的蟒，等我瞧去。”(25回)

⑨众妇人都乱走不迭，往李瓶儿那边去了。(52回)

⑩(春梅)因央及绣春：“你那边教秋菊撰了来，我已是攒下了。”(78回)

⑪李三道："得老爹全做又好了，俺每就瞒着他那边了。……"（78回）

3. 放在名词性成分之前，作定语，远指处所。这是《词话》中"那边"最常见的用法，共有102例，占其全部用例的45.13%。如：

⑫李瓶儿看见他那边墙头开了个便门，通着他那壁，便问："西门爹几时起盖这房子？"（14回）

⑬把婆子喜欢的屁滚尿流，过这边来，拿与金莲瞧，说："此是那边姐姐与我的。"（33回）

⑭李瓶儿也不题金莲那边指骂之事，只说："我心中不自在。"（42回）

⑮又说："何大人娘子今日也吃了好些酒，喜欢六姐，又引到那边花园山子上瞧了瞧。今日各项也赏唱的许多东西。"（79回）

⑯陶妈妈道："是那边媒人。"（91回）

4. "那"有时也可用在谓词性成分之前，作状语。这样的用法数量并不多，《词话》中仅现8例。如：

⑰令画童儿："你好好送你温师父那边歇去。"（67回）

⑱八月里哥儿死了，他每日那边指桑树，骂槐树，百般称快。（62回）

⑲但是各人勾当，不干他事，三婶那边干事，他怎得晓的，你倒休要屈了他。（72回）

⑳他说教对何老爹那里说声，明早差人那边看守去。（77回）

（四）那等、那样

"那样"和"那等"均是近代汉语中新出现的指称样态的远指代词。在时间上，"那样"要早于"那等"，前者始见于宋代文献，而后者是元代以后才出现的。在《词话》中，"那等"的用例有64例，大大少于"这等"的用例，占《词话》全部远指代词用例的1.66%；"那样"的用例更少，仅有16例，占《词话》全部远指代词用例的0.41%。

《词话》中的"那等"概括起来讲，主要有以下一些用法：

1. 用在谓词性成分之前，作状语，指示状态。这是"那等"在《词话》中最常见的用法，共有50例，占其全部用例的78.13%。如：

①二娘那等使老身送过头面，往你家去了几遍，不见你，大门关着。（18回）

②我那等和你说了一场，就没些情分儿？（26回）

③爹来家，那等问着娘，只是不说。（62回）

④今早是姐姐你看着，我来你家讨冷饭吃来了，你下老实那等扛我！（78回）

⑤自从姐姐那等说了，谁和他有甚事来……（79回）

2. 用在名词性成分之前，作定语，指示状态，共有14例。如：

⑥月娘见他唬的那等腔儿，心中又下般不的，“此时你恁害怕，当初大家省言一句儿便了”。(26回)

⑦说姐姐会那等虔婆势，乔坐衙，别人生日，乔作家管。(51回)

⑧那里象这贼瞎淫妇大胆，不道的会那等腔儿。(75回)

⑨我又听不上人家那等低声颡气。(78回)

《词话》中的“那样”可以直接称代样态，作宾语，不过仅见2例：

⑩你看那样，倒相没屁股的。(35回)

⑪伯爵道：“你春姨这两日瘦的相你娘那样哩。”(67回)

《词话》中的“那样”还可以作定语，指示样态，共有10例。如：

⑫妇人倚定门儿，长叹了一口气，说道：“玳安，你不知道，我与他从前已往那样恩情，今日如何一旦抛闪了。”(8回)

⑬奴一节不是那样人，他又不是我的丫头。(11回)

⑭杏庵道：“可怜，贤侄，你原来讨吃哩。想着当初，你府上那样根基人家。……”(93回)

“那样”也可以放在谓词性成分前面，作状语，表示样态。这种用法的“那样”在《词话》中仅出现4例：

⑮哥儿着了惊唬，不好，娘昼夜忧戚，那样劳碌，连睡也不得睡，实指望哥儿好了，不想没了。(62回)

⑯自从发送他出去了，又乱着接黄太尉，念经，直到如今，心上是那样不遂。(67回)

⑰想起当初，有西门庆在日，姊妹们那样热闹，往人家赴席来家，都来相见说话，一条板凳姊妹们都坐不了，如今并无一个儿子。(91回)

⑱杨大郎和经济押着货物车走，一路上扬鞭走马，那样欢喜。(92回)

指称样态的远指代词，除了“那等”、“那样”之外，《词话》中还有一个“那们”：

⑲棋童道：“我那们说，他强着夺去了。”(35回)

例⑲中的“那们”作状语，指示样态。不过，“那们”的用例极为罕见，仅见此1例。

（五）那咱、那咱晚

“那咱”、“那咱晚”也不见于明代以前的文献中，而且从目前已有的文献来看也只见于《词话》。“那咱”并非由“那早晚”转化而来，因为从目前来看，“那早晚”

这种形式似乎并不存在。冯春田所提供的唯一一个例证，经查证系“这咱晚”之误。[1]而且《词话》中的“那咱”一般不能用“那咱晚”来替换，两者差异非常明显。

1. 先说“那咱”。

《词话》中的“那咱”经常用在谓词性成分之前，作状语，称代过去的时间。如：

①你说，你那咱不得来，亏了谁？(21 回)

②也是我那咱在家做女儿时……(25 回)

③又说五娘那咱在家，毒药摆杀了亲夫，多亏了他上东京去打点，救了五娘一命。(25 回)

④月娘道：“你昨日早辰使他往那里去，那咱才来？”(33 回)

⑤不如那咱哥做会首时，还有个张主。(35 回)

⑥落后见有了金子，那咱才肯去。(44 回)

以上诸例中的“那咱”，除例③勉强可以替换外，其余均不能替换为“那咱晚”。

2. 再说“那咱晚”。

《词话》中的“那咱晚”同“那咱”不同。一是所表意思不同：“那咱”说的是“那时候”，“那咱晚”说的是“那么晚”，后者对时间的拖延有所强调，而前者没有，至少是不明显；而且，在语法功能上也有所差异，《词话》中的“那咱晚”经常作介词宾语，一般不作状语。如：

⑦大娘后边拉住我听宣《红罗宝卷》，坐到那咱晚，险些儿没把腰累罗锅了。(82 回)

⑧你爹昨日坐轿子，往谁家吃酒？吃到那咱晚才来家。(59 回)

⑨今日林太太在席，与荆大人娘子好不喜欢，坐到那咱晚才去了。(79 回)

⑩谁家一个拜年，拜到那咱晚。(79 回)

《词话》中还有“那咱时分”的形式：

⑪前日你往何千户家吃酒，他爹也是那咱时分才来。(79 回)

例⑪中的“那咱时分”作状语，“那咱”作定语。不过这样的用例极为罕见，仅有 1 例。

三、兼指指示代词

所谓“兼指指示代词”是指“兼有‘这么’和‘那么’之用”，即“不论远指

---

① 冯春田所提供的一个例证是出自《词话》59 回的“你爹昨日坐轿子，往谁家吃酒？吃到那早晚才来家”，经仔细核对，“那早晚”系“那咱晚”之误，原本即作“那咱晚”。冯春田在此处提供的另三个出自《词话》的例证中还有一个出处有误，即“不如那咱哥做会首时还有个张主”一例实出自 35 回，而非其所注的“36 回”。冯春田：《近代汉语语法研究》，山东教育出版社，2000 年，第 131 ~ 132 页。

近指都用"[1] 的那些代词。《词话》中的兼指代词有"恁"、"恁的（地）"、"恁样"、"恁般"等4个，其中"恁"的使用频率最高，"恁的（地）"次之，"恁样"、"恁般"最低。其详细使用情况见表15：

表15

词项	恁	恁的（地）	恁样	恁般
用例数	337	42	14	14
百分比（%）	82.80	10.32	3.44	3.44

（一）恁、恁的（地）

"恁"是近代汉语中新出现的一个表示兼指的指示代词。吕叔湘先生指出："在'恁'字盛行以前，从魏晋到唐、宋，曾经有过不少其作用和'这么'、'那么'相当的字眼"：其中最早的"第一组是'宁'和'能'两个字"，通行于南北朝时期；其后的"第二组是一个'偌'字"，也"写作'惹'或'若'"，是晚唐五代出现的；同时期的还有"第三组"是两个音节的语词，主要见于禅宗语录。字形相当庞杂，有"只没"、"异么"、"伊摩"、"与摩"、"任摩"等。到宋代由"任摩"转化而来的"恁么"基本上一统天下[2]。而"恁"及"恁的（地）"则是由"恁么"减缩而来的。《词话》中"恁"的用例多达337例，占《词话》全部兼指代词的82.80%；"恁的（地）"用例则达42例，占《词话》全部兼指代词的10.32%。

《词话》中的"恁"概括起来讲，主要有以下一些用法：

1. 用在谓词性成分之前，作状语，指示样态，同"这么"、"那么"。这种用法出现的频率较高，共有206例，占其全部用例的61.13%。如：

①西门庆道："他既恁说，我容他上门走走也不差甚么……"（16回）

②举的恁高，只怕唬着他。（32回）

③恁不合理的行货子，只说人和他合气。（62回）

④没来由，教我恁惹气剌剌的。（21回）

⑤常时节伸着舌道："六房嫂子，就六箱了，好不费事！小户人家，一匹布也难的。恁做着许多绫绢衣服，哥果是财主哩！"（56回）

⑥你身子恁虚弱，趁早使小厮请了任医官，教瞧瞧你，吃他两贴药过来。（79回）

2. 用在作补语或谓语的数量短语之前，作状语，指示样态，同"这么"、"那

① 吕叔湘著，江蓝生补：《近代汉语指代词》，学林出版社，1985年，第270、300页。

② 吕叔湘著，江蓝生补：《近代汉语指代词》，学林出版社，1985年，298～300页。

么”，并含有夸张、强调的意味。全文共有23例，占其全部用例的6.82%。如：

⑦妇人道：“就是家中有事，那里丢我恁个半月，音信不送一个？只是不放在心上。”（8回）

⑧俺们刚才替你劝了恁一日。（20回）

⑨说他小厮一点尿不晓孩子，晓得甚么，便唆调打了他恁一顿。（29回）

⑩你恁十五六岁，也知道些人事儿，还这等懵懂。（44回）

⑪西门庆问道：“你怎的走恁一脸汗？”（52回）

3. 用在名词性成分之前，作定语。或表示近指或远指，同“这”和“那”；或表示样态，同“这么”和“那么”。“恁”的这种用法在《词话》中共有100例，占其全部用例的29.67%。如：

⑫妇人道：“爹，你许我编获髻，怎的还不替我编？恁时候不戴，到几时戴？……”（25回）

⑬那里有恁黄狗皮，与我一件穿也罢了。（46回）

⑭早辰好好出去，如何来家恁个腔儿。（18回）

⑮（贲四嫂）因问西门庆：“他怎的去恁些时不来？”（78回）

⑯（潘姥姥）因说道：“就是你娘，从来也没费恁个心，管待我管待儿。……”（78回）

⑰如今时年，早辰不做官，晚夕不唱喏。衙门是恁偶戏衙门……（71回）

“恁”的这种用法在《水浒传》中没有出现过。

4. 插在两个具有属种关系的名词性成分之间，并在同后者组成偏正短语后与前者构成同位短语，在语义上有一种复指关系。这种用法的“恁”在《词话》中共有6例：

⑱你去扶侍你爹，爹也得你恁个人儿扶侍他，才可他的心。（23回）

⑲你看玳安恁贼献勤的奴才！（35回）

⑳月娘道：“那来安小奴才敢分付你？俺们恁大老婆，还不敢使你哩！……”（46回）

㉑孟玉楼便向金莲说：“刚才若不是我在旁边说着，李大姐恁哈帐行货，就要把银子交姑子拿了印经去。……”（58回）

㉒你原来恁个没尾八行货子，不知在前头干甚么营生，那半日才进来。（67回）

㉓你爹身上衣服，不着你恁个人拴束，谁应的上他那心？（72回）

“恁”有时也作“自恁”或“是恁”，如：

㉔俺两个自恁下一盘耍子，平白赌什么？（11回）

㉕我当初又不曾图你钱财，自恁跟了你来，如何今日交人这等欺负？（11回）

㉖老爹家中闷的慌，来这里自恁散心走走罢了，如何多计较，又见赐将礼来，又

多谢与姐儿的衣服。(59 回)

㉗大节下自恁散心去走走儿才好。(78 回)

㉘他从小是恁不出语,娇养惯了。(59 回)

㉙西门庆道:"你姐儿两个自恁来看看便了,如何又费心买礼来。"(79 回)

㉚他同僚间自恁要做分上,这些事儿,莫肯不依。(79 回)

《词话》中还发现 2 例"恁"表泛指的情况:

㉛有恁施主,有恁和尚。(46 回)

"恁的(地)"用法本应同"恁"基本一致,但《词话》中"恁的(地)"的用例比"恁"要少得多,所以其用法就显得狭窄一些。如:

㉜那婆子听了道:"大郎直恁地晓事!既然娘子这般说时,老身且收下。"(3 回)

㉝你没偏受用,谁偏受用?恁的贼不识高低货!(18 回)

㉞月娘道:"你恁的枉口拔舌骂人。你家孩儿现吃了他药好了,还恁舒着嘴子骂人!"(33 回)

㉟我仔细想想,你恁地薄情,便去着,也索罢休。(55 回)

㊱却说道:"你恁的怪剌剌的,大家都省口些罢了。……"(75 回)

(二)恁样

"恁样"在《水浒传》中没有用例,估计是明代以来才出现的。《词话》中"恁样"共有 14 例,占《词话》全部兼指代词的 3.44%。

《词话》中的"恁样"概括起来讲,主要有以下两种用法:

1. 作谓语或补语,直接称代样态,共有 11 例。这是"恁样"在《词话》中最主要的用法。如:

①哥哥儿,你醉的眼花恁样了,箸子落地下,就看不见?(8 回)

②叫了一遍,只是不在,通不来这里走走儿,忙的你恁样儿的!(37 回)

③因说:"爹清减的恁样的,每日饮馔也用些儿?"(79 回)

④玉楼见月娘多心,就不肯在他屋里,走出对着金莲说:"原来大姐姐恁样的!死了汉子,头一日就防范起人来了。"(79 回)

2. 用在名词性成分之前,作定语,指示样态。《词话》中仅见 3 例:

⑤奴明日若嫁得恁样个人也罢了。(17 回)

⑥这歪辣骨待死,越发顿恁样茶上去了。(24 回)

⑦月娘道:"还缠甚么温葵轩、鸟葵轩哩!平白安扎恁样行货子,没廉耻,传出去教人家知道,把丑来出尽了。"(77 回)

(三)恁般

"恁般"出现的时间要早于"恁样",《水浒传》中就已有用例。除了"恁般"外还有“恁的般”，估计是宋元时期产生的。《词话》中“恁般”共有14例，占《词话》全部兼指代词的3.44%。

《词话》中的“恁般”主要有以下两种用法：

1. 用在谓词性成分之前，作状语，指示样态，同“这么”、“那么”，共有6例。如：

①谁知花二哥年纪小小的，房里恁般用人。(10回)

②婆子道：“怎的恁般的说！……”(37回)

③你倒还对着丫头，说我几时恁般大起来，搂搜索落，我要你何用！(94回)

④春梅听了说道：“这厮恁般无礼，雪娥那贱人卖了，他如何又留住在外！”(99回)

2. 作宾语或谓语，称代样态，同“这样”、“那样”，共出现5例。如：

⑤既是恁般，我分付原解，且宽限他几日拿他。(47回)

⑥恁般如此，你不如把前头这孩子的房儿，借情跑出来使了罢。(40回)

⑦都相恁一个死了，你恁般起来，把骨秃肉儿也没了。(63回)

⑧他如今恁般恁般，要拿文书提刑所告你每哩。(79回)

3. 作定语，称代样态，同“这样”、“那样”，仅出现3例：

⑨饶吴月娘恁般贤淑的妇人，居于正室，西门庆听金莲衽席睥睨之间言，卒致于反目，其他可不慎哉！(18回)

⑩耶乐乐！这位大姐，怎的恁般粗鲁性儿？(75回)

⑪你看今日福至心灵，恁般造化。(90回)

第三节 疑问代词

《词话》中的疑问代词主要有“谁”、“甚”、“甚么”、“什么”、“何”、“如何”、“那”、“那里”、“怎”、“怎的”、“怎生”、“怎样”、“怎么”、“怎么样”、“多咱”、“多少”等16个。它们在《词话》中的使用情况详见表16：

表16

词项	谁	甚（的）	甚么	什么	何	如何	那	那里
用例数	620	287	653	180	361	399	294	539
百分比（%）	12.81	5.93	13.49	3.72	7.46	8.25	6.08	11.14

（续上表）

词项	多少	怎	怎的	怎生	怎样	怎么	怎么（的）样	多咱
用例数	200	205	775	80	42	158	16	30
百分比（%）	4.13	4.24	16.02	1.65	0.87	3.27	0.33	0.62

上述这16个疑问代词按语法功能的不同，可以分为三大类：一类是名词性疑问代词，有“谁”、“甚”、“甚么”、“什么”、“何”、“那”、“那里”、“多少”等8个；一类是谓词性疑问代词，有“如何”、“怎”、“怎的”、“怎样”、“怎么”、“怎么样”、“多咱”等7个；还有一类是副词性疑问代词，数量较少，仅有1个，即“怎生”。下面我们分别来讨论。

一、名词性疑问代词

名词性疑问代词，总体上有三大用法：一是表示疑问，询问人或事物；二是无疑而问，即表反问，以加强肯定语气；三是不表疑问，而是表任指或虚指。在语法功能上，常作主语、宾语或定语，像“谁”、“甚”、“甚么”、“什么”、“多少”等，都不能作状语；“那”、“那里”在功能上接近于方所名词，除作主语、宾语和定语外，还可作状语；“何”也只是在表反问时才可作状语。

（一）谁

“谁”是由上古汉语沿用到近代汉语中的一个历史悠久的问人代词。上古汉语中询问人就用“谁”；从汉代开始，询问人用“阿谁”，一直到唐代都如此；宋元时期“阿谁”又演变成“兀谁”（《水浒传》中还不乏用例）；元代以后又回归到“谁”这种形式。《词话》中“谁”的用例有620例，占《词话》全部疑问代词用例的12.81%。

《词话》中的“谁”概括起来讲，主要有以下一些用法：

1. 询问人，作主语，共有72例。如：

①月娘问玉箫：“谁使你送酒来？”（23回）

②西门庆道：“你去了，谁看大门？”（34回）

③少顷，月娘想起金莲的皮袄，因问来安儿：“谁取皮袄去了？”（46回）

④薛内相因问：“西门大人，今日谁来迟？”（58回）

2. 询问人，作宾语，共有89例。如：

⑤那士兵见武大家关着，才要叫门，婆子便问：“你是寻谁的？”（8回）

⑥因问：“那戴方巾的是谁？”（42回）

⑦又叫过张胜，问他：“此人姓甚名谁？”（94回）

⑧若是做出事来，老身靠谁？（100回）

3. 询问人，作兼语，共有46例。如：

⑨你瞧是谁在大门首？（21回）
⑩月娘便道："前边有谁来了？"（32回）
⑪因问："这铺子却交谁管？"（50回）
⑫那婆子正在磨上扫面，连忙出来应道："是谁叫老身？"（87回）

4. 询问人，作定语，共有62例。如：

⑬竹山道："曾吃谁的药来？"（17回）
⑭玉楼便问道："这两个丫头是谁家卖的？"（24回）
⑮你爹今日往谁家吃酒去来？（25回）
⑯又问："书童那奴才，穿的谁的衣服？"（36回）

5. 表反问，均作主语，共有264例。如：

⑰他老人家名目，谁是不知道的！（7回）
⑱你没偏受用，谁偏受用？（18回）
⑲闻得是太师老爷府里，谁敢迟滞，颠倒奉行。（30回）
⑳这一家大小，谁兴你，谁数你，谁叫你是四娘？（58回）

6. 表虚指，作主语或兼语，共有87例。如：

㉑谁似哥好有福，出落的恁四个好姐姐！（22回）
㉒金莲道："他昨日问我讨了一双鞋，谁知成精的狗肉他套着穿。"（24回）
㉓西门庆道："端的是谁拿了，由他慢慢儿寻罢。"（43回）
㉔常言一鸡死了一鸡鸣。谁打罗，谁吃饭。谁人常把铁箍子戴，那个长将席篾儿支着眼。（86回）

"谁"有时也作"谁家"，共有9例。如：

㉕一个烧夜香，只该默默祷祝，谁家一径倡扬，使汉子知道了，有这个道理来？（21回）

㉖月娘道："原来你是个大诌答子货！谁家愿心是忘记的？……"（39回）

㉗金莲道："没廉耻的小妇人，别人称道你便好，谁家自己称是四娘来？……"（58回）

㉘西门庆笑骂道："你这贼诌断了肠子的，天杀的！谁家一个手去斗狗来？一口不被那狗咬了？"（60回）

"谁"有时也作"谁人"，共有49例。如：

㉙（来旺儿）便问老婆："是那里的段？谁人与你的？趁早实说。"（25回）

㉚论起来，贲四娘子为人和气，在咱门首住着，家中大小没曾恶识了一个人。谁人不在他屋里讨茶吃……（78回）

㉛今年他东京去了，只顾不见来了，却交谁人看着扎？（78回）

㉜因向袖中取出旧时那根金头银簪子，拿在手内说："这个物是谁人的？"（92回）

（二）甚、甚的

"甚"是由"甚（什）么"减缩而来的［参见"甚（什）么"条］，"始见于唐末，通行于宋元两代"[1]。从《水浒传》及《词话》中"甚"的使用情况来看，至少在有明一代，"甚"还被广泛地大量地使用着。《词话》中"甚"的用例有269个，占《词话》全部疑问代词用例的5.51%。

《词话》中的"甚"概括起来讲，主要有以下一些用法：

1."甚"最常见的用法是放在名词性成分之前，作定语，表询问或反问，共有139例。如：

①你有甚事，我替你请出高管家来……（18回）

②金莲道："不是俺每回来，劝的他进去了，一时你爹来家撞见，甚模样子！"（24回）

③来旺儿道："你既没此事，罢，平白和人合甚气？快些打铺我睡。"（25回）

④大妗子道："你这孩儿，今日怎的甚样儿的，还不往前边去罢。"（75回）

⑤问郑春："那一个叫甚名字？"（78回）

2."甚"也可以在谓语动词或介词之后，作宾语，表询问或反问，共有35例。如：

⑥妇人道："姑娘说甚来？"（7回）

⑦来旺儿道："阿呀，打他则甚？妇女每到春三月，只斗百草耍子。"（25回）

⑧正乱着，只见西门庆自外来，问："因甚嚷乱？"（31回）

⑨你把俺老爷帅府衙门当甚么些小衙门，不拿了钱儿来，这根簪子打水不浑，要他做甚？——还掠与他去！（94回）

3."甚"有时并不表疑问，而是一种虚指用法，共有95例。如：

⑩琴童道："小的并没甚银簪子。"（12回）

⑪倘有甚相知人家亲事，举保来说，奴无有个不依之理。（17回）

⑫来兴儿道："别无甚事，叵耐来旺儿，昨日不知那里吃的稀醉了，在前边大吆小喝，指猪骂狗，骂了一日。……"（25回）

⑬妇人道："我许你和他睡便睡，不许你和他说甚闲话，教他在俺每跟前欺心大胆的……"（75回）

⑭房下说请任后溪来看我，我说又没甚大病，怎好请他的。（79回）

---

① 吕叔湘著，江蓝生补：《近代汉语指代词》，学林出版社，1985年，第125页。

“甚的”是由“甚”后加上词尾“的”所形成的，始见于晚唐五代。早期的形式为“是底”；宋金时期作“甚底”；元明时期才作“甚的”。《水浒传》中均作“甚的”，《词话》中也是如此。

《词话》中的“甚的”共有18例，主要有以下三种用法：

1. 询问事物，共有6例。如：

⑮大官人使钱费物，不图这“一搂儿”，却图些甚的？（12回）

⑯慌往外抢的是些甚的？（20回）

⑰正看时，吴典恩也正走到屋里来了。都叙过寒温，就问：“可着甚的来？”（54回）

⑱果然昨日东京邸报下来，写抄得一纸全报来，与西门庆观看。上面道写甚的？——（77回）

2. 作宾语或定语，表反问，共有9例。如：

⑲今教别人成了，你还说甚的！（18回）

⑳金莲道：“你问那没廉耻的货！甚的好老婆，也不枉了教奴才这般挟制了。”（25回）

㉑我想穷有穷气，杰有杰气，奉承他做甚的？（53回）

㉒太医深打躬道：“晚生晓得甚的，只是猜多了。”（54回）

3. 作宾语或定语，表虚指，仅有3例：

㉓撮合得此事成，我破几两银子谢他，也不值甚的。（2回）

㉔那来旺儿那里敢说甚的，只得应诺下来。（26回）

㉕韩金钏儿道：“他是赶势利去了，成甚的行货，叫他是名妓！”（54回）

（三）甚（什）么

“甚（什）么”也是近代汉语中新出现的一个疑问代词，一般认为出现于唐代。吕叔湘先生认为“甚（什）么”来源于魏晋时期出现的疑问代词“何物”。“何物”常作“是何物”，而“是何物”又省缩成“是物”，“是物”又音变为“甚（什）么”。“甚（什）么”早期的形式有“甚没”、“什没”、“甚摩”、“什摩”等多种形式，到宋代才逐渐固定为“什么”和“甚么”两种形式。“甚（什）么”是《词话》的疑问代词中使用频率最高的一个，用例多达833例，占《词话》全部疑问代词用例的17.21%。其中，“甚么”653例，“什么”180例。可见，前者为常见形式。

《词话》中的“甚（什）么”概括起来讲，主要有以下一些用法：

1. 常作宾语，表询问或反问，共有373例。如：

①金莲道：“他与你说些什么来？”（11回）

②五丫头，在这里做甚么儿？（27回）

③你爹为甚么打你？（29回）

④西门庆道："慢慢寻就是了，平白嚷的是些甚么？"（31 回）

⑤月娘就有些看不上，便道："六姐，你也耐烦，两个只顾且强什么！……"（73 回）

⑥醉了的人，晓的甚么，合着眼只顾吃下去。（79 回）

2. 常作定语，表询问或反问，共有 271 例。如：

⑦你嫁别人，我也不恼，如何嫁那矮王八，他有甚么起解！（18 回）

⑧兀得大人还问甚么好也来！（18 回）

⑨吴月娘问："什么勾当？你对我说。"（36 回）

⑩怎的叫了恁一日不开？你做什么折儿？我且不和你答话。（41 回）

⑪伯爵便问："黄四那日买了分甚么礼来谢你？"（68 回）

3. 作状语，表反问，仅 3 例：

⑫伯爵亲自走下席来骂道："怪小淫妇儿，什么晚不晚？你娘那赭。"（32 回）

⑬金莲道："你信他！有什么忙！吃好少酒儿，金漆桶子吃到第二道箍上。"（33 回）

⑭月娘道："好奶奶，你禁的！有钱就买一百个有什么多？"（40 回）

4. 作主语，表反问，共有 11 例。如：

⑮刚才教玳安甚么不骂出来！（52 回）

⑯临去娘与他鞋面、衣服、银子，甚么不与他！五娘还不道是。（62 回）

⑰不争你要了他，到明日又教汉子好在门首放羊儿剌剌，你为官为宦，传出去什么好听？（72 回）

⑱这丫头拣好东好西，甚么不拿出来和玳安吃。（95 回）

5. 作宾语或主语，表虚指，共有 86 例。如：

⑲月娘道："如今年程，论的甚么使的使不的。……"（18 回）

⑳西门庆道："他不会弹甚么。"（27 回）

㉑妈说："你只在俺家，俺倒买些什么看看你不打紧。你和别人家打热，俺傻的不匀了。"（32 回）

㉒你休乱，等我往那边楼上寻一件什么与他便了。（35 回）

㉓你在屋里吃些甚么儿，出去再乱也不迟。（62 回）

㉔我临家去，好歹包些甚么儿与我拿了去，誓没曾空了我。（78 回）

6. 作定语或状语，表虚指，共有 89 例。如：

㉕这婆子爱的是钱财，明知道他侄儿媳妇有东西，随问什么人家他也不管，只指望要几两银子。（7 回）

㉖竹山听了，唬了个立睁，说道："我并没有借他甚么银子。"（19 回）

㉗我有甚么大智谋!(69 回)

㉘他小人，有什么大汤水儿，你若动动意儿，他怎的禁得。(72 回)

㉙第二日教人眉儿眼儿，只说俺们什么把拦着汉子。(44 回)

(四) 何

同“谁”一样，“何”也是由上古汉语沿用到近代汉语中的一个历史悠久的疑问代词。《词话》中“何”的用例共有361 例，占《词话》全部疑问代词的7.46%。

《词话》中的“何”概括起来讲，主要有以下一些用法:

1. 用在名词性成分之前，作定语，表询问或反问，同“什么”，共有96 例，占其全部用例的26.59%。如:

①我哥哥怎的死了? 嫂嫂嫁得何人去了?(9 回)

②今又平白打死了人，有何理说?(10 回)

③竹山道:“又一件，似娘子这等妙年，生长深闺，处于富足，何事不遂，而前日有此郁结不足之病?”(17 回)

④竹山便道:“动问娘子，与何人作亲?”(17 回)

⑤我又不是你影射，何故把与你衣服穿?(24 回)

⑥员外又问:“你等打斋听经，有何功德?”(39 回)

2. 用在谓词性成分之前，作状语，表反问，同“哪”、“为什么”。这是疑问代词“何”在《词话》中最为常见的用法，共有221 例，占其全部用例的61.22%。如:

⑦今既蒙金诺之言，何用冰人之讲。(17 回)

⑧可惜娘子这般青春妙龄之际，独自孀居，又无所出，何不寻其别进之路?(17 回)

⑨月娘就恼了，说道:“你头里，何不教他连我也踢不是? ……”(18 回)

⑩……前呼后拥，何止数十人跟随…… (31 回)

⑪大街上胡太医看的痰火，你何不请他来看看你?(79 回)

3. 单用，作主语或宾语，表询问，同“什么”，共44 例，占其全部用例的12.19%。如:

⑫竹山听了道:“苦哉，苦哉! 娘子因何嫁他? ……”(17 回)

⑬西门庆道:“师父差矣。真人掌坛; 其一应文检法事，皆乃师父费心，此礼当与师父酬劳，何为不可!”(66 回)

⑭夏指挥道:“四泉，你我同僚在先，为何如此称呼?”(70 回)

⑮拆开观看，上写着:“两次造扰华府，悚愧殊甚。今又辱承厚贶，何以克当? ……”(77 回)

⑯厅下打的那人，声音模样，倒好似陈姐夫一般，他因何出家做了道士?(94 回)

（五）那

疑问代词“那”早“在《世说新语》和南北朝民歌中就已经很普通；我们不妨假定它的起源在汉魏之际或更早”，它“很可能是‘若何’的合音”。[①]“那”在《词话》中的用例共有294例，占《词话》全部疑问代词用例的6.08%。《词话》中的“那”概括起来讲，主要有以下一些用法：

1. 同一些量词组合，构成指量短语，作主语或宾语，表询问或反问，同“谁”。这是《词话》中的疑问代词“那”最为常见的用法，共有118例，占其全部用例的40.14%。如：

①你这厮亲手打死了人，尚还口强，抵赖那个？（10回）

②那个偏受用着甚么也怎的？（18回）

③西门庆道：“那三个相不着？”（29回）

④太医道：“不知尊府那一位看脉，失候了，负罪实多。”（54回）

⑤月娘问道：“那几个在厢房子里坐着陪他吃饭？”（63回）

⑥秋菊道：“娘递与，拿进来就放在抹妆内，那个害馋痨，烂了口，吃他不成！”（73回）

2. 用在谓词性成分之前，作状语，表询问或反问，同现代汉语中的“哪里”。这种用法仅次于上一种用法，共有109例，占其全部用例的37.07%。如：

⑦那消一个时辰，把个猪头烧的皮脱肉化，香喷喷五味俱全。（23回）

⑧吴月娘在上房穿廊下坐，便问：“你们那去？”（29回）

⑨西门庆道：“他家有了美貌浑家，那肯出来？”（56回）

⑩王姑子道：“那讨气来？你爹又疼他，你大娘又敬他，左右是五六位娘，端的谁气着他？”（62回）

⑪文嫂儿道：“我那讨个驴子来？那驴子是隔壁豆腐铺里驴子……”（68回）

3. 单用或构成指量短语——“那个”，作定语、宾语或兼语，表虚指，共有51例，占其全部用例的17.35%。如：

⑫众妇人站在一处，都甚是着恐，不知是那缘故。（18回）

⑬随问教那个烧烧儿罢。（23回）

⑭我不好骂的，没的那汗邪的胡说！（23回）

⑮小厮走来说道：“嫂子，谁往那去来？……”（24回）

⑯人教你杀那个人，你就杀那个人？（25回）

4. 直接放在名词前面，作定语，表询问或反问，共有11例。如：

---

① 吕叔湘著，江蓝生补：《近代汉语指代词》，学林出版社，1985年，第261页。

⑰休说他富贵人家，那家没四五个。(7 回)

⑱雪娥道："那娘与他？倒是爷与他的哩！"(25 回)

⑲西门庆叫近前，分付："你去牛皮街韩伙计住处，问是那牌那铺地方，对那保甲说，就称是我的钧语，分付把王氏即时与我放了……"(34 回)

⑳就把字来袖过了玳安道："二爹，今日在那笪儿吃酒？我们把桌子也摆摆么，还是灰尘的哩。"(54 回)

5. 同量词"个"组合构成指量短语或直接放在名词前，表任指，共5例：

㉑西门庆分付："那个小厮走漏消息，决打二十板。"(26 回)

㉒刘内相道："你我如今出来在外做土官，那朝里事也不干咱每。……"(64 回)

㉓西门庆道："那日空了他来。"(77 回)

㉔当原先，俺死了那个娘也没曾失口叫我声玉簪儿，你进门几日，就题名道姓叫我，……(92 回)

㉕春梅不肯，定要去他衣服打，说道："那个拦我，我把孩子先摔杀了，然后我也一条绳子吊死就是了。——留着他便是了！"(94 回)

（六）那里

"那里"是近代汉语中新出现的一个疑问代词，最早出现在晚唐五代的文献里。最初有"阿那里"、"那里"两种形式；入宋以后逐渐统一为"那里"。《词话》中"那里"的用例多达539例，占《词话》全部疑问代词用例的11.14%，仅次于"甚（什）么"、"怎的"。

《词话》中的"那里"概括起来讲，主要有以下三种用法：

1. 经常作宾语、兼语或定语，询问处所。这是《词话》中疑问代词"那里"最常见的用法，共有245例，占其全部用例的45.45%。如：

①金莲便问："你爹在那里？你封的是甚么？"(25 回)

②你爹今日往那里吃酒去了？(33 回)

③玉楼便问："姐姐，怎么上来尖了脚，不曾磕着在那里？"(33 回)

④蔡攸深衣软巾，坐于堂上，问道："是那里来的？"(18 回)

⑤（来旺儿）便问老婆："是那里的段？谁人与你的？趁早实说。"(25 回)

2. 用在谓词性成分之前，作状语，表反问。这也是《词话》中疑问代词"那里"较常见的用法，共有208例，占其全部用例的38.59%。如：

⑥就血泊中双手来捉时，那里提得动。(1 回)

⑦俺每不争气，住在这僻巷子里，又没个好酒店，那里得上样的酒来吃？只往大街上取去。(38 回)

⑧他出家人，那里有老婆？(39 回)

⑨奶子如意儿，既是你说他没头奔，咱家那里占用不下他来。(62 回)

⑩玳安道："娘说的甚么话，一个伙计家，那里有此事!"（78回）

3. 作状语或宾语，表虚指。这是《词话》中疑问代词"那里"相对比较少见的用法，共有86例，占其全部用例的15.56%。如：

⑪他不知那里因着甚么由头儿，只拿我煞气。（18回）
⑫贼囚根子，一个也没在这里伺候，多不知往那里去了。（24回）
⑬等你爹问我，就说你不知在那里吃了酒……（33回）
⑭今后也少要往那里去吃酒。（62回）
⑮随你和他那里肏捣去。（23回）
⑯娘也罢，你看爹的面上，你守着哥儿，慢慢过到那里是那里。（44回）

（七）多少

《词话》中的"多少"共有200个用例，一般多作定语和宾语。其主要用法有如下两种：

1. 作定语、宾语或谓语，询问数量，共67例。如：

①西门庆道："小人不敢动问：娘子青春多少?"（4回）
②我个嫂子被他娶了多少日子?（9回）
③应伯爵道："你如今还得多少才勾?"（45回）
④俺六娘嫁俺爹，瞒不过你老人家是知道，该带了多少带头来?（64回）
⑤伯爵问："二舅贵庚多少?"（67回）
⑥因问："这丫头要多少银子?"（95回）

2. 作宾语或定语，表虚指，共有133例。如：

⑦虽是日逐钱打我手里使，都是扣数的，使多少，交多少，那里有富余钱。（21回）
⑧西门庆道："也不消，该多少银子，等我与他。"（37回）
⑨西门庆道："也不难，只不知这一卷经，要多少纸札，多少装订工夫，多少印刷，有个细数，才好动弹。"（57回）
⑩老公公若要，随公公与他多少罢了。（71回）
⑪蔡老娘嫌少，说道："养那位哥儿赏了我多少，还与我多少便了。……"（79回）
⑫今日他死了多少时儿，就打发他身边人。（86回）

二、谓词性疑问代词

谓词性疑问代词，有"如何"、"怎"、"怎的"、"怎样"、"怎么"、"怎么样"、"多咱"等7个。

（一）怎

同“甚”与“甚么”的关系一样，“怎”也是由“怎么”减缩而来的（参见“怎么”条)。《词话》中“怎”的用例比“怎么”少，共有205例，占《词话》全部疑问代词用例的4.24%。

《词话》中的“怎”最常见的用法是放在谓词性成分之前，作状语，同“怎么”，表反问，共有204例。如：

①嫂子既然分付在下，在下已定伴哥同去同来，怎肯失了哥的事？(13回)

②（西门庆）对月娘说：“早时使人去打点，不然怎了。”(18回)

③我怎不是清净姑姑儿？(24回)

④玳安道：“娘也不打听，这个话儿娘怎得知？”(78回)

⑤……一时被你娘们说上几句，羞人答答的，怎好相见？

有时“怎”也放在名词性成分之前，作定语，同“什么”，表虚指，仅有1例：

⑥李瓶儿道：“因这冤家作怪捣气，头也不得梳……不知怎模样的做笑话。”(53回)

（二）怎的

“怎的”是由“怎”和词尾“的”构成的（参见“怎么”条)。宋金时期作“怎地”；元明时期多作“怎的”；《水浒传》中均作“怎地”。《词话》中基本上均作“怎的”，偶尔作“怎地”、“怎得”，用例多达775例，占《词话》全部疑问代词用例的16.02%，是《词话》疑问代词中使用频率最高的一个。

《词话》中的“怎的”用法颇多，概括起来讲主要有以下几种：

1. 用在谓词性成分之前，作状语，询问样态或表反问，同“怎么”，共有435例，占其全部用例的56.13%。如：

①冯妈妈说：“你二娘使我送头面来，怎的不见动静？”(17回)

②你刚才调唆打我几棍儿好来，怎的不教打我？(24回)

③秋菊道：“娘，你穿着鞋，怎的屋里没有？”(28回)

④怎的祝麻子、老孙走了，一个缉事衙门，有个走脱了人的？(69回)

⑤春梅便道：“耶呖，耶呖！这怎的这等生分，大白日里借不出个干灯盏来……”(72回)

⑥西门庆道：“迭承你厚礼，怎的两次请你不去？”(79回)

2. 作谓语，表反问，同“干什么”，共有176例，占其全部用例的22.71%。如：

⑦那守门官道：“老爷不在家了，朝中议事未回。你问怎的？”(18回)

⑧潘金莲就问：“贼囚根子，骂我怎的？”(25回)

⑨金莲看见，教玉楼：“你看献勤的小妇奴才！你慢慢走，慌怎的？抢命

哩……!”(30 回)

⑩西门庆骂了来兴儿几句，说：“拆棚教他拆就是了，只顾问怎的!”(67 回)

⑪月娘道：“怪囚根子，你平白打他怎的。你好好教他说，怎的不去?”(76 回)

3. 作定语、宾语或谓语，表询问，同“怎样”、“怎么样”，共有 43 例，占其全部用例的 5.55%。如：

⑫慌了玉楼，便道：“姐姐怎的?”(33 回)

⑬人进来看见褥子湿，问怎的来，那人没的回答，只说：“你不知，我夜间眼泪打肚里流出来了。”(52 回)

⑭金莲道：“你没见他老婆，怎的模样儿?”(59 回)

⑮月娘道：“你心里觉怎的?”(79 回)

⑯（守备）扯着他手儿问道：“你心里怎的来?”(94 回)

4. 作宾语、状语或谓语，表虚指，共有 84 例，占其全部用例的 10.84%。如：

⑰等了半日，没一个人牙儿出来，竟不知怎的。(17 回)

⑱只说问我姨娘家借来戴戴，怕怎的。(25 回)

⑲好歹望老爹怎的将就他罢。(47 回)

⑳西门庆道：“我昨日没曾睡，不知怎的，今日只是没精神，打睡。”(78 回)

㉑西门庆道：“不怎的，只是有些头晕，起来身子软，走不的。”(79 回)

“怎的”有时也作“怎地”、“怎得”，共 37 例。如：

㉒妇人问道：“你怎得知道来?”(29 回)

㉓金莲道：“且说姐姐怎地不留你住?”(53 回)

㉔小的每伏侍的员外多年了，却为何今日闪的小的们不好? 又不知西门大官性格怎地。(55 回)

㉕我那怪贼囚根子，没廉耻的货，怎地就见的要他做个文官，不要像你?(57 回)

㉖伯爵道：“我猜已定还有底脚里人儿对哥说，怎得知道这等切……”(69 回)

㉗若在咱家里，他小叔儿怎得杀了他?(88 回)

（三）怎么

“怎么”是由晚唐五代禅宗语录里“多至不可胜数的‘作么’和‘作么生’”音变而来的。①宋代时多作“怎么生”；元明时期主要有“怎么”、“怎生”、“怎”、“怎（地）的”、“怎样”、“怎么样”等形式。《水浒传》中只有前四种形式，其中以“怎”、“怎生”、“怎地”较为常见，而“怎么”的用例则极少。②《词话》中的情形

① 吕叔湘著，江蓝生补：《近代汉语指代词》，学林出版社，1985 年，第 309 页。

② ［日］香坂顺一著，植田均译：《水浒词汇研究》（虚词部分），文津出版社，1992 年，第 57 ~ 61 页。

则有所不同，表现在：①“怎地”均作“怎的”，用例最多；②“怎么”的用例也不少，居其次；③多了“怎样”和“怎么样”等两种形式，其中“怎么样”的用例极少，“怎样”的用例则直逼“怎生”（详见表16）。

《词话》中“怎么”的用例共有158例，占《词话》全部疑问代词用例的3.27%。《词话》中的“怎么”用法颇多，概括起来讲主要有以下一些用法：

1. 常用在谓词性成分之前，作状语，表反问，共有83例，占其全部用例的52.53%：

①邦彦看了，说道：“你蔡大爷分上，又是你杨老爷亲，我怎么好受次礼物？……”（18回）

②西门庆道：“这节间到人家，谁是肯轻放了你我的，怎么忌的住？”（78回）

③钟的声儿，树的影儿，我怎么有个不知道的？（78回）

④虽故有嫂子，外边事怎么理的？（79回）

2. 作谓语、宾语，或单独成句，询问样态，同“怎么样”或“干什么”，共有39例，占其全部用例的24.68%。如：

⑤那秋菊走到后边厨夏，问雪娥：“熬的粥怎么了？……”（79回）

⑥这潘金莲正在房中炕上裹脚，忽然听见，便问：“怎么的？”（72回）

⑦妇人慌作一团，便搂着西门庆问道：“我的哥哥，你心里觉怎么的？”（79回）

⑧李安道：“奶奶教你来怎么？”（100回）

3. 放在名词性成分之前，作定语，同“什么”，仅4例，占其全部用例的2.53%：

⑨见金莲睡在床上，因问道：“六姐，你端的怎么缘故？告我说则个。”（12回）

⑩妇人便问怎么缘故。（19回）

⑪金莲问道：“那个娘娘怎么模样？你认得他不认得？”（59回）

⑫到满月，不要饶花子，奈何他好歹发帖儿，请你们往他家走走去，就瞧瞧春花儿怎么模样。（67回）

4. 作宾语、状语或谓语，表虚指，共有32例，占其全部用例的20.25%。如：

⑬头里那等雷声大雨点小，打哩乱哩。及到其间，也不怎么的。（20回）

⑭我随你怎么打，难得只打的有这口气儿在着，若没了，愁我家那病妈妈子不问你要人！（43回）

⑮一个女儿，他走千家门万家户，教他传出去好听，敢说西门庆家那大老婆也不知怎么的，出来的乱世，不知那个是主子，那个是奴才。（75回）

⑯西门庆道：“我不怎么，只是身子虚飘飘的，懒待动旦。”（79回）

吕叔湘先生曾指出：“现代有些方言，例如成都、昆明等，不说‘怎么’而说‘乍个’。北方官话区方言里也有说‘咱’的，例如……早些还有元曲里的例子……"[①] 这种作为疑问代词、用法同"怎么"的"咱"，我们在《词话》中也发现了2例：

⑰只见有个惫懒的和尚，撇赖了百丈清规，养婆儿，吃烧酒，咱事儿不弄出来；打哄了烧苦葱，咱勾当儿不做。(57回)

例⑰中的"咱"即为疑问代词，同"什么"，表任指。

《词话》中用法同"怎么"的还有"甚怎"这种形式，仅有1例：

⑱娘子是甚怎说话！(43回)

例⑱中的"甚怎"作状语，表反问，同"怎么"。

(四) 怎样、怎么(的)样

"怎样"、"怎么(的)样"均是明朝新出现的询问样态的疑问代词(参见"怎么"条)。《水浒传》中没有；《词话》中虽有，但用例不是很多。其中"怎样"有42例，占《词话》全部疑问代词用例的0.87%；"怎么(的)样"仅有16例，占《词话》全部疑问代词用例的0.33%。

《词话》中的"怎样"主要有以下几种用法：

1. 作宾语、谓语或定语，询问样态，共有15例。如：

①因问："俺爹到他屋里，怎样个动静儿?"(20回)

②今日他老远的又教人稍书来，问寻的亲事怎样的了。(36回)

③西门庆便问："你今日心里觉怎样?"(62回)

④伯爵因问："黄四丈人那事怎样了?"(67回)

⑤伯爵道："哥，你如今心内怎样的?"(79回)

⑥师父便问："你吃下去觉怎样的?"(93回)

2. 作定语或宾语，表虚指，共有5例。如：

⑦小厮每家来，只说武大怎样一个老婆，不曾看见，今日果然生的标致。(9回)

⑧月娘和玉楼众人打僧房帘内，望外张看怎样的小夫人。(82回)

⑨大人家的营生，三层大，两层小，知道怎样的。(37回)

⑩我虽则往东京，一心只吊不下家事哩，店里又不知怎样，因此急忙回来。(55回)

3. 作状语或补语，表虚指，共有8例。如：

⑪你倒会吃自在饭儿，你还不知老娘怎样受苦哩！(38回)

⑫伯爵道："我跟你爹在他家吃酒，他还小哩。这几年倒没曾见，不知出落的怎样的了。"(58回)

---

① 吕叔湘著，江蓝生补：《近代汉语指代词》，学林出版社，1985年，第308页。

⑬到老爹宅内，见人多，不知唬的怎样的。(59回)
⑭他每怎样的再不和他来往。(72回)

4. 作状语、宾语或谓语，表反问，共有14例。如；

⑮明日原差人来讨回书，你教我怎样回答他？(36回)
⑯妇人道："大人家的营生，三层大，两层小，知道怎样的？……"(37回)
⑰哥的心也尽了，也是嫂子一场的事，再还要怎样的？(62回)
⑱一切来往都罢了，你不去却怎样儿的？(76回)

《词话》中的"怎么（的）样"，共有16个用例，用法基本同"怎样"。

1. 作谓语，询问样态，共有4例：

⑲经济道："有人来赎衣服，可怎的样？……"(33回)
⑳庄子上收拾怎的样了？(35回)
㉑你没曾打听得他每的事怎么样儿了？(52回)
㉒那王三官儿越发不敢出来，只叫："娘，怎么样儿，却如何救我则可？"(69回)

2. 作谓语，表反问，共有6例。如：

㉓都是你老婆，无故只是多有了这点尿胞种子罢了，难道怎么样儿的！(31回)
㉔爹你老人家，不可怜见救救儿，却怎么样儿的？(51回)
㉕爹可怎么样儿的，恁造化低的营生，正是关着门儿家里坐，祸从天上来。(51回)
㉖你老人家不吃，恁偌大身量，一家子金山也似靠着你，却怎么样儿的。(79回)

3. 作宾语、状语或补语，表虚指，共有6例。如：

㉗平安道："想必是家里没晚米做饭，老婆不知饿得怎么样的。"(35回)
㉘休说俺每爱，就是你老人家见了，也爱的不知怎么样的了！(37回)
㉙我洗着眼睛看着他，到明日还不知怎么样儿死哩？(75回)
㉚（迎春）说道："娘快来！官哥不知怎么样，两只眼不住反看起来，口里卷些白沫出来。"(53回)

（五）如何

"如何"是古代汉语中表疑问的一个固定组合，近代汉语、现代汉语中都沿用了下来，同"怎么"，但比"怎么"多一点书卷气。《词话》中的"如何"用例不少，多达399例，占《词话》全部疑问代词用例的8.25%。

《词话》中的"如何"概括起来讲，主要有以下一些用法：

1. 经常用在谓词性成分之前，作状语，表反问，共285例，占其全部用例的

71.43%。如：

①邦彦见五百两金银只买一个名字，如何不做分上。(18 回)

②你嫁别人，我也不恼，如何嫁那矮王八，他有甚么起解！(18 回)

③你好没要紧！你顿的茶不好，爹嫌你，管我甚事？你如何走来拿人散气？(24 回)

④经济道："你老人家不与他罢，如何扎筏子来唬我？"(24 回)

⑤如何穿这个鞋在脚上，怪怪的不好看！(28 回)

⑥你不买，如何只顾吃？(35 回)

2. 作主语或谓语，询问动作行为的方式、方法，共有 114 例，占其全部用例的 28.57%。如：

⑦武二那厮回来，便要分散，如何是好？(8 回)

⑧逐日搭着这伙乔人，只眠花卧柳，把花枝般媳妇儿丢在房里，通不顾，如何是好？(69 回)

⑨经济便道："如何是喜，如何是忧？"(88 回)

⑩（月娘）说道："既下药不好，先生看他命运如何？"(79 回)

⑪（吴大舅）问："讨的批文如何？怎的李三不来？"(79 回)

⑫老者便问："陈大官，做得买卖如何？房钱到了，来取房钱来了？"(93 回)

这种用法的"如何"有时也作"何如"，且数量较多，《词话》中共出现 86 例。如：

⑬（来保）待要叫住，问他一声，事情何如说……(18 回)

⑭分付："休要笑。看何如。"(25 回)

⑮叫了声贼狠心的冤家，我比他何如？盐也是这般盐，醋也是这般醋。(38 回)

⑯西门庆便开言道："不知这病症看得何如？"(55 回)

⑰未知老爹意下何如？(78 回)

⑱又斟一杯递与吴大舅，说："吴老爹，你老人家试尝此酒，其味何如？"(84 回)

也有作"若何"的，这种情况较少，全文仅有 5 例：

⑲也不消你行聘，择个吉日良辰，招你进来入门为赘。你意下若何？(17 回)

⑳未审年兄尊意若何？(49 回)

㉑人离乡贱，未知去后若何？(55 回)

㉒正是：尽道丰年瑞，丰年瑞若何？长安有贫者，宜瑞不宜多。(77 回)

㉓有诗为证：百禽啼后人皆喜，惟有鸦鸣事若何？(92 回)

（六）多咱

《词话》中的"多咱"总共只有 30 个用例，多作宾语，偶尔也作"时分"、"时候”等时间名词的定语。概括起来讲，主要有以下一些用法：

1. 作宾语，询问时间，共有3例：

①你从多咱走在我背后，怎的没看见你进来脚步儿响？（73回）

②金莲道：“我在这里站着，他从多咱进去了？”（78回）

③杨姑娘也打起欠呵来，桌上蜡烛也点尽了两根，问小玉：“这天有多咱晚了？”（39回）

2. 作定语，用在时间名词之前，询问时间，共有3例：

④那老婆听了，微笑不言，因问：“爹多咱时分来？我好在屋里伺候。”（22回）

⑤因问道：“天有多咱时分了？”（62回）

⑥……因问：“老爹们明日多咱时分来？用戏子不用？”（72回）

3. 作状语，用在趋向动词之前，询问时间，共有5例。如：

⑦桂姐道：“多咱去？如今使保儿先家去说一声，作个预备。”（11回）

⑧李桂姐只到次日才来，见吴银儿在这里，悄悄问月娘：“他多咱来了？”（42回）

⑨西门庆便问道：“温师父昨日多咱来了？”（68回）

4. 作宾语或状语，表反问，共有3例：

⑩俺每不走了，还只顾缠到多咱！（43回）

⑪桂姐道：“爹去吃酒，到多咱晚来家？俺们原等的他！……”（44回）

⑫伯爵便说：“咱等不的他。秀才家赤道有要没紧望朋友，多咱来？倒没的误了勾当！”（68回）

5. 作宾语或定语，表虚指，共16例。如：

⑬又不知勾引游营撞尸，撞到多咱才来！（21回）

⑭不知涎缠到多咱时候，有个来的成来不成？（21回）

⑮今日观里打上元醮，拈了香回来，还赶了往周南轩家吃酒去，不知到多咱才得来家。（43回）

⑯……不知多咱时分没了。（62回）

三、副词性疑问代词

《词话》中的副词性疑问代词就“怎生”一个。

“怎生”出现的时间要早于“怎”和“怎的”，晚唐五代时期便已出现，大抵经历了“作么生→作生→怎生”这样一个形式演变过程（参见“怎么”条）。《词话》中“怎生”的用例有80例，占《词话》全部疑问代词用例的1.65%。

《词话》中的“怎生”主要有以下三种用法：

1. 作状语，询问样态，共有29例。如：

①他若是问起你，来这里做什么，你怎生回答他？（8回）
②你那哥哥尸首又没了，怎生问理？（9回）
③西门庆又道："怕你大娘问，怎生回答？"（25回）
④你娘向来没有身孕，如今他怎生便有了？（64回）

2. 作定语，询问样态，共有5例。如：

⑤西门庆道："这两日身上瘦的通不相模样了，丢的我上不上下不下，却怎生样的。……"（62回）
⑥不一时，只见西门庆领了那潘道士进来。怎生形相？但见：……（62回）
⑦金莲道："他来了这一向，俺每就没见他老婆怎生样儿？"（76回）

3. 作状语，表反问，共有46例。如：

⑧不然，房里怎生得这两个好丫头。（10回）
⑨人生面不熟，怎生好遽然相见的？（69回）
⑩他两个是他的朋友，若拿来跪在地下，他在上面坐着，怎生相处！（69回）
⑪孟玉楼道："这蛮子他有老婆，怎生这等没廉耻？"（76回）
⑫今日前官已去，后官接管承行，与他就无干，怎生这等说……（76回）

本章参考文献

著作

1. 北京大学中文系1955、1957级语言班编：《现代汉语虚词例释》，北京：商务印书馆，1982年。
2. 董志翘、蔡镜浩：《中古虚词语法例释》，长春：吉林教育出版社，1994年。
3. 冯春田：《近代汉语语法研究》，济南：山东教育出版社，2000年。
4. 何乐士、敖镜浩、王克仲等：《古代汉语虚词通释》，北京：北京出版社，1985年。
5. 侯学超：《现代汉语虚词词典》，北京：北京大学出版社，1998年。
6. 蒋绍愚、曹广顺主编：《近代汉语语法史研究综述》，北京：商务印书馆，2005年。
7. 蒋绍愚：《近代汉语研究概况》，北京：北京大学出版社，1994年。
8. 刘坚、江蓝生：《近代汉语虚词研究》，北京：语文出版社，1992年。
9. 卢烈红：《〈古尊宿语要〉代词助词研究》，武汉：武汉大学出版社，1998年。
10. 吕叔湘著，江蓝生补：《近代汉语指代词》，上海：学林出版社，1985年。

11. 吕叔湘主编：《现代汉语八百词》（增订本），北京：商务印书馆，1999 年。

12. 马真：《现代汉语虚词研究方法论》，北京：商务印书馆，2004 年。

13. 王力：《汉语史稿》（中册），北京：中华书局，1980 年。

14. 吴福祥：《敦煌变文语法研究》，长沙：岳麓书社，1996 年。

15. ［日］香坂顺一著，植田均译：《水浒词汇研究》（虚词部分），北京：文津出版社，1992 年。

16. 杨伯峻、何乐士：《古汉语语法及其发展》，北京：语文出版社，1992 年。

17. 俞光中、植田均：《近代汉语语法研究》，上海：学林出版社，1999 年。

18. 张斌主编：《现代汉语虚词词典》，北京：商务印书馆，2001 年。

19. 中国社会科学院语言研究所古代汉语研究室编：《古代汉语虚词词典》，北京：商务印书馆，1999 年。

20. 中国社会科学院语言研究所词典编辑室编：《现代汉语词典》（第 5 版），北京：商务印书馆，2005 年。

21. 朱德熙：《语法讲义》，北京：商务印书馆，1982 年。

论文

1. 曹炜：《〈金瓶梅词话〉中的人称代词系统》，《苏州科技学院学报》2009 年第 3 期。

2. 刁晏斌：《试论近代汉语语法的特点》，《辽宁师范大学学报》1991 年第 1 期。

3. 郭锡良：《汉语第三人称代词的起源和发展》，《语言学论丛》（第 6 辑），北京：商务印书馆，1980 年。

4. 郭锡良：《试论上古汉语指示代词的体系》，《语言文字学术论文集》，北京：知识出版社，1989 年。

5. 何乐士：《专书语法研究的几点体会》，《镇江师专学报》1999 年第 1 期。

6. 蒋绍愚：《近十年间近代汉语研究的回顾与前瞻》，《古汉语研究》1998 年第 4 期。

7. 卢烈红：《“这”单独作主语问题补证》，《古汉语研究》2001 年第 4 期。

8. 吴福祥：《敦煌变文的近指代词》，《古汉语研究》1996 年第 3 期。

9. 吴福祥：《敦煌变文的人称代词“自己”“自家”》，《古汉语研究》1994 年第 4 期。

10. 吴福祥：《敦煌变文的疑问代词“那”（“那个”“那里”）》，《古汉语研究》1995 年第 2 期。

11. 张惠英：《〈金瓶梅〉人称代词的特点》，《语言研究》1995 年第 1 期。

助词是汉语虚词中极具特色的一种词类。一百多年前的马建忠注意到了印欧系语言中因“惟其动字之有变，故无助字一门”，于是便遽然下语：“助字者，华文所独，所以济夫动字不变之穷”，则不免有孤陋寡闻之虞。

第三章 《金瓶梅词话》中的助词系统

助词是汉语虚词中极具特色的一种词类。一百多年前的马建忠注意到了印欧系语言中因“惟其动字之有变，故无助字一门”，于是便遽然下语：“助字者，华文所独，所以济夫动字不变之穷”①，则不免有孤陋寡闻之虞。尽管俄语、日语中均有助词存在，但是，其数量之丰富、种类之齐全、用法之完备、变化之多端均不可与汉语中的助词同日而语，却是不争的事实。

在汉语发展的不同历史阶段，比如上古汉语、中古汉语、近代汉语、现代汉语中，汉语助词的构成和功能是各不相同的，于是便形成了一个个别具特色的助词体系。这里要讨论的《词话》中的动态助词、结构助词、语气助词和比况助词则隶属于近代汉语助词体系的范畴。

第一节　动态助词

动态助词是近代汉语中新产生的一类助词，极富时代特色。曹广顺在其《近代汉语助词》一书中曾重点讨论了明代以前活跃在当时口语中的一些动态助词的使用情况，有不少新发现。《词话》中的动态助词较之以往的用法，有继承，也有一些值得关注的新发展。这里我们将对《词话》中“将、着、的、了、得、过、子”等的使用情况作一番全面的考察。

一、将

在近代汉语的助词体系中，“将”是个用法丰富、变化频繁的动态助词。曹广顺在详尽地考察了自唐代至元代“将”在用法及功能上的演变轨迹之后，指出“经过元代的停顿之后，明代以后‘动＋将’结构又有了新的发展，带宾语的少了，带补语，特别是复合趋向补语的日趋增多”②。这话大致没错，但需作少许修正：明代以来，“动＋将”结构直接带宾语的少了，带宾语后又带补语或直接带补语的则明显增多。《词话》中的情况正是如此。下试详述之。

1.《词话》中“将”最常见的用法是，用在动词和趋向补语之间，形成“动＋将＋补”结构，“将”表完成或获得结果。从趋向补语的音节特征来看，其中带单音节趋向补语的有60例，多为“来、去”；带复合趋向补语的有81例，多为“出来、起来”等。从动态助词“将”前动词的音节特征来看，单音节动词占绝对优势，共有133例；双音节动词仅有8例。如：

①那潘金莲就假做乔张，就哭将起来……（43回）

②嗔道把忘八舅子也招惹将来，却一早一晚教他好往回传捎话儿。（61回）

---

① 马建忠：《马氏文通》，商务印书馆，1983年，第323页。

② 曹广顺：《近代汉语助词》，语文出版社，1995年，第58页。

③如何这等计较，你还把那礼扛将回去，等我明日说成了取家来。(75回)

④不打紧，我这差人写封书，封些礼，问宋松原讨将来就是了。(78回)

⑤西门庆起来梳头，忽然一阵晕起来，望前一头抢将去。(79回)

⑥月娘见他现做提刑官，不好不与也，银子也不曾收，只得把箱子与将出来。(87回)

⑦今日一旦反面无恩，夹打小厮，攀扯人，又不容这里领赃，要钱才准，把伙计打骂将来。(95回)

“动+将+补”结构的否定式为“动+不+将+补”，全书仅见2例：

⑧趁早与我后边请去，请不将来，可二十栏杆。(20回)

⑨他不来，你好歹与我拉将来。拉不将来，回来把你这贱人打十个嘴巴。(97回)

2.《词话》中“将”的另一常见用法是，用在动词之后，带上宾语和趋向补语，形成“动+将+宾+补”结构，“将”表完成或获得结果。“将”的这种用法在《词话》中共有81例。如：

⑩秋菊说着，不肯倘，说道：“寻将娘的鞋来，娘还要打我。”(28回)

⑪贼淫妇，我好意带将菜儿来，见你独自一个冷落落，和你吃杯酒。(38回)

⑫胡太医说是气冲血管，热入血室，亦取将药来。(61回)

⑬是我偏生好斗，寻趁他来？他来寻趁将我来，你问众人不是。(75回)

⑭（春梅）大叫：“与我采将那淫妇奴才来！”(94回)

如上诸例，《词话》里动态助词“将”前的动词多为单音节动词，仅有1例是双音节动词，如例⑬。

有时候，补语之后还会带上动词或动词性成分，从而形成连谓结构，这种情况并不多见，全文共有13例（包含在81例中）。如：

⑮你本虾鳝，腰里无力，平白买将这行货子来戏弄老娘家。(19回)

⑯不说叫将他来嗔喝他两句，亏你还雌着嘴儿，不知笑的是甚么！(75回)

⑰月娘见书，慌了手脚，叫将来保来计议，与他去好，不与他去好。(81回)

⑱归家请将吴大舅、二舅来商议。(92回)

无独有偶，“动+将+宾+补”结构的否定式也为“动+不+将+宾+补”，全书也仅见2例：

⑲西门庆见叫不将钺安去，在前厅暴叫如雷……(26回)

⑳（月桂）推着他：“我好歹拉你去，拉不将你去，也不算好汉。”(97回)

在“动+将+宾+补”结构中，宾语同补语的位置有时也会置换，即“将”用在动词之后，带上表示动作趋向的补语及宾语，形成“动+将+补+宾”的句法结构。如：

㉑两个睡到次日饭时，李瓶儿恰待起来临镜梳头，只见迎春后边拿将来四小碟甜酱瓜茄……（20回）

㉒韩道国迎接入内，见毕礼数，说道："又多谢老爹赐将来酒。"（61回）

需要说明的是，这种情形比较罕见，《词话》中仅有上述2例（不包含在81例中）。

3.《词话》中"将"还有一种用法是：用在动词和宾语之间，形成"动+将+宾"结构。相对于前面讨论的两种结构来说，这种结构的数量要少得多，共有25例。如：

㉓王婆舀将水，点一把火来，登时把灵牌并佛烧了。（8回）

㉔（猫儿）猛然望下一跳，扑将官哥儿，身上皆抓破了。（59回）

㉕西门庆这里封白金一两，使玳安拿盒儿讨将药，晚夕与李瓶儿吃了，并不见其分毫动静。（61回）

㉖平白教将人家汉子，睁着活眼，把手捏腕的，不知做甚么！（75回）

㉗却说来旺次日依旧挑将生活担儿，来到西门庆门首，与来昭唱喏。（90回）

这25例中"将"前的动词均为单音节动词，未见双音节动词。

综上观之，《词话》中"动+将"结构共有249例，其中直接带宾语的占全部用例的10.04%；直接带补语的占56.63%；带上宾语又带补语的或带上补语又带宾语的共占33.33%。体现出"动+将"结构的新的发展趋势，即直接带宾语的现象逐渐减少，而带宾语后又带补语或直接带补语的现象则日益增多。

从动态助词"将"的语法意义来看，一是表示动作的完成或获得的结果，其功能用法与现代汉语中动态助词"了"相当，全文共有240例，占"将"全部用例的96.39%；一是表示动作开始和持续，如例①中，动作"哭"本身具可持续性，且后面的补语"起来"也具有动作开始的语法意义，全文共有9例，占3.61%。

二、着

"着"是《词话》中较为活跃的一个动态助词，全文共出现3 846例。明代以前，作为动态助词的"着"或表示动作的持续状态，或表示动作的进行状态。这两种用法在《词话》中依然大量存在，体现了"着"的功能的主流面。同时，我们也注意到，"着"在《词话》中还可表示动作的完成，功能同动态助词"了"以及其他一些特殊的用法。此外，《词话》中还有78例用在祈使句中的助词"着"，表示加强命令、请求等语气，我们将在第三节语气助词中进一步讨论。从动态助词"着"出现的句法格式来看，"着"可以在动词、动词性成分、形容词之后，单用或连接宾语；也可以用在连动短语第一个动词、形容词之后。下面我们试结合"着"的句法格式来探讨"着"的语法意义。

1. 动态助词“着”在《词话》中常用在句末动词或动词短语后，形成“动词/动词短语+着”的结构，表示动作行为的进行状态或由动作行为引起的状态正在持续。全书共有这样的用法813例，占动态助词“着”全部用例的21.14%。如：

①妇人道：“这个都是老公公在时，梯己交与奴收着的，之物他一字不知，大官人只顾收去。”(14回)

②于是不由分说，拉到院子内，教他顶着块大石头跪着。(29回)

③四个唱的正唱着，只见玳安进来，月娘便问：“你邀请的众奶奶们，怎的这咱还不见来?”(43回)

④一个眼色，他两个就晓得了，从石孔内瞧着，到会吃的面前，鼓就住了。(54回)

⑤你看昨日，生怕气了他，在屋里守着的是谁?(76回)

⑥我昨日见在铺子上宿，几时往花园那边去了，花园门成日又关着。(83回)

从句法功能看，“动+着”主要在句中作谓语，如例②、③、④、⑥；有时也与结构助词“的”组成“的”字结构，在句中作主语或宾语，如例⑤、①。从语法意义来看，“动+着”可以表示动作的进行和持续，如例③、④；也可以表示由动作行为引起的状态正在持续，如例⑥。

2. “着”在《词话》中常用在动词和宾语之间，形成“动+着+宾”的句法结构，表示动作行为的进行、持续或由动作行为引起的状态正在持续。全书共有这样的用例1 669例，占动态助词“着”全部用例的43.40%。如：

⑦正面围着石崇锦帐围屏，挂着三盏珠子吊灯，两边摆列着许多妙戏桌灯。(24回)

⑧如今年世，只怕睁着眼儿的金刚，不怕闭着眼儿的佛。(35回)

⑨落后待的李娇儿、玉楼、金莲众人都出去了，独月娘在屋里守着他。(62回)

⑩只见西门庆扶着来安儿，打着灯，趔趄着脚儿，就往李瓶儿那边走。(74回)

⑪你既不和我有奸，这根簪儿怎落在我手里?上面还刻着玉楼名字。(92回)

从句法功能看，宾语前的“动+着”结构多在句中作谓语；“动+着+宾”也可以在句中作定语成分，如例⑧。从语法意义看，“动+着+宾”可以表示动作的进行或持续状态，如例⑨、⑩；也可以表示状态的持续，且主要用于存现句中，如例⑦、⑪。

3.《词话》中的“着”也常用在两动词性成分之间，形成“动$_1$+着+动$_2$”结构。其中“动$_1$”是“动$_2$”的方式、条件，“着”表动作的进行状态。《词话》共有此类用例1 163个，占“着”全部用例的30.24%。如：

⑫临出门，妇人还使冯妈妈舀了一锡盆水，赶着泼去，说道：……(19回)

⑬那琴童看着待笑，半日不言语。(46回)

⑭王经道：“俺姐夫看着卸行李，还等着见俺爹，才来哩。”(59回)

⑮金莲听见笑了，说道："囚根子，一个院里半门子也认不的了，赶着粉头叫娘娘起来。"（59 回）

⑯各处乡贩都打着银两远接，在临清一带马头，迎着客货而买。（81 回）

从句法结构来看，主要有："动词 1 + 着 + 动词 2"，如例⑬；"动词 1 + 着 + 宾语 + 动词 2"，如例⑯；"动词 1 + 着 + 动词 2 + 宾语"，如例⑭；"动词 1 + 着 + 宾语 + 动词 2 + 补语"，如例⑫、⑮。

4.《词话》中的"着"也可以用在形容词后，构成"形 + 着"、"形 + 着 + 宾"、"形 + 着 + 动"、"形 + 着 + 补 + 动"、"形 + 着 + 动 + 宾"等句法格式，表示某种状态的持续。全书共有此类用法 126 例，占"着"全部用例的 3.28%。如：

⑰月娘道："还不快对他说去，休要歪着，来这里坐着，听一回唱罢。"（30 回）

⑱举的恁高，只怕唬着他。他妈妈在屋里忙着手哩。（32 回）

⑲玉楼道："大姐，你不要这红锁线子，爽利着蓝头线儿，却不老作些。"（58 回）

⑳月娘见前边乱着请太医，只留申二姐住了一夜。（61 回）

㉑金莲点着头儿，向西门庆道："哥儿，你浓着些儿罢了。你的小见识儿，只说人不知道……"（73 回）

5.《词话》中的"着"还可用在动词后面，表示动作的完成或实现，功能同"了"。全书共有此类用法 75 例，占"着"所有用例的 1.95%。如：

㉒（潘金莲）望了一回不见，只得来到屋里，把笔在手，吟哦了几声，便写一封书。封着，叫春梅："径送与陈姊夫。"（55 回）

㉓看毕，西门庆就把册叶儿收好，装入那锦套里头，把插销儿销着，锦带儿拴着，恭恭敬敬放在桌儿上面。（57 回）

㉔贼，且不要叫他进来，等我出去着！（67 回）

㉕老婆道："可知好哩。爹与了我，等我闲着做。"（75 回）

㉖这韩爱姐下了轿子，到坟前点着纸钱，道了万福，叫声："亲郎，我的哥哥！奴实指望我你同偕到老，谁想今日死了。"（99 回）

曹广顺认为，例㉒中的"着"表动作的完成，[①] 我们对此表示认同。例㉓中的"着"与例㉒中的当属同一个"着"。例㉔中的"着"用在句末动词"出去"后面，既表动作的完成，又表变化已成定局，所以兼有动态助词"了"和语气助词"了"的功能。例㉖中的动态助词"着"与上下文的助词"了"形成异文，均表示动作已完成。表完成义的"着"还可以用在形容词之后，如例㉕，表示"闲"这一状态的实现。

---

① 曹广顺：《近代汉语助词》，语文出版社，1995 年，第 36 页。

有时，“着”也用在动补短语之后：

㉗我的十两银子在外，休要少了我的，说明白着。（86回）

综上所述，《词话》中“着”的用例不胜枚举，其中以用在句末动词之后或动词与宾语之间表动作的持续状态，以及用在两个动词性成分之间表动作的进行状态的用例最为常见。而用例虽不多却需要加以关注的是，《词话》中有一部分“着”用在动词后表动作的完成，功能相当于“了”。

三、的

《词话》中的“的”是一个功能颇为复杂的助词，有时候，它是一个结构助词，可用于定语后、补语前、状语后；有时候，它是一个语气助词，用在句尾，表肯定语气；有时候，它是一个动态助词，功能或相当于“着”，或相当于“了”。

《词话》中的“的”作为动态助词，最为常见的一种语法现象是，用在句末动词后，构成“动+的”结构，作谓语。有以下两种情况：

1. 用在描写句中，“的”表动作的持续，相当于“着”。这种情况在元曲中就已存在，顾学颉、王学奇将下列句中的“的（地）”释为“犹言着”，当不误：

a. 山门下立地，看有甚么人来。（西厢记）

b. 马儿上簪簪稳稳坐的。（冻苏秦）①

《词话》中也有类似的用法，如：

①月娘陪吴大妗子从房里出来，看见金莲陪着李瓶儿坐的……（14回）

②过两日，西门庆正在前厅坐的，忽见冯妈妈来回话。（37回）

③金莲在那边屋里只顾坐的，等着西门庆，一答儿往前边去……（75回）

④还未到起更时分，西门庆正陪着人坐的，就在席上齁齁的打起睡来。（78回）

⑤守备正在厅上坐的，门上人禀报进去，抬进礼来。（97回）

例①、②、④、⑤中“坐的”之前有“看见……陪着”、“正在”、“正陪着”等词语与之搭配使用，例③中“坐的”与其后的“等着”连用，足见“的”表持续状态，同“着”。

2. 用在叙述句中，表动作的完成或实现，相当于“了”。

⑥李瓶儿见潘姥姥过来，连忙让在炕上坐的……（33回）

⑦说了一回，西门庆请入书房里坐的。（45回）

⑧（孙雪娥）连忙向前替西门庆接了衣服，安顿中间椅子上坐的。（58回）

⑨李瓶儿在屋里守着不出来，看见李桂姐、吴银儿和孟玉楼、潘金莲进来，连忙让坐的。（58回）

---

① 顾学颉、王学奇：《元曲释词》（四），中国社会科学出版社，1990年，第426~427页。

这种用法的“的”常写作“地”。如：

⑩且说西门庆送了任医官去，回来与应伯爵坐地。(55回)

⑪却说西门庆送了长老，转到厅上，与应伯爵坐地。(57回)

⑫同到月娘房中，大家道个万福，各各坐地。(57回)

最早注意到这种用法同前一种用法不同的是香坂顺一，他认为《水浒传》中以下这些句子中的“地”均不能解释成“着”。如：

a. 那道人把竹篮放下，也来坐地。(6回)

b. 便请宋江正面坐地。(22回)

香坂顺一以为例中的“地”类似于“下”。① 我们以为“地”还是同“了”相近。因为这里的“的”主要还是表示动作的完成、实现。

《词话》中动态助词“的”也常用在动词和宾语之间或两个动词性成分之间，分别表示不同的语法意义。

1.“的”表动作的持续，相当于“着”。全文共出现这种用法176例，占动态助词“的”全部用例的42.51%。如：

⑬（潘金莲）只等的西门庆往那里去，不在家，便使了丫鬟，叫进房中，与他茶水吃，常时两个下棋做一处。(18回)

⑭如今好容易撰钱，怎么赶的这个道路！(38回)

⑮你替他当个事干，他到明日也替你用的力。(38回)

⑯该那个管，你交与那个就是了，来问我怎的，谁肯让的谁。(76回)

“的”的这种用法，《水浒传》中就已存在，如：

a. 娘子在家失盗，等候得观察，不见回来。(56回)

b. 你须不瞎，也见库局里贴的晓示，……(4回)

c. 小人如今在此，只做得偷鸡盗狗的勾当，几时是了。(46回)

香坂顺一认为：“这些例句中的‘得’都可以改成‘着’。尤其是第二句形成了存在句，值得注意的是，贯本中改成了‘着’。”② 《词话》中“的”的这种用法同《水浒传》中“的”的类似用法是一脉相承的。

2.“的”表动作的完成或实现，相当于“了”。《词话》中共出现这种用法116例，占动态助词“的”全部用例的28.02%。如：

⑰（潘金莲）下的楼来，教春梅取板子来，要打秋菊。(28回)

⑱（西门庆等）出的南门外，来到猪市街，到了杨家门首。(7回)

---

① ［日］香坂顺一著，植田均译：《水浒词汇研究》（虚词部分），文津出版社，1992年，第418～419页。

② ［日］香坂顺一著，植田均译：《水浒词汇研究》（虚词部分），文津出版社，1992年，第415页。

⑲西门庆道："应二爹才送的他去，又做甚？"（57 回）

⑳小玉道："大姐刚才后边去的，两位师父也在屋里坐着。"（63 回）

㉑妇人接的袖了，一直走到他前边。（73 回）

曹广顺认为，例㉑中的"的"表动作的完成。[①] 至于例⑰～⑲诸例，《水浒传》中也有类似的例子，如：

a. 进得殿帅府前，参见太尉。（2 回）

b. 入得山门里，仔细看来。（6 回）

c. 过得桥来，一条平坦大路。（9 回）

香坂顺一注引黎锦熙《汉语语法教材》第二编第 180 页的说明，认为这些"得"表示完成动态，能换成"了"。[②]

3. "的"用在两个动词性成分之间，表示前一动作是后一动作的方式、状态，相当于"着"。《词话》中共出现这种用法 122 例，占动态助词"的"全部用例的 29.47%。这种用法元曲中就有，顾学颉、王学奇将下例中的"地"释为"犹言者"：

卧地观经史，坐地对圣人。（调风月）[③]

《词话》中类似的用例如：

㉒（婆子）陪的坐吃了两道茶，西门庆便要起身。（7 回）

㉓那猴子一面笑的耍去了。（28 回）

㉔不一时，请吴二舅到，在前厅陪他坐的吃酒……（76 回）

㉕那婆子听见，两步做一步走的去了。（38 回）

综上所述，《词话》中的动态助词"的"经常用在句末动词（一般是动词"坐"）的后面；有的处在描写句中，表示动作的持续，相当于"着"；有的处在叙述句中，表动作的完成或实现，相当于"了"。此外，"的"也用在动词和宾语之间或两个动词性成分之间，有的表示动作的持续，相当于"着"；有的表示动作的完成或实现，相当于"了"；有的表示前一动作是后一动作的方式、状态，相当于"着"。

四、了

曹广顺将宋代看作是汉语助词真正完善形成的时期。此时的助词功能单一、分工明确，而且助词与补语语法位置分开，两者有了明确的界限。助词"了"同样如此。其发展演变经历了两个阶段：中晚唐以后由于词汇更替、语序变化等原因，动词"了"逐渐演变为表示完成貌的动态助词"了"，即现代汉语的"了$_1$"；接着，"了$_1$"

---

① 曹广顺：《近代汉语助词》，语文出版社，1995 年，第 79 页。

② ［日］香坂顺一著，植田均译：《水浒词汇研究》（虚词部分），文津出版社，1992 年，第 414 页。

③ 顾学颉、王学奇：《元曲释词》（四），中国社会科学出版社，1990 年，第 426～427 页。

进一步虚化，又逐渐产生了表示肯定事态出现了或即将出现变化的语气的新功能，即现代汉语的“了$_2$”。这一演变过程至宋代已经完成。① 当“了$_1$”和“了$_2$”出现在同一位置的时候，就出现了既表完成貌又表肯定语气的“了$_{1+2}$”。《词话》中“了”的用法与现代汉语中的极为相似，且使用频率非常高，共有 14 545 例。其中“了$_1$” 8 638 例，占助词“了”全部用例的59. 39%；“了$_{1+2}$”3 229 例，占助词“了”全部用例的22. 20%；“了$_2$”2 678 例，占助词“了”全部用例的18. 41%。

《词话》中共见动态助词“了$_1$”8 638 例。从语法意义来看，一是表示动作的完成或实现，一是表示状态的持续；从句法结构来看，“了$_1$”可以用在动词或形容词之后，形成“动词/形容词 + 了$_1$ + 宾语”、“动词 + 了$_1$ + 补语 + 宾语”、“动词/形容词 + 了$_1$ + 补语”、“动词 + 了$_1$ + 宾语 + 补语”、“动词 + 补语 + 了$_1$”等句法格式。下面我们结合以上两点，详细讨论《词话》中“了$_1$”的具体用法。

1. “了$_1$”可以用在动词或形容词之后，表示动作的完成或者性状的实现。不受时态限制，它可出现在过去、现在或将来假设等时体中。这是动态助词“了$_1$”最为常见的用法，全书共见 8 413 例，占动态助词“了$_1$”的 97. 40%。

A. “动词/形容词 + 了$_1$ + 宾语”式。这种句法格式，《词话》中共出现 5 594 例。其中“了$_1$”前是形容词的有 127 例，“了$_1$”前是动词的有 5 467 例，占“了$_1$”全部用例的 64. 76%。如：

①打发李妈妈娘儿两个上轿去了，回来叫他门不开，都慌了手脚，还使小厮打窗户内跳进去。(26 回)

②没奈何，哥看我面，有银子借与几两，扶持他，周济了这些事儿。(31 回)

③大官人见不方便，许了要替咱每大街上买一所房子，教咱搬到那里住去。(38 回)

④西门庆道：“怪花子，你害了痞，如何只鬼混人！”(52 回)

⑤伯爵见西门庆看他摆放家活，就道：“亏了他两个，收拾了许多事，替了二爹许多力气。”(54 回)

⑥王经、玳安打发脱了靴袜，合了灯烛，自往下边暖炕被褥歇去了。(71 回)

⑦（如意儿和迎春）向坛内又打出一壶葡萄酒来，午间请了潘姥姥、春梅，郁大姐弹唱着，在房内四五个做一处。(75 回)

⑧陈经济备了一匹尺头，请云指挥点了神主，阴阳徐先生下了葬，众孝眷掩土毕。(80 回)

⑨那如意儿和小玉二人笑嘻嘻过来，亦与春梅都半磕了头。(89 回)

⑩他娘叫骂哭喊说：“好囚根子，红了眼，连我也不认的了！”(89 回)

从“了$_1$”前后的成分看，“了$_1$”前多为单音节动词或形容词；“了$_1$”后的宾语形式则非常丰富，共有 5 451 例属于名词性宾语，可以是名词或代词，也可以是定中

---

① 曹广顺：《近代汉语助词》，语文出版社，1990 年，第 84 ~ 92 页。

短语或联合短语，还可以是其他名词性成分；“了1”可以插入动宾式复合词中，形成离合词现象，如例⑧、⑨；“了1”还有262例连接双宾语的情况，如例⑤中的“替了二爹许多力气”，其中，近宾语常为代词，远宾语常为名词或名词性定中短语。此外，“了1”后还有143例谓词性宾语，出现的形式也颇为丰富，有形容词、状中结构，主谓短语等，如例③、④。

B. “动词/形容词+了1 +补语”式。这种句法格式，《词话》中共出现1 272例。其中“了1”前是形容词的有31例，“了1”前是动词的有1 241例，占“了1”全部用例的14.73%。如：

⑪约后晌时分，西门庆从外来家，已有酒了，走到仪门首。这惠莲正往外走，两个撞了满怀。(22回)

⑫希大独自一个，吃了里外干净，剩下些汁汤儿，还泡了碗吃了。(42回)

⑬立了约一个时辰，正值月娘与李娇儿送院里李妈妈出来上轿……(49回)

⑭只管道我醉了，推了出来，说明晚来罢。(53回)

⑮温秀才道：“学生有罪，不知老先生呼唤，适往敝同窗处会书，来迟了一步。”(68回)

⑯这文嫂一面走出前厅，向众人拜了两拜，说道……(69回)

⑰这春梅摸了摸，果然只有一只金玲珑坠子，便点灯往那边床上寻去，寻不见。(73回)

⑱于是瞧了个不亦乐乎，依旧还往厨房中睡去了。(83回)

⑲况且奴家这边没人，不好了一场，险不丧了性命。(17回)

⑳迟了一回，反乱起来，说不见了一锭金子。(43回)

从补语的语义类别来看，有结果补语、状态补语、趋向补语、时量补语、动量补语等；从补语的构成情况来看，其形式非常丰富，较为常见的有数词、数量短语、趋向动词等。其中“了1”后连接数量补语的有897例，这也是句法格式“动词/形容词+了1+补语”中使用频率最高的补语形式，可以是时量补语，表示动作或动作结果持续的时间，如例⑬；也可以是动量补语，如例⑮。其中还出现了两种较为特殊的动量补语：一是补语为动词的重动形式，即构成“V了V”式的有54例，如例⑰；一是补语为“数词/又/再+动词重动形式”的有42例，如例⑯。补语为趋向动词的共出现313例，使用频率仅次于数量短语，如例⑭。补语由“个+形容词/四字格短语”充当的，在《词话》中共出现21例，如例⑱。另外，还有41个用例中补语为定中短语、主谓短语等其他成分的，如例⑪、⑫。

C. “动词+了1+宾语+补语”式。这种句法格式，《词话》中共出现402例，占“了1”全部用例的4.65%。补语多为数量补语、趋向补语。如：

㉑一手接了，连忙洗了脸，替他盪了合汁来。(23回)

㉒妇人见毕礼，连忙屋里叫丫鬟锦儿，拿了一盏果仁茶出来，与西门庆吃，就叫

他磕头。(38 回)

㉓……梦见李瓶儿下炕来，推了迎春一推，嘱付：“你每看家，我去也!”(62 回)

㉔被我骂喝了他两声，他还不动。(83 回)

D. “动补短语+了1”式。在这种句法格式中，动态助词“了1”语义同时指向动词和补语，即既表动作的完结，又表动作结果的实现。《词话》中共出现198例，占“了1”全部用例的2.29%。如：

㉕又放一件镇物在枕头内，男子汉睡了那枕头，也好似手封住了的，再不打他了。(12 回)

㉖那应伯爵狗也不咬，走熟了的。同韩道国进入仪门，转过大厅……(34 回)

㉗上完了批，就在东平府见关银子。来和你计较，做不做?(38 回)

㉘慌的书童儿走上去，回说：“小的火盆上筛酒来，扒倒了锡瓶里酒了。”(46 回)

㉙这日，西门庆因陪人，吃得醉了进来，迎春打发歇下。(65 回)

㉚如何这等计较，你还把那礼扛将回去，等我明日说成了取家来。(75 回)

从“动补短语”的补语构成来看，多为结果补语和趋向补语。从“动补短语+了1”后的成分来看，主要有三种情况：一是“动补短语+了1”后不带宾语，连接助词“的”，但所表示的语法意义不尽相同，如例㉕中“的”为分句末语气词，“封住了”在句中作谓语；而例㉖中“走熟了”后之“的”为结构助词，构成“的”字结构，同时也兼表肯定、强调的语气；二是“动补短语+了1”后带宾语，形成“动补短语+了1+宾语”结构，如例㉗、㉘；三是“动补短语+了1（+宾语）”后紧接着下一个动作，表示后一动作是在前一动作完成并且获得结果后才发生的，如例㉙、㉚。

E. “动词1/形容词+了1+（宾语）+动词2/其他谓词性成分”式。在这个结构格式中，“了1”后面可以紧接动词或谓词性成分，表示一个动作完成之后紧接着出现另一动作或状态，不受时态的限制，有时可以用于假设的语境中。《词话》里共有这样的用例925个，占“了1”全部用例的10.71%。如：

㉛西门庆听了，满心欢喜，说道……(26 回)

㉜等住回，日头过，热了做不的。(29 回)

㉝桂姐道：“等你娘闲了唱与你听。”(45 回)

㉞西门庆掐了一块放在口内。别的与了李铭吃了。(52 回)

㉟若下来了，干净了我这身子，省的死了做带累肚子鬼。(75 回)

㊱于是筛了两大碗酒，打发秋菊吃了，扣他在厨房内，拿了妇人柬贴儿出门。(83 回)

“动词1+了1（+宾语）+动词2/其他谓词性成分”式，相当于现代汉语中的连谓句。其中，在“动词1+了1（+宾语）+动词2”中，动态助词“了1”用于连接前后的两个动词，表示这个动作完成后进行下一动作，如例㉞、㊱；“动词+了1+其他谓词性成分”可以表示动作实现之后呈现的某种状态，如例㉛、㉟；“了1”前可以是形容词，“形容词+了1+其他谓词性成分”的句法格式多用于假设或将来的语境之中，表示条件发生变化之后某一状态可能出现的改变，如例㉜、㉝。

“了1”在《词话》中还有其他一些并不常见的用法，例如可以和“的”连用，有些构成的“的”字结构在句中作主语或宾语，有些则作定语。全书这样的用例共有21个。如：

㊲做亲时人家好，过后三年五载妨了的，才一个儿？（41回）

㊳伯爵道：“好保虫儿，只有错买了的，没有错卖了的。……”（52回）

㊴醉了的人，晓的甚么，合着眼只顾吃下去。（79回）

“了1”还可以用在主谓短语的后面，构成的“主谓短语+了1”格式在句中充当定语。如：

㊵爹明日要去，休要早了，直到掌灯已后，街上人静了时，打他后门首扁食巷中；他后门傍有个住房的段妈妈，我在他家等着爹……（69回）

另外，我们还发现1例“了1”较为特殊的用法：

㊶我这里整治停当，教小厮抬了他府上，我还助两个妓者，咱耍一日何如？（61回）

“了1”在这里相当于现代汉语中的“到”，不仅表示动作的完结，更强调动作发生后的结果。

《词话》里偶尔也可以见到“了1”和“了2”前后配合使用的现象，如：

㊷正说话中间，只见琴童分付房中收拾焚下香，五岳观请了潘法官来了。（62回）

㊸娘你错打听了，敢不是我那里，多往郑爱月儿家走走两遭，请了他家小粉头子了。（74回）

2. “了1”可以用在动词之后，表示动作状态的持续，相当于现代汉语里的“着”。相对于“了1”的第一种用法，这种用法的“了1”在《词话》里的用例并不多见，共有225例，占动态助词“了1”的2.60%。如：

㊹玳安丢下画童，和琴童儿两个随着轿子，跟了先来家了。（35回）

㊺不一时，书童掌了灯，照着任太医，四角方巾，大袖衣服，骑马来了。（54回）

㊻（西门庆）一面叫郑奉：“你也跟了去。”（58回）

㊼一面教绣春：“你打了灯笼，往花园藏春轩书房内，还有一坛葡萄酒，你问王经要了来，斟那个酒我吃。”（75回）

表示动作持续的“了1”，可以出现在连谓句中，说明一个动作是另一个动作的伴随状态，如例㊹、㊺、㊻，这些例句中的动词均带有“伴随”、“携带”的语义；且“了1”可以与表示动作持续的助词“着”同时出现在上下文中，如例㊹中的“随着轿子，跟了先来家了”，动词“跟”应和“随”一样，表示一种持续的、伴随的状态，例㊺中的“掌了灯，照着任太医”同样如此。

五、过

据曹广顺考察，近代汉语中的动态助词“过”产生在唐代。唐宋时期的动态助词“过”的用例并不很多，直到元代以后，“过”的用例才比较多见，“和元代相比，明代文献中助词‘过’使用更多了”。他同时坦承：“在近代汉语动态助词中，对‘过’的研究是比较薄弱的，对它的来源、发展、使用都了解不够，有待于进一步深入研究。”①动态助词“过”在现代汉语中有两种语法意义：一种是“表示动作完毕”，一般称为“过1”；另外一种是表示“过去曾经有过这样的事情”或“已有的经验”，称为“过2”。②

《词话》中动态助词“过”共出现295例。其中“表示动作完毕”的“过1”有237例，占动态助词“过”全部用例的80.34%；“表示曾经有这样的事情或已有的经验”的“过2”共有58例，占动态助词“过”全部用例的19.66%。下面我们结合《词话》中动态助词“过”的句法格式来讨论其主要用法。

1. 用在动词后，表示动作的完结，且不受时态的限制——可以是事实上已经发生的动作的完结，也可以是假设的、未发生的动作的完结。因此“过1”强调的是动作本身的状态而非动作完毕所引起的状态。《词话》中的“过1”主要出现在“动+过1”、“动+过1+宾”、“动+过1+补”等句法格式中。

A. “动+过1”式。在这种格式中，“过1”后无紧接的宾语。《词话》中共出现167例。如：

①鲁大哥，你多日子也耽待了，再宽他两日儿，教他凑过与你便了。(19回)

②应伯爵饮过，又斟双杯。(35回)

③温秀才道：“学生已写稿在此，与老生看过，方可誊真。”(67回)

④下边教坊回数队舞吊毕，撮弄杂耍百戏院本之后，四个唱的慢慢才上来，拜见过了。(76回)

侯学超将下列句法结构中的“过”看作是动词，作补语：

a. 第一册已经看过了

b. 看过了以后交换意见

① 曹广顺：《近代汉语助词》，语文出版社，1995年，第38~45页。

② 吕叔湘：《现代汉语八百词》(增订本)，商务印书馆，1999，第246~247页。

c. 吃过饭再去

d. 检查过行李才能上飞机

侯学超认为，上述诸例中的“‘动词＋过’表示动作完毕；可轻读，也可重读；不和‘曾经’共现，可和‘已经’共现；后可加‘了$_1$’，是动词作补语”。[①]我们以为这样处理欠妥。首先，“过”与助词“了$_{1+2}$”一起出现在句末，它所表示的是动作的完成状态，动词意味非常弱。如例④中，“过＋了$_{1+2}$”表示“拜见”这一动作的完结，此时的“过”应为动态助词。其次，表动作完结的“过”与表动作实现的“了”在语法意义上很接近，所以不少时候可以互换而不影响语义；事实上，例①、②、③中的“过”均可换成“了”而不影响语义；在c例、d例中，也同样可将“过”换成表动作行为实现的“了”而不影响语义。这也从另一角度证明了这些例子中的“过”应为动态助词而非动词。侯学超在讨论表动作实现的“了”的时候，举了如下例子：

e. 明天我吃了早饭就去。[②]

e例中的“了”同样也可换成动态助词“过”而不影响语义，这个“过”与c例中的“过”应为同一个“过”。

“过＋了$_{1+2}$”这种用法在《词话》中共有24例。

另外，“过$_1$”常跟在动词后，充当前一分句中的谓语成分，后面再紧接着另一分句，如例②和例③；或是用在第一个动作后，再紧跟另一动作，形成连谓结构，如例①。“过$_1$”用在“动$_1$”后，表示在下一动作开始前，上一动作已经完成。

B. “动＋过$_1$＋宾”式。这种句法格式，《词话》中共有68例。如：

⑤韩玉钏儿见他吃过一杯，又斟出一杯。（32回）

⑥丫鬟递过了茶，乔大户出来拜见，谢了礼。（41回）

⑦蔡御史道：“他如今见是本处提刑千户，昨日已参见过年兄了。”（49回）

⑧刘婆道：“过得来便罢。如过不来，告过主家奶奶，必须要灸几蘸才好。”（59回）

我们注意到，在此类句法格式中，“过$_1$”可与句末语气助词“了$_2$”共现，构成“动＋过$_1$＋宾＋了$_2$”的格式，如例⑦，共有8例，这与现代汉语中的用法是完全一致的；也可以与“了$_1$”共现，构成“动＋过$_1$＋了$_1$＋宾”的格式，如例⑥，共有5例。在这些用例中，“过$_1$”均表现出明显的动作完结义。

C. “动＋过$_1$＋补”式。这种句法格式，《词话》中仅有2例：

⑨如意儿实承望孩子搐过一阵好了，谁想只顾常连，一阵不了，一阵搐起来。

---

① 侯学超：《现代汉语虚词词典》，北京大学出版社，1998年，第249～250页。

② 侯学超：《现代汉语虚词词典》，北京大学出版社，1998年，第384页。

（59回）

⑩（西门庆）只说："我一个熟人儿，如此这般和他娘在其处会过一遍，也是文嫂儿说合。"（68回）

我们看到例⑨、⑩中，"动＋过1＋补"在句中均作状语成分，表示动作完成的时间，状语后连接的谓语，说明另一动作的发生。"动＋过1＋补"在句中也可作谓语，如例⑩，"过1"表谓语"会"这一动作的完结，补语"一遍"则是进一步说明时间、频率。

2. 用在动词后，表示"过去曾经有这样的事情"或"已有的经验"，一般有表示过去的时间词语或语境作提示。《词话》中的"过2"主要出现在"动＋过2"、"动＋过2＋宾"、"动＋过2＋补"等句法格式中。

A. "动＋过2"式。在这种句法格式中，"过2"后无紧接的宾语，《词话》中共有21例。如：

⑪（潘金莲）因见春梅伶变，知是西门庆用过的丫鬟，与了他一付金三事儿。（14回）

⑫他在屋里背地调唆汉子，俺每这几个谁没吃他排说过。（51回）

⑬潘姥姥道："他七岁儿上女学，上了三年，字仿也曾写过，甚么诗词歌赋唱本上字不认的。"（78回）

⑭妇人道，"收用过二字儿？死鬼把他当心肝肺肠儿一般看待！……"（85回）

⑮那一年遭官司口舌，倾家丧业，见过不曾？（96回）

B. "动＋过2＋宾"式。这种句法格式《词话》中共出现28例。如：

⑯见过一个汉子也怎的？（25回）

⑰你把你二位姑娘，和众位娘的酒儿斟上。这一日还没上过锺酒儿。（46回）

⑱你我相交一场，当时也曾吃过他的，也曾用过他的，也曾使过他的，也曾借过他的，也曾嚼过他的。（80回）

⑲薛嫂道："已克过两位夫主了。"（91回）

⑳你往后好，有三妻之命。克过一个妻宫不曾？（96回）

C. "动＋过2＋补"式。这种句法格式《词话》中共有6例。如：

㉑我恰似打你肚子里钻过一遭的，果然不受他的。（35回）

㉒他现是本州一个秀才，应举过几次，只不得中。（56回）

㉓俺家本司三院唱的老婆，不知见过多少，稀罕你这个儿。（75回）

㉔妇人道："有倒好了。小产过两遍，白不存。"（76回）

D. "动＋过2＋宾＋趋向补语"式。这种句法格式《词话》中仅有3例：

㉕说起来，守备老爷前者在咱家酒席上，也曾见过小大姐来，因他会这几套唱，好模样儿，才出这几两银子。（86回）

㉖且说你衙内今年多大年纪，原娶过妻小来没有，房中有人也无，姓甚名谁，乡贯何处，地里何方，有官身无官身，从实说来，休要捣谎。(91回)

㉗张胜说："小的曾禀过奶奶来，奶奶说且教他去着，小的才放他去了。"(94回)

从能够适用的时态来看，动态助词"过2"只能用于过去时态中，且句中常有表示过去的时间副词"曾、原"等与之共现，如例⑬、⑱、㉕等，或者句末有表过去时态的语气词"来"与之配合，如例㉕、㉗等；从"过2"所出现的句式来看，多见于肯定句中，偶尔也用在反问句中，如例⑫、⑭、⑯，以及选择疑问句中，如例⑮、⑳、㉖；从句法功能来看，"过2"主要和其他成分组成"动+过2""动+过2+宾"等格式在句中作谓语，少数作定语，如例⑪。

六、得

动态助词"得"由其动词义"获得"演变而来，在唐宋时期使用频率渐高，元代以后逐渐减少，至现代汉语中已消失不见。《词话》中，"得"保留着其作为动态助词所具有的"表动作的实现或完成"和"表动作的持续"这两种语法意义和用法。其中，"表动作的实现或完成"的"得"共有188例，占动态助词"得"全部用例的99.47%；"表动作的持续"的"得"仅出现1例，占动态助词"得"全部用例的0.53%。从数量上看，较之"了1"，减少趋势相当明显；从出现的句法格式来看，主要存在于"动+得+宾"、"动1+得(+动2)"、"动+得+补"、"动+得+宾+补"等句法格式中。下面我们结合其语法意义和句法形式展开讨论。

1.《词话》中的动态助词"得"可以用在动词后，表示动作已经实现或完成，其功能用法同现代汉语中的动态助词"了"极为相似。这种用法的"得"共见188例，占动态助词"得"全部用例的99.47%。从"得"前动词的音节特征来看，以单音节为主，双音节为辅。从"得"出现的句式来看，可以出现在肯定句中，表示动作已经实现或完成；也可以出现在否定句中。它的否定形式有两种情况：一是前有否定副词"不"，表示不能或没有实现某种行为；二是前加"不曾"、"未曾"，否定曾经实现过某种行为。此外，表示动作完成或实现的语法意义的动态助词"得"主要用在已然的语境中，较少出现在未然或假设语境之中。

A."动+得+宾"式。这是《词话》里动态助词"得"使用频率最高的句法格式，全书共计139例。如：

①你那哥哥尸首又没了，又不曾捉得他奸。(9回)

②这妇人一心只想着西门庆，又打听得他家中没事，心中甚是后悔……(19回)

③白来创道："我不带得银子，只有扇子在此，当得二三钱银子起的，漫漫的赎了罢。"(54回)

④才说得这句，不想门子来请衙内，外边有客来了。(92回)

⑤原来春梅在里面与经济交姤，听得经济告诉春梅说……(99回)

⑥前日多累你押解老爷行李车辆，又救得奶奶一命，不然也乞张胜那厮杀了。(100 回)

“得”前动词多为单音节动词，仅有 8 例为双音节动词：其中动词为“打听”的有 7 例；动词为“撮合”的有 1 例；而且涉及的动词数量不多，重复使用的频率较高，主要有“听”（共有 29 例）、“闻”（共有 20 例）等。动态助词“得”后的宾语构成较为丰富，有名词、主谓短语、偏正短语、数量短语等。从出现的句式来看，“动 + 得 + 宾”结构多出现在肯定句中，在总共 139 例中，仅有 14 例用在否定句中，通过否定副词“不”、“不曾”、“未曾”来实现其否定形式，如例①、③。

B. “动 1 + 得（ + 动 2）”式。“得”用于句末煞尾，多表示一个动作没有完成或实现；还可以用于连接下一动作或状态，表示一动作完成后另一动作或状态的开始，这与现代汉语中的连谓句极为相似。《词话》中这样的用例并不多，共出现 8 例。如：

⑦月娘闻得了，也不胜喜欢，又差琴童去请刘婆子的来。(53 回)
⑧西门庆听得，连忙走起告辞。(54 回)
⑨他做的词赋也有在我处，只是不曾带得来哥看。(56 回)
⑩那经济说道：“一向不知姐姐嫁在这里，没曾看得……”(92 回)
⑪一向要请姥姥过去，家官府不一时出巡，所以不曾请得。(96 回)

动态助词“得”前的动词全部为单音节动词，共有 8 例。从出现的句式来看，“动 1 + 得（ + 动 2）”式出现于肯定句中的共有 5 例；出现在否定句中的仅有 3 例，由否定副词“不曾”、“没曾”来实现，表示对已经实现某种行为动作的否定，如例⑩、⑪。

C. “动 + 得 + 补”式。这种句法格式《词话》中共有 13 例。如：

⑫只见书童走得进来，把黄主事、安主事两个谢帖回话，说……(53 回)
⑬两个安童刚收拾得七八分，只见摇摇摆摆的走进门来，却是白来创。(54 回)
⑭晚夕与何千户胡乱食得一顿，长老爨一锅豆粥吃了，过得一宿。(71 回)
⑮春梅道：“既然如此，我有庄事儿累你二人，替我干得来，我还重赏你。”(88 回)
⑯月娘便一声儿也没言语，只说得一声：“贼臭肉，不在后边看茶去！……”(95 回)

“得”前的动词仍以单音节为主，仅有 1 例为双音节动词“收拾”，见例⑬；“得”后的补语成分形式也较为单一，多由趋向动词、数量短语构成。在“动 + 得 + 补”中未出现否定句式，13 例全为肯定形式。此外，“得”也可以用于未然的语境中，如例⑮。

D. “动 + 得 + 宾 + 补”式。这种句法格式《词话》中共有 27 例。如：

⑰撮合得此事成，我破几两银子谢他，也不值甚的。(2 回)
⑱我的好姐姐，你若肯可怜见，叫得他来，我恩有重报，不可有忘。(83 回)
⑲西门庆道：“我可惜不曾带得好川扇儿来，也卖富卖富。”(54 回)

⑳他讨得十分便益多了，把我不知当做甚么人儿。(93回)

㉑傅伙计拿状子到巡检司，实承望吴典恩看旧时分上，领得头面出来。(95回)

“得”前的动词仅有1例为双音节动词，如例⑰“撮合”，其余26例均为单音节动词。从宾语成分构成来看，主要为名词或定中结构等名词性成分；从补语构成来看，补语多由形容词、趋向动词等充当。“动+得+宾+补”结构中仅有1例出现于否定句式中，并通过否定副词“不曾”来实现，即例⑲。

E. “动+得+补+宾”式。这种句法格式《词话》中仅见1例，其中，补语“半日”为时量短语：

㉒敲得半日门，才有人出来。(54回)

2. 动态助词“得”还可以用在可持续动词之后，表示动作（状态）的持续进行。曹广顺认为，“得”的这种用法近于动态助词“着”，约产生于唐代，经过宋代发展，至元代逐渐衰落乃至消亡。[①]《词话》中表动作持续的“得”的用例极为罕见，仅有1例。其出现的句法格式也只是“动+得+宾”一种。从分布和使用来看，正反映了曹广顺所指出的这种趋势：

㉓你家那新娶的娘子，还在被窝里睡得好觉儿，怎不交他那小大姐送盏茶来与你吃？(91回)

从音节特征来看，“得”前的动词均为单音节动词；从出现的句式来看，“得”均出现于肯定句中，表示动作或状态的持续。

七、子

动态助词“子”何时产生，现在尚不得而知。《词话》中“子”用得并不多，共出现7例，主要出现在动词和宾语之间，表动作的完成或获得某种结果，功能相当于“了”。如：

①只见管家的三步那来两步走，就如见子活佛的一般，慌忙请了长老。(57回)

②尼姑生来头皮光，拖子和尚夜夜忙。(57回)

③登时把胡僧吃的楞子眼儿……(49回)

④荆统制娘子、张团练娘子、乔亲家母、崔亲家母、吴大姨、吴大妗子、段大姐，坐子好一回，上罢元宵圆子，方才起身，告辞上轿家去了。(79回)

⑤那马见子只一惊躲，西门庆在马上打了个冷战。(79回)

有时候“子”还用在句末，表示一种肯定的语气。这时的“子”不是动态助词，而是一种语气助词，《词话》中仅有2例：

---

① 曹广顺：《近代汉语助词》，语文出版社，1995年，第76~80页。

⑥李家桂儿这小淫妇儿，就是个真脱牢的强盗，越发贼的疼人子！(45 回)

⑦老汉在街上，恁问了两三日，走了十数条街巷，白讨不出块腊肉儿来，甚可嗟叹人子。(58 回)

第二节 结构助词

近代汉语中的结构助词一直是学人颇为感兴趣的话题，这可能是同这类助词变化发展之大、脱胎换骨之彻底有关。"底、地、个"的产生及其对"之、者、所"的替代，理所当然地被当作汉语跨入近代的重要标志，其学术价值不言而喻。曹广顺曾详细地讨论了近代汉语中新出现的这三个结构助词的历史沿革和各种用法①。需要指出的是，曹氏在讨论中所使用的语料主要是元代以前的。而《词话》所体现的明代汉语结构助词的情况似乎要复杂一些。我们这里将对"的（得、地）"、"个"等结构助词的使用情况作一展开。

一、的（得、地）

《词话》中结构助词"的"的用例非常多，涵盖了现代汉语中结构助词"的"、"得"、"地"的所有用法。它可以用在定语的后面或是与其他成分构成"的"字结构中，也可以用在补语的前面，还可以用在状语的后面。《词话》中的"的"除了作结构助词、动态助词外，还可以作语气助词，这部分内容我们将在下节"语气助词"中讨论。

现代汉语里作为结构助词的"的"主要有两种用法：一是用在定语后，作定语的标志；一是和其他成分组成名词性的"的"字结构。这也是《词话》里"的"的两种重要用法，共出现 4 469 例。其中，作定语标志的"的"有 2 536 个用例；"的"字结构有 1 933 例。曹广顺认为，宋代以后"底"、"地"逐渐改写作"的"；元代以后，在明清小说中，代替"地"的"的"就比比皆是了②。在《词话》中，作为结构助词的"的"的使用情况远较曹文所预言的要复杂，主要有状语后"的"和"地"的混用以及补语前"的"和"得"的混用两种情况。从数量上看，文中"地"写作"的"的用例共有 184 个；"得"写作"的"的有 1 699 例。下试详述之。

1. "的"用在定语后，为定语的标志。《词话》中共有 2 536 例，占结构助词"的"全部用例的 42.21%。如：

①他是有孩子的姐姐，又有时运，人怎的不看他？(30 回)

②西门庆见他拿起带来看，一径卖弄说道："你看我寻的这几条带如何？"(31 回)

---

① 曹广顺：《近代汉语助词》，语文出版社，1995 年，第 125 ~ 150 页。

② 曹广顺：《近代汉语助词》，语文出版社，1995 年，第 136 ~ 137 页。

③妇人道："刚才做的热腾腾的饭儿，炒面筋儿，你吃些。"（37 回）

④于是顺着松墙儿到翡翠轩，见里面摆设的床帐屏儿，书画琴棋，极其潇洒。（52 回）

⑤正在唠唠叨叨，喃喃洞洞，一头骂一头着恼的时节，只见那玳安走将进来……（57 回）

⑥这经济又叫住，因问杨大郎："县前我丈人的小，那潘氏尸首怎不见，被甚人领的去了？"（88 回）

从"的"前定语成分的构成情况来看，可以是名词、代词、动词、形容词、述宾短语、介宾短语、主谓短语、偏正短语等；"的"后的中心语主要由名词、名词性结构或极少数的形容词等来充当。从定语和中心语的关系来看，可以是修饰关系，也可以是领属关系等。从语法功能角度来看，含"的"的定中短语在句中主要作主语、宾语、兼语和状语等。

2. "的"同谓词性成分组合，构成名词性的"的"字短语。《词话》中共有 1 588例，占结构助词"的"全部用例的 26.44%。如：

⑦……不如大姐姐头上戴的这金观音满池娇，是揭实枝梗的好。（20 回）

⑧你看看孟家的和潘家的，两个一似狐狸一般，你原斗的过他了！（44 回）

⑨清的只是清，浑的只是浑。（52 回）

⑩只见酒逢知己，形迹多忘，猜枚的，打鼓的，催花的，三拳两谎的，歌的歌，唱的唱。（57 回）

⑪当初西门庆待应伯爵，如胶似漆，赛过同胞弟兄，那一日不吃他的，穿他的，受用他的。（80 回）

⑫会事的，把俺女婿须收笼着，照旧看待，还是大鸟便益！（86 回）

从"的"字结构中"的"前成分构成情况来看，可以是名词、代词、动词、形容词、述宾短语、主谓短语、偏正短语等；从"的"字结构的语法功能来看，可以在句中作主语、宾语、兼语或独立语等。

3. "的"用在形容词或形容词重叠式之后，组成"的"字结构，在句中充当谓语或补语成分。《词话》中共出现 345 例，占"的"全部用例的 5.74%。如：

⑬门首下马，见大门关的紧紧的，就知堂客轿子家去了。（16 回）

⑭头上治的珠子箍儿，金灯笼坠子黄烘烘的……（23 回）

⑮俺三婶，老人家风风势势的，干出甚么事！（52 回）

⑯玉楼道："娘，我摸他身上还温温儿的，也才去了不多回儿。"（62 回）

⑰一时被你娘们说上几句，羞人答答的，怎好相见？（78 回）

⑱教他多有些酸笋，做的酸酸辣辣的我吃。（94 回）

作谓语的"的"字结构中，"的"前多为 ABB 式形容词或者形容词的重叠式 AA（儿）、AABB 式，如例⑭、⑮、⑯、⑰，主要用来描写主语的情状；作补语的"的"

字结构中，“的”前多为形容词或形容词重叠式AA（儿）式、AABB式，如例⑬、⑱当补语成分，主要用来补充说明动作完成后的结果或状态。

4. 状语后“的”与“地”混用，“的”相当于现代汉语结构助词“地”，是状语的标志。《词话》中共有184例，一如现代汉语的用法，占结构助词“的”全部用例的3.06%。

状语前用“地”的情况在《词话》中也有，共出现65例。如：

⑲你哥哥四月二十头，猛可地害急心疼起来。(9回)

⑳只见那万回老祖一忽地跪到跟前……(57回)

㉑西门庆又哈哈地笑道：“力薄，力薄。”(57回)

但更多的是用“的”：

㉒（西门庆）说着纷纷的恼了，向他白馥馥肌上飕的一马鞭子来……(12回)

㉓正话间，只见那书童忙忙的来报道：“请的各位客人多到了。”(57回)

㉔李瓶儿笑嘻嘻的接住了月娘、西门庆。(57回)

㉕他佯打耳睁的不理我，还拿眼儿瞟着我。(58回)

㉖你没的说，我下边不住的长流，丫头火上替我煎着药哩。(61回)

由此可见，“的”的功能在《词话》中被泛化了。它不仅用在定语之后——如同现代汉语中的用法一样，也可用在状语之后，功能如同“地”。“的”功能上的这种泛化现象其实在年代稍早于《词话》的《水浒传》中已初见端倪。我们比较了故事情节以及叙述描写基本一致的《水浒传》的第24回同《词话》的前4回之后，结果发现，《水浒传》第24回中状语后基本用“地”，但也有几个用“的”，而《词话》中只有一处同《水浒传》用“地”，其余或用“的”，或“的”、“地”均不用。详情见表17：

表17

出处 \ “的”、“地”的使用	用“的”次数及用例	用“地”次数及用例	“恁”、“恁”后用“的”、“地”情况
《水浒传》第24回	共4次。喃喃呐呐的骂道、哈哈的笑起来道、浓浓的点两盏姜茶、我自重重的谢你	共8次。慢慢地吃了、气忿忿地、一直地只顾去了、把腰曲着地还礼、大大地唱个肥喏、暗暗地喜欢、细细地说诱他、浓浓地点道茶	共6例，全部用“地”
《词话》第1回（下半回）至第4回	共2次。气忿忿的自己寻思、大大的唱个喏	共1次。把腰曲着地还喏道	共5例，全部用“的”

"的"前的成分可以是副词或副词重叠式，如例⑯；可以是动词、动词重叠式或动词性成分，如例⑱；也可以是形容词或形容词重叠式，如例⑰；当然也可以是名词或名词性成分。被状语修饰的中心语主要是动词或动词性成分等。《水浒传》中的指示代词"这等"、"那等"作状语时后面都不带助词"地（的）"，但在《词话》中，我们发现了指示代词作状语时带助词"地（的）"的用例，数量不多，仅有3个：

㉗好这等的摇铃打鼓散着哩，好与人家汉子喂眼。(75回)

㉘……望空骂道："贼淫妇，在二爷面上这般的拔短梯，乔作衙哩！"(54回)

㉙薛嫂儿道："我不知道他也怎的，不消你老人家分付。想着大姐那等的还嫌哩！"(97回)

5. 补语前"的"和"得"混用。这是《词话》中"的"功能泛化的又一表现，"的"相当于现代汉语结构助词"得"，为补语的标志。全书共出现1 699例这样的用法，占结构助词"的"全部用例的28.28%。

补语前用"得"的情况在《词话》中也存在，共有636例。如：

㉚那消两个时辰，安排得端正。(9回)

㉛就是那汉子也走得要不的，直要四五个月才到哩。(59回)

常见的是用"的"：

㉜落后我叫了问他，他笑不言语；问的急了，才说："爹在狮子街花二娘那里哩。"(16回)

㉝只听外边一片声打的大门响……(17回)

㉞这西门庆不听便罢，听了气的在马上只是跌脚……(18回)

㉟……见小伙儿生的乖猾伶俐，有心也要勾搭他，但只畏惧西门庆，不敢下手。(18回)

㊱那李瓶儿挝耳挠腮，一头撞在地下，哭的昏过去。(59回)

㊲韩道国先取一盏，举的高高奉与西门庆。(61回)

补语前"的（得）"的具体用法我们将在结构助词"得"的部分作详细讨论。

我们考察了《词话》从16回到18回中补语前"的"和"得"的使用情况，发现在全部17个用例中，用"得"的仅有2例，占12%弱，用"的"的多达15例，占88%。由于"的"对"得"的取代并不彻底，因此事实上造成了"的"和"得"并存混用的局面。而且这种混用是无语境、非理据性的，随意性很大。有时候在同一语段的上下文中也混用。如：

㊳两口子喜欢的要不的，临出门，谢了又谢。(16回)

㊴李瓶儿因过门日子近了，比常时益发喜欢得了不的……(16回)

同用在动词"喜欢"之后、补语"要（了）不的"之前，例㊳用"的"，例㊴则用"得"。

二、得

曹广顺认为，“得”作为述补结构的标志是从它在述补结构中作补语发展而来的[①]。《词话》中作为补语标志的结构助词“得（的）”共出现2 335例，句例普遍，用法完备，主要引出情态、可能、程度等补语。另外，有些用法较为特殊。比如，助词“得”还可用作语气词，文中共见10例；或具备现代汉语中结构助词“的”等的功能和用法。下面我们试详述之。

1.“得（的）”用在动词或形容词之后，引出情态补语。“得”字的此种用法在《词话》中共出现350例，“的”字共出现1 256次，占结构助词“得（的）”全部用例的68.78%。而就补语的构成而言，也较为复杂，主要有以下几种情况：

A.“动+得（的）+形容词”。“得”有140例，“的”有285例。如：

①妇人见他脸气的黄黄，拉着秋菊进门，便问：“怎的来了？”（11回）

②奶子如意儿独自坐一顶小轿，怀中抱着哥儿，用被裹得紧紧的进城。（48回）

③内外坛场铺设的齐齐整整，香花灯烛摆列的灿灿辉辉。（66回）

④老翁起来的早，往那里去来？（72回）

作为补语标志的结构助词“得（的）”后的形容词可以是普通形式，或是形容词重叠的AA、AA的、AABB式，如例①、②、③。“得（的）”前的动词多为单音节动词，但也有双音节动词，如例③。

B.“动+得（的）+动词短语/形容词短语”。“得”有53例，“的”有313例。如：

⑤西门庆笑道：“六年不见，就出落得成了人儿了。”（11回）

⑥若上场儿，唬的看出那嘴舌来了。（14回）

⑦只见翡翠轩正面前，栽着一盆瑞香花，开得甚是烂熳。（27回）

⑧耳边金丁香儿：打扮的十分精致。（61回）

“得（的）”后的形容词短语可以是状中短语，如例⑦、⑧；也可以是中补短语；动词短语则以动宾短语、动补短语等为主，如例⑤、⑥。

此外，我们在《词话》中还发现1例较为特殊的用例，“得（的）”前的动词加上了表完成貌的动态助词“了”，这种用法在现代汉语里已消失不见了。如：

⑨来安道：“爹在五娘房里去了的不耐烦了。”（74回）

C.“动+得（的）+主谓短语/小句”。“得”有122例，“的”有493例。如：

⑩哥，如若不说，俺每明日唱扬的里边李桂姐、吴银儿那里知道了，大家都不好意思的。（16回）

---

① 曹广顺：《近代汉语助词》，语文出版社，1995年，第75～76页。

⑪今日只当把你远离他乡算的去了，坑得奴好苦也！（26回）

⑫那平安不知什么缘故，諕的脸蜡渣黄，跪下了。（35回）

⑬展放鲛绡，薰热香球，床上铺得被褥甚厚，打发脱靴解带，先上牙床。（77回）

D. “动+得（的）+联合短语”。“得”有11例，“的”有30例。如：

⑭……每日和孟玉楼两个打扮的粉妆玉琢，皓齿朱唇，无一日不走在大门首倚门而望，等到黄昏时分。（12回）

⑮檀口轻开，勾引得蜂狂蝶乱；纤腰拘束，暗带着月意风情。（37回）

⑯……身穿小道衣儿，项围符索，喜欢的眉开眼笑。（40回）

⑰西门庆走来，见他把脸抓破了，滚的宝髻蓬松，乌云散乱……（59回）

E. “动+得（的）+比况短语”。“得”有5例，“的”有33例。如：

⑱一连使冯妈妈来了两遍，大门关得铁桶相似，就是樊哙也撞不开。（17回）

⑲把吴银儿哭的泪人也相似，说道：“我早知他老人家不好，也来伏侍两日儿。”（63回）

⑳在楼上收拾一间干净阁儿，铺陈床帐，安放桌椅，糊的雪洞般齐整，摆设酒席。（98回）

F. “动+得（的）+复杂结构”。“得”有13例，“的”有51例，如：

㉑几句把老婆羞的站又站不住，立又立不住，飞红了面皮，往下去了。（23回）

㉒生的神清如长江皓月，貌古似太华乔松，威仪凛凛，道貌堂堂。（29回）

㉓弄得那雨淋风刮，佛像儿倒了，荒荒凉凉，烧香的也不来了……（57回）

㉔（月娘）把平安儿骂的往外金命水命，走投无命。（79回）

G. “动+的+把字句”。“得”无用例，“的”字有6例。如：

㉕且说平安儿被责，来到外边，打的刺扒着腿儿走那屋里，拶的把人揸沙着。（35回）

㉖谢希大醉的把眼儿通睁不开……（35回）

㉗月娘听了他这句话，气的把脸通红了，说道……（75回）

H. “动+的+疑问/指示代词”。“得”有4例，“的”有9例。如：

㉘你说：昨日在那里使牛耕地来，今日乏困的你这样的，大白日强觉！（40回）

㉙西门庆便开言道：“不知这病症看得何如？……”（55回）

㉚王姑子揭开被……说道：“我的奶奶，我去时你好些了，如何又不好了，就瘦得恁样的了？”（62回）

㉛爹说交娘每瞧瞧六娘这影，看画的如何，那些儿不像，说出去教韩先生好改。（63回）

I. “动+的+名词性短语”。“得”仅有1例，“的”字共36例。如：

㉜他不来，慌的那腔儿，这回就翅膀毛儿干了。(21回)

㉝不然，怎的扣捺的恁好针脚儿？(39回)

㉞（西门庆）用五色绒缠就的一个同心结托儿……做的十分细巧工夫……(79回)

㉟（老者）说道：“我贤侄，你怎的弄得这等模样？”(93回)

2. “得（的）”用在动词后，“得”后紧接宾语和补语，但是补语语义指向的是动词。《词话》中“的”共出现17例这种用法，占其全部用例的0.73%。如：

㊱伯爵道：“说不得，俺每打搅的哥忒多了……”(32回)

㊲金莲听了，越发打的秋菊狠了，骂道：“贼奴才！你身上打着一万把刀子，这等叫饶？……”(41回)

㊳他那里正等的你火里火发。(61回)

㊴西门庆道：“你这个回的他好。……”(77回)

例㊱中“打搅的哥忒多了”，补语标志“得（的）”后的宾语和补语同时指向的是“得（的）”前的动词，补语成分并不起补充说明宾语情况的作用。“打搅的哥忒多了”在现代汉语中应表述为“打搅哥打搅得忒多了”。

3. “得（的）”用在动词后，表示动作的可能性；或者引出结果或趋向补语，表示动作结果、趋向实现的可能性。这类句中表示实现某行为动作的结果和趋向正是动词所要实现的目的，但结果尚停留于“可能”的层面，因此常有“若”、“可”、“怎的”、“如何”等提示性词语，一般表达的是未然的语境；或由于句中所述的行为动作还未得到具体实现，因此也可以用于陈述、议论一般情况的语境中。“得”字的此种用法在《词话》中共有272例，“的”字共有311例，占结构助词“得（的）”全部用例的24.95%。

A. 结构助词“得（的）”可以置于句末，后不带宾语或补语，表示行为动作的可能性。《词话》中共出现40例，其中“得”有35例，“的”仅有5例。如：

㊵这银子，小人怎好又受得？从前累的老爹好少哩！(38回)

㊶都用接鼻散试之，“若吹在鼻孔内打鼻涕，还看得；若无鼻涕出来，则看阴骘，守他罢了。”(59回)

㊷西门庆道：“法官，可解禳得么？”(62回)

㊸他小人，有什么大汤水儿，你若动动意儿，他怎的禁得。(72回)

B. “动+得（的）+宾语”。“得（的）”后的宾语为动作行为所支配、涉及的对象。《词话》中共出现58例，其中“得”有43例，“的”有15例。如：

㊹他就外边胡行乱走，奴妇人家只管得三层门内，管不得那许多三层门外的事。(7回)

㊺那班蠢材，只顾吃酒饭，却怎地比的那两个！(55回)

㊻自你家的好，拿掇的出来见的人！（75 回）

㊼王六儿道："天有不测风云，人有当时祸福。谁人保得无常！"（81 回）

从音节特征来看，结构助词"得（的）"前的动词以单音节为主。"得（的）"后的宾语形式较为丰富，可以是名词，如例㊻；可以是定中短语，如例㊹、㊺；也可以是动补短语，如例㊼。

C. "动词/动宾结构 + 不得（不的） +（宾语）"。《词话》中，可以在"得/的"前加上否定词"不"来实现上述 A 与 B 类的否定形式，它同样表示在未然语境中动作实现的不可能性。全书中"不得"共出现 137 例，"不的"共计 241 例，如：

㊽西门庆笑道："那里是怕他的，我语言不的了。"（12 回）

㊾不争你不去，既他央了俺两个一场，显的我每请哥不的，哥去到那里，略坐坐儿就来也罢。（21 回）

㊿老孙虽年纪大，主不得事……（35 回）

(51)你家就是王十万，使的使不的？（35 回）

(52)不想苗青讨了送西门庆的那女子楚云，忽生起病来，动身不得。（81 回）

(53)月娘守寡出不的门，请大姨送亲，穿大红妆花袍儿……（91 回）

"不得（不的）"前面的动词多为单音节动词，为双音节动词的仅有 14 例，为动宾结构的只有 11 例；"不得（不的）"后面可衔接宾语，且宾语形式较为丰富。表示动作可能性的结构助词"的"还可以同时出现在正反问句中，如例(51)中的"使的使不的"。

D. "动 + 得（的） + 补语"。助词"得（的）"用来引出趋向补语或结果补语，表示动作的趋向、结果实现的可能性。《词话》中共出现 74 例，其中"得"有 43 例，"的"有 31 例。如：

(54)平安道："我刚才还看嫂子锁着门，怎的赖得过？"（23 回）

(55)……不知忙的是甚么，你教我半个眼儿看的上！（46 回）

(56)李铭叫了四个唱的，十五日摆酒用，来回话，问摆的成摆不成。我说还发帖儿哩！（79 回）

(57)推门，那里推得开。（84 回）

"动 + 得（的） + 补语"的否定形式为"动 + 不 + 补语"，如例(56)，可以出现在未然语境中，也可以出现在已然语境中。"得（的）"后的补语多由趋向动词充当，如例(54)、(55)；也可以由动词等其他成分充当，如例(56)、(57)。

E. "动 + 得（的） + 宾语 + 补语"。宾语与补语间并无语义关系，宾语是行为动词所支配的对象，而补语语义则指向行为动词；补语表示趋向和结果实现的可能性，宾语形式相对简单，一般为名词、代词。《词话》中共出现 12 例，其中"得"有 8 例，"的"有 4 例：

㊿我在他家把得家定，里言不出，外言不入，他敢怎的？（7回）

59你看看孟家的和潘家的，两个一似狐狸一般，你原斗的过他了！（44回）

60白来创道："我不带得银子，只有扇子在此，当得二三钱银子起的，漫漫的赎了罢。"（54回）

61叫了一声："我的儿哧！你教我怎生割舍的你去？坑得我好苦也！"（59回）

F. "动 + 得（的）+ 补语 + 宾语 +（补语）"。《词话》中共出现21例，其中"得"共出现6例，"的"共出现15例。如：

62那个纸包儿包着，瞒得过人？（41回）

63你老人家是知道他，想的起那咱来哩。（64回）

64你爹身上衣服，不着你恁个人儿拴束，谁应的上他那心？（72回）

65这经济见那人已死，心中转痛不下，那里吃得下酒。（88回）

4. "得（的）"用于动词、形容词之后，连接表示程度的补语。《词话》中这样的用例比较少，其中"得"共有14例，程度补语有"了不得（的）"（3例）、"要不的"（2例）、"紧"（3例）、"慌"（3例）、"翻了"（1例）、"没入脚处"（1例）、"甚紧"（1例）。如：

66那婆娘答道："拙夫因害心疼得慌。……"（6回）

67几次把月娘喜欢的没入脚处，称呼他做"六姐"……（9回）

68吴恩典又接手斟一大碗酒来了，慌得那伯爵了不的……（54回）

69西门庆道："便是也会生病，不好得紧。连累小妾日夜不得安枕。"（54回）

70西门庆出房更衣，见雪越下得甚紧。（77回）

较"得"而言，"的"后作程度补语的词汇更为丰富，数量也更多。《词话》中共出现106例，作程度补语的有"了不得（的）"（8例）、"要不得（的）"（66例）、"紧"（14例）、"慌"（12例）、"不得命"（1例）、"没入脚处"（2例）、"甚紧"（1例）、"沉重"（1例）、"重"（1例）。如：

71我开口，又说我多管；不言语，我又鳖的慌。（20回）

72不一时，玳安与胡僧先到门首，走的两腿皆酸，浑身是汗，抱怨的要不的。（49回）

73这两个小伙子，不但唱的好，就他容貌也标致的紧。（55回）

74（西门庆）和他商议："第六个房下，甚是不好的重，如之奈何？"（61回）

75见一日来问安看者，也有许多，见西门庆不好的沉重，皆嗟叹而去。（79回）

有时候，《词话》里"得（的）"后的程度补语可以省略。但这种用法极为罕见，全文仅见2例，且均为"得"写作"的"的用例：

76伯爵道："你也下般的，把俺每丢在这。你才出来，拿酒儿且扶扶头着。"（68回）

⑦紧教人疼的魂儿也没了，还要那等掇弄人，亏你也下般的，谁耐烦和你两个只顾涎缠。(75 回)

“得（的）”还可用在动词后，后接主语和程度补语，补语语义指向动词。《词话》中共有 9 例，全为“的”字用例。如：

⑱看看等到日落时分，不见西门庆来家，急的月娘要不的。(21 回)

⑲走出来说：“平安儿，我不言语憋的我慌。……”(35 回)

⑳头里听见娘说，爹使小厮买狼筋去了，唬的他要不的，在厨房问我：狼筋是甚么？(44 回)

㉑吴恩典又接手斟一大碗酒来了，慌得那伯爵了不的……(54 回)

㉒……拿别人当他，借汁儿下面，也喜欢的你要不的，只他那屋里水好吃么？(73 回)

助词“得”还可用作语气词，表示肯定或反问的语气，《词话》中共计 10 例。如：

㉓西门庆送他二门首，说道：“你休怪我不送你，我戴着小帽，不好出去得。”(35 回)

㉔林氏道：“我女妇人家，如何寻人情去救得。”(69 回)

此外，我们还发现 2 例“得”用作定语标志“的”的用例：

㉕说道：“王三官干得好事，把俺每稳在你家，倒把锄头反弄俺每来了。”(69 回)

㉖老者便问：“陈大官，做得买卖如何？房钱到了，来取房钱来了？”(93 回)

上例中“干得好事”意谓“干的好事”，“做得买卖”意谓“做的买卖”，这里的“得”相当于现代汉语中用作定语标志的结构助词“的”。

三、个

“个”是《词话》中较为常用的一个结构助词，共有 616 例。其用法的丰富性、多样性超过了此前的任何一部文献。概括起来主要有以下几种情况：一种是用在动词和宾语中间，形成“动 + 个 + 宾”式；一种是用在动词和补语中间，形成“动 + 个 + 补”式；一种是用在“真”后作状语；一种是用在“好”后作定语；还有其他多种用法。试详述之。

1. 用在动词和宾语中间的“个”是由量词虚化而来的，“个”后属，但不表数量，只是起一个使语气轻松、随便的作用。《词话》中共出现 356 例，占结构助词“个”全部用例的 57.79%。其中宾语有 292 例为名词或名词性成分；64 例为动词或主谓短语、动宾短语等动词性成分。如：

①今日只当弄出事来，才是个了手。(14 回)

②正经月娘后边，每日只打个到面儿，就来前边金莲这边来。(23 回)

③你这贼囚根子，得不的个风儿就雨儿，万物也要个实才好。(25 回)

④教杨姑娘陪个儿罢，他老人家又吃着个斋。(39 回)

⑤延挨了几日，人情两尽，只把当厅责了他四十，论个递解原籍徐州为民。(26 回)

⑥似这等合气起来，又不依个劝，却怎样儿的。(75 回)

⑦到于晚夕，妇人先在后边月娘前，假托心中不自在，得了个金蝉脱壳，归到前边。(83 回)

有时候，即使前面加上“一”，也并不表数量：

⑧他若敢道个不是，俺每就与他结一个大肐膊。(16 回)

例⑧中，前面的“个”同后边的“一个”功能相同。前边的“个”之前也可加“一”，后边的“一个”中“一”也可去掉，均不影响文意和语气。

“个”在《词话》中还有 7 例连接了同位语或双宾语。如下例中结构助词“个”连接了同位语“你”和“负心贼”，且在句中作宾语，也连接了双宾语“他”和“韩希尧”，但两种用法均无表数量的意义：

⑨我问你个负心贼：你尽知一去了半年来，怎生无个信息？(73 回)

⑩人见了，不叫他个韩希尧，只叫他做“韩一摇”。(33 回)

2. 用在动词和补语中间的“个”，在引进状态补语的功能方面相当于现代汉语中的“得”，但并不能简单地用结构助词“得”来替换。这种用法在《词话》中也较为普遍，且补语的形式也颇丰富。全文共有 46 处这样的用例，占“个”全部用例的 7.47%。如：

A. “动词 + 个 + 形容词/动词”。补语常为形容词或动词。《词话》中共出现 12 例。如：

⑪那婆子却待揪他，被这小猴子叫一声“你打”时，就打王婆腰里带个住，看着婆子小肚上，只一头撞将去……(5 回)

⑫众人都一阵风卷残云，吃了个净光。就忘了教平安儿吃。(34 回)

⑬我政待看个分明，他又把手来影来影去，混帐得人眼花撩乱了……(54 回)

⑭接过便饮个完。西门庆才起身，依旧坐下。(55 回)

B. “动词 + 个 + 短语”。补语为偏正、主谓、动宾短语等。《词话》中共出现 29 例。如：

⑮……只把武松免死，问了个脊杖四十，刺配二千里充军。(10 回)

⑯家中那个淫妇使你来，我这一到家，都打个臭死。(12 回)

⑰输酒的要喝个无滴，不怕你玉山颓倒；赢色的又要去挂红，谁让你倒着接罹。(57 回)

C. “动词+个+名词”。全文仅有1例，且出现在惯用语中：

⑱（金莲）对月娘说：“贾瞎子传操——干起了个五更！……”（39回）

D. “个”同“得（的）”连用，构成“动词+得（的）+个+补语”结构。全文共有3例：

⑲（李外传）倒撞落在当街心里来，跌得个发昏。（9回）

⑳那应伯爵、谢希大，如同钉子钉在椅子上，正吃的个定油儿，白不起身。（13回）

㉑且东沟犁西沟耙，支使的个小王八子乱烘烘的，不知依那个的是。（73回）

上例中，动词可以是单音节也可以是双音节；补语也较丰富，可以是动宾短语、主谓短语等，也可以是名词性成分。

这种格式的助词“个”前即使加上数词“一”，也并不表数量。这种情况在《词话》中仅见1例：

㉒把吴月娘气的一个发昏，说道：“恁个没天理的短命囚根子！……”（89回）

3. “个”用在“真”后，同“真”一起作状语，修饰谓词性成分，功能相当于现代汉语中的“的”。这种用法在《词话》中也不少，共有80例，占助词“个”全部用法的12.99%。如：

㉓你真个恁涎脸涎皮的，我叫丫头进来。（21回）

㉔真个他爹和这媳妇可有？（25回）

㉕真个由他，我就不信了。（26回）

㉖这春梅真个押着他，花园到处，并葡萄架根前，寻了一遍儿……（28回）

㉗西门庆真个走了几步。（29回）

㉘我的儿，真个瘦了些。（38回）

例㉓、㉖、㉗、㉘中的“真个”修饰后边的动词、形容词性成分，例㉔、㉕中的“真个”用在句首，修饰后面的成分，一般是句子。

有时候，“真个”还可单用，一般多用于人物对话中。《词话》里有6例这样的用法。如：

㉙王六儿道：“真个？妈妈子休要说谎。”（37回）

㉚那应伯爵连忙又唱喏，说：“哥，真个？俺每还收了罢。”（39回）

此外，我们还发现1例“真个”和“的”连用的情况。连用，表示一种肯定的语气：

㉛妇人道：“甚么话？檀木靶！有此事，真个的。……”（78回）

4. “个”用在“好”后，同“好”一起作定语，修饰后面的名词。这种用法同第一种用法中的“个”一样均是由量词虚化而来，其本身并不表示数量。此用例在《词话》中也较为常见，共有56例，占助词“个”全部用例的9.09%。如：

㉜他自说娘子好个性儿。不然，房里怎生得这两个好丫头。(10回)

㉝（李瓶儿）生的五短身材，团面皮，细湾湾两道眉儿，且自白净，好个温克性儿。(10回)

㉞你既是西门庆舅子，我观你倒好个仪表。(30回)

㉟我就不信。李大姐好个人儿，他原肯说这等谎？(51回)

5.《词话》中的结构助词“个”还可以用在介词和宾语之间，构成“介词+个+宾语”的句法格式，用来强调介词所带的宾语。“个”不表示数量，而起舒缓语气的作用。全书共有此类用法的“个”18例，占其所有用例的2.92%。如：

㊱正看着，忽然被一阵风来，把个婆子儿灯下半截割了一个大窟礲……（15回）

㊲把个见见成成做熟了饭的亲事儿，吃人掇了锅儿去了！(18回)

㊳上他那楼梯，一脚蹉滑了，把个六七个月身扭吊了。(40回)

㊴不想我的命苦，先把个冤家没了，如今不幸我又得了这个拙病，死去了。(62回)

这类结构中的介词均为“把”，宾语多为名词或定中短语、数量短语等名词性成分。现代汉语中还保留着这种用法。

6. 用在定语和中心语之间，相当于现代汉语的结构助词“的”，全文共见4例，占助词“个”全部用例的0.65%：

㊵只是院里淫妇在你跟前说句话儿，你倒着人个驴耳朵听他。(14回)

㊶你恁大职级，做不起他个父亲？(72回)

㊷一日谁见他个影儿，只临来时，才与俺每磕头。(75回)

㊸好个浪家子淫妇，休说我是你个媒主，替你作成了恁好人家，就是世人进去，也不该那等大意。(86回)

7. 助词“个”用在动词“没”、“有”、“无”、“无有”等和作宾语的谓词性成分之间，强调了宾语，舒缓了语气，但并不表示数量。《词话》中这种用法的“个”用例并不少，共出现了42个，占其所有用例的6.82%。如：

㊹说下山盟海誓，对天祷言：若有个负意忘恩，早归九泉。(49回)

㊺两只眼又像老鼠儿见了猫来，左顾右盼，提防着，又没个方便，一溜烟自出去了。(57回)

㊻娘可是好性儿，好也在心里，歹也在心里，姊妹之间，自来没有个面红面赤。(62回)

㊼随问天来大事，受不的人央，俺们央他央儿，对爹说，无有个不依。(64回)

8.《词话》中的“个”还可以跟在副词或时间名词后，在句中作状语，不表示数量，而起舒缓语气的作用。全文共有 14 例，占“个”全部用例的 2.27%，且多出现在诗词戏文中。如：

㊽你老人家忒多虑了！奴过去，自有个道理，不妨事。(7 回)

㊾……想起白日里听见那些勾当，只个乱打鼓［捱］钹不住。(8 回)

㊿想当初画堂歌舞列着佳肴，今日个孤枕旅馆无着落，鬼病侵，难医疗。(77 回)

51不想一日，因浑家葛翠屏往娘家回门住去了，他独自个在西书房寝歇，春梅早辰蓦进房中看他。(99 回)

除了以上 8 种用法外，“个”有时还可用在句尾，表肯定语气，语义上近似于语气词“的”。如：

52郓哥道：“还早些个。你自去卖一遭米，那厮七八也将来也。”(5 回)

53（潘金莲）近日来也自知礼亏，只得窝盘他些个。(5 回)

54吴银儿道：“爹故意又问个，儿与娘戴孝一向了。”(68 回)

这三例中的“个”仅仅表示一种肯定语气。

第三节 语气助词

具有丰富的语气助词是现代汉语区别于印欧系语言的主要特点之一。这个特点在近代汉语中已表现得很明显。从《词话》的情况来看，语气助词是《词话》助词家族中最发达的一支，竟多达二十几个，超过了动态助词和结构助词的总和。一些现代汉语中的语气助词，如“的”、“了”、“呵（啊）”、“罢”等，已经大量地出现在《词话》里了，且语法意义和用法也显现出同现代汉语的一致性。如：

①若是我在那里，有个不催促哥早早来家的，恐怕嫂子忧心。(13 回)

②怪行货子，我不好骂的！人不进去，只顾拉人，拉的手脚儿不着。(40 回)

③小的二十一岁了。(61 回)

④他便在外边，你在家却照顾了他老婆了。(61 回)

⑤今日呵，若得那个檀越为主作倡，管情早晚间把咱好事成就也。(57 回)

⑥撇的我回扑着地树倒无阴来呵，竹篮打水落而无效。(59 回)

⑦我到明日死了，你也舍不的我罢？(61 回)

⑧茶在火上，等爹吃，你自家倒倒罢。(75 回)

例①、②中的语气助词“的”，用在句尾，表肯定语气；例③、④中的语气助词“了”表变化已经实现了；例⑤中的语气助词“呵”，表停顿；例⑥中的“呵”表感叹；例⑦中的“罢”表询问兼揣测语气；例⑧中的“罢”表祈使语气。

当然，《词话》中也有一些语气助词是近代汉语特有的，还有一些虽然是对上古汉语或中古汉语中的语气助词的沿用，但语法意义和用法均已发生了变化。这样的语气助词有“哩”、“也”、“罢了”、“则个”、“么”、“着”、“家”、“上”、“些”、“休”、“来”等等。下面我们试对这部分语气助词作一些展开。

一、哩

“哩”是《词话》中最为常用的一个语气助词，共见750例。其使用域极广：可用于陈述句中，也可用于疑问句、反问句中，还可用于祈使句中。意义相当于“呢”、“了”、“吧”、“么”等。

1.《词话》中的“哩”最常见的用法是用在陈述句中，功能相当于现代汉语中的“呢”。全文共有587例，占《词话》中语气词“哩”全部用例的78.27%。如：

①原来你五娘还没睡哩。绣春，你快去请你五娘来吃酒。你说，俺娘请哩。(38回)

②迎春，你再去请你五娘去。你说，娘和爹请五娘哩。(38回)

③李瓶儿道：“你吃酒，教丫头筛酒来你吃。大雪里来家，只怕冷哩。”(38回)

④论起来也还早哩，才养的孩子，割什么衫襟？(41回)

⑤他每问来：还不曾与你老人家磕头，不知娘是几娘？他便说：我是你四娘哩。(58回)

⑥他那件皮袄，值六十两银子哩，油般大黑锋毛儿。(74回)

“哩”可以用于陈述句的末尾，也可以用在分句末尾，如例④、⑥；可以表肯定语气，强调某一情况，以示不容置疑，也可以表示猜测的语气，如例③。

有时，“哩”也仅表陈述语气，功能相当于现代汉语中的语气助词“了”，《词话》中共见28例，占总用例的3.73%。如：

⑦良久，绣春走来说：“五娘摘了头，不来哩。”(38回)

⑧西门庆见妇人说话乖觉，一口一声只是爹长爹短，就把心来惑动了，临出门上覆他：“我去哩。”(37回)

⑨应伯爵道：“当先由的田房，都被那些大户人家买去了，如今只剩得双手皮哩。”(56回)

⑩伯爵道：“你春姨这两日瘦的相你娘那样哩。”(67回)

例⑦~⑩中的“哩”不仅只表陈述语气，还表示一种新变化。这与例①~⑥中的“哩”有明显的语气差异。至于例⑧前面讲“我去哩”，后面讲“不坐了”，颇类似于“异文”，两下交换，并不影响文意和语气，可见“哩”便是“了”。

2.《词话》中的“哩”也可用在疑问句中表疑问语气，共有38例，占全部用例的5.07%。如：

⑪这也不消说的，只是咱前日酒席之中，已把小的子许下他了，如今终不成改个口哩！（55回）

⑫伯爵道："贼小油嘴，你几时去哩，还哄我。"（58回）

⑬桂姐问道："哥儿睡哩？"（58回）

⑭西门庆问："银儿在家做甚么哩？"（68回）

例⑪中"如今终不成改个口哩"意谓"如今终不成改了口吧"；例⑫中"你几时去哩"意谓"你几时去的呢"；例⑬中"哥儿睡哩"意谓"哥儿睡了吗"；例⑭中"做甚么哩"意谓"做什么呢"。

或者表示反问，全文共见77例，占语气词"哩"全部用例的10.27%。如：

⑮今日又摸到那里去了，贼没廉耻的货，你家外头还少哩！（61回）

⑯姐姐没的说，累你两口儿还少哩！（78回）

⑰问甚么，还不回那王八去哩，还来禀爹娘哩！（79回）

⑱薛嫂道："吃了他两个茶食，这咱还有哩？"（95回）

⑲月娘道："我的姐姐，山子花园还是那咱的山子花园哩!？……"（96回）

例⑮中"你家外头还少哩"意谓"你家外头还少吗"；例⑯中"累你两口儿还少哩"意谓"累你两口儿还少吗"；例⑰中"还不回那王八去哩，还来禀爹娘哩"意谓"还不回那王八去呀，还来禀告爹娘呀"；例⑱中"这咱还有哩"意谓"现在（肚子里）还有（东西）吗"；例⑲中"山子花园还是那咱的山子花园哩"意谓"（如今的）山子花园还是那个时候的山子花园吗"。

3.《词话》中的"哩"还可用在祈使句中，表请求、命令等语气，并起成句煞尾的作用，共有20例。如：

⑳周南轩那边还有一席，使人来说，上坐休等他哩，只怕来迟些。（58回）

㉑爹不在家，往周爷府里吃酒去了。收拾了，交卸在对门楼上哩。（59回）

㉒西门庆道："我明日会你哩。"（77回）

㉓西门庆道："我早辰家中吃了些粥，刚才陪你二舅又吃了两个点心，且不吃甚么哩。"（79回）

例⑳中的"哩"功能相当于表祈使语气的"了"；例㉑、㉒、㉓中的"哩"功能相当于表祈使语气的"吧"。

二、也

"也"是传承性的语气助词。在上古汉语及中古汉语中，"也"的主要用法是用在句末表判断或说明，用在句中表停顿或强调；到了近代汉语中，"也"的用法发生了一些变化。在《词话》中"也"共有279例，用法主要有三种：一是用在常含有反诘语气的选择疑问句第一项之后，表停顿，又表疑问；二是用在感叹句句末，功能相当于现代汉语中的"啊"；三是用在陈述句句末，可以表示判断或说明，也可以表示请求或建议，功能相当于表祈使语气的“吧”，或是表示事态发生了变化，功能相当于现代汉语中的语气助词“了”。

1.《词话》中的“也”较为常见的用法是用在常含有反诘语气的选择疑问句第一项之后，既表停顿，又表疑问。全文共见45例，占语气词“也”全部用例的16.13%。如：

①把铺子关两日也罢，还着来保同去，就府内问声，前日差去节级送蔡驸马的礼，到也不曾。(37回)

②文嫂道：“愁你老人家没也怎的？上人着眼觑，就是福星临。”(69回)

③大娘不分付俺每，好意掉揽替爹整理也怎的？(72回)

④他不来往我那屋里去，我成日莫不拿猪毛绳子套他去不成？那个浪的慌了也怎的？(75回)

⑤只见几个汉子，都蓬头精腿，裩裤兜裆，脚上黄泥流，进来放下锹镢，便问道：“老娘，有饭也未？”(100回)

⑥这两日不知酒多了也怎的，只害腰疼，懒待动旦。(78回)

例②、③、④均为由选择疑问句构成的反问句，其中第一项是实指，第二项用“怎的”虚拟，中间省掉了“还是”之类的语词；例①和⑤则为选择疑问句，由“也”连接是非选项；例⑥虽然不是疑问句，但“也”的语法意义和用法同前面诸例。

语气词“也”还可以用在整句末，表示疑问语气。《词话》中共有这样的用例6处，占语气词“也”全部用例的2.15%。如：

⑦月娘道：“你且休闲说，请看这位娘子，敢待生养也！”(30回)

⑧伯爵道：“老先生何来迟也？留席久矣。”(68回)

⑨我今得个人身，心中烦恼悲切，死后四大化作尘土，又不知这点灵魂往何处受苦去也？(74回)

例⑦中的语气词“也”相当于表疑问的“吗”；例⑧、⑨中的“也”意谓“呢”。

2.《词话》中的“也”用在感叹句句末，功能相当于现代汉语中的“啊”。全文共见50例，占语气词“也”全部用例的17.92%。如：

⑩我的抛闪杀人的心肝，撇的我好苦也！(59回)

⑪满怀愁闷诉与天公也，天有知呵，怎不把恩情送。(61回)

⑫嗔道不见你，原在这里好睡也。(67回)

⑬孟三姐，你好狠也！你去了，撇的奴孤另另独自一个，和谁做伴儿？(91回)

3.《词话》中的“也”还用在陈述句句末。全文共有178例，占语气词“也”全部用例的64.49%。具体用法有以下几种：

A. 用在祈使句末尾表示请求、催促、建议、劝阻等语气，功能相当于现代汉语中的语气助词“吧”。如：

⑭妇人道：“买卖不与道路为仇。只依奴，到家打发了再来也。……”（16 回）

⑮先把潘金莲裙子带住，说道：“五娘站牢，儿子送也。”（25 回）

⑯（西门庆）口中喃喃呐呐说道：“小淫妇儿，你达达今日醉了，收拾铺我睡也。”（79 回）

B. 用在陈述句句末，表说明或判断，如：

⑰那时宋时谓之“捣子”，今时俗呼为“光棍”是也。（19 回）

⑱（黄美）乃举人出身，在东京开封府做通判，亦是博学广识之人也。（46 回）

⑲西门庆到家，看见胡僧在门首，说道：“吾师真乃人中神也。果然先到。”（49 回）

C. 用在陈述句句末，功能相当于现代汉语中的语气助词“了”，表示事态发生了新变化。如：

⑳对你说，我已寻了房儿了，今特来见你一面，早晚便搬去也。（71 回）

㉑大娘，你今日怎的这等恼的大发了。连累着俺每，一棒打着好几个人也。（71 回）

㉒贫僧去也，多有打搅菩萨。好好儿的，我回去也。（75 回）

㉓夏老爹儿子来拜辞，明日初八日早起身去也。（77 回）

D. 用在陈述句句末，表肯定语气，强调某一情况，以示不容置疑；或表猜测语气。功能相当于现代汉语中的“呢”。如：

㉔心中暗忖道：他有胡僧的法术，我有姑子的仙丹，想必有些好消息也。（53 回）

㉕（潘金莲）说道：“我在屋里正描鞋，你使小鸾来请我，我说且倘倘儿去，搌在床上，还未睡去着也。……”（72 回）

㉖大娘交我拿此酒米食盒往坟上去，明日坟上与老爹烧纸去也。（81 回）

三、罢了

“罢了”也是《词话》中比较常用的一个语气助词。常用在陈述句句尾，“对整个句子所表示的意思起减轻、冲淡的作用”①。现代汉语中，“罢了”前面总有“不过”、“只”、“单”等与它连用，而《词话》中则往往单独使用。这种用法全文共出现 83 例，占语气词“罢了”全部用例的 50.61%。如：

①我的苦恼谁人知道，眼泪打肚里流罢了。（38 回）

---

① 北京大学中文系 1955、1957 级语言班编：《现代汉语虚词例释》，商务印书馆，1982 年，第 67 页。

②有一个灯笼打着罢了，信那斜汗世界一般又夺了个来。(35 回)

③多上覆爹，本当亲来，不好来得，这盒粗茶儿，与爹赏人罢了。(39 回)

④月娘道："他各人的儿女，随天罢了。"(40 回)

⑤老爹家中闷的慌，来这里自恁散心走走罢了，……(59 回)

《词话》中的"罢了"有时用在祈使句中，功能同"罢"，相当于现代汉语中的"吧"，表请求、商量语气。《词话》中共有这样的用例 78 处，占语气词"罢了"全部用例的 47.56%。如：

⑥月娘道："奈烦，孩子家里紧等着，叫他打了去罢了。"(35 回)

⑦大爷，这咱晚七八有二更了，放了俺每去罢了。(58 回)

⑧哥儿，恁便益衣饭儿，你也入了籍罢了。(58 回)

⑨你看韶刀！哭两声儿，丢开手罢了。(62 回)

⑩你来在俺家，你识我见，大家脓着些罢了。(91 回)

"罢了"偶尔出现在问句的形式中，猜测和询问的语气兼而有之。《词话》中仅出现 3 处用于是非问句末的用例，占全部用例的 1.83%：

⑪（西门庆）因问："二娘今日不家去罢了?"(14 回)

⑫伯爵道："哥衙门中如今不要王三官儿罢了?"(69 回)

⑬因问："他此去与长官同行罢了。"(71 回)

此外，在《词话》中，"罢了"共有 137 例单用或作谓语，表示"算了，不深究"之意。这时的"罢了"应为动词。如：

⑭罢了，也是他的造化。(58 回)

⑮这妇人不听罢了，听了如同心上戳上几把刀子一般……(38 回)

例⑭中"罢了"单用，例⑮中作谓语，均为动词。

四、罢/吧

《词话》中共有语气词"罢"755 例。其用法多样，主要有以下四种：一是用在祈使句末尾表示请求、催促、建议、劝阻等语气；二是用在陈述句末尾，表示估计或揣测；三是用在句中停顿处，起舒缓语气、引领下文等作用；四是用在问句末尾表示猜测、建议、询问等语气。

而《词话》中，与"罢"使用频率之高形成鲜明对比的是，在现代汉语中普遍使用语气词"吧"，全文仅见 1 例，用于表示建议的祈使句中：

①伯爵道："我们做了吧。"(54 回)

1.《词话》中的语气词"罢"可以用在祈使句末尾表示请求、命令、催促、建议、劝阻等语气。这也是其最为常见的用法，全文共有 425 例，占"罢"全部用例的

56.22%。如：

②月娘道："二娘，你吃过此杯，略歇歇儿罢。"（14回）

③你趁早与我搬出去罢！再迟些时，连我这两间房子，尚且不勾你还人。（19回）

④少顷，出来说道："请老爹后边见罢。"（72回）

⑤那人道："既是两口儿岳庙烧香，也是好事，你快去罢。"（90回）

⑥奶奶休打他，看我面上，饶他这遭罢。（94回）

2.《词话》中的"罢"也可以用在陈述句末尾，表示揣测、请求、建议等多种语气。这种用法在全文共见180例，占"罢"总例的23.81%。如：

⑦……大红衫儿、蓝裙，留下一件也不中用，俺两个都做了拜钱罢。（54回）

⑧西门庆道："那奴才，撒把黑豆，只好教猪拱罢。"（75回）

⑨往后没的又象李瓶儿，乞他害死了罢。（75回）

⑩月娘道："甚么好成样的老婆，由他死便死了罢。……"（76回）

⑪吴月娘又不肯出来，只说："长老，不见罢。天色晚了，俺每告辞去罢。"（89回）

例⑦中的语气词"罢"表示建议的语气；例⑧中的"罢"与副词"只好"连用，表示一种无可奈何的语气；例⑨中的语气词"罢"表示一种揣测的语气；例⑩中的"罢"用在"X便X"格式句末，表示"不介意，没关系"之意；例⑪中的两处语气词"罢"都表示一种请求的语气。

3.《词话》中的"罢"还可以用在句中停顿处，起舒缓语气、引领下文等作用。全文共有这种用法134例，占语气词"罢"所有用例的17.72%。如：

⑫月娘道："他罢，你每不要缠他了，教李大姐挨着摆。"（23回）

⑬散便散了罢，我那里得工夫干此事。（35回）

⑭（李瓶儿）搂着他大放哭声叫道："我的没救星儿，心疼杀我了！宁可我同你一答儿里死了罢，我也不久活于世上了！"（59回）

⑮李瓶儿道："他各人作业，随他罢，你休与他争执了。"（62回）

⑯（玉簪儿）又说："你只背地叫罢，休对着你爹叫。你每日跟逐我行，用心做活。你若不听堵歌，老娘拿煤秋子请你！"（91回）

例⑫中，语气词"罢"用在话题"他"之后，起引领下文的作用；例⑬中的"罢"出现在"X便X"格式后，连接的分句进一步说明"不介意，没关系"的原因；例⑭中的"罢"用于选择关联词的前一分句之后，与例⑮中用在句中插入语后的"罢"一样，都起舒缓语气的作用；《词话》中的语气词"罢"也可以用在让步小句之后，如例⑯。

4.《词话》中的语气词"罢"还用在问句的末尾，表示询问、猜测、建议等语气。但这种用法在《词话》里并不多见，全文共有16例，仅占“罢”全部用例的2.12%。如：

⑰你如何把硬话儿不认？莫不人家就不问你要罢？（19回）

⑱惠莲道：“娘的睡鞋裹脚，我卷了收了罢？”（23回）

⑲西门庆道：“我便罢了，若是有个生汉子进来，你也推不知道罢？”（29回）

⑳吴月娘道：“忙怎的？那里才来乍到就与他吃罢！教他前边站着，我每就起身。”（46回）

㉑大妗子道：“你这孩儿，今日怎的甚样儿的，还不往前边去罢！”（75回）

例⑰、⑲中，语气词“罢”不仅仅单表提问，更兼有猜测、估摸的语气，且句前常常出现“莫不”、“莫非”、“若是”之类的表揣测语气的副词；例⑱中的“罢”在询问中带有建议的意味；例⑳、㉑中的语气词“罢”表示的是一种强烈的反问语气。

五、了

随着动态助词“了1”进一步虚化，语气词“了2”具有了一定的新功能，即可以成句，表示事态出现了变化或即将出现变化。《词话》中的语气词“了2”用法非常丰富，可以用在动词或动词性成分之后，表示事态将要或已经发生了新变化，但是动作并没有完成或无所谓完成，表示的是肯定的语气；也可以连接在宾语、补语成分之后，表示肯定的语气；还可以用于形容词或形容词性成分之后，说明在假设的条件下可能出现的结果或即将出现的结果，表示揣测、估计的语气。《词话》中的语气词“了2”共有2 678例，占助词“了”全部用例的18.39%。

1.《词话》中的语气词“了2”用在动词或动词性成分之后，可以表示事情将要或已经发生了新变化，但是和动作完成与否无关，表示的是肯定的语气；或是表示在假设的前提下可能出现的结果，表示的是揣测的语气。如：

①那官吏道：“管家翟叔也不在了，跟出老爷去了。”（18回）

②（潘金莲）教他买一坛金华酒，一个猪首，连四只蹄子，分付：“送到后边厨房里，教来旺儿媳妇蕙莲快烧了，拿到你三娘屋里等着，我每就去。”（23回）

③若是闲常日子，随娘留我几日，我也住了。（45回）

④（西门庆）就叫小厮摆下桌儿，放下小菜儿，请吴大舅上坐了，众人一行儿分班列次，各叙长幼，各各坐地。（57回）

⑤原来月娘见金莲穿着李瓶儿皮袄，把金莲旧皮袄与了孙雪娥穿了。（75回）

⑥几句说的潘姥姥呜呜咽咽哭起来了。（78回）

例②说话时“烧猪首、蹄子”这一事态并未发生，因此语气词“了2”是表示事情将要发生变化的肯定语气。例③是假设句，语气词“了2”用在表示一定条件下可能出现的动作结果后，但这种动作结果实现的可能性较大，因此表达的是较为肯定的估摸语气。而其余各例中的“了2”表示肯定已经发生了新变化的语气。

2.《词话》中的语气词“了2”也可用于宾语、补语成分之后，构成“动+宾+（补）+了2”的句法格式，表示的是肯定的语气。

⑦……猛可见了一个汉子扒伏在院墙下，往前走不迭，大叫：“有贼了！”（10回）

⑧不瞒说：“咱家做着些薄生意了，料着也过了日子，那里希罕他这样钱！”（34回）

⑨我使小厮落后赶你不着了。（43回）

⑩大娘吃了粥，就待过来看官哥了。（53回）

⑪是你连日张罗的，你有着辛苦劳碌了。（79回）

⑫洒土也眯了后人眼睛儿也！他就到五阎王跟前，也不饶你我了。（80回）

例⑩中的动作并未发生，但快要发生，因此语气词“了2”用在动宾结构后，表示对即将发生情况的肯定；例⑫中的“不饶你我”是在假设的前提下很可能出现的结果，因此“了2”表示非常确定自己的猜测。

3.《词话》中的语气词“了2”用在形容词或形容词性成分之后，可以表示对已有现状的肯定，而不表示任何变化；也可以表示对一定条件下可能出现结果的预测的肯定。如：

⑬伯爵便向他耳边说道：“傻孩子，我头里说的那本帐。我若不起身，别人也只顾坐着，显的就不趣了。”（42回）

⑭门子低报道：“酒席已完备了。”（53回）

⑮（西门庆）哭道：“我的姐姐，你说的是那里话！我西门庆就穷死了，也不肯亏负了你。”（62回）

⑯西门庆道：“多的你收着。眼下你二令爱不大了，你可也替他做些鞋脚衣裳，到满月也好看。”（67回）

⑰月娘听了他这句话，气的把脸通红了，说道：“惯着他明日把六邻亲戚都教他骂遍了罢。”（75回）

⑱伯爵道：“哥，你这个就差了。还请他来看看，怎的说，吃两贴药，散开这火就好了。……”（79回）

“形容词+了2”出现在假设句例⑬、⑱中，是一定条件下可能会出现的结果，语气词“了2”表示的是对猜测较为肯定的语气；“了2”也可以用在让步小句之后，如例⑮；例⑭、⑯、⑰中，“完备、不大、通红”是现在的状态，因此语气词“了2”是表示对现状肯定的语气。

4.《词话》中的语气词“了2”还可以用在名词或名词性成分的后面，表示对事态已经出现了变化的肯定语气。如：

⑲我老人家了，使羊皮金缉的云头子罢。周围拿纱绿线锁出白山子儿，上白绫高

底穿，好不好？（29回）

⑳原来张二官小西门庆一岁，属兔的，三十二岁了。（80回）

六、的

冯春田曾指出，“的”位于句末是元明时期的新用法，“有加强语气（肯定、强调）的作用”。[1] 语气词“的”的存在不是出于结构上的需要，而是出于句子所要表达的某种语气的需要。“的”主要用于陈述句句末，表示肯定和确认的语气，它属于整个句子，而不隶属于句中的哪个词或短语。所以，“的”一般可以省去，省去后对句子的基本意义不产生影响，只是强调、肯定的语气有所减弱。“‘的’在句中与语气词‘了’地位相当，只是各表不同的语气罢了。”[2] 《词话》中的语气助词“的”共有280例。所表示的语气可分为以下几种情况：一是用在陈述句句末，表示确实如此，加强肯定的语气；二是用在疑问句末尾，表示情况已是如此，且兼有疑问或反问语气；三是用在形容词或形容词短语后面，对已有事实进行描绘，表肯定语气。下试详述之。

1. 用在陈述句句末，表示对已有事实的强调和肯定。《词话》中共有203个用例，占语气词“的”全部用例的70.49%。如：

①妇人道：“我不好带出来的。……”（20回）

②（太师）如何不喜，便道：“这礼物决不好受的，你还将回去。”（30回）

③论起来，这孩子倒也好身量，不相十五岁，倒有十六七岁的。（65回）

④相俺爹虽是抄的银子放在屋里，俺娘正眼儿也不看他的。（78回）

⑤老爷在新庄，差小的来请小奶奶看杂耍调百戏的。（89回）

这种用法的语气词“的”还可以跟语气词“了”连用，表示建议等祈使语气或表示情况确实如此，全书共计8例。如：

⑥西门庆道：“既是你乔亲家爹主张，兑三百二十两抬了来罢，休要只顾摇铃打鼓的了。”（62回）

⑦骂的我也不好看的了。（75回）

2. 用在疑问句句末，表示情况已是如此，且兼有疑问或反问语气。《词话》中共有34个用例，占语气词“的”全部用例的11.81%。如：

⑧二娘，你与六姐这对寿字簪儿，是那里打造的？（14回）

⑨他背地对人骂我不贤良的淫妇，我怎的不贤良的来？（20回）

⑩伯爵道：“哥，你是希罕这个钱的？……”（34回）

---

① 冯春田：《近代汉语语法研究》，山东教育出版社，2000年，第433页。

② 刘公望：《关于语气助词“的”》，《青海民族学院学报》（社会科学版）1982年第1期，第90页。

⑪一个热突突人儿，指头儿似的少了一个，如何不想不疼不题念的！（73回）

⑫月娘不肯，说："你房中丫头，我怎好留下你的？……"（91回）

这种用法的语气词"的"有时还可以同其他语气词连用，多见于反问句中，如例⑨中的"的来"；语气词"的"也可以与动词"是"配合使用，构成"是……的"结构，在句中起加强语气的作用，如例⑧。

3."的"用在形容词或形容词短语后面，对已有事实进行描绘，表示肯定语气。《词话》中共有51个用例，占语气词"的"全部用例的17.71%。如：

⑬妇人凑了三百两银子，与竹山打开门面，两间开店，焕然一新的。（17回）

⑭画童儿道："这地上干干净净的，嫂子磕下恁一地瓜子皮，爹看见又骂了。"（24回）

⑮月娘把手接着，抱起道："我的儿，恁地乖觉，长大来定是聪明伶俐的。"（57回）

⑯我这两日心上乱的，也还不曾吃。（67回）

⑰薛嫂儿道："我不知道他也怎的，不消你老人家分付。想着大姐那等的还嫌哩！"（97回）

七、么/吗

关于语气词"么"和"吗"的来源问题，吕叔湘先生（1947）在他的《中国文法要略》中提到"'无'字就是白话文里的'么'和'吗'的前身"①。王力（1989）在他的《汉语语法史》中也说"'吗'的前身是'么'，'么'的前身是'无'"②。"么"产生后用于是非疑问句中，经过五代、宋、元时期的广泛运用，直到清代中叶以前，绝大部分文献中还是写作"么"。因此，在《词话》中语气词"么"的使用频率要远高于"吗"，共出现121例，且用法颇为丰富；而"吗"仅有6例，只用于是非问中，表示疑问语气。"么"在《词话》中主要有以下几种用法：

1. 可以用在反问句中，表反诘，相当于现代汉语中的"吗"。全文共有21个用例，占其全部用例的17.36%。如：

①你姥姥和六娘不是人么？也不教你吃多，只吃三瓯子，饶了你罢。（33回）

②提起他来，就疼的你这心里格地地的，拿别人当他，借汁儿下面，也喜欢的你要不的，只他那屋里水好吃么？（73回）

③两个吃了半日酒，如意儿道："爹，你叫姐来与他一杯酒吃，惹的他不恼么？"（75回）

④你放恁个刁儿，那个怕你么？（75回）

---

① 参见吕叔湘：《中国文法要略》，商务印书馆，1982年，第287页。

② 参见王力：《汉语语法史》，商务印书馆，1989年。

⑤如今像大娘心里恁不好，他爹敢往那屋里去么！（76回）

2.“么”有时也用在感叹句中，表示惊讶、感叹等感情色彩，用法同“啊”。《词话》中共有17个用例，占语气词“么”所有用例的14.05%。如：

⑥桂姐道：“天么天么，可是杀人！爹没往我家里。……”（74回）

3.“么”也可以用在是非疑问句的句末，相当于现代汉语中的语气词“吗”，表示疑问语气。《词话》中此类用法的“么”最多，有75例，占其总用例的61.98%。如：

⑦（潘金莲）笑道：“姐夫原来只穿恁单薄衣裳，不害冷么？”（24回）

⑧白来创道：“哥这衙门中也日日去么？”（35回）

⑨伯爵问道：“哥滚着身子，也通泰自在些么？”（67回）

⑩月娘道：“问先生有解么？”（79回）

⑪把仪门关了，教他当面跪着，问他：“你知罪么？”（86回）

4.“么”用于祈使句句末，表示建议、命令等语气，相当于现代汉语中的语气词“吧”。《词话》中属于此类用法的“么”有6例，占全部用例的4.96%。如：

⑫白来创对金钏道：“你两个唱个曲儿么。”（54回）

⑬我们把桌子也摆摆么，还是灰尘的哩。（54回）

⑭伯爵道：“我做主人不来，你们也着东道来凑凑么。”（54回）

⑮金莲道：“你看么，你教我干？恁有钱的姐姐，不撰他些儿，是傻子！……”（58回）

⑯那李瓶儿微笑道：“我哄你哩，你去么。”（61回）

5.“么”用于句中停顿处，起引出话题、提醒注意等作用，相当于现代汉语中的语气词“嘛”。全文仅有2例，占“么”全部用例的1.65%：

⑰妇人道：“你么，可是没的说。”（19回）

⑱李瓶儿对西门庆道：“好不作怪么，一许了献神道，就减可了大半。”（53回）

《词话》中除了表各类语气的“么”之外，还有14例用“罢么”，意谓“罢了”，均为动词，如：

⑲罢么，贼负心，你还哄我哩！（16回）

⑳大妗子在旁劝道：“姑娘罢么，都看着孩儿的分上罢。……”（51回）

八、则个、着

“则个”是宋元时期常用的语气词，而在《词话》中已日趋式微。《词话》中所见用例已不多，共有21例，只用于祈使句中，表较强的请求语气。如：

①被李瓶儿一手扯住他衣袖，央及道：“好哥哥，你饶恕我则个。”（59回）

②那西门庆听了，低首无语，满眼落泪，哭泣哀告："万望法师搭救则个。"（62回）

③且容我见他一面，说些话儿则个。（86回）

④妇人道："刚才奴到守备府中，又被那门神户尉拦挡不放，奴须慢慢再哀告他则个。"（88回）

⑤只闻叫道："你开门则个。"（100回）

"着"在《词话》中多用在陈述句句末，用法同现代汉语中的语气词"了"。如：

⑥如意道："爹真个来？休哄俺每着。"（74回）

⑦西门庆道："不打紧，到明日正月十六日，还有一席，可请你每众伙计娘子走走去。是必休到跟前又推故不去着。"（79回）

⑧我洗净着眼儿，看你这些淫妇奴才，在西门庆家里住牢着。（81回）

⑨我的十两银子在外，休要少了我的，说明白着。（86回）

"着"有时也用在祈使句中，表劝告、提醒语气，如：

⑩只怕你空心虚弱，且坐着，吃些甚么儿着，出去也不迟。（79回）

例中的"着"用法同"罢（吧）"。不过，这种用法在《词话》中甚为罕见。

《词话》中还有其他一些语气词。

"家"、"上"在《词话》中均为句中语气助词，只见于陈述句中，且用例不多。如：

⑪每日家吊胆提心，费杀了我心。（59回）

⑫昨日家又出去，有些小事，来家晚了。（78回）

⑬因此上那老娘儿思想那大的孩儿，掉不下的心肠，时常在家啼哭。（57回）

⑭贫僧想的起来，为佛弟子，自然应的为佛出力，总不然攒到那个身上去，因此上贫僧发了这个念头。（57回）

例⑪、⑫中的"家"在句中主要是表停顿，例⑬、⑭中"上"的作用也同此。"家"和"上"的这种用法在今天的吴语中还保存着。

"些"、"者"、"哧"、"来"、"休"在《词话》中均为句末语气词，用例也不多。如：

⑮他笑了，约会晚上些，伺候等爹过去坐坐，叫小的拿了这汗巾儿来。（77回）

⑯你把脚步儿快走些些，我在这里锦被儿重薰等待者。（83回）

⑰我的儿哧！你教我怎生割舍的你去？（59回）

⑱（李瓶儿）赶着棺材大放声，一口一声只叫："不来家亏心的儿哧！"（59回）

⑲伯爵道："我也是恁说。他说道：别的东西儿来，恐怕哥不稀罕。"（61回）

⑳我今寻安身之处去也，你须防范来！(67回)

㉑月娘道："你不好娶他的休。……"(16回)

例⑮中的"些"用在陈述句中，表确定的语气，说明一种情况已经发生，用法同现代汉语中的语气助词"了"；例⑯中若前一个"些"尚可以看作是表较小的数量，相当于今之"一点"、"一些"的话，那么后一个"些"只能看作是语气词。同例⑮稍有不同的是，"些"在例⑯中是用于祈使句中，表催促语气。例⑯中的"者"也是语气词，用在句末，表提示。例⑰、⑱中的"哝"用在感叹句中，相当于现代汉语中的"啊"；例⑲中的"来"用在陈述句中，主要表提顿，相当于现代汉语中的"呢"；例⑳中的"来"用在祈使句句末，主要表劝告、提醒，相当于现代汉语中的"哪"；例㉑中的"休"用在祈使句句末，也表劝告、提醒，语气上较之"来"略重些。

《词话》中的语气词还经常两两组合在一块儿，以表示各种不同的语气。前边的讨论中断断续续对此已有涉及，这里再放在一起作为《词话》语气词使用中一种特殊现象来予以重申。这种情况结构助词中也存在，如"的(得)"同"个"组合在一起，既增强了口语性，又强调了补语，但远没语气词之间的组合来得丰富多变。如：

㉒玳安道："……，昨日差些儿没把俺大娘气杀了哩。……"(86回)

㉓可惜了的，——那张床，当初我听见爹说，值六十两多银子。——只卖这些儿！(96回)

㉔等我替你寻个单夫独妻，或嫁个小本经纪人家，养活得你来也。(94回)

㉕罢，我是成不的，成不的！这两大锺，把我就打发的了。(60回)

例㉒中的"了哩"同"了"的语气不同，也同"哩"的语气有别，其他的如"了的"、"来也"、"的了"也同此，这里就不再展开讨论了。

《金瓶梅词话》中还有一些语言现象也颇值得关注，我们来看下面的一些句子：

㉖不打紧处，我屋里抽替内有块腊肉儿哩。(58回)

㉗不打紧处，等我吃我吃，死不了人！(60回)

㉘你到家对大娘说，只当可怜见奴的性命罢。(16回)

㉙望乞五娘可怜见儿子，再不敢了。(18回)

㉚天可怜见，嫂子好了，我就头着地也走。(62回)

㉛李家桂儿这小淫妇儿，就是个真脱牢的强盗，越发贼的疼人子！(45回)

例中的"处"、"见"、"子"从所处的语法位置及意义来看，无疑应是语气词。这些语气词究竟应该如何表述其所表示的语法意义，前人似未曾讨论过，有待于今后结合其他文献作进一步的探讨。

第四节 比况助词

现代汉语中的比况助词只有“似的”、“一般”、“一样”等三个；与之相比，近代汉语中的比况助词则要丰富得多，其中犹以《词话》为最。凡是元明时期出现过的比况助词乃至各种不同的书写形式，《词话》中都应有尽有。这种情形在早于《词话》问世的《水浒传》中看不到，在晚于《词话》问世的《型世言》、《红楼梦》中也不存在。因此，《词话》中极其丰富的比况助词无论是在用法上还是书写形式上，均可看作是近代汉语比况助词的一个缩影，《词话》也便成了考察近代汉语比况助词的最佳视点。

就其书写形式而言，《词话》中出现的比况助词有“似”、“似的”、“是的”、“也似”、“也是”、“也似的”、“也是的”、“般”、“一般”、“也般”、“也一般”等11个。其使用情况详见表18：

表18

词项	似	般	似的	是的	也似	也是	也似的	也是的	一般	也般	也一般
用例数	1	44	5	9	50	1	6	2	108	1	6
百分比（%）	0.43	18.88	2.15	3.86	21.46	0.43	2.58	0.86	46.35	0.43	2.58

比况助词从不单独出现（按：比况助词下记作Y），总是附着在其他成分之后（按：附着对象下记作X），构成比况短语。有时，比况助词前不仅有附着成分，还在附着成分前出现“像”、“好像”、“如同”、“似”、“好似”等动词（按：动词下记作S）。下面我们从每个比况助词前面词语的语法属性、比况短语的形式、比况短语的句法功能、比况短语的语法意义等角度来对上述比况助词一一展开讨论。

一、似、般

江蓝生指出：单用“似”作比况助词，始见于金元戏曲资料中；“似”本为动词，之所以成为比况助词，很可能是因为受到以蒙古语为代表的阿尔泰语语法的影响——“似”是生搬蒙古语比拟表达的词序而产生的新的语法成分。[①]

1. 《词话》中的“似”多作动词，如：

①你装龙似龙，装虎似虎，下边搽画妆扮起来，相个旦儿的模样才好。(35回)

②日里便似熬盘上蚁子一般，跑进跑出，再不坐在屋里。(55回)

① 江蓝生：《助词“似的”的语法意义及其来源》，《中国语文》1992年第6期。

③娘到明日好生看养着，与他爹做个根蒂儿，休要似奴心粗，吃人暗算了。（62 回）

④他许人话如捉影扑风，骗人财似探囊取物。（92 回）

2. 作为比况助词的“似”，用在谓词性成分之后，构成比况短语，作状语。《词话》中仅见 1 例：

⑤一面拶的小厮杀猪儿似怪叫。（35 回）

“般”原是个量词，表“样”、“种类”之义，唐宋文献中都有“一般”、“两般”、“六般”、“千般”、“百般”等数量组合。而早在唐代，其中的“一般”已趋向词化，意义也虚化成“一样、同样”之义。如：

⑥云驳月骢各试行，一般毛色一般缨。（唐·王建《宫词》之三五）

表“一样”的比况助词“般”大概是由表“一样”的形容词“一般”减缩而来的。至晚在元代就已出现了“般”表“似的”之义的用例。如：

⑦高祖般性宽洪，文帝般性明圣，可知汉业中兴。（元·宫天挺《七里滩》第三折）

例⑦中的两个“般”均表比拟，为比况助词。

《词话》中的比况助词“般”共有 44 个用例，占《词话》中全部比况助词用例的 18.88%，出现的频率仅次于“一般”，在所有的比况助词中位居第二。从出现的句法格式来看，“般”在《词话》中主要出现在“X 般”和“SX 般”两种格式中，其中“X 般”式有 39 个用例，占比况助词“般”所有用例的 88.64%；“SX 般”式有 5 个用例，占“般”所有用例的 11.36%。从比况助词“般”前 X 的语法属性来看，名词或名词性成分占绝对优势，共有 35 例，占“般”全部用例的 79.55%；动词或动词性成分较少，只有 9 例，占 20.45%。下面我们结合具体用例，试说明比况助词“般”在《词话》中的几种主要用法。

1. 用在名词性成分之后，构成“X 般”式比况短语，作状语。全书共有 15 例，其中 X 多为名词或名词性偏正短语。如：

⑧（西门庆）灯下观看，是一把背厚刃薄扎尖刀，锋霜般快。（26 回）

⑨好不笔管儿般直缕的身子儿……（37 回）

⑩打的经济鲫鱼般跳。（48 回）

⑪原来春梅收拾西厢房三间，与他做房，里面铺着床帐，翻的雪洞般齐整，垂着帘帏。（97 回）

2. 用在名词性成分之后，构成“X 般”式比况短语，作定语。全书共有 15 例，其中 X 多为名词或名词性偏正短语。如：

⑫妇人露着粉般身子……（16 回）

⑬（陈经济）看见妇人黑油般头发，手挽着梳，还拖着地儿，……（28 回）

⑭（李瓶儿）舒着雪藕般玉腕儿，带着镀金镯钏子，引着玳瑁猫儿和哥儿耍子。(34回)

⑮即令左右，雨点般大板打将下来。(92回)

3. 用在谓词性成分之后，构成“X般”式比况短语，作状语。全书共有6例，其中X可以是形容词、主谓短语，也可以是动宾短语。如：

⑯我泪不住行儿般下，锁不住心猿意马。(41回)

⑰呷了一呷，碧靛般清，其味深长。(75回)

⑱王三官儿娘子儿，今才十九岁，是东京六黄太尉侄女儿，上画般标致，双陆棋子都会。(68回)

⑲玳安、琴童两个用力拉着嚼环，收煞不住，云飞般望家奔将来，直跑到家门首方止。(79回)

4. 用在谓词性成分之后，构成“X般”式比况短语，作定语。全书仅有3例，其中X均为动宾短语：

⑳看观听说：大抵只是妇人更变，不与男子汉一心，随你咬折钉子般刚毅之夫，也难防测其暗地之事。(14回)

㉑他家中还有第五个娘子潘金莲，排行六姐，生的极标致，上画儿般人材，……(80回)

㉒生的上画儿般模样儿，五短身材，瓜子面皮，温柔典雅，聪明伶俐，针指女工自不必说；……(97回)

5. 用在谓词性成分之后，构成“SX般”式比况短语。《词话》中共有5例，其中动词有3例为“似”，1例为“象”，还有1例为“如……似……”结构。如：

㉓正吃酒在热闹处，忽然把眼向楼窗下看，只见武松似凶神般从桥下直奔酒楼前来。(9回)

㉔（玉箫）戏道：“怪贼囚，也象老婆般拿红绳扎着头儿，梳的鬏这虚笼笼的！”(31回)

㉕见一月之间，西门庆也来行走三四次，与王六儿打的一似火炭般热，穿着器用的，比前日不同。(39回)

从语法结构来看，《词话》中带有“般”字的比况短语一般是“XY”式，“SXY”式较少。从语法成分来看，“般”字结构只能作定语和状语，且不带结构助词“的”、“地”，受其修饰的“X”多为双音节词语；从语义类型来看，《词话》中有32例为比喻性的“般”字比况短语，另有12例表相似性。

二、也似（是）、也似（是）的

“也似”始见于金元时期的文献中。江蓝生认为，汉语在借用了蒙古语的比拟后置词（即“似”）之后，为了同汉语中固有的动词“似”形式上相区别，便在“似”前加上了语气助词“也”，从而形成“也似”这种形式。①

《词话》中比况助词“也似”的用例共有50个，其中49例为“XY”式，仅有1例为“SXY”式，主要有以下几种用法：

1. 构成“SXY”式比况短语，在句中作谓语成分。全文仅见1例，其中“S”为动词“似”，“X”为名词：

①谢希大道：“你这花子，两耳朵似竹签儿也似，愁听不见！”（61回）

2. 构成“XY”式比况短语，用在动词性成分之前，作状语。《词话》中共有33个用例。如：

②那小猴子不知，正在石台基玩耍，被西门庆揪住顶角，拳打脚踢，杀猪也似叫起来。（28回）

③（李桂姐）进来先向月娘笑嘻嘻插烛也似拜了四双八拜，然后才与他姑娘和西门庆磕头。（32回）

④小玉来报说：“大娘进房来了。”慌的李瓶儿扑起的也似接了。（53回）

⑤正在笑间，只见那王姑子同了薛姑子，提一个合子，直闯进来，飞也似朝月娘道个万福，……（57回）

3. 构成“XY”式比况短语，用在动词性成分之后，作补语。《词话》中仅见2例：

⑥王三官娘林太太，今年不上四十岁，生的好不乔样，描眉画眼，打扮狐狸也似。（68回）

⑦王三官唬的鬼也似，逼他娘寻人情。（69回）

4. 构成“XY”式比况短语，用在动词性成分之后，作谓语。全书仅有2例：

⑧春梅道：“贼囚根子，张安就是了，何必大惊小怪，见鬼也似！……”（30回）

⑨一个个鬼撺掇的也似，不知忙的是甚么，你教我半个眼儿看的上！（46回）

5. 构成“XY”式比况短语，用在名词性成分之后，作定语。全文仅见1例：

⑩真个是布机也似针线，缝的又好又密，真个难得！（3回）

6. 构成“XY”式比况短语，用在名词性成分之后，作状语。《词话》中共有10个用例。如：

⑪因向袖中取出文书，与他照了照。把竹山气的脸蜡渣也似黄了，骂道：……（19回）

---

① 江蓝生：《助词“似的”的语法意义及其来源》，《中国语文》1992年第6期。

⑫施灼龟极会谄媚，就千恩万谢，虾也似打躬去了。（53回）

⑬近日又拜在太师门下，那些通问的书柬，流水也似往来，我又不得细工夫，多不得料理。（56回）

⑭你老人家不吃，恁偌大身量，一家子金山也似靠着你，却怎么样儿的。（79回）

7. 构成“XY”式比况短语，用在名词性成分之后，作补语。《词话》中仅见1例：

⑮原来何千户娘子还年小哩，今年才十八岁，生的灯人儿也似，一表人物，好标致……（78回）

《词话》中的“似”常写作“是”，如：

⑯……你打我一下儿，我打你一下儿，恰是小两口儿一般。（41回）

与此相似，“也似”也作“也是”，但非常罕见。全文仅有1例，跟在动词性成分后构成比况短语，在句中作状语：

⑰须臾把丫头拶起来，拶的杀猪也是叫。（44回）

“也似（是）”又作“也似（是）的”，共有8例，其中“也似的”有6例，“也是的”有2例。这种形式，江蓝生（1992）认为，始见于明代①。《词话》中的用例可能是最早的用例。当然，不太多见。如：

⑱黄狗皮也似的，穿在身上教人笑话，……（46回）

⑲想着迎头儿，养了这个孩子，把汉子调唆的生根也似的……（58回）

⑳……油头粉面，打扮的花仙也似的，都出来门首，迎接西门庆下了轿，进入客位内。（68回）

㉑想着你和来旺儿媳妇子蜜调油也似的，把我来就不理了。（72回）

“也似的”6例全为“XY”式结构，可以跟在名词后构成比况短语，在句中作状语、补语或谓语；也可以用在动宾短语等动词性成分后，构成比况结构，在句中作补语。

“也是的”可以用在动宾结构后，构成“XY”式比况短语，在句中作谓语成分；还有1例为“SXY”式，其中“S”为动词“象”，“X”为名词：

㉒这李瓶儿那里肯放，说道：“好大娘，奴没敬心也是的。……”（15回）

㉓我见那水眼淫妇，矮着个靶子，象个半头砖儿也是的，……（78回）

从语法结构来看，《词话》中由“也似（是）”、“也似（是）的”构成的比况短

① 参见江蓝生：《助词“似的”的语法意义及其来源》，《中国语文》1992年第6期。

语中，“XY”式占绝对优势，共有57例，占全部用例的96.61%；“SXY”式较罕见，仅有2例，占全部用例的3.39%。从语法成分看，“也似（是）”、“也似（是）的”结构在句中作定语的有1例，占全部用例的1.69%；作状语的有44例，占全部用例的74.58%；作补语的有8例，占全部用例的13.56%；作谓语的有6例，占全部用例的10.17%。从语义类型来看，《词话》中有12例比喻性的“般”字比况短语；46例表相似性；另有1例表猜测性。

三、似的、是的

同“也似（是）的”一样，“似的”也始见于《词话》中，当是“也似的”的省简、紧缩形式。《词话》中用例极少，只有5例，全部都是“XY”式，表示相似性。如：

①那玉萧倒吃抢的脸飞红，便道：“怪小淫妇儿，如何狗挝了脸似的？……”（46回）

②在那屋里也不是守灵，属米仓的，上半夜摇铃，下半夜丫头似的听好梆声。（72回）

③……一个热突突人儿，指头儿似的少了一个，如何不想不疼不题念的！（73回）

④李安道：“勒肯俺两番三次来回去，贼似的老淫妇，越发鹦哥儿了！”（87回）

如上例中，比况助词“似的”可以用在主谓短语等动词性成分后，构成比况短语，在句中充当谓语成分，《词话》中共现1例；也可以用在名词性成分之后，构成比况短语，在句中作状语、定语成分，各有2例。

“似的”也作“是的”，用例要稍多于“似的”。《词话》中共出现9例，主要用法有以下几种：

1. 用在动词性成分之后，构成比况短语，单独成句。如：

⑤若是饶了这个淫妇，自除非饶了蝎子娘是的。（12回）

⑥他和小厮两个在书房里，把门儿插着，捏杀蝇子是的……（35回）

⑦月娘也不等他动身，说道：“他往你屋里去了，你去罢。省的你欠肚儿亲家是的。”（51回）

2. 用在动词性成分之后，构成比况短语，作宾语。如：

⑧他进来我这屋里，只怕有锅镬吃了他是的。（35回）

3. 用在名词性成分之后，构成比况短语，单独成句。如：

⑨好不笔管儿般直缕的身子儿，缠得两只脚儿一些些，搽的浓浓的脸儿，又一点小小嘴儿，鬼精灵儿是的。（37回）

《词话》中还有8例“是的”并非比况助词，而是用来表示命令、肯定、推断等语气的。如：

⑩妇人骂道："贼奴才，还装憨儿！无故只在这屋里，你替我老实寻是的。"(28 回)

⑪金莲道："只怕你不知道，你家新安的半门子是的。"(59 回)

⑫金莲道："只怕你一时想起甚心上人儿来是的。"(67 回)

⑬月娘道："姥姥，你慌去怎的，再消住一日儿是的。"(78 回)

四、一般、也一般、也般

如前所述，作为比况助词的"一般"显然是由唐代文献中就已出现的表"一样、同样"义的形容词"一般"演化而来的。宋元时期文献中的"一般"还作定语或谓语，但仍为形容词；作为比况助词大量使用的，据笔者管见，是明代以后的事情。

"一般"是《词话》中比况助词用例最多的一个，共有 108 例，占《词话》全部比况助词用例的 46. 35%。从出现的句法格式来看，"一般"在《词话》中主要出现在"X 一般"式和"SX 一般"式中，"SX 一般"式占优势，全文共出现 82 例，占"一般"全部用例的 75. 93%；"X 一般"式数量略少，共有 26 个用例，占"一般"全部用例的 24. 07%。从 X 的词性来看，略占优势的是谓词或谓词性成分，常见的有动词、动宾短语、主谓短语等，全文共有 63 例，占"一般"全部用例的 58. 33%；名词或名词性成分相对少一些，共出现 45 例，占所有用例的 41. 67%，常见的有名词性定中短语、代词等。从比况助词"一般"的语法意义来看，主要分为两种，表示情况相似和表示比喻；从动词 S 来看，主要有"如"、"恰似"、"如同"、"似"、"相"等 18 个，使用情况详见表 19：

表 19

S	如	恰似	如同	相	象	好像	好相	一似	和
用例数	29	16	9	4	3	1	1	1	4
百分比（%）	35. 37	19. 51	10. 98	4. 88	3. 66	1. 22	1. 22	1. 22	4. 88
S	犹	犹如	似	真似	好似	若	同	恰像	恰是
用例数	1	2	3	1	2	1	2	1	1
百分比（%）	1. 22	2. 44	3. 66	1. 22	2. 44	1. 22	2. 44	1. 22	1. 22

下面我们结合具体用例，试说明比况助词"一般"在《词话》中的几种主要用法。

1. 构成比况短语，在句中作状语。《词话》中共有 39 个用例。其中"SXY"式有32例，“XY”式有7例；“X”有16例为名词或名词性成分，23例为动词或动词性成分。如：

①有一个灯笼打着罢了，信那斜汗世界一般又夺了个来。(35回)

②日里便似熬盘上蚁子一般，跑进跑出，再不坐在屋里。(55回)

③（李瓶儿）恰似风儿刮倒的一般，强打着精神，陪西门庆坐。(61回)

④西门庆道：“你也耐烦，把那小淫妇儿只当臭屎一般丢着他哩，他怎的你！……”(75回)

⑤那应伯爵在席上，如线儿提的一般，起来坐下，又斗李桂姐和郑月儿，彼此互相戏骂不绝。(76回)

⑥俺娘儿两个，在一处厮守这几年，他大气儿不曾呵着我，把我当亲女儿一般看承。(87回)

2. 构成比况短语，在句中作谓语。《词话》中共有56例。其中“SXY”式有51例，“XY”式有5例；“X”有20例为名词或名词性成分，36例为动词或动词性成分。如：

⑦潘金莲在房中听见，如提在冷水盆内一般。(12回)

⑧又被张胜拦住，说：“鲁华，你不知他老人家性儿。你不收，恰似咱每推托的一般。”(19回)

⑨金莲紧自心里恼，又听见他娘说了这一句，越发心中撺上把火一般。(58回)

⑩别人一句儿还没说出来，你看他嘴头子就相淮洪一般。(75回)

⑪两个弄的好磣儿，只把我合在缸底下一般。(85回)

⑫（玉簪儿）脸上搽着一面铅粉，东一块白，西一块红，好似青冬瓜一般。(91回)

3. 构成比况短语，在句中作定语。《词话》中仅有2例，全为“XY”式。其中“X”均为名词或名词性成分。如：

⑬口里道：“这位娘子，传得这等好针指，神仙一般的手段！”(3回)

⑭伯爵取过一盏，拿在手内，见白潋潋鹅脂一般酥油飘浮在盏内，说道：“好东西，滚热！”(67回)

4. 构成比况短语，在句中作宾语。《词话》中共有7例，均为“XY”式。其中的“X”有4例为名词或名词性成分，3例为动词或动词性成分。如：

⑮第四，要青春小少，就要绵里针一般，软款忍耐……(3回)

⑯（雪狮子）只当平日哄喂他肉食一般，猛然望下一跳，扑将官哥儿，身上皆抓破了。(59回)

⑰显得俺们都是没处活的一般，教他张舅怪。(85回)

⑱你使性儿不进来，和谁赌鳖气哩？却是贼人胆儿虚一般。(85回)

5. 构成比况短语，在句中作补语。《词话》中出现4例，全部是"SXY"式。其中"X"有3例为名词或名词性成分，1例为动词或动词性成分。如：

⑲李瓶儿怎的生得白净，身软如棉花瓜子一般，好风月，又善饮……（13回）

⑳西门庆请任医官来看一遍，讨将药来，吃下去如水浇石一般，越吃药越旺。（60回）

㉑（韩爱姐）打扮如琼林玉树一般，比在家出落自是不同，长大了好些。（71回）

㉒前日出来见我，打扮的如琼林玉树一般，百伶百俐，一口一声叫我"保叔"。（81回）

综上，《词话》中由"一般"构成的比况短语所担任的句法功能详见表20：

表20

用例数 / 句子成分	SXY式		XY式	
	数量	百分比（%）	数量	百分比（%）
状语	32	36.78	7	33.33
谓语	51	58.62	5	23.81
定语	0	0	2	9.53
宾语	0	0	7	33.33
补语	4	4.60	0	0
总计	87		21	

"一般"又作"也一般"或"也般"。《词话》里出现了6例"也一般"和1例"也般"。其中由"也一般"构成的比况短语，有3例为"X也一般"式；3例为"SX也一般"式；动词为"似"、"如"。如：

㉓不说前边弹唱饮酒，且说李瓶儿归到房中，坐净桶，下边似尿也一般只顾流将起来，……（61回）

㉔一行死了来旺儿媳妇子的一只臭蹄，宝上珠也一般，收藏在山子底下藏春坞雪洞里……（28回）

㉕……合家大小，丫鬟养娘，都抬起房子来也一般，哀声动地哭起来。（62回）

㉖（林氏）腰系金镶碧玉带，下着玄锦百花裙，搽抹的如银人也一般……（72回）

㉗你来时才十六七岁，黄毛团儿也一般，……（86回）

《词话》中"X也一般"在句中可以充当状语、谓语成分，如例㉔、㉕、㉖，

"X"可以是名词或名词性短语，也可以是动词性成分；"SX 也一般"可以在句中作状语，如例㉓；也可以作补语，如例㉖，"X"均为名词或名词性成分。

《词话》中仅出现 1 例用在名词性成分后的"也般"，构成的比况短语在句中作状语：

㉘……见两个凶神也般撞进里间屋里来，连忙把灯来一口吹灭了。(50 回)

《词话》也有为形容词的"一般"。如：

㉙一般都是你的老婆，做什么抬一个，灭一个？(73 回)

例㉙中的"一般"作状语，为形容词。

本章参考文献

著作

1. 曹广顺：《近代汉语助词》，北京：语文出版社，1995 年。

2. 北京大学中文系 1955、1957 级语言班编：《现代汉语虚词例释》，北京：商务印书馆，1982 年。

3. 董志翘、蔡镜浩：《中古虚词语法例释》，长春：吉林教育出版社，1994 年。

4. 冯春田：《近代汉语语法研究》，济南：山东教育出版社，2000 年。

5. 顾学颉、王学奇：《元曲释词》（四），北京：中国社会科学出版社，1990 年。

6. 何乐士、敖镜浩、王克仲等：《古代汉语虚词通释》，北京：北京出版社，1985 年。

7. 侯学超：《现代汉语虚词词典》，北京：北京大学出版社，1998 年。

8. 江蓝生：《近代汉语探源》，北京：商务印书馆，2000 年。

9. 蒋绍愚：《近代汉语研究概况》，北京：北京大学出版社，1994 年。

10. 刘坚、江蓝生：《近代汉语虚词研究》，北京：语文出版社，1992 年。

11. 卢烈红：《〈古尊宿语要〉代词助词研究》，武汉：武汉大学出版社，1998 年。

12. 吕叔湘主编：《现代汉语八百词》（增订本），北京：商务印书馆，1999 年。

13. 吕叔湘：《中国文法要略》，北京：商务印书馆，1982 年。

14. 马真：《现代汉语虚词研究方法论》，北京：商务印书馆，2004 年。

15. 孙锡信：《近代汉语语气词》，北京：语文出版社，1999 年。

16. 王力：《汉语语法史》，北京：商务印书馆，1989 年。

17. 吴福祥：《敦煌变文语法研究》，长沙：岳麓书社，1996 年。

18. ［日］香坂顺一著，植田均译：《水浒词汇研究》（虚词部分），北京：文津出版社，1992 年。

19. 邢福义：《词类辩难》，北京：商务印书馆，2003 年。

20. 杨伯峻、何乐士：《古汉语语法及其发展》，北京：语文出版社，1992 年。

21. 俞光中、植田均：《近代汉语语法研究》，上海：学林出版社，1999 年。

22. 张斌主编：《现代汉语虚词词典》，北京：商务印书馆，2001 年。

23. 张谊生：《助词与相关格式》，合肥：安徽教育出版社，2004 年。

24. 中国社会科学院语言研究所古代汉语研究室编：《古代汉语虚词词典》，北京：商务印书馆，1999 年。

25. 中国社会科学院语言研究所词典编辑室编：《现代汉语词典》（第 5 版），北京：商务印书馆，2005 年。

26. 朱德熙：《语法讲义》，北京：商务印书馆，1982 年。

论文

1. 曹炜：《〈金瓶梅词话〉中的结构助词和语气助词》，《苏州大学学报》2001 年第 3 期。

2. 曹炜：《〈金瓶梅词话〉中的动态助词》，《古汉语研究》2002 年第 3 期。

3. 冯春田：《〈歧路灯〉结构助词“哩”的用法及形成》，《语言科学》2004 年第 4 期。

4. 江蓝生：《助词“似的”的语法意义及其来源》，《中国语文》1992 年第 6 期。

5. 蒋绍愚：《动态助词“着”的形成过程》，《周口师范学院学报》2006 年第 1 期。

6. 梁银峰：《汉语事态助词“来”的产生时代及其来源》，《中国语文》2004 年第 4 期。

7. 刘公望：《关于语气助词“的”》，《青海民族学院学报》1982 年第 1 期。

8. 刘子瑜：《也谈结构助词“得”的来源及“V 得 C”述补结构的形成》，《中国语文》2003 年第 4 期。

9. 曲凤荣：《汉语结构助词“的”书写形式之演变与分合》，《北方论丛》2002 年第 5 期。

10. 石毓智、李讷：《汉语发展史上结构助词的兴替——论“的”的语法化历程》，《中国社会科学》1998 年第 6 期。

《词话》中的介词是非常丰富的。

第四章 《金瓶梅词话》中的介词系统

《词话》中的介词是非常丰富的。这种丰富性，从宏观角度看是数量上的可观，不但成员众多，而且总体上使用频率颇高；从微观角度看是单个成员在用法上所呈现出来的多样性及跨类特征——跨类介词多达 14 个，像介词“把”竟横跨三大类。总之，《词话》中所蕴涵的介词矿藏是极富开发价值的，从中可以管窥明代汉语介词的基本概貌。

《词话》中的 58 个介词大致可分为以下四大类：一类是时间、处所、方向类介词，共有 27 个；一类是对象、范围类介词，共有 25 个；一类是原因、目的、条件类介词，共有 6 个；一类是工具、手段、依据类介词，共有 15 个。下面我们依次来讨论这四大类介词。

第一节　时间、处所、方向类介词①

正像一些表空间概念的方位词也经常用来表时间概念一样，表时间、处所、方向的介词也经常打通使用。这种情形不唯汉语中如此，英语、法语、俄语也如此；不唯现代汉语中如此，早在古代、近代汉语中就如此。所以，设若考察一部历史文献中的介词，要想将这三类介词分开来讨论，是一件徒劳的事情——往往剪不断，理还乱。因此，在对《词话》中的介词系统进行全面考察时，我们就将这三类介词作为一个相对独立的部分来加以讨论，这样可以使讨论更加全面一些、深入一些。

时间、处所、方向类介词用来引进动作行为的起始、趋向、经由、终到、所在、沿循等的时间和处所。《词话》中的时间、处所、方向类介词共有以下 27 个：

在、到、于、打、向、自、从、自从、往、至、朝、望、去、由、就、把、及、当、照、拦、奔、沿、趁、赶、乘、临、值。

其中最为常见的介词有“在”、“到”、“往”等 3 个，用例均在千例以上；次常用介词有“于”、“向”、“自”、“从”、“自从”、“至”等 6 个，用例均在百例以上；不太常见的介词有“打”、“望”、“趁”、“临”等 4 个，用例均在 50 ~ 100 例之间；比较少见的介词有“当”、“朝”、“值”、“赶”等 4 个，用例均在 20 ~ 50 例之间；很少见的介词有“由”、“就”、“及”、“去”、“把”、“乘”等 6 个，用例均在 10 ~ 20 例之间；极为罕见的介词有“沿”、“照”、“拦”、“奔”等 4 个，用例均在 10 例以下。它们在《词话》中的使用情况详见表 21：

---

① 本小节的初稿完成于本世纪初，2003 年曾以论文形式先行发表了，参见曹炜：《〈金瓶梅词话〉中的时间、处所、方向类介词初探》，《苏州大学学报》2003 年第 4 期。此番付梓前在保留原有描写框架的基础上作了一定的修订。

表 21

词项	在	到	于	打	向	自	从	自从	往
用例数	4 122	1 374	160	90	628	307	370	115	1 223
百分比（%）	45.53	15.18	1.77	0.99	6.94	3.39	4.09	1.27	13.51
词项	至	朝	望	去	由	就	把	及	当
用例数	229	27	83	12	14	15	9	12	47
百分比（%）	2.53	0.30	0.92	0.13	0.15	0.17	0.10	0.13	0.52
词项	照	拦	奔	沿	趁	赶	乘	临	值
用例数	4	4	2	9	63	20	14	64	35
百分比（%）	0.04	0.04	0.02	0.10	0.70	0.22	0.15	0.71	0.39

一、常用介词：在、到、往

“在”、“到”、“往”是《词话》时间、处所、方向类介词中最为常用的介词，用例均在千例以上。尤其是“在”，用例甚至超过所有其他时间、处所、方向类介词用例的总和。下试详述之。

（一）在

“在”在上古汉语中原是个动词，汉代以后逐渐语法化，成为介词，但动词的用法依然存在，这种情形一直延续到现代汉语中。“在”是《词话》中使用频率最高的一个介词，用例多达 4 122 例，占《词话》全部时间、处所、方向类介词用例的 45.53%。不仅如此，“在”的用法也颇多，概括起来主要有以下四种：

1. 表示行为、动作发生的处所。这种用法还保留在现代汉语中。

表所在处的介词“在”，使用频率非常高，《词话》中共出现 3 771 例，占处所、时间类介词的 41.65%，占“在”介词用例的 91.48%。可见，“在”的这种用法是其最常见的用法。

表所在处的“在”的语法功能表现为：

A. “在”与表处所的名词性成分组合，构成介词短语，作状语。如：

①这是小的某日打扫花园，在花园内拾的，并不曾有人与我。（12 回）

②后晌带了他老公，还和一个师婆来，在卷棚内与哥儿烧纸跳神。（48 回）

③不知在前头干甚么营生，那半日才近来。（67 回）

B. “在”与表处所的名词性成分组合，构成介词短语，作补语。如：

④妇人一径睡在床上，不理他。(13回)

⑤那李桂姐卖弄她是月娘的干女儿，坐在月娘炕上……(32回)

⑥雇了二辆大车，把箱笼细软之物都装在车上。(81回)

这种用法的“在”有时也可带形容词，如：

⑦（秋菊）正听在热闹，不防春梅走来，到跟前向他腮颊上尽力打了个耳刮子。(78回)

另外，这种用法的“在”有时还同“于”连用，构成的“在于”功能相当于“在”。《词话》中共有4例：

⑧于是走出外边来，站立在于花下。(49回)

⑨（西门庆）一面收拾房间，就叫两个歌童在于书房伺候着。(55回)

⑩坐不移时，蔡御史起身，夫马、坐轿在于三门外伺候。(49回)

⑪（李拱璧）带领二三十好汉，拿弹弓、吹筒、球棒，在于杏花庄大酒楼下，看教师李贵走马卖解，竖肩桩，隔独带，轮枪舞棒，做各样技艺顽耍，有这许多男女围着烘笑。(90回)

这种现象《水浒传》中也存在，香坂顺一指出：“单音节的‘在’为何要合成‘在于’，其中原因还不太清楚，不过这样可以使‘在’失去动词性，并转到较为稳定的介词上，还是可以肯定的。”①

不过，在《词话》中我们也发现动词“在”带上介词短语“于+名词性成分”的用例，而且这种用法要多于介词“在”与“于”的连用。我们共找到15例，可以分为三种情形。

第一种情形是：在于+表时间或处所的名词性成分，表时间或处所，共有8个用例：

⑫玳安请了徐先生来，向西门庆施礼，说道：“老爹烦恼，奶奶没了，在于甚时候？”(62回)

⑬此板还在杨宣榆之上，名唤桃花洞，在于湖广武陵川中。(64回)

⑭因问：“迎接在于何时？”黄主事道：“还早哩，也得到出月半头。黄太监京中还未起身。”(65回)

⑮西门庆忙问道：“你房儿在于何处？”(71回)

⑯夏公便道：“要留长官坐坐，争奈在于客中，彼此情谅。”(71回)

⑰五戒因问：“红莲女子在于何处？”(73回)

⑱（吴神仙）进房看了西门庆，不似往时，形容消瘦，病体恹恹，勒着手帕，在

---

① ［日］香坂顺一著，植田均译：《水浒词汇研究》（虚词部分），文津出版社，1992年，第300页。

于卧榻。(79 回)

⑲一路饥食渴饮，夜住晓行，到于济南府，问一老人：“云参将住所，在于何处?”(100 回)

第二种情形是：在于 + 人称代词或谦称词语，表示关键所在，[①]共有 4 个用例：

⑳月娘道：“你丽不丽不在于我，我是不管你。傻才料，你拿晌金白银包着他，你不去，可知他另接了别的汉子?”(21 回)

㉑再不，教爹这里差人送俺每，王妈妈支钱一百文，不在于你。好淡嘴，女又十撇儿。(42 回)

㉒玳安道：“……娘说留丫头不留丫头不在于小的，小的管他怎的?”(46 回)

㉓西门庆道：“大舅之事，都在于我。”(61 回)

第三种情形是：在于 + 动词性成分，表目的或结果，共有 3 个用例：

㉔皇上寤寐求才，宵旰图治。治在于养贤，养贤莫如学校。(48 回)

㉕西门庆收下，不胜欢喜，以为其妻指日在于掌握。(70 回)

㉖虽是任小，上马管军，下马管民，生杀在于掌握。(100 回)

例⑫ ~ ㉖中“在于”的用法全部保留在了现代汉语中，不过现代汉语中的“在于”是一个词——动词。

2. 表示动作、行为在空间上的起点。这种用法在现代汉语中消失了，而由介词“从”来承担了。这种用法的介词“在”，在近代汉语中并不十分多见。《词话》中数量也并不多，共出现 39 例。“在”带上表处所的名词性成分，构成介词短语，只限于作状语。如：

㉗惠莲道：“我早起身，就往五娘屋里，只刚才出来。你这囚在哪里来?”(23 回)

㉘正热闹一日，忽有平安报：“来保、吴主管在东京回还，见在门首下头口。”(30 回)

㉙伯爵道：“好呀，你两个来的正好。在那里来? 怎知道俺每在这里?”(42 回)

㉚伯爵道：“李日新在那里来? 你没曾打听得他每的是怎么样儿了?”(52 回)

㉛西门庆假意净手起来，分付玳安，交他假意嚷将进来，只说：董姑娘在外来了，如此如此。(54 回)

3. 表示动作、行为到达的处所，也就是动作行为的终点。这种用法在现代汉语中也消失了，而由介词“到”来承担了。

《词话》中这种用法的“在”共有 277 例，由“在”带上表处所的名词性成分，

---

① 中国社会科学院语言研究所词典编辑室编《现代汉语词典》第 5 版第 1695 页“在于”词条下把该义项释作“决定于”。

构成介词短语，通常作补语。如：

㉜正吃酒在热闹处，忽然把眼向楼窗下看，只见武松似凶神般从桥下直奔酒楼前来。(9 回)

㉝李瓶儿道：“再不的，房子盖完，我烧了灵，搬在五娘那边楼上住两日。等你盖了新房子，搬移不迟。”(16 回)

㉞（西门庆）走到后边，也不往月娘房中去脱衣裳，走在西厢稍间一间书房，要了铺盖，那里宿歇。(18 回)

㉟（你）就没本事寻个地方儿，走在这寒冰地狱里来了。(23 回)

㊱书童使画童儿用方盒把下饭先拿在李瓶儿房中。(34 回)

㊲西门庆遂与夏大人分别，被这太监用手一把拉在傍边一所直房内，都是明窗亮隔，里面笼的火暖烘烘的，桌上陈设的许多桌盒。(70 回)

㊳昨日到薛嫂儿家，已知春梅卖在守备府里去了，又打听你出离了他家门，在王奶奶这边聘嫁。(86 回)

需要说明的是，“在”的这种用法在《词话》中是最为常见的。

此外，“在”有时还会同“到”在上下文中形成异文。如：

㊴金莲道：“不要说起，今早倦到了不得。三姐，你在那里去来?”玉楼道：“才到后面厨房里走了一下。”(11 回)

㊵来旺儿叫老婆把银两收在箱中，“我在街上寻伙计去也。”于是走到街上寻主管。寻到天晚，主管也不成。(26 回)

4. 表示动作行为发生的时间。这种用法还保留在现代汉语中。

因为介词“在”的主要用法并不是表示时间点，所以在《词话》里，表时间点的“在”在数量上要远远少于表所在处的“在”。由介词“在”构成的介词短语可以在谓语动词前作状语，也可以在谓语动词后作补语。全书共有 35 例。如：

㊶因问：“大娘贵降在几时?”(14 回)

㊷约在何时？会在何时？不相逢，他又相思；既相逢，我反相思。(52 回)

㊸正在唠唠叨叨，喃喃洞洞，一头骂一头着恼的时节，只见那玳安走将近来，叫声“五娘”……(57 回)

㊹吴大舅道：“择在二月十二日破土，二十日出殡，也在四七之外。”(80 回)

㊺来昭道：“曾在郊外清明那日见来，说脸上有几个白麻子儿的那位奶奶。”(91 回)

（二）到

介词“到”是由表“到达”义的动词“到”发展演变而来的。“到”是《词话》中使用频率仅次于“在”的一个介词，用例多达 1 374 例，占《词话》全部时间、处所、方向类介词用例的 15.18%。同“在”一样，“到”的用法也颇多，概括起来讲主要有以下三种用法：

1. 表示动作、行为到达的处所，也就是动作行为的终点。这种用法保留在了现代汉语中。

《词话》里，介绍动作、行为到达终点的“到”共有1 201例，占介词“到”所有用例的88.06%，是表时间、处所、方向的介词“到”最为常见的用法。由其构成的介词短语都用在谓词性成分之后作补语。如：

①他爹昨日二更来家，走到上房里，和吴家的好了，在他房里歇了一夜。(20回)

②西门庆刚绕坛拈香下来，被左右就请到松鹤轩阁儿里，地铺锦毯，炉焚兽炭，那里坐去了。(39回)

③这桂姐先辞月娘众人，然后他姑娘送他到前边，叫画童替他抱了毡包，竟来书房门首，教玳安请出西门庆来说话。(45回)

④在禅床上旋定过去了，垂着头，把脖子缩到腔子里，鼻孔中流下玉箸来。(49回)

⑤月娘道：“成精鼓捣，人也不知死到那里去了，又描起影来了，画的那些儿像！”(63回)

⑥花子由走到书房暖阁儿里，作揖坐下，致谢外日多有相扰。(77回)

有时，这种所谓的动作、行为的终点并非具体的处所，而是抽象的，指事情发展的结局。如：

⑦到明日再无礼，犯到亲家手里，随亲家打，我老身却不敢说了。(76回)

这种用法的“到”有时还同介词“于”连用，构成的“到于”功能同“到”；与表处所的名词性成分组合，构成介词短语，作状语或补语。《词话》中共有6例。如：

⑧（虔婆）说道：“天么，天么！姐夫贵人，那阵风儿刮你到于此处？”(11回)

⑨（春梅）于是押着他到于藏春坞雪洞内。(28回)

⑩你是他手下家人，载此货物到于市店上发卖，没人相疑。(47回)

⑪西门庆随路踏着那乱琼碎玉，貂袄沾濡粉蝶，马蹄荡满银花，进入勾栏，到于郑爱月儿家门首下马。(77回)

⑫春梅大轿子抬至仪门首才落下轿来，两边家人围着，到于厅上叙礼，向月娘插烛也似拜。(96回)

需要指出的是，同“在”的情形相似，动词“到”带上介词短语“于+名词性成分”的用例，要大大多于介词“到”、“于”连用的用例。在《词话》中，动词“到”带介词短语“于+名词性成分”的用例多达48例，如：

⑬西门庆连忙让大舅到于后边月娘房里。(61回)

⑭（西门庆）到于厅上，何千户忙整衣迎接出来。(70回)

⑮西门庆到于雪娥房中，晚间交他打腿捏身上，捏了半夜。(78 回)

⑯陈经济请他到于后边卧房，看见西门庆坐在病榻上，说道：“长官，我不敢作揖。”(79 回)

现代汉语中已见不到“到于”这种形式了，无论“到”是动词还是介词。

2. 表动作、行为发生时间的结束点。这种用法也保留在了现代汉语中。这是介词“到”的另一个比较重要的用法。《词话》里共有这种用法的“到”164 例。“到”的语法功能主要体现在：

A. 由“到”构成的介词短语常作状语。如：

⑰到晚来归入房中，……怪玳瑁猫儿交欢，斗得我芳心迷乱。(12 回)

⑱到次日，打发西门庆早往衙门中去了，使小厮请了刘婆来看了，说是着了惊。(32 回)

⑲到出六日，叫了厨子，安排酒席……(61 回)

⑳到天明，西门庆走进房来。(62 回)

表动作行为发生时间的结束点的“到”有时也同“于”连用，功能同“到”。全书仅有 3 例：

㉑到于正月二十一日，五更时分，相火烧身，变出风来，声若牛吼一般，喘息了半夜，捱到早辰巳牌时分，呜呼哀哉断气身亡。(79 回)

㉒妇人一见其词，到于晚夕月上时，早把春梅、秋菊两个丫头打发些酒与他吃，关在那边炕屋睡。(82 回)

㉓到于晚夕，妇人先在后边月娘前，假托心中不自在，得了个金蝉脱壳，归到前边。(83 回)

B. 由“到”构成的介词短语也可作补语。如：

㉔于是两个颠鸾倒凤，淫欲无度，狂到四更时分，方才就寝。(16 回)

㉕谁知他安心早买了礼，就先来了，倒教我等到这咱晚。(32 回)

㉖俺每不走了，还只顾缠到多咱！(43 回)

㉗傅伙计老头子，熬到这咱，已是不乐坐，搭下铺，倒在炕上就睡了。(64 回)

㉘西门庆无得说：“我在应二哥家，留坐到这咱晚。”(78 回)

3. 表动作、行为发生的处所。意义、用法同“在”。“到”的这种用法在现代汉语中已经消失了，而由介词“在”承担了。《词话》中共出现此种用例 9 个。如：

㉙回来到路上，撞见乔亲家爹，说尚举人家有一副好板。(62 回)

㉚这如意儿就不同往日打扮，乔模乔样，在丫鬟伙儿内，说也有，笑也有。早被潘金莲看到眼里。(65 回)

㉛这月娘强不过，只得教小玉拿花园门、山子门钥匙开了门，月娘，大妗子陪春梅，众人到里面游看了半日。(96 回)

这种用法的“到”有时也同“在”连用，功能相当于“在”。如：

㉜这妇人一抹儿多看到在心里。(9 回)

（三）往

介词“往”是由其表“到……去”义的动词“往”发展演变而来的，始见于唐代文献，但用例很少。宋代以后才大量使用，并由兼表动作行为发生的处所和动作行为的方向转变为主要表示动作行为的方向。

“往”是《词话》中使用频率较高的一个介词，用例多达 1 223 例，占《词话》全部时间、处所、方向类介词用例的 13.51%。

1. 表示动作、行为的终点。意义、用法同介词“到”。这种用法还保留在现代汉语中。

在《词话》中，表终到处的“往”和表方向的“往”联系非常紧密，有时甚至无法完全分割开来。但在这里，我们倾向于将这两种用法分开，在表示终到处时，介词“往”相当于“到”，即“往”后的宾语为句中动词所表动作、行为发生的地点。《词话》里，“往”这一用法的用例非常多，共计 973 例，占其时间、处所介词用例的 79.56%，大大超过了表动作、行为方向的用例。如：

①他便与常时节作别，往杜家吃酒去了。(60 回)

②多顶上大娘和众娘们，俺每闲了，会了银姐，往宅内看看大娘去。(68 回)

③月娘独自一人，素妆打扮，坐轿子，往乔大户家与长姐做生日，都不在家。(68 回)

④若经济要往后楼上寻衣裳，月娘必使春鸿或来安儿跟出跟入，常时查门户，凡事多严紧了。(72 回)

⑤桂姐害头疼起来，只见这王三官领着一行人，往秦玉芝儿家请秦玉芝儿，打门首过，进来吃茶，就被人进来惊散了。(74 回)

⑥你往衙门首伺候。(76 回)

2. 表示动作、行为的方向。意义、用法同介词“朝”。这种用法也保留在了现代汉语中。

《词话》中表示动作、行为方向的介词“往”，共有 249 个用例，占其时间、处所介词用例的 20.36%。“往”后常连接方位名词或短语，构成介词短语作状语。如：

⑦瓶儿道：“你头上挑线汗巾儿跳上去了，还不往下拉拉!”(34 回)

⑧拿在手里呷了一口，只见玳安拿着大红帖儿往后飞跑，报道：“掌刑的夏老爹来了！外边下马了。”(35 回)

⑨休往前去，山下狼虫虎豹极多。明日早行，一直大道就是你清河县了。(84 回)

⑩教奶子拿过灯来，取粥在手，只呷了一口，往地下只一推。(94 回)

有时也作补语，但使用频率并不高，只用于少数几个单音节动词后面。“往”的这种用法在现代汉语中依然存在。如：

⑪春梅没处出气，走往后边厨房下去。(11 回)

此外，我们还注意到部分“往+名词性成分”短语常与“去”搭配使用的情况，这种用法在现代汉语中已成为“往”最为常见的用法。除了例⑨之外，还有如：

⑫后厅小优弹唱，递了酒，西门庆便起身往金莲房中去了。(78 回)

⑬睡了一觉，只见后边请陪大妗子吃饭，才起来往后边去了。(78 回)

3. 表示动作、行为空间上的起点。介词“往”的这种用法在《词话》里非常罕见，仅见1例：

⑭到十一月初一日，西门庆往衙门中回来，又往李知县衙内吃酒去；月娘独自一人，素妆打扮，坐轿子，往乔大户家与长姐做生日，都不在家。(68 回)

“往”的这种用法在现代汉语中已经消失了。

二、次常用介词：于、向、自、从、自从、至

“于”、“向”、“自”、“从”、“自从”、“至”等是《词话》中时间、处所、方向类介词中用例数量仅次于“在”、“到”、“往”等的6个介词，用例均在百例以上，我们称之为次常用介词。下试详述之。

（一）于

“于”是古代汉语中的一个常用介词（案：这里只讨论作为“时间、处所、方向类介词”的“于”，作为“范围、对象类介词”的“于”我们将在下一节讨论），常带上时间、处所名词，一起作补语。这在近代汉语中也十分常见。“于”在《词话》中的用例共有160例，占《词话》全部时间、处所、方向类介词用例的1.77%。

除了前面讨论中所提到的与介词“在”、“到”连用等今天看来属于特殊的用法外，《词话》中“于”的用法主要有以下四种：

1. 表示动作行为在空间上的起点。这种用法还保留在现代汉语中。

“于”在《词话》中表施事在动作、行为前的所在处的用例，数量并不丰富，共计9例，仅占其时间、处所介词用例的5.63%，且多出现于书面语中。如：

①于是酒也不吃，拉桂姐房中，只坐了没多一回儿，就出来推净手，于后门上马，一溜烟走了。(15 回)

②一簇男女过来，皆披红垂绿，以为出于公侯之家，莫敢仰视，都躲路而行。(24 回)

③神仙道：“智慧生于皮毛，苦乐观于手足。细软丰润，必享福逸禄之人也。”(29 回)

④只此便为真紫府，更于何处觅蓬莱？（39回）

⑤噙之口内，则甜津涌起于牙根。（53回）

《词话》中表处所起始的“于”构成的介词短语作补语的有7例，如例②、③、⑤等；作补语时出现的“动+于+处所名词”这种句法格式颇接近于现代汉语的表述方式；作状语的较少，仅2例，即例①和例④。

2. 表示动作行为发生的处所。这种用法也保留在现代汉语中。

这种用法的“于”在《词话》中共有87个用例，是表处所类的介词“于”在《词话》中最为常见的用法，占其时间、处所介词用例的54.38%。而且，从其用例来看，介词“于”的这种用法较之于现代汉语中的“在”，在使用的范围和用法上表现得更为灵活。

“于”构成的介词短语均在句中作状语的现象少之又少，仅有下面5例：

⑥只见那两只大虫，于面前直立起来。武松顶睛看时，却是个人把虎皮缝做衣裳，头上带着虎磕脑。（1回）

⑦又买些香烛纸钱之类，归来与妇人商议，就于武大灵前点起一盏随身灯。（6回）

⑧就于报恩寺叫了两个禅和子，晚夕伴灵拜忏。（6回）

⑨独于东首设一席与女婿陈经济坐。（24回）

⑩凡百于老爷左右，无不尽力扶持。（36回）

反之，大量的由“于”构成的介词短语多在句中作补语，用在动作动词之后，表示动作行为发生的处所。例如：

⑪厅上垂着朱帘，蔡攸深衣软巾，坐于堂上，问道：“是那里来的？”（18回）

⑫饶吴月娘恁般贤淑的妇人，居于正室，西门庆听金莲衽席睥睨之间言，卒致于反目，其他可不慎哉！（18回）

⑬谦先禀知太师，然后令来保、吴主管进见，跪于阶下。（30回）

⑭先搀一瓶凉水，以去其蓼辣之性，然后贮于布甑内筛出来，醇厚好吃，又不说葡萄酒。（61回）

⑮须臾，潘道士瞑目变神，端坐于位上，据案击令牌……（62回）

⑯有仵作一员官立于增架上，敲响板，指拨抬材人上肩。（65回）

3. 表示动作、行为的终点。这种用法在现代汉语中已经消失了，而由介词“到”承担了。

表终到处的介词“于”在《词话》中共有54个用例，是表处所类的介词“于”在《词话》中的次常用用法，占其时间、处所介词用例的33.75%。例如：

⑰妇人走于西角门首，暗暗使丫鬟绣春黑影里走到西门庆跟前，低声说道：“俺娘使我对西门爹说，少吃酒，早早回家。”（13回）

⑱进门与西门庆、乔大户等作了揖，让于上面坐下。(61 回)

⑲道士便道："西门氏门中，李氏阴人不安，投告于我案下。汝即与我拘当坊土地，本家六神，查考有何邪祟，即与我擒来，毋得迟滞。"(62 回)

⑳国初寇乱未定，悉令天下军徭丁壮集于京师，以供运馈，以壮国势。(48 回)

㉑置之掌中，则热气贯通于脐下。(53 回)

㉒经济道："我去年曾见他一遍，他反面无情，打我一顿，被一朋友救了。我恨他入于骨髓！"(98 回)

4. 表示动作行为发生的时间。这种用法还保留在现代汉语中。

《词话》中的介词"于"表示时点时，其后多接具体的时间名词，全书共出现 10 例。如：

㉓如有过往客商人等，可于巳、午、未三个时辰结伙过冈。(1 回)

㉔枕上言犹在，于今恩爱沦。(19 回)

㉕西门庆问道："于今如何?"(29 回)

㉖哥儿生于政和丙申六月廿三日申时，卒于政和丁酉八月廿三申时……(59 回)

㉗常持《佛顶心陀罗经》，日以供养不缺。乃于三生之前，曾置毒药，杀害他命。(59 回)

"于"所构成的介词结构可以在句中作状语，如例㉓、㉔、㉕、㉗等；也可以作补语，如例㉖。

（二）向

"向"是古代汉语中的一个介词，常带上处所名词一起作状语，表示动作行为的方向。沿用至近代汉语中，它不但日趋常用，而且功能上也得到了很大的拓展：既是时间、处所、方向类介词，又是范围、对象类介词。这里只讨论前者，后者我们将在下一节讨论。

"向"在《词话》中的用例共有 628 例，占《词话》全部时间、处所、方向类介词用例的 6.94%。虽然用例数量不是十分多，但用法颇多，概括起来讲主要有以下四种：

1. 表示动作、行为在空间上的起点，同介词"从"。

《词话》里表示起始处的"向"义同"从、自"表示的方向具有一致性，这就明显区别于现代汉语中"向"的用法。"向"的这一功能大约始于唐代，保留至明清时期。这种用法在《词话》中共计 123 例，占处所、时间、方向类介词的 1.36%，占其时间、处所介词用例的 19.59%。如：

①西门庆便向头上拔下一根金头簪来，又来插在妇人云髻上。妇人除下来袖了，恐怕到家武大看见生疑。(4 回)

②那土兵向前唱了一个喏，便向身边取出家书来交与王婆，忙忙促促，骑上头口，飞的一般去了。(8 回)

③那猴子便向腰里掏出一只红绣花鞋儿与经济看。(28回)

④春梅也不拿家，故意殴他，向攒盒内取了两个核桃递与他。(33回)

⑤李瓶儿连忙向房里取出一个银香球来，教贲四上天平，兑了十五两。(58回)

⑥这经济笑嘻嘻向袖中取出一包双人儿的香茶，递与妇人，说："姐姐，你若有情，可怜见兄弟，吃我这个香茶儿。"(92回)

这种用法的"向"后所连接的多为方位短语，且和"从"构成的介词短语一样只能在句中作状语。在大多数场合，会有趋向补语"下来"、"出来"等与"向+方位短语"配合使用，如例①、②、③、⑤、⑥等。

2. 表示动作、行为发生的处所。

"向"表示动作、行为发生的处所，意义、用法同"在"。《词话》中共有51个用例，占其时间、处所介词用例的8.12%。如：

⑦虽故席上众人倒不曾看出来，却被他向窗隙灯影下观得仔细。(24回)

⑧被玉箫故意向他肩膀上拧了一把，说道："贼囚，你夹道卖门神——看出来的好画儿。"(31回)

⑨西门庆于是向案前炷了香，画了文书，"请谢高功老爹，今日十分费心。"(39回)

⑩妇人抖些檀香白礬在里面，洗了牝。向灯下摘了头，止撇着一根金簪子。拿过镜子来，从新把嘴唇抹了些胭脂，口中噙着香茶，走过这边来。(51回)

⑪那谢希大悄悄向他头上打了一个响瓜儿，说道："你这花子，温老先生在这里，你口里只恁胡说!"(60回)

⑫这金莲向镜台前搽胭抹粉，插花戴翠，又使春梅后边问玉楼："今日穿甚颜色衣裳?"(75回)

《词话》中，介词"向"表示所在处时，多带上方位短语在谓语动词前作状语。而在现代汉语中，介词"向"的这一用法已经消失了。

3. 表示动作、行为到达的处所，也就是动作、行为的终点。意义、用法同"到"。

我们在处理表方向的介词"向"和表终到处的"向"时，主张将两者分别对待。《词话》中"向"的这一用法非常少，全书仅有7例，兹列如下：

⑬不然，向我家去，有一猪与你吃罢。(21回)

⑭（玉箫和小玉）向各处都抓寻不到。(31回)

⑮良久，酒阑上来，西门庆陪他复游花园，向卷棚内下棋。(36回)

⑯玉箫向金莲道："我猜爹管情向娘屋里去了。"(73回)

⑰就向炕上抱他铺盖。如意儿问道："后边睡去?"(75回)

⑱那手下伴当，又早向寺后金莲坟上抬将祭桌来，摆设已久，纸钱列下。(89回)

⑲衙内听了此言，心中大怒……向床头取拐子，就要走出来。(91 回)

以上诸例中，“向”引导的介词结构全部作状语，“向”后的名词性成分都为动作行为发生的终点。

4. 表示动作、行为的方向。意义、用法同介词“朝”或“往”。

介词“向”产生最早的就是它表示方向的功能，沿用至今。在《词话》中，表示动作、行为的方向也是“向”最主要的用法。全书共有 447 个用例，占其时间、处所、方向类介词用例的 71.18%。“向”所构成的介词结构在句中可作状语或补语。如：

⑳看缝到日中，那妇人向袖中取出三百文钱来，向王婆说道：“干娘，奴和你买盏酒吃。”(3 回)

㉑一面走向灵前，看武大尸首。(6 回)

㉒不一时经济来到，向席上都作了揖，就在大姐下边坐了。(21 回)

㉓（潘金莲）见无人，走向经济身上捏了一把，笑道：“姐夫原来只穿恁单薄衣裳，不害冷么?”(24 回)

㉔（迎春）忽然惊醒，见桌上灯尚未灭，向床上视之，还面朝里……(62 回)

除此之外，介词“向”常与方位名词“前”共现，构成较为固定的结构，在句中作状语或补语。如：

㉕在门首笑嘻嘻向前道了万福，说道：“三位娘那里走了走? 请不弃到寒家献茶。”(24 回)

㉖看见动弹，不知当做甚物件儿，扑向前，用爪儿来挝。(51 回)

㉗磨镜老儿放下担儿，见两个妇人在门里首，向前唱了两个喏，立在旁边。(58 回)

㉘刚转过西厥门来，只见一个青衣人走向前问道：“那位是山东提刑西门庆老爹?”(70 回)

“向 + 前”组合在全书中共出现 115 次，占“向”时间、处所、方向类介词用例的 18.31%。尽管如此，“向前”在现代汉语中依然没有凝固成词，它同“向后”、“向左”、“向右”、“向东”、“向西”、“向南”、“向北”等一样，均为由“向”构成的介词短语。

（三）自、从

“自”和“从”均是古代汉语中常见的介词，在句中常带上处所、时间名词一起作状语，表示动作行为空间上、时间上的起点。沿用至近代汉语中，依然是两个很常用的介词。

先说“自”。

“自”在《词话》中的用例共有 307 例，占《词话》全部时间、处所、方向类介词用例的 3.39%。《词话》中“自”的用法有以下三种：

1. 表示动作行为空间上的起点。

“自”在古代汉语中表示处所起始的用法十分常见，但在《词话》中，这一功能的“自”数量并不多，总计 25 例，占其时间、处所介词用例的 8.14%。如：

①西门庆自岳庙上回来，到王婆茶坊里坐下。(6 回)

②正说着，只见玉箫自后边蓦地走来，便道：“三娘还在这里？我来接你来了。”(20 回)

③只见月娘自前边走来坐下，来旺儿向前磕了头，立在傍边。(25 回)

④正乱着，只见西门庆自外来，因问甚嚷乱。(31 回)

⑤况黄太尉不久自京而至，宋道长说，必须率三司官员要接他一接……(65 回)

⑥到明日休说朝廷一位钦差殿前大太尉来咱家坐一坐，自这山东一省官员，并巡抚、巡按，人马散级，也与咱门户添许多光辉，压好些仗气。(65 回)

从严格意义上讲，例⑤中的“从”并不表示空间上的起点，但它是由空间起点引申抽象的结果，所以宽泛地说仍属此类用法。

需要说明的是，《词话》中“自”的语法功能与前面讨论过的“打”、“向”类似，连接方位名词或短语，构成介词短语，只作状语。

2. 表示事件发生的处所。用法同“在”。

“自”的这种用法非常罕见。《词话》中仅见 1 例：

⑦大郎道：“本自南门外只一个永福寺，是周秀老爷香火院，那里有几个永福寺来！”(88 回)

3. 表示动作行为时间上的起点。

介词“自”表示时间的起始点，初见于甲骨文，发展至明清时期，这种功能已成为“自”的一个非常重要的用法。所以在《词话》中，表时间起点的介词“自”在数量上占据绝对优势，有 281 例，占其时间、处所介词用例的 91.53%。

从“自”所带宾语的语法功能来看，可以分为以下两种情形：

A. “自”所带的宾语均为名词性成分。这是“自”的基本用法，用例多达 272 例。如：

⑧那妇人自当日为始，每日踅过王婆家来，和西门庆坐一处，恩情似漆，心意如胶。(4 回)

⑨自是以后，西门庆与月娘尚气，彼此觌面都不说话。(18 回)

⑩且说潘金莲，自西门庆与月娘尚气之后，见汉子偏听已，于是以为得志。(18 回)

⑪安主事道：“自去岁尊府别后，到家续了亲，过了年，正月就来京了。选在工部，备员主事。钦差督运皇木，前往荆州，道经此处，敢不奉谒！”(51 回)

⑫自次日为始，分做三停：第一日是皇亲内相；第二日是尚书显要衙门官员；第

三日是内外大小等职。(55回)

⑬即擢大锦堂西门四泉亲家大人门下：自京邸执手话别之后，未得从容相叙，心甚歉然。(66回)

这种用法的“自”所构成的介词结构中常常用“为始”、“之后”等词语收煞，在句中作状语，如例⑧～⑬。

B.“自”所带的宾语均为谓词性成分。用例较少，仅有8例，兹列如下：

⑭玳安道：“六姨，自吃你卖粉团的撞见了敲板儿蛮子叫冤屈——麻饭胳胆的帐；骑着木驴儿磕瓜子儿——琐碎昏昏。”(8回)

⑮臣自去岁奉命，巡按山东齐鲁之邦，一年将满，历访方面有司，文武官员贤否，颇得其实。(48回)

⑯（官哥）自进了房，只顾呱呱的哭，打冷战不住……(53回)

⑰且说苗员外，自与西门庆相会在太师府前，便请了一席酒，席上又把两个歌童许下了。(55回)

⑱却说常时节，自那日席上求了西门庆的事情，还不得个到手，房主又日夜催逬了不的。(56回)

⑲再表应伯爵和西门庆两个，自打发常时节出门，依旧在厅上坐的。(56回)

⑳燕顺道：“这兄弟诸般都好，自吃了有这些毛病，见了妇人女色，眼里火就爱。”(84回)

㉑（孟玉楼）又见月娘自有了孝哥儿，心肠儿都改变，不似往时……(91回)

此外，介词“自”常与单音节词“此”、“古”、“幼”等构成较为固定的结构，在动词前作状语。如：

㉒妇人微笑道：“奴家自幼失学。”(3回)

㉓自此这小伙儿和这妇人日近日亲，或吃茶吃饭，穿房入屋，打牙犯嘴，挨肩擦膀，通不忌惮。(18回)

㉔玉楼笑道：“姐夫好说。自古清者清，而浑者浑，久而自见。”(92回)

㉕又替他使钱讨了一张度牒。自此以后，凡事并不防范。(93回)

这种比较固定的结构在《词话》中用例颇多，而且一直沿用到了现代汉语中。

从《词话》中的用例来看，“自”用来表示动作、行为时间上的起点的较多，而用来表动作、行为空间上的起点的则较少。

再说“从”。

“从”也是古代汉语中常见的介词，常同时间、处所名词构成介词短语，表示动作行为时间、空间上的起点。近代汉语中也沿用了这种用法。

“从”在《词话》中的用例要大大多于“自”，共有370例，占《词话》全部时间、处所、方向类介词用例的4.09%。

《词话》中“从”的用法有以下五种：

1. 表示动作、行为空间上的起点。

这种用法一直保留到了现代汉语中，而且依然是介词“从”最常见的用法。

“从”是表示施事主语在动作行为之前所在处用例最多的介词，共236例，占其时间、处所介词用例的63.78%。它多与方位短语或指示代词一起构成介词短语，只限于作状语。如：

㉖妇人道：“原来叔叔倒长奴三岁。叔叔今番从那里来？”（1回）

㉗忽然把眼向楼窗下看，只见武松似凶神般从桥下直奔酒楼前来。（9回）

㉘不想天假其便，西门庆教迎春抱着尺头，从后边走来，刚转过软壁，顶头就撞见白来创在厅上坐着。（35回）

㉙这韩道国正在船头上站立，忽见街坊严四郎从上流坐船而来，往临清接官去。（81回）

2. 表示动作、行为发生的处所。

表示动作、行为发生所在处的介词“从”，义同“在”。《词话》中共有13例，占其时间、处所介词用例的3.51%。“从”的这种用法在现代汉语中已经消失了。如：

㉚一面分付丫鬟，从新房中放桌儿，都是留下伺候西门庆的，整下饭菜蔬、细巧果仁，摆了一张桌子。（14回）

㉛西门庆打发来人去了，从上房吃了粥，正出厅来，只见篦头的小周儿扒倒地下磕头，在旁伺候。（52回）

㉜来保从东昌府数上就先见了蔡御史，送了下程。（49回）

㉝身穿大红蟒衣，头戴三山帽，脚下粉底皂靴，从御街定声叫道：“西门大人请了！”（70回）

㉞那春梅从酩子里伸腰，一个鲤鱼打挺，险些儿没把西门庆扫了一交，早是抱的牢，有护炕倚住不倒。（76回）

3. 表示动作、行为经过或通过的处所。

《左传》中已见“从”用作表经由的处所介词，而至《韩非子》、《战国策》中方见到表始发点的用例。这一语言事实证明介词“从”的“经由”义早于“起始”义。但发展至明清时期，介词“从”的功能和语义更多倾向于起始义。《词话》中，表经由的“从”仅有18例，占其时间、处所介词用例的4.86%。如：

㉟两个上下肩搀着，便从后门扶归家中楼上去，安排他床上睡了。（5回）

㊱西门庆从月台上过来，妇人从梯凳接着，到房中，道个万福，坐下。（7回）

㊲奴那日同孟三姐在花园里做生活，因从木香栏下过，带系儿不牢，就抓落在地，我那里没寻，谁知这奴才拾了。（12回）

㊳西门庆看收了家火，扶着来安儿，打灯笼入角门，从潘金莲门首所过，见角门关着，悄悄就往李瓶儿房门首弹了弹门。（67回）

㊴众人正在门首说话，忽见薛嫂儿提着花箱儿，从街上过来。(88回)

4. 表示动作、行为时间上的起点。

时间介词“从”在汉代之前已见用例，它由表示处所的始发点到表示时间的始发点，是同义同向发展的结果。

太田辰夫曾经指出：“‘从’自古就有，但用于表示时间的较少，多用以表示处所。”① 从《词话》中的用例来看，总体情形虽然依然没有改变——用来表示动作、行为时间上的起点的用例依然要大大少于用来表动作行为空间上的起点的用例，但前者的实际用例还相当可观，共有101例，占其时间、处所介词用例的27.30%。如：

㊵假如你每日卖十扇笼炊饼，你从明日为始，只做五扇笼炊饼出去卖。(2回)

㊶拙夫从昨日出去，一连两日不来家了，不知官人曾会见他来不曾？(13回)

㊷先是李桂姐、吴银儿、董玉仙、韩金钏儿，从晌午时分，坐轿子就来了，在月娘房里坐的。(20回)

㊸西门庆与了他约三四钱一块银子，说道：“从你娘没了，就不常往我那里走走去。”(79回)

㊹薛嫂一手接了，说：“你大娘从进香回来，我还没看他去，两当一节，我去走走。”(85回)

正如上述诸例所示，表示时间的起点的“从”后多带表示时间的名词性成分，在谓语动词前作状语。

5. 表示动作、行为发生的时间。

我们在《词话》中还发现，“从”有2例特殊的用法，即表示动作、行为发生的时间点，其意义与功能与“在”类似：

㊺春梅在府中，从去岁八月间，已生了个哥儿。(94回)

㊻看见韩道国，举手说：“韩西桥，你家老爹从正月间没了。”说毕，船行得快，就过去了。(81回)

例㊺、㊻中的“从”相当于“在”，表动作、行为发生的时间。

另外，介词“自”常与介词“从”连用，表示时间的起始点。“自从”在《词话》中共有115个用例，可见在《词话》时代，“自从”已经凝固成双音节介词了。如：

㊼只说武大自从兄弟武松说了去，整整乞那婆娘骂了三四日。(2回)

㊽自从你不在家半个来月，奴白日里只和孟三姐一处做针指，到晚夕早关了房门就睡了。(12回)

① ［日］太田辰夫著，蒋绍愚、徐昌华译：《中国语历史文法》，北京大学出版社，2003年，第234页。

也有“自从”与“在”连用的情况。如：

㊾恰遇西门庆自从在东京来家，今日也接风，明日也接风，一连过了十来日，只不得个会面。(56回)

例㊾中的“自从”表示的是动作、行为时间上的起点；“在”表示的是动作、行为空间上的起点。

“自从”构成的介词结构中常用“后、之后、以来”等词语收煞，在句中作状语。如：

㊿观其金莲，自从教刘瞎子回背之后，不上几时，就生出许多枝节。(14回)

51西门庆自从娶李瓶儿过门，又兼得了两三场横财，家道营盛，外庄内宅，焕然一新。(20回)

52原来吴月娘自从西门庆与他反目不说话以来，每月吃斋三次，逢七拜斗，夜夜焚香祝祷穹苍，保佑夫主早早回心。(21回)

53自从他不好起到而今，我再没一日儿心闲，刚刚打发丧事儿出去了，又钻出这等勾当来，教我手脚忙乱。(65回)

54且说春梅自从来吴月娘家赴席之后，因思想陈经济不知流落在何处。(96回)

“自”、“从”单用、连用的情况详见表22：

表22

词项	自	从	自从
用例数	307	370	115
百分比（%）	38.76	46.72	14.52

从表中可以看出，“自”单用的用例同“从”单用的用例数量上比较接近。

从具体用法来看，“自从”与“自”或“从”稍有不同：它只用于表示动作、行为在时间上的起点，而不用于表示动作、行为在空间上的起点。

（四）至

“至”是古代汉语中常用的一个介词，常带上时间、处所名词，一起作状语或补语。近代汉语中沿用了“至”的这些用法。《词话》中“至”的用例不是非常多，共有229例，占《词话》全部时间、处所、方向类介词用例的2.53%。

“至”在《词话》中的用法，概括起来讲主要有以下两种：

1. 表示时间的终到点。

这是《词话》中介词“至”的最为主要的用法，共有124例，占其时间、处所介词用例的54.15%。其中“至”有两种功能：

A. “至”带上表时间的名词性成分，置于动词后作补语，表示到某个时间以前该状态一直持续着。这种用法在现代汉语中仍被保留着。如：

①昨日他家大夫人生日，房下坐轿子行人情，他夫人留饮至二更方回。(33 回)

②等至日中，二位官员喝道而至。(51 回)

③夏提刑亦敬重不同往日，拦门劝酒，吃至二更天气才放回家。(52 回)

④当日三个吃至掌灯时分，还等着后边拿出绿豆白米水饭来…… (52 回)

⑤当日坐至晚夕方散。(68 回)

B. “至”带上表时间的名词性成分，置于小句前作状语，表示某个事件到这时候才发生。这种用法现代汉语中也存在。如：

⑥至晚，酒席上人散，查收家火，少了一把壶。(31 回)

⑦直至黄昏时后，各房将待掌灯，金莲蹑足潜踪，蹈到卷棚后面。(53 回)

⑧至次日，西门庆早往衙门中去了。(68 回)

⑨至后晌时分，走到王招宣府宅里，见了林太太，道了万福。(69 回)

⑩到次日早，(西门庆) 又出去贺节，直至晚归家来。(78 回)

像例⑦、⑩中的“至”前还用副词“直”修饰，更加彰显了“至”的这种语法意义。

2. 表示动作、行为空间上的终点。

介词“至”所带的表处所的名词性成分是动作行为空间上的终点。这种用法的“至”在《词话》中共有 105 个用例，占其时间、处所介词用例的 45. 85% 。由“至”构成的介词短语往往紧接在动词后作补语。这种用法现代汉语中也能见到。如：

⑪这苗青另搭了船只，载至临清码头上，钞关上过了，装到清河县城外官店内卸下…… (47 回)

⑫一面把来保叫至近前跪下，分付：“与你蔡爷磕头。”(49 回)

⑬温秀才又早迎接至大门外，让至前厅，换了衣裳，跟从进来。(65 回)

⑭众人回至席上，重添兽炭，再泛流霞，歌舞吹弹，欢娱乐饮，直要了三更方散。(68 回)

⑮湖州绸绢货物，腊月初旬起身，雇船装载，赶至临清马头。(77 回)

当然，也有并不紧接在动词后而是紧接在动宾短语后的用例，不过我们仅找到 1 例：

⑯见西门庆到，令左右把马牵过，迎西门庆至厅上，拜揖叙礼。(71 回)

此外，偶尔也有“至”构成的介词短语在谓语动词前作状语的情况。如：

⑰西门庆出大门迎接，至厅上叙礼，各道契阔之情，分宾主坐下：黄主事居左，安主事居右，西门庆主位相陪。(51 回)

《词话》中还有 1 例介词“至”与介词“于”连用的情况，意义、用法同介词

"到"：

⑱张胜到处寻你不着，谁知你在城外做工，流落至于此地位。(97回)

不过，下列句中带"于"的"至"为动词：

⑲郑妈妈出来迎接，至于中堂。(77回)

三、再次常用介词：打、望、趁、临

"打"、"望"、"趁"、"临"等是《词话》中相对来说不太常见的时间、处所、方向类介词，用例均在50~100例之间，我们称之为再次常用介词。下面，我们逐一来加以讨论。

(一) 打

介词"打"是近代汉语中新出现的一个介词，一般认为始见于唐代文献，不过用例极少，宋元时期才大量使用。关于介词"打"的由来，学术界一直有不同的意见，比较有代表性的是日本学者的"由表'从、经由'义的'道'演变而来"说[①]，以及国内学者的"由表'扑打'、'冲撞'义的动词'打'虚化而来"说。[②]

"打"是《词话》的时间、处所、方向类介词中使用频率相对较低的一个介词，共有用例90例，占《词话》全部时间、处所、方向类介词用例的0.99%。它的用法有以下两种：

1. 表示动作、行为在空间上的起点。

这种用法的"打"在《词话》中共有20例，占其时间、处所介词用例的22.22%。《词话》中表处所起点的"打"所构成的介词短语，语法功能也较单一，均作状语，未发现有作补语的。"打"的这种用法被保留在了现代汉语中。如：

①少顷，只见一个青衣人慌慌打太师府中出来，往东去了。(18回)

②月娘道："仪门关着，你打那里进来了？"(39回)

③翟管家答道："舍亲打山东来拜寿老爷的。"(55回)

④今日日头打西出来，稀罕往俺这屋里来走一走儿。(75回)

⑤玳安在前边厢房内管待，只见一个小伴当，打后边拿出一盘汤饭点心下饭，往西角门书院中走。(97回)

2. 表示动作、行为经由的处所。

这种用法的"打"在《词话》中共有70例，是时间、处所介词"打"最主要的

---

① [日] 太田辰夫著，蒋绍愚、徐昌华译：《中国语历史文法》，北京大学出版社，2003年，第234页。不过，太田辰夫也还心存疑虑："有人说'打'是从'道'变来的……因为这种'道'也应该说是表经过的，所以把它看作'打'的前身未必是不妥当的。但是'道'的下限和'打'的上限距离未免大了一点。"又见 [日] 香坂顺一著，植田均译：《水浒词汇研究》(虚词部分)，文津出版社，1992年，第304、305页。

② 刘坚、江蓝生等：《近代汉语虚词研究》，语文出版社，1992年，第229~232页。

用法。由“打”构成的介词短语均作状语，未发现有作补语的。如：

⑥一日，玳安骑马打狮子街所过，看见李瓶儿门首开个大生药铺，里边堆着许多生熟药材。(18回)

⑦月娘连忙撺掇小玉，送陈姐夫打角门出了。(18回)

⑧那婆子笑道：“兀的谁家大官人打这屋檐下过？打的正好！”(48回)

⑨我头里骑马打这里过，看见了来，在鲁长腿屋里。(50回)

⑩王六儿正在屋里替他缝小衣儿哩，打窗眼看见是来宝……(51回)

⑪听那边房内开的门响，朦胧月色，雨尚未止，打窗眼看见一人，披着红卧单，从房中出去了。(83回)

这种用法的“打”有时还同介词“从”连用，依然表示经由，不过用例不多，仅见2例：

⑫西门庆恭身进了大门，只见中门关着不开，官员都打从角门而入。(55回)

⑬打从那流沙河、星宿海、雀儿水地方，走了八九个年头，才到中华区处。(57回)

在《词话》时代因用例较少，“打从”还只能视作是同义介词连用；而到了现代汉语中，“打从”则已经凝固成一个介词了①，并且具有浓烈的口语色彩。

需要强调的是，《词话》时代，无论是“打”，还是“打从”，均无表示时间起点的用例。

（二）望

介词“望”是由表“向远处看”义的动词“望”发展演变而来的，始见于晚唐五代的文献。

“《水浒》中，‘往’用作介词很少，‘望’作介词占优势。”② 然而，《词话》中的情形正好相反：“望”的用例较之“往”的用例要少得多，仅有83例，占《词话》中表方向处所介词用例的0.92%。

“望”，作为时间、处所、方向类介词，唯一的用法是带上名词性成分，只作状语，表示动作、行为的方向。如：

①（西门庆）打马正望家走，到于东街口上，撞见冯妈妈从南来，走得甚慌。(18回)

②潘金莲和西门大姐、孙雪娥，都在玩花楼望下观看，见楼前牡丹花畔芍药圃、海棠轩、蔷薇架、木香棚，又有那耐寒君子竹，欺雪大夫松。(19回)

③西门庆乘了凉轿，四个小厮骑了头口，望东京进发。(55回)

---

① 侯学超编的《现代汉语虚词词典》第107页“打从”条，北京大学出版社，1998年；张斌主编的《现代汉语虚词词典》第115页“打从”条，商务印书馆，2001年；中国社会科学院语言研究所词典编辑室编的《现代汉语词典》第5版第243页“打从”条，商务印书馆，2005年。

② ［日］香坂顺一著，植田均译：《水浒词汇研究》（虚词部分），文津出版社，1992年，第310页。

④这应伯爵用酒碟安三个钟儿，说："我儿，你们在我手里吃两钟。不吃，望身上只一泼。"（68回）

⑤重喜儿打窗眼内望里张看，说道："他起来了，且在房里打秋千耍子儿哩。"（92回）

⑥张胜提刀绕屋里床背后寻春梅不见，大拔步径望后厅走。（99回）

⑦那韩道国又怕天色晚了，雇上两匹头口，望前赶路。（100回）

（三）趁

确切地说，"趁"是个表"利用某种时机"的介词，这里，我们也把它归在表时间、处所、方向类介词中加以讨论。关于"趁"的来源，马贝加推测，魏晋之前它可能是个方言词，所以不见于《吕氏春秋》和《史记》；南北朝始进入文学语言，表"追逐、驱赶"义，为动词；唐代始出现表"利用时机"的介词用法。①《词话》中表示"利用某种时机"的介词"趁"共有63个用例，占处所、时间类介词的0.70%，是表示"利用某种时机"类介词中用例最多的一个。

表"利用某种时机"的介词"趁"在《词话》中有三种用法：

1."趁"带上名词性成分，置于动词之前作状语。全文共有此类用法37例，占表时机的介词"趁"全部用例的60.32%。如：

①趁早实说，从前已往，与隔壁花家那淫妇，得手偷了几遭？（13回）

②说道："宋大姐，你是个聪明的，趁恁妙龄之时，一朵花初开，主子爱你，也是缘法相投。"（26回）

③玉楼道："娘，我摸他身上还温温儿的，也才去了不多回儿。咱不趁热脚儿，不替他穿上衣裳，还等甚么？"（62回）

④你身子恁虚弱，趁早使小厮请了任医官，教瞧瞧你，吃他两贴药过来。休要只顾耽着，不是事。（79回）

2."趁"带上形容词，置于动词之前作状语。全文仅出现2例：

⑤妇人还睡在被里，便说道："你趁闲寻寻儿出来罢，等一回你又不得闲了。"（74回）

⑥张胜说："你系娼门，不过趁热，赶些衣饭为生，没甚大事。看老爷喜怒不同，看恼，只是一两拶子；若喜欢，只恁放出来也不知。"（94回）

3."趁"带上主谓短语，作后面小句的状语。《词话》中共出现23例，占此类

---

① 马贝加：《近代汉语介词》，中华书局，2002年，第159～162页。马贝加援引的南北朝所见2例中有1例为："使祥昼视鸟雀，夜则趍鼠。"马贝加认同前人之说，改"趍"为"趁"，认为若作"趍（疾走）鼠""则扞格不通"。炜案："扞格不通"应为"扞格不通"。"趍"本义为"疾行"，也引申作"奔向"（见王力、岑麒祥、林涛等：《古汉语常用字字典》，商务印书馆，2005年，第317页），再由"奔向"引申为"追逐"亦无不可，较之于改作"趁"表"追逐"之义，似更为简捷、自然。因此，我们觉得这1例比较牵强、可疑。

“趁”所有用例的36.51%。如：

⑦趁武二未到家来，大官人一顶轿子娶了家去。（8回）

⑧如今趁人未到，爹倒好说声，抱哥儿出来，俺每同看一看。（31回）

⑨说话之间，经济捏着鼻子又挨了一锺，趁金莲眼错，得手拿着衣服往外一溜烟跑了。（33回）

⑩伯爵趁谢希大未来，乘先问西门庆道：“哥，明日找与李智、黄四多少银子？”（45回）

表“利用某种时机”的介词“趁”在现代汉语中的全部3种主要用法[①]在《词话》中都已经全部出现了。此外，《词话》中还有其他用法的“趁”。

4. “趁”带上动宾短语，作后面小句的状语。全文仅出现1例：

⑪这妇人且不烧香，见楼上无人，两个搂抱着亲嘴咂香，一个叫“亲亲五娘”，一个呼“心脏性命”，说：“趁无人，咱在这里干了罢。”（82回）

（四）临

表“临近；临到（某一时刻）”的时间介词“临”是由表“面对”义的动词“临”演变而来的。《词话》中表“临近；临到（某一时刻）”的介词“临”共有64个用例，用法可谓丰富多样。

1. 时间介词“临”通常与动词性成分组合，构成介词短语，在句首作状语。这是“临”在《词话》中最主要的用法，全文共有55例，占其所有用例的85.94%。如：

①到晚夕，桂姐临家去，拜辞月娘。（12回）

②临行，西门庆说起苗青之事：“乃学生相知，因诖误在旧大巡曾公案下，行牌往扬州案候捉他。”（49回）

③临出门，妇人还要他拜辞拜辞月娘众人，只见小玉摇手儿。（85回）

2. 时间介词“临”还可与主谓短语组合，构成介词短语，在句首作状语。《词话》中共出现3处用例，占介词“临”全部用例的4.69%。如：

④临佛事完满，晚夕送灵化财出去，妇人又早除了孝髻，换了一身艳衣服，在帘里与西门庆两个并肩而立……（9回）

⑤临棺材出门，陈经济摔盆扶柩，也请了报恩寺朗僧官起棺，坐在轿上，捧的高高的，念了几句偈文……（80回）

3. 时间介词“临”带上名词性成分，构成介词短语，在句首或句中作状语。全文共有此类用法的“临”有6例，占所有用例的9.38%。如：

---

① 侯学超编：《现代汉语虚词词典》，北京大学出版社，1998年，第85页。又见《现代汉语词典》第5版第169页“趁”字条介词义项，该义项分别提供了“趁”带名词、形容词和主谓短语的3个引例。

⑥这张四，临妇人起身头那当日，请了几位街坊众乡邻，来和妇人讲话。(7回)

“临”还可以与“时”搭配使用，构成“临……时”格式，表示时间临近点。如：

⑦吴月娘次早起身，却当壬子日，便思想薛姑子临别时，千叮咛，万嘱付，叫我到壬子日吃了这药，管情就有喜事，今日正当壬子，政该服药了。(53回)

⑧书写读诵者当生华藏之天，见闻受持，临命终时定往西方净土。(74回)

⑨临来时，应二哥与俺每磕头，谢了又谢，多多上复你，多谢重礼。(75回)

四、非常用介词：当、朝、值、赶

“当”、“朝”、“值”、“赶”等是《词话》中时间、处所、方向类介词用例相对较少的4个介词，用例均在20~50例之间，我们称之为非常用介词。下面，我们逐一来加以讨论。

(一) 当

表示时间、处所的介词“当”古已有之。《词话》中表示时间、处所的介词“当”共有47个用例，有以下两种用法：

1. 表示动作、行为的朝向或指向。处所介词“当”表示方向，有“正对……”之义，这种用法在汉代之前就已经出现了。表方向的介词“当”在《词话》中共有38个用例。如：

①把门拽上，用索儿拴了，倒关他二人在屋里。当路坐了，一头绩着绪。(4回)

②当街搭数十座灯架，四下围列些诸门买卖，玩灯男女，花红柳绿，车马轰雷，鳌山耸汉。(15回)

③一面使小玉叫将惠祥当院子跪着，问他要打多少。(25回)

④雪娥出去，当天井跪着。前边叫将张胜、李安，旋剥褪去衣裳，打三十大棍。(94回)

⑤当头敕额字分明，两下金刚形势猛。(89回)

介词“当”后可以连接表处所的名词性成分，如例①~④；也可以连接表人的身体某部位的名词性成分，如例⑤。

2. 强调动作、行为正发生于某个时间。时间介词“当”，意义相当于“在……时”，最早见于先秦时期文献，沿用至近代汉语中。《词话》中共有9个用例。如：

⑥琼花片片舞前檐。剡溪当此际，濡滞子猷船。(1回)

⑦那时日当正午，还不起身，小玉立在床边，“请大娘起来吃饭”。(53回)

⑧厅上揭开纸被观看，手掐丑更，说道：“正当五更二点彻，还属丑时断气。”(62回)

⑨今又承命修理河道，当此民穷财尽之时，前者皇船载运花石，毁闸折坝，所过

倒悬，公私困弊之极。……（68 回）

⑩有词一篇，单道这周统制果然是一员好将材，当此之时，中原荡扫，志欲吞胡，但见……（100 回）

（二）朝

介词“朝”是由表“朝向”义的动词“朝”发展演变而来的，始见于明代文献。

香坂顺一曾经指出：“《水浒》中，介词‘朝’用得很少，只用于‘朝南’、‘朝东’这类惯用语句。”[①] 同《水浒传》的情形相似，“朝”是《词话》中时间、处所、方向类介词中使用频率相对较低的一个介词，用例仅有 27 例，占《词话》中时间、处所、方向类介词用例的 0.30%。而且，“朝”一般只限于同“上”、“里”、“外”等单音节方位名词组合，只能作状语，表示动作行为的方向。如：

①不一时，李铭进来朝上向众人磕了头，又打了个软腿儿，走在傍边，把两只脚并立。（21 回）

②（李桂姐）朝上席不当不正，只磕了一个头，就用洒金扇儿掩面，佯羞整翠，立在西门庆面前。（32 回）

③他娘忙将戒指带在女儿手上，朝上拜谢，回房去了。（37 回）

④金莲见西门庆脸朝里睡，就指着孩子说：“老花子，你好睡！小道士儿自家来请你来了。”（40 回）

⑤在灵旁厅内，围着帏屏，放下帘来摆放桌席，朝外观看。（80 回）

此外，我们还发现 2 例介词“朝”带着“着”字的情况：

⑥只见西门庆又踅将来，径去帘子底下凳子上坐下，朝着武大门前只顾将眼睃望。（2 回）

⑦走到房门前，打个咳嗽，朝着西门庆道：“应二爹在厅上。”（57 回）

“朝着”在现代汉语中为一双音节介词，与“朝”不同的是，所带的名词性成分必须是非单音节的。[②]

（三）值

时间介词“值”是由表“面对”、“遇到”义的动词“值”演变而来的。“值”强调动作行为正发生于某个时间，基本上相当于现代汉语介词“当”。表“正当”的介词“值”在《词话》中共有 35 个用例。这种用法的“值”常与副词“正”搭配使用，构成“正 + 值”结构，《词话》中“正值”的复呈率相当高，多达 29 个用例，占表“正当”的介词“值”全部用例的 82.86%。“正 + 值”结构到了现代汉语中已

---

① ［日］香坂顺一著，植田均译：《水浒词汇研究》（虚词部分），文津出版社，1992 年，第 312 页。

② 侯学超编：《现代汉语虚词词典》，北京大学出版社，1998 年，第 84 页；张斌主编：《现代汉语虚词词典》，商务印书馆，2001 年，第 98 页。

经凝固成词，一般用于书面语中。[①]

《词话》中的时间介词“值”有以下几种用法：

1. “值”带上名词性成分，置于动词之前作状语。这种用法的介词“值”在《词话》中最为常见，共出现21例，占其所有用例的60%。如：

①那时正值五月初旬天气，大雨时行。(7回)

②正值日当午时分，只闻绿阴深处一派蝉声，忽然风送花香，袭人扑鼻。(29回)

③窃谓年兄平日抱可为之器，当有为之年，值圣明有道之世，老翁在家康健之时，当乘此大展才猷，以振扬法纪，勿使舞文之吏以挠其法，而奸顽之徒以逞其欺。(48回)

④艮岳告成，上天降瑞，今值履端之庆，与卿等共之。(71回)

2. “值”带上动词性成分，置于动词之前作状语，仅见1例：

⑤谢希大适值进来。(53回)

3. “值”带上形容词性成分，置于动词之前作状语，仅见1例：

⑥说道：“生等一者过蒙盛情，二者又值喜庆，不觉留连畅饮，十分扰极，学生告辞。”(32回)

4. “值”带上主谓短语，置于小句之前作状语。这种用法也相对较多，《词话》中共有12例，占其全部用例的34.29%。如：

⑦正值李智、黄四关了一千两香蜡银子，贲四从东平府押了来家。(43回)

⑧走出去，正值孟玉楼和大姐、桂姐三个从那边来。(48回)

⑨到前边，撮了一筐草，到印子铺门首叫门。正值傅伙计不在铺中，往家去了。(83回)

（四）赶

“赶”是晚唐五代以降近代汉语中新出现的一个表示“等到某个时候或利用某种时机”的介词，意义用法基本同“趁”。《词话》中表示“等到某个时候或利用某种时机”的介词“赶”，在使用频率上不到“趁”的1/3，仅有20个用例。主要有以下三种用法：

---

① 中国社会科学院语言研究所词典编辑室编的《现代汉语词典》第5版第1737～1741页收了“正当”、“正好”、“正巧”、“正在”等词，就是没有收“正值”一词。刘振铎主编的《现代汉语辞海》（修订版）“正”字条下也未收该词，见《现代汉语辞海》中册第1342～1344页，延边教育出版社，2002年。唯有罗竹风主编的《汉语大词典》收录了“正值”一词，释作“适逢”。从引例来看，早在战国时期楚国宋玉的《讽赋》中就有“正+值”结构的用例：“臣尝出行，仆饥马疲，正值主人门开。”见《汉语大词典》（缩印本）中卷第2869页“正值”条，汉语大词典出版社，1997年。

2. 表示动作、行为的所在处，用法同“在”。

“就”的这种用法要多于“表示动作、行为在空间上的起点”的用法，在《词话》中共有11个用例。如：

⑤原是清河县一个破落户财主，就县门前开着个生药铺。(2回)

⑥西门庆朝上作了个揖，道：“告坐了。”就西边坐地吃茶。翟管家慌跑出门来，叫抬礼物的都进来。(55回)

⑦这武松一面就灵前一手揪着妇人，一手浇奠了酒，把纸钱点着，说道：“哥哥，你阴魂不远，今日武二与你报仇雪恨。”(87回)

⑧不因今日雪娥说话，正是：从天降下钓和线，就地引起是非来。(89回)

“就”构成的介词短语全部置于动词前，作状语。

（三）及

介词“及”是由表示“到达”、“关涉”义的动词“及”演变而来的。《词话》中表示时间的介词“及”共有12个用例。这些用例中的“及”均表示动作、行为发生时间的结束点。如：

①约莫将及他归来时分，便下了帘子自去房内坐的。一日，也是合当有事，却有一个人从帘子下走过来。(2回)

②约莫未及两个时辰，又踅将来王婆门首帘边坐的，朝着武大门前。(2回)

③金莲道：“及至明日叫裁缝做，只差两日儿，做着还迟了哩。”(40回)

④伯爵道：“没的说，赎甚么？下坡车儿营生，及到三年过来，七本八利相等。”(45回)

从用例中可以看出，表示时间的介词“及”所连接的均为名词性成分，构成介词短语后作状语。有时候，“及”还与“至”、“到”等介词连用，如例③中的“及至”、例④中的“及到”等，一起构成介词短语作状语。

（四）去

“去”丧失动词性，而演变为介词，这是到了近代汉语中才出现的现象。《词话》里也有12个“去”作为介词的用例。

介词“去”有以下两种用法：

1. 表示动作、行为在空间上的起点，用法同“从”。

《词话》中表处所起始的“去”数量非常少，仅有4例，占其时间、处所介词用例的33.33%。如：

①西门庆便笑将起来，去身边摸出一两一块银子，递与王婆，说道：“干娘，权且收了，做茶钱。”(2回)

②这妇人便去脚后扯过两床被来，没头没脸只顾盖。武大叫道：“我也气闷！”(5回)

③那泥水匠吃了酒饭，悄悄去阴沟内把那个砖拿出，把水登时出的罄尽。(12回)

④那妇人便去袖内摸出穿心盒来，打开里面，只剩下三四丸药儿。(79回)

在由“去”构成的介词短语里，“去”后连接的均是方位短语。这些方位短语，或是由表示人或身体某部位的名词与单音节方位词构成，如例①、②；或是由表示事物的一般名词与单音节方位词构成，如例③、④。

2. 表示动作、行为发生的地点、场所，用法同“在”。

当《词话》中的介词“去”表示动作所施及的处所或范围时，一般都是与方位短语构成介词短语，在句中作状语，共有8例。如：

⑤到房里，一只手拿着注子，一只手便去武松肩上只一捏，说道：“叔叔，只穿这些衣服，不寒冷么?”(1回)

⑥西门庆且不拾箸，便去他绣花鞋头上只一捏。那妇人笑将起来，说道：“官人休要罗唣！你有心，奴亦有意。你真个勾搭我?”(4回)

⑦我见他举止处堂堂俊雅，我去那灯影儿下孜孜的觑着。(41回)

⑧用手去摊开他胸脯，说时迟，那时快，把刀子去妇人白馥馥心窝内只一剜，剜了个血窟窿，那鲜血就邈出来。(87回)

《词话》中介词“去”的用法多少还是与趋向动词“去”有关，因此上述诸例中的“去”，自然还多多少少带有趋向的意味。

（五）把

《词话》中，“把”除用作处置类介词以外，还可以用作处所类介词。其主要用法就是同后面的名词性成分构成介词短语作状语，表示动作、行为的所在处，用法同“在”。《词话》中表处所的介词“把”共有9个用例。如：

①那虎咆哮，把身底下扒起两堆黄泥，做了一个土坑里。(1回)

②分付春梅把床上拭抹凉席干净，带上门出去。(12回)

③王八见无人，尽力把我手上捻一下。(22回)

④当下刘婆子把官哥儿眉攒、脖根、两手关尺并心口，共灸了五蘸，放他睡下。(59回)

介词“把”的这种用法在近代汉语的任何一个阶段都不是它的常见用法，在《水浒传》中也不常见。而且，虽然“把”表示动作、行为所在处，但多少还带有一些处置的意味。“把”的这种用法在现代汉语中已经消失了。

（六）乘

表示“利用某种时机”的介词“乘”是由表“凭借”义的动词“乘”发展演变而来的。《词话》中表示“利用某种时机”的介词“乘”共有14个用例，其意义、用法与“趁”一致，但用例不到“趁”的1/4。

1. “乘”带上名词性成分，置于动词之前作状语。这种用法的介词“乘”最多，《词话》中共有9例，占其全部用例的64.29%。如：

①竹山乘机请问：“不知要何等样人家？小人打听的实，好来这里说。”(17回)

②伯爵趁谢希大未来，乘先问西门庆道：“哥，明日找与李智、黄四多少银子?”(45回)

③应伯爵挨到身边坐下，乘间便说：“常二哥那一日在哥席上求的事情，一向哥又没的空，不曾说的。……”(56回)

2. “乘”带上动词性成分，置于动词或复句形式之前作状语，仅有1例：

④两个乘着没有人来，执手相偎，剥嘴咂舌头，两下肉麻，好生儿顽了一回儿。(57回)

3. “乘”带上形容词性成分，置于动词之前作状语。《词话》中出现2例这样的用法：

⑤先拿了两大盘玫瑰果馅蒸糕，蘸着白砂糖，众人乘热抢着吃了一顿。(61回)

⑥乘热而吃下去，其血越流之不止。(61回)

4. “乘”带上主谓短语，作后面小句的状语。全书仅有2例：

⑦……我只伴他到粘梅花处，交我乘人乱，就叉开了走来见哥。(42回)

⑧乘那丈夫出去了，茶前酒后，早与那些和尚们刮上了四五六个。(57回)

侯学超指出：除了成语或四字格短语中使用“乘”之外，北方人口语中多用“趁”而不大用“乘”。① 也就是说，“乘”具有比较明显的书面语色彩，所以在日常口语中使用频率就很低了。

《词话》中也可以看到“乘”带动态助词“着”的用例，如例④；“乘着”在现代汉语中已经凝固成一个介词，意义、用法与“乘”毫无二致，但很少使用。例①中的“乘机”，在现代汉语中也已凝固成词。

六、极罕见介词：沿、照、拦、奔

“沿”、“照”、“拦”、“奔”等是《词话》中时间、处所、方向类介词用例极为罕见的4个介词，用例均在10例以下。

(一) 沿

处所介词“沿”是由表“顺水道而下”义的动词“沿”演变而来的。《词话》中表“沿循”义的处所介词“沿”共有9个用例。如：

①春梅做定科范，取了个茶瓯子，流沿边斟上，递与他。(33回)

---

① 侯学超编：《现代汉语虚词词典》，北京大学出版社，1998年，第87~88页。

②明文下来，沿河查访苗天秀尸首下落。(48 回)

③沿路上安民挂榜，从赈济任开仓。(71 回)

④王婆道："兔儿沿山跑，还来归旧窝。嫁了他小叔，还吃旧锅里粥去了。"(87 回)

⑤李安领了钧语下来，都带了愁颜，沿街绕巷，各处留心找问。(96 回)

介词"沿"所带的名词均为处所名词，而且除例③外，均为单音节处所名词。处所介词组合上的这个特征一直保留到了现代汉语中。①

(二) 照

表示动作、行为方向的介词"照"在《词话》中的用例极少，仅有 4 例：

①妇人才待斟在锺上，摸了摸冰凉的，就照着秋菊脸上只一泼，泼了一头一脸，骂道："好贼少死的奴才！我分付教你烫了来，如何拿冷酒与爹吃?"(30 回)

②谢希大道："好个乖觉孩子!"亦照前递了酒。(35 回)

③登时小殓停当，照前停放端正，放下帐子，合家大小哭了一场。(63 回)

④春梅又嫌忒咸了，拿起来照地下只一泼。(94 回)

其中例①中的介词"照"带"着"，连接名词性成分，这种用法仍保留在现代汉语中。而例②、③、④中的"照"直接带单音节或双音节方位名词，这种用法在现代汉语中已基本看不到了，一般都用介词"朝"。

(三) 拦

介词"拦"表示动作、行为方向，有"正对着"的意思。《词话》中有关"拦"的这类用法并不多见，全书仅见 4 例：

①王母宫中传言玉女，拦腰抱住。(2 回)

②欲待藏躲，不想被西门庆撞见，黑影里拦腰抱住，说道："小油嘴，我却也寻着你了。"(27 回)

③豪家拦门放烟火，贵客高楼醉赏灯。(42 回)

④那温秀才夺门就走，被黄家小厮来定儿拦腰抱住。(69 回)

上述 4 例中，有 3 例"拦"后连接的都是表示人体部位的名词——"腰"，可见介词"拦"在《词话》时代所能搭配的名词已极为有限了。"拦腰"在现代汉语中已经凝固为一个副词了。② 表动作、行为方向的介词"拦"还保留在现代汉语中，但所能搭配的名词很少，仅限于"头"、"头顶"、"鼻梁"、"下巴"等少数几个表人体部位的名词。

---

① 侯学超编：《现代汉语虚词词典》，北京大学出版社，1998 年，第 607 页："(沿) 表示行经的路线。沿 + 名词/名词短语。名词多为单音节的。"

② 中国社会科学院语言研究所词典编辑室编的《现代汉语词典》第 5 版第 810 页"拦腰"条，商务印书馆，2005。

（四）奔

介词“奔”是由表示“跑”义的动词“奔”演变而来的。在《词话》中，表示动作、行为方向的介词“奔”使用率非常低，全书仅见2例：

①小的怎敢忘恩背义，敬奔家来。（79回）

②那婆子见头势不好，便去奔前门走，前门又上了拴。（87回）

例①是西门庆伙计春鸿在西门庆过世后对吴大舅、陈经济所作的一番表白，说的是自己没有跟着李三一起投奔张二官，而是回到了西门家。这里的“奔”并非表“奔跑”义，而是表动作行为的方向，相当于“往”，“奔家来”即谓“往家来”。例②中，若说“奔去前门走”。那“奔”是表“奔跑”义，可例中是“去奔前门走”，这里的“奔”只能是表方向，与介词“往”同，“去奔前门走”即谓“去往前门走”。

表示动作、行为方向的介词“奔”在现代汉语中依然十分常用，较之于别的方向类介词，“奔”的口语色彩略为浓烈些。

第二节 对象、范围类介词

对象、范围类介词用来引进动作、行为所关涉的对象和范围。《词话》中表对象、范围的介词主要有“与”、“把”、“和”、“替”、“被”、“对”、“问”、“同”、“连”、“比”、“教”、“吃”、“乞”、“到”、“拿”、“除”、“于”、“带”、“并”、“共”、“将”、“向”、“跟”、“至”、“为”等。

其中最为常见的介词有“与”、“把”等2个，用例均在千例以上；次常用介词有“和”、“对”、“被”、“替”等4个，用例均在400例以上；不太常见的介词有“问”、“同”、“连”等3个，用例均为100多例；比较少见的介词有“比”、“教”、“吃”、“到”、“乞”等5个，用例均在40～80例之间；很少见的介词有“拿”、“除”、“于”、“带”等4个，用例均在10～30例之间；极为罕见的介词有“并”、“共”、“将”、“向”、“跟”、“至”、“为”等7个，用例均在10例以下。它们在《词话》中的使用情况详见表23：

表23

词项	和	同	与	对	于	向	乞	问
用例数	762	140	2 470	517	14	2	44	160
百分比（%）	10.31	1.89	33.42	6.99	0.19	0.03	0.60	2.16
词项	跟	共	替	为	被	教	吃	将
用例数	1	7	404	6	482	77	73	3
百分比（%）	0.01	0.09	5.47	0.08	6.52	1.04	0.99	0.04

（续上表）

词项	把	拿	比	至	连	带	除	并	到
用例数	1 893	29	78	2	140	12	19	10	46
百分比（%）	25.61	0.39	1.06	0.03	1.89	0.16	0.26	0.14	0.62

一、常用介词：与、把

“与”、“把”是《词话》中最为常用的2个对象、范围类介词，用例均在千例以上，我们称之为常用介词。

（一）与

“与”是秦汉时期极为常用的虚词，既作介词，也作连词，是“和”类虚词中产生时间最早、使用时间最长的一个成员。在近代汉语中，“与”依然是“和”类虚词中最为活跃的成员之一，这一点在《词话》中也得到了充分的反映。《词话》中“与”的用例多达2 865例，是“和”用例的2倍还多，为“和”类虚词成员中使用频率最高的一个①。其中作连词的395例，作介词的2 470例，两者之比是1:6.3。可见，在《词话》时代，“与”以作介词为主。《词话》中的介词“与”不仅保留了其秦汉时期的所有用法，还产生了一些新的用法。概括起来，主要有以下7种情形。

1. “与”置于动词之后，引出动作行为的承受者。“与”的语法意义与介词“给”相当。这种用法的“与”在《词话》中共有879例，占介词“与”全部用例的35.59%。如：

①玉楼把月琴递与春梅，和李瓶儿同往后去了。（27回）

②吴月娘守寡，把小玉配与玳安为妻。（31回）

③又差人补请帖，送与乔太太去了。（41回）

④不想小玉和春梅好，又告诉与春梅。（83回）

2. “与”同其后的名词性成分构成介词短语，作状语，表示动作行为所协同的对象。“与”相当于“和”、“同”。这种用法的“与”在《词话》中共有315例，占介词“与”全部用例的12.75%。如：

⑤月娘在后厅与众客饮酒，倒也罢了。（22回）

⑥却说那陈经济因走百病儿，与金莲等众妇人嘲戏了一路儿。（24回）

⑦李瓶儿道：“与姐姐同喜。”（41回）

⑧（李瓶儿）磕毕头起来，与月娘、李娇儿坐着说话。（41回）

---

① 本部分内容曾以论文的形式先行发表了。参见曹炜：《〈金瓶梅词话〉中“和”类虚词用法差异计量考察》，《江苏大学学报》2007年第2期。

3. “与”同其后的名词性成分构成介词短语，作状语，表示动作行为的受益者。“与”相当于“替”、“为”等。这种用法的“与”在《词话》中共有747例，占介词“与”全部用例的30.24%。如：

⑨（西门庆）与他做了一身衣裳，新靴新帽。（31回）

⑩爹今日与县中三宅华主簿老爹送行。（31回）

⑪你只与我好生收着，随问甚么人来抓寻，休拿出来。（31回）

⑫绣春道：“爹在房里，看着娘与哥裁衣服哩。”（34回）

⑬西门庆道：“你要不打紧，少不的也与你大姐裁一件。”（41回）

这种用法的“与”若不联系上下文，有时会与表示偕同的介词或连词“与”相混。如例⑫中的“与”乍一看还真弄不清是表动作行为的偕同者的连词还是介绍动作行为的受益者的介词，但联系下文“原来西门庆拿出两匹尺头来：一匹大红纻丝，一匹鹦哥绿潞绸，教李瓶儿替官哥裁毛衫儿、披袄、背心儿、护顶之类”，便可获知“与”就是“替”。

4. “与”同其后的名词性成分构成介词短语，作状语，表示动作行为涉及的对象。“与”相当于“对”、“跟”。这种用法的“与”在《词话》中共有352例，占介词“与”全部用例的14.25%。如：

⑭金莲道：“他与你说些什么来?”（11回）

⑮正吹打着，只见棋童儿请了谢希大来了。进来与二人唱了喏。（45回）

⑯你装憨打势，还在上坐着，还不快下来，与姐姐递个钟儿，陪不是哩！（21回）

⑰（杨大郎）解下来递与经济，与那人举一举手儿，上驴子扬长去了。（96回）

⑱我递上帖儿，与他磕了头。（97回）

⑲然后进李瓶儿房里来，看了官哥儿，与李瓶儿说了句话，教他好好调理。（55回）

5. “与”引出比较的对象。“与”后面常常有比况助词“一样”与之配合使用。这种用法的“与”在《词话》中共有12例，占介词“与”全部用例的0.49%。如：

⑳这病与你老人家病一样，有钱便流，无钱不流。（12回）

㉑只见潘金莲上身穿了……与孟玉楼一样打扮。（14回）

㉒明日这边与那边，一样盖三间楼与你居住，安两个角门儿出入。（16回）

㉓春梅道：“我不比与他……”（41回）

6. “与”引出动作的发出者。“与”的语法意义与表示使令的介词“让”、“叫”等相当。这种用法的“与”在《词话》中共有85例，占介词“与”全部用例的3.44%。如：

㉔李瓶儿叫迎春盒儿内取出头面来，与西门庆过目。（17回）

㉕蕙莲于是搂起裙子来，与玉楼看。(24 回)

㉖那来兴儿就把刀子放在面前，与西门庆看。(26 回)

7. 介词“与”同“我”组合后构成“与我 VP”格式，用在祈使句中，起加强语气的作用。“与”的这种用法显然是由引出动作行为的受益者的“与”发展而来的，只不过“我”并不是真正意义上的受益者，“与我”的意义虚化了。这种“与我 VP”格式同现代汉语中起加强语气作用的“给我 VP”格式相当。这种用法的“与”在《词话》中共有 80 例，占介词“与”全部用例的 3.24%。如：

㉗你既要与这伙人吃，趁早与我院里吃去！(13 回)

㉘你趁早与我搬出去罢！(19 回)

㉙不然，我打听出，每人三十板子，即与我离门离户。(26 回)

㉚把茶放下，与我过一边里去！(91 回)

需要指出的是，《词话》中也有一些“与我 VP”格式并不是起加强语气的作用，而是表示受益者的。如：

㉛累先生仔细用心，与我回背回背。我这里一两银子相谢先生，买一盏茶吃。(12 回)

㉜你只与我好生收着，随问甚么人来抓寻，休拿出来。(31 回)

例㉛、㉜中的“与我”意义很具体，并没有虚化。“与”引导出受益者“我”，“与我”即“替我”，而并不是起加强语气的作用。

《词话》中的“与”也有相当一部分是动词，如：

㉝（玉箫）问他要：“你与我这个银红的罢！”(31 回)

㉞月娘与了郁大姐一包二钱银子。(46 回)

例㉝、㉞中“与”均带上双宾语作谓语，尤其是例㉞中“与”后面还均带上了动态助词“了”，足见“与”为动词。

综上所述，《词话》中“与”的语法意义及分布情况详见表 24：

表 24

“与”	介词，受事	介词，受益	介词，对象	介词，比较	介词，使令	介词，强调	介词，偕同
用例数	879	747	352	12	85	80	315
百分比（%）	30.7	26.1	12.3	0.4	3	2.8	11
在现代汉语中	消失	消失	存在	存在	消失	消失	存在

（二）把

“把”作动词，本义是“执持”，介词“把”是引申虚化的结果，可见于唐代中后期的文献中。[①]《词话》中，介词“把”可用来引进表受事的被处置者，具体用法就是同后面的名词性成分构成短语，作状语，引出动作行为的受事。文中共有 1 893 例。如：

①西门庆把银子交付与王婆买棺材，他便自去对何九说去了。（6 回）

②已知此事了，便教押过这一干犯人，就当厅先把清河县申文看了，又把各人供状招拟看过，端的上面怎生写着？（10 回）

③如今把俺们也吃他活埋了。（11 回）

④因此二艄尽把皮箱中一千两金银，并苗员外衣服之类分讫，依前撑船回去了。（47 回）

⑤月娘连忙就使琴童把这吴神仙请将来。（79 回）

⑥月娘又把永福寺中遇见春梅，告诉一遍。（90 回）

⑦笑道：“你好不理会得，看你睡了不曾，教我把一件物事来与你。”（100 回）

《词话》中的“把”字句句法结构较为复杂。V 后可以出现补语，如例①、⑤等；也可以没有补语，如例②。“把”所引导的宾语可以是简单的名词，如例①、③等；也可以是相对复杂的联合短语、偏正短语，如例④、⑥。其中，例⑥中“把”后的宾语按照现代汉语的语法规则来看似属成分残缺：施事者“月娘”“告诉”的应该是“在永福寺中遇见春梅”这件事，但这就是当时口语中的用法。这种现象在《词话》中并非孤例。另外，例③中的“把”与表被动的“吃”配合使用，也显示了彼时用法与现代汉语的差异。

在《词话》里，“把”字句中的否定副词还可用在“把”的后面。如：

⑧（你）休要日远日疏，玩耍厌了，把奴来也不理，奴就想死了罢了。（79 回）

这同样显示了与现代汉语语法的差异。

二、次常用介词：和、对、被、替

“和”、“对”、“被”、“替”等是《词话》中对象、范围类介词用例数量仅次于“与”、“把”的 4 个介词，用例均在 400 例以上，我们称之为次常用介词。

（一）和

介词“和”是由表“连带”义的动词“和”发展演变而来的，始见于唐代文献。[②] 到了明代，无论是用例还是语法意义均极为丰富。《词话》中“和”的用例共

---

① 参见［美］梅祖麟：《唐宋处置式的来源》，《中国语文》1990 年第 3 期。

② 刘坚：《试论“和”字的发展，附论“共”字、“连”字》，《中国语文》1989 年第 6 期。

有 1 267 例，使用频率仅次于“与”、“把”等。其中作介词的共有 762 例；作连词的有 505 例。介词“和”的语法意义极为丰富[①]，主要有以下 5 种情形：

1. “和”介绍出动作行为的偕同者。“和 + NP”之后往往有“一处”、“两个”、“同”、“同伙”等词语与之配合使用。这种用法的“和”在《词话》中共有 448 例，占介词“和”全部用例的 58.79%。如：

①月娘早辰梳妆毕，正和西门庆在房中吃饼。(21 回)

②白日里只和孟三姐一处做针指，到晚夕早关了房门就睡了。(12 回)

③潘金莲这妇人，青春未及三十岁，欲火难禁一丈高，每日和孟玉楼两个打扮的粉妆玉琢，皓齿朱唇…… (12 回)

④月娘边便教玳安厨下吃饭去，又教整饭待大官人回来，自和六房姊妹同伙儿到斤上迎接。(55 回)

⑤这潘金莲因此不得和经济勾搭，只赖奶子如意儿备了舌在月娘处，逐日只和如意儿合气。(72 回)

从上述用例中可看出，表“偕同”义的介词“和”后所搭配的名词性成分往往是具体的人。“和”的这种用法在现代汉语中依然是其最为常见的用法。

2. “和”介绍出动作行为所涉及的对象，语法义与介词“对”和“向”相当。这种用法的“和”在《词话》中共有 228 例，占介词“和”总用例的 29.92%。如：

⑥一日，来旺儿吃醉了，和一般家人小厮，在前边恨骂西门庆。(25 回)

⑦金莲道：“也没见这李大姐，不知和他笑什么，恰似俺每拿了他的一般。”(33 回)

⑧韩大婶叫住小的，要请爹快些过去，有句要紧话和爹说。(47 回)

⑨他便使性子，把他娘打发去了，走来后边，撑着头儿和我两个嚷。(75 回)

3. “和”介绍出某种状态的伴随者或相关者。这种用法的“和”在《词话》中共有 47 例，占介词“和”全部用例的 6.17%。如：

⑩奴凡事依你，只愿你休忘了心肠，随你前边和人好，只休抛闪了奴家！(12 回)

⑪你又和他老婆有连手，买了他房子，收着他寄放的许多东西。(16 回)

⑫你好小胆子儿！明知道和来旺儿媳妇子七个八个，你还调戏他。(28 回)

⑬有几样菜儿，一壶儿酒，取了来和姥姥坐的。(78 回)

4. “和”介绍出比较的对象，“和 + NP”之后常跟有“一般”、“一样”等比况助词。这种用法的“和”在《词话》中共有 25 例，占介词“和”全部用例的 3.28%。如：

---

① 本部分内容曾以论文的形式先行发表了。参见曹炜：《〈金瓶梅词话〉中“和”类虚词用法差异计量考察》，《江苏大学学报》2007 年第 2 期。

⑭（她）就和你我等辈一般，甚么张致？大姐姐也就不管管儿。（26回）

⑮这蝴蝶，就和你老人家一般，有些毬子心肠，滚上滚下的走滚大。（52回）

⑯西门庆道："我前夜也做了恁个梦，和你这个一样儿……"（62回）

⑰那李桂姐向席上笑道："这个姓包的，就和应花子一般，就是个不知趣的蹇味儿！"（63回）

5. "和"介绍出动作行为的受益者，语法意义与介词"为"和"给"相当。这种用法的"和"在《词话》中共有12例，占介词"和"全部用例的1.57%。如：

⑱西门庆与他买了两匹红绿潞绸，两匹锦绸，和他做里衣儿。（37回）

⑲翟谦交府干收了，就摆酒和西门庆洗尘。（55回）

⑳到晚，又设酒和西门庆接风。（55回）

㉑悲怜本寺废坏，也有个良心美腹，要和本寺作主，那时诸佛菩萨已作证盟。（57回）

综上所述，《词话》中介词"和"的语法意义及分布情况详见表25：

表25

"和"	介词，偕同者	介词，对象	介词，伴随者	介词，比较者	介词，受益者
用例数	448	228	47	25	12
百分比（%）	35.4	18	3.7	2	1
在现代汉语中	存在	存在	存在	存在	消失

（二）对

介词"对"是由表"面对"义的动词"对"发展演变而来的，始见于东汉时期的文献①，唐代已大量使用。《词话》中表引进动作行为涉及的对象的介词"对"共有517个用例。

从用法上来看，《词话》中的"对"唯一的用法是：同其后的名词性成分构成介词短语，作状语，表示动作行为涉及的对象，其所修饰的动词都为言谈动词"说"、"道"等。如：

①王婆哈哈笑道："大官人你请坐，我对你说了罢。"（2回）

②小厮道："我对六姨说，六姨休对爹说是我说的。"（8回）

③到次日，一五一十对潘金莲说了。（16回）

④李瓶儿因对王姑子道："师父，我还有句话，一发央及你。"（53回）

⑤白来创对金钏道："你两个唱个曲儿么。"（54回）

---

① 吴福祥：《敦煌变文语法研究》，岳麓书社，1996年，第221页。

"对"有时也作"对着"。如：

⑥（玳安）对着他大娘又一样话儿，对着我又是一样话儿。（16回）

⑦你只背地叫罢，休对着你爹叫。（91回）

（三）被

已有成果表明，介词"被"萌芽于战国时期，发展于魏晋南北朝时期。其句法、语义特征是：可带名词性宾语，也可带动词性宾语；谓语部分表示主语承受、遭遇的事情。发展至唐代，伴随句法结构的发展，"被"向介词范畴靠拢，进一步介词化。唐宋以后，表被动的"被"在口语中完全取代了表被动的"为"①。

《词话》中的"被"作为被动句的标志，主要是引进施事者，表示动作行为的实施者，基本句法结构为"被+NP+VP"，共有482例。如：

①西门庆已是走出来，被花子虚再不放，说道："今日小弟没敬心，哥怎的白不肯坐？"（13回）

②妇人只顾延挨不脱，被西门庆拖番在床地平上，袖中取出鞭子来抽了几鞭子。（19回）

③那春梅等四个就要往后走，被西门庆喝住，说道："左右只是你应二爹，都来见见罢，躲怎的！"（22回）

唐钰明指出："从宋代开始，又出现了'被'字句和处置式相结合的新类型。"②《词话》中也存在大量的"被"与表处置的"把"配合使用的用例。如：

④（潘金莲）小心在旁扶侍接衣服，被西门庆兜脸一个耳刮子，把妇人打了一交。（12回）

⑤正看着，忽然被一阵风来，把个婆子儿灯下半截割了一个大窟窿。（15回）

⑥那经济笑嘻嘻扑近他身来，搂他亲嘴。被妇人顺手只一推，把小伙儿推了一交。（19回）

⑦正说着，被一阵风过来，把他裙子刮起，里边露见大红路绸裤儿，扎着脏头纱绿裤腿儿，好五色纳纱护膝，银红线带儿。（25回）

《词话》中还存在"被"与"所"配合使用的用例。如：

⑧你成日放着正事儿不理，在外边眠花卧柳，不着家，只当被人所算，弄成圈套，拿在牢里，使将人来对我说，教我寻人情。（14回）

⑨安童见尸大哭道："正是我的主人，被贼人所伤，刀痕尚在。"（48回）

《词话》中"被"所带的宾语并非动作行为实施的主体，而是动作行为发生的场

---

① 参见唐钰明：《唐至清的"被"字句》，《中国语文》1988年第6期。

② 参见唐钰明：《唐至清的"被"字句》，《中国语文》1988年第6期。

所。如：

⑩刚走到仪门首，不想李瓶儿被地滑了一交。(21 回)

⑪只见孙雪娥听见李瓶儿养孩子，从后边慌慌张张走来观看，不防黑影里被台基险些不曾绊了一交。(30 回)

《词话》中"被"带上宾语后构成的介词短语所连接的动词可以是不具有处置性的动词。如：

⑫子由等还要当厅跪禀，还要监追子虚，要别项银两下落。被杨府尹大怒，都喝下来了。(14 回)

⑬竹山大叫"青天白日"起来，被保甲上来，都一条绳子拴了。(19 回)

⑭正说着，被西门庆房中咳嗽了一声，雪娥就往厨房里去了。(23 回)

⑮被玉箫恼了，说道："你这媳妇子，俺每在这里掷骰儿，插嘴插舌，有你甚么说处？"(23 回)

另外，文中还出现了 21 处"被 + V"的用例，我们没有将其纳入对象范围类介词"被"讨论的范畴。

（四）替

"替"是近代汉语中新产生的一个介词，由六朝时表"代替"义的动词"替"发展演变而来，至少在唐代就已虚化为介词。虽然《词话》中"替"的用例不少，但从用法上来看，却比较单一：同其后的名词性成分构成介词短语，作状语，表示动作行为的受益者。全文共出现 404 次。如：

①妈妈道："既然如此说，我教媒人替你买两个使女。早晚习学弹唱，服侍你便了。"(1 回)

②西门庆许了金莲，要往庙上替他买珠子，要穿箍儿戴。(11 回)

③高安又替他跪禀一次。(18 回)

④伯爵道："傻瓜，你搂着他女儿，你不替他上紧谁上紧？"(67 回)

⑤无人处，悄悄央薛姑子，与他一两银子，替他配坐胎气符药吃，寻头男衣胞。(68 回)

⑥我与他说，曾替他家说人情。(97 回)

《词话》中介词"替"后所带宾语多为人称代词。

三、再次常用介词：问、同、连

"问"、"同"、"连"等是《词话》中相对来说不太常见的对象、范围类介词，用例均为 100 多例，我们称之为再次常用介词。

（一）问

一般认为介词"问"始见于唐代文献，宋代以后大量使用。《词话》中"问"的用例较多，共160例。

《词话》中"问"的唯一用法是：同其后的名词性成分构成介词短语，作状语，表示动作行为涉及的对象。"问"相当于"向"、"跟"，其后的动词均为"借"、"要"、"求"等"求取"类动词。如：

①他若问你讨药吃时，便把这砒霜调在心疼药里。(5回)

②向金莲道："我且不打你。你上来，我问你要桩物儿，你与我不与我？"(12回)

③你三年前死了娘子儿，问这位鲁大哥借的那三十两银子，本利也该许多，今日问你要来了。(19回)

④春梅道："我不比与他。我还问你要件白绫袄儿，搭衬着大红遍地锦比甲儿穿。"(41回)

⑤他张舅受气不过，另问别处借了银子，干成管事，还把银子交还将来。(92回)

从上述诸例可以看出，介词"问"后所带的名词性成分大多为指人的名词、代词或名词性短语。

（二）同

介词"同"是由表"与"、"同"义的动词"同"发展演变而来的，始见于唐代文献。[①] 元明时期用例逐渐增多。《词话》中"同"的用例大大少于"与"、"和"，共有201例，其中61例为并列连词，140例为介词，可见，《词话》中的"同"主要用作介词。其主要用法有以下几种：

1. 用以引出动作行为的偕同者。"同"后的名词性成分全为表具体的人的词语。这种用法的"同"在《词话》中共有136例。如：

①西门庆道："同众位兄弟到大酒楼上吃三杯儿。不是请众兄弟，房下们今日都往人家吃酒去了。"(15回)

②陈经济每日起早睡迟，带着钥匙，同伙计查点出入银钱，收放写算皆精。(20回)

③西门庆再三款留不住，只得同吴大舅、二舅等，一齐送至大门。(31回)

④不一时，玉楼同他兄弟来拜见，叙礼已毕。(67回)

⑤葛翠屏哭说："情愿不归父母，同姐姐守孝寡居，也是奴和他恩情一场，活是他妻小，死傍他魂灵。"(99回)

2.《词话》中的介词"同"虽然也可介绍动作行为所涉及的对象，语法意义与介词"对"、"向"相当，但用例极少，仅见下面2例：

---

① 刘坚：《试论"和"字的发展，附论"共"字、"连"字》，《中国语文》1989年第6期。

⑥十四日，贲四同薛姑子催讨，将经卷挑将来，一千五百卷都完了。(59 回)

⑦只见薛嫂儿来了，同经济道了万福。(85 回)

这种用法更多的时候是由“与”、“和”来承担，尤其是当“同”和“与”、“和”出现在同一个句子中的时候，这种分工似乎更明显。如：

⑧你明日拿两锭大银子，同张安儿和他讲去。(35 回)

⑨他出来，都往家去了。明日同黄四来与爹磕头。(67 回)

⑩遂同玉楼到后边，与月娘道了万福。(11 回)

或者干脆直接由介词“对”来表示。如：

⑪月娘一面同玉楼、金莲、李瓶儿、大姐并吴银儿，对西门庆说了，分付奶子在家看哥儿，都穿戴收拾定当，共六顶轿子起身。(45 回)

⑫你取张纸儿，写了个说帖儿，我如今同你到大官府里，对他说。(34 回)

3.《词话》中介词“同”虽然也可介绍比较的对象，“同 + NP”之后也可跟比况助词“一般”，但这种用法的“同”在《词话》中用例极少，仅有 2 例：

⑬你来家，就同我去一般。(82 回)

⑭经济听了，欢喜不胜，就同六姐一般，正可在心上，以此与他盘桓一夜，停眠整宿。(98 回)

我们注意到，《词话》中“同”与“和”类虚词其他成员配合使用，不管其他成员是连词还是介词，“同”一般多为介词。在《词话》中，我们共找到“同”与“和”类虚词其他成员配合使用的用例 15 例，其中 13 例中“同”为介词，如：

⑮小的与平安儿两个，同排军多看放了烟火。(42 回)

⑯钱老爹见了爹帖子，随即写书，差了一吏，同小的和黄四儿子，到东昌府兵备道下与雷老爹。(67 回)

⑰不一时，汪东桥与钱晴川就同王海峰来了。(81 回)

只有 2 例“同”为并列连词：

⑱父亲慌了，教儿子同大姐和些家伙箱笼，且暂在爹家中寄放，躲避些时。(17 回)

⑲小玉和奶子如意儿，同大妗子家使的老姐兰花，也在两边打横列坐，把酒来斟。(89 回)

可见，在《词话》中，“同”用作介词的习惯已露端倪。“同”多用作介词的这种分工到了现代汉语中则进一步得到了彰显。

综上所述，《词话》中“同”的语法意义及分布情况详见表 26。

表 26

“同”	介词，偕同者	介词，对象	介词，比较者
用例数	136	2	2
百分比（%）	67.7	1	1
在现代汉语中	存在	存在	存在

（三）连

虽然从学界发现的“连”作介词的最早用例来看，早在魏晋时期，“连”已经完成了由动词向介词的语法化过程，但真正成为“和”类虚词的成员则要后于“和”与“同”，大约在宋金时期，大量使用则是在元明时期。《词话》中“连”的用例共有 157 例。其中作介词的共有 140 例，作连词的共有 17 例，可见作介词是“连”的主要用法。

1.《词话》中介词“连”最常见的用法是引出动作行为涉及的另一些对象，共有 94 例，占介词“连”全部用例的 67.14%。如：

①孟玉楼道：“你踢将小厮便罢了，如何连俺们都骂将来?”（12 回）

②且待二月间兴工动土，连你这边一所，通身打开，与那边花园取齐。（16 回）

③月娘分付把李瓶儿灵床，连影抬出去，一把火焚之。（80 回）

这种用法的“连”也能同连词“并”、“与”、“和”等以及介词“带”配合使用。如：

④连酒保王鸾并两个粉头包氏、牛氏都拴了，竟投县衙里来见知县。（9 回）

⑤便向袖中取出汗巾，连挑牙与香茶盒儿，递与桂姐收了。（11 回）

⑥李桂姐家去了。连大姐、银姐和俺每六位去。（45 回）

⑦不如我在此等着放告牌出来，我跪门进去，连状带书呈上。（48 回）

2.《词话》中介词“连”的另一种较常见的用法是表强调，相当于“竟然”、“甚至”，常与副词“也”、“都”等配合使用，共有 46 例，占介词“连”全部用例的 32.86%。具体又有以下三种情形：

一种是强调动作、行为的发出者的。如：

⑧如今他败落下来，你主子恼了，连你也叫起他淫妇来了!（21 回）

⑨伯爵让大舅吃，连谢希大也不知是甚么做的，这般有味，酥脆好吃。（61 回）

一种是强调动作、行为的受事的。如：

⑩那厮杀你便该当，与我何干？连我一例也要杀!（25 回）

⑪昨日哥这里念经，连茶儿也不送，也不来走走儿，今日还来说人情!（67 回）

还有一种直接用在单音节动词前面，强调动作行为本身。如：

⑫可可儿家里就忙的恁样儿？连唱也不用心唱了。(45回)

⑬娘昼夜忧戚，那样劳碌，连睡也不得睡。(62回)

综上所述，《词话》中“连”的语法意义及分布情况详见表27。

表27

“连”	介词，另一些对象	介词，表强调
用例数	94	46
百分比（%）	59.9	29.3
在现代汉语中	存在	存在

四、非常用介词：比、教、吃、到、乞

“比”、“教”、“吃”、“到”、“乞”等是《词话》中比较少见的对象、范围类介词，用例数量均在40~80例之间，我们称之为非常用介词。

(一) 比

宋代时出现了表示比较的介词“比”，它是由表“比较”义的动词“比”虚化而来的。“比”在《词话》中仅用作引进比较对象，共出现78次。由其构成的短语均在句中作状语。如：

①原来春梅比秋菊不同，性聪慧，喜谑浪，善应对，生的有几分颜色，西门庆甚是宠他。(10回)

②又问道：“淫妇，你过来，我问你，我比蒋太医那厮谁强？”(19回)

③叫了声贼狠心的冤家，我比他何如？(38回)

④一面让卷棚吃斋，嘱咐：“大影比这还要加工夫些。”(63回)

⑤原来他房里春花儿，比旧时黑瘦了好些，只剩下个大驴脸，一般的也不自在哩。(75回)

⑥他比玳安倒大两岁，今年二十二岁，倒不与他妻室一间房住。(95回)

(二) 教

从唐代开始，介词“教”开始用来引进施为者，沿用至宋元以后。《词话》中具有这一用法的“教”数量并不少，总共77例。“教”的意义与用法与“被”类似，后接人称代词等名词性成分。如：

①教我骂了两句“贼狗肉，我从新又怕起你爹来了”。(25回)

②月娘老实，便问：“象牙放在那里来，怎的教他打折了？”(35回)

③常时节笑道："贱累还恐整理的不堪口，教列位哥笑话。"(61回)

④便道："你看教这贼淫妇气的我手也冷了，茶也拿不起来。"(72回)

⑤有人处常常袖着，无人处慢慢轻摇，休教那俗人见偷了！(82回)

（三）吃

表被动之义的介词"吃"本字是表示"吃食"义的动词"吃"，自唐代始有"遭受"义，"吃"的被动用法即来自于"遭受"义[1]。在近代汉语中"吃"也成为被动句的主要标志之一，但在现代汉语中这一用法已经消失。《词话》中，"吃"的主要用法就是引进动作行为的施事者，共有73例。其数量要比同表被动意义的介词"被"少得多。如：

①若是不搬来，俺两口儿也吃别人笑话。亲兄弟难比别人，与我们争口气，也是好处。(1回)

②又吃妇人禁住，不得向前，吓道："小贱人！你不对我说，与了他水吃，都在你身上！"(5回)

③那安童正要走时，吃翁八一闷棍打落水中。(47回)

④笑骂道："你这断了肠子的狗材！生生儿吃你把人就欧杀了。"(52回)

⑤养的好不肖子，今日吃徐知府，当堂对众同僚官吏，尽力数落了我一顿，可不气杀我也！(92回)

⑥我好意往你家问，反吃你兄弟杨二风拿瓦楔璜破头，赶着打上我家门来。(96回)

"吃"引导的介词结构与"被"的情况类似，这里不再展开。

（四）乞

"乞"同"吃"，两者音近而通假[2]。《词话》中具这一用法的"乞"数量并不少，总共44例。"乞"的意义和用法与"吃"类似，后接人称代词等名词性成分，常带有补语。如：

①爹若不早把那蛮奴才打发了，到明日咱这一家子乞他弄的坏了。(34回)

②有一天旱水浅，朝廷挑河，把石头乞做工的夫子两三镢头砍得稀烂，怎了？(42回)

③金子怎的不见了？刚才惹他得爹和六姐两个，在这里好不辩了这回嘴，差些儿没曾辩恼了打起来！乞我劝开了。(43回)

④大娘、孟三儿，这一家子那个没看见。乞我相问着，他那脸儿上红了，他没告诉你？(61回)

⑤西门庆乞他逼迫不过，一面使王经："领申二姐出来，唱与大舅听。"(61回)

---

① 参见江蓝生：《被动关系词"吃"的来源初探》，《中国语文》1989年第5期。

② 参见江蓝生：《被动关系词"吃"的来源初探》，《中国语文》1989年第5期。

⑥你原来恁个没尾八行货子，不知在前头干甚么营生，那半日才进来。恰好还不曾说。乞我讧了两句，往前去了。(67 回)

（五）到

《词话》中的介词“到”，具有表示动作行为所达到的程度的功能。由“到”引导的介词短语多在谓语后作补语。全文共计 46 例。如：

①不觉到灵犀一点，美爱无加之处，麝兰半吐，脂香满唇。(21 回)
②不教他早些来，休要那等到那黑天暗地的，我自打你这贼囚根子。(21 回)
③爹请了太医来看，每日服药，已是好到七八分了。(62 回)
④“他在庙上曾见过六娘一面，刚才想着，就画到这等模样。”(63 回)
⑤半装醉半装醒半装呆，两情浓到今难弃舍。(73 回)

五、罕见介词：拿、除、于、带

“拿”、“除”、“于”、“带”等是《词话》中用例很少的 4 个对象、范围类介词，用例均在 10 ~ 30 例之间，我们称之为罕见介词。

（一）拿

引进处置者的介词“拿”与“把”十分相似，《词话》中共有 29 例。如：

①桌上摆着杯盘，妇人拿盏酒擎在手里，看着武松道：“叔叔满饮此杯。”(1 回)
②人便图往来，扳亲家耍子儿，教他人拿我惹气，骂我，管我赫事！(41 回)
③这侯巡抚即令左右官吏，拿双红“友生侯蒙”单拜帖，递与西门庆。(76 回)
④说了一回，丫鬟拿茶吃了。(79 回)
⑤武松教迎儿拿菜蔬摆在桌上，絮语烫上酒来，请妇人和王婆吃酒。(87 回)
⑥这陈经济且不参见他父亲灵柩，先拿钱纸祭物，到于金莲墓上，与他祭了，烧化钱纸，哭道：“我的六姐，你兄弟陈经济敬来与你烧一陌钱纸。”(88 回)

介词“拿”后的宾语都为名词或名词性词语，这种用法至今仍保留在某些方言中。

（二）除

介词“除”表示动作行为所排除的范围，《词话》中共有 19 例。如：

①依你说起来，除了娘，把俺们都撵了，只留着你罢！(11 回)
②见除工部观政，亦给假还乡续亲。(36 回)
③第四层除了一间厨房，半间盛煤炭，后边还有一块做坑厕。(39 回)
④李瓶儿道：“你拿了去。除找与他，别的你收着，换下些钱，到十五日庙上舍经，与你每做盘缠就是了，省的又来问我要。”(58 回)
⑤身边除了大娘子——乃是清河左卫吴千户之女，填房与他为继室。(69 回)

⑥已毕，走来宅内回春梅话，说除买棺材装殓，还剩四两银子，交割明白。(88 回)

介词“除”是由“除去”义的动词“除”发展演变而来的。发展至唐代，“除”又多了一种“排除已知，补充其他”的意义，如例②。

(三) 于

“于”是上古汉语中常见的介词。作为表对象的介词，《词话》中共有 14 个用例，相对来说已不太常用，主要用法有：

1. 介词“于”用在含有给予义的动词之后，引出动作行为的接受者，共有 7 例，意义和用法与“给”相似。其构成的介词短语多在谓语动词后作补语。如：

①恭将男官哥儿寄于三宝殿下，赐名吴应元，期在出纫圆满，另行请祈天地位下，告许清醮一百廿分位，续箕裘之胤嗣……(39 回)

②官见得极是，此是长官费心一场，何得见让于我？决然使不得。(47 回)

③说道：“请医须请良，传药须传方。吾师不传于我方儿，倘或我久后用没了，那里寻师父去？随师父要多少东西，我与师父。”(49 回)

④百十下方得通。你可樽节用之，不可轻泄于人。(49 回)

⑤一齐交于伯爵。(54 回)

2. 介词“于”用于引进动作行为所涉及的对象，《词话》中共有 5 例这样的用法。“于”构成的介词短语可用在动词性成分之后作补语。如：

⑥言丈夫心肠如铁石，气概贯虹蜺，不免屈志于女人。(1 回)

⑦君在家自有娇妻美爱，又岂肯动念于妾，犹吐去之果核也。兹具腥味茶盒数事，少申问安诚意，幸希笑纳。(98 回)

⑧得经济告诉春梅说：“耐张胜那厮，好生欺压于我，说我当初亏他寻得来，几次在下人前败坏我。……”(99 回)

也可用在动词性成分之前作状语，如：

⑨杜中书道：“说曾生过子，于礼也无碍。”讲了半日，去了“恭”字，改了“室人”。(63 回)

⑩若早浇幸得功，朝廷恩典，升他一官半职，于你面上也有光辉。(97 回)

3. 介词“于”用于引出比较的对象，仅见 2 例。如：

⑪虽然妻之视妾，名分虽殊，而戚氏之祸，尤惨于虞姬。(1 回)

⑫李瓶儿见他妆饰少次于众人，便立起身来问道：“此位是何人？奴不知，不曾请见的。”(14 回)

这种句法格式产生于先秦时期，而沿用至今。

(四) 带

表连带的介词“带”在《词话》中共出现 12 处，这也是介词“带”在《词话》

中的唯一用法。它经常与表示连带的介词“连”搭配使用，构成“连……带……”格式，或是以“带……带……”的格式连用，中间嵌入的成分多为动词。如：

①几句连搽带骂，骂的子虚闭口无言。(14 回)

②应伯爵政邀客回来，见了就进房，带邀带请的写一张回字：“昨扰极，兹复承佳惠，谢谢。即刻屈吾兄过舍，同往郊外一乐。”(53 回)

③面都红了，带笑带骂出来。(54 回)

“带”后宾语也可为名词性成分，构成的介词结构在句中作状语。如：

④只听得一声响，簌簌地将那树枝带叶打将下来。(1 回)

⑤见西门庆在椅子上打盹，赶眼绪错把果碟儿带减碟倒在袖子里，都收拾了个净光，和韩道国就走了。(46 回)

⑥带今日三四日没吃点汤水儿了，一心只要寻死在那里。(76 回)

六、极罕见介词：并、共、将、向、跟、至、为

“并”、“共”、“将”、“向”、“跟”、“至”、“为”等是《词话》中用例极少的7个对象、范围类介词，用例均在10例以下，我们称之为极罕见介词。

（一）并

“并”是长期以来一直被学界忽视的近代汉语“和”类虚词成员。“并”在现代汉语中并不属于“和”类虚词，现代汉语中的“并”同“并且”，是表递进关系的连词。但是，在近代汉语中“并”则是“和”类虚词极为重要的成员。①《词话》中作为“和”类虚词成员的“并”的用例共有247例，使用频率仅低于“与”、“和”，位居第三。其中作并列连词的共有237例，作介词的有10例，两者之比是6.3:1，前者大大多于后者。可见，在《词话》中，作并列连词是“并”的主要用法。这里我们对这10例作介词的“并”略作说明。

1. 用来介绍动作行为的偕同者，共有5例。如：

①不想李瓶儿抱着官哥儿，并奶子如意儿跟着，从松墙那边走来。(52 回)

②一面使小厮请吴大舅来，并温秀才、应伯爵、傅伙计、甘伙计、贲地传、陈经济来坐，听唱。(76 回)

③留下孙雪娥和大姐、众丫头看家，带了孟玉楼和小玉，并奶子如意儿抱着孝哥儿，都坐轿子，往坟上去。(89 回)

2. 另有5例则是用来介绍动作行为所涉及的另一（些）对象的。如：

④来到城外化人场上，便教举火烧化棺，并武大尸首烧得干干净净。(6 回)

---

① 参见曹炜：《近代汉语中被忽视的“和”类虚词成员“并”》，《古汉语研究》2006年第4期，第16～20页；曹炜：《金瓶梅词话中“和”类虚词用法差异计量考察》，《江苏大学学报》2007年第2期，第71～79页。

《词话》中的“跟”最常见的用法是作动词，表“跟随”义。如：

⑥棋童道：“小的原拿了两个来。玳安要了一个，和琴童先跟六娘家去了。”(35 回)

⑦潘金莲道：“娘，你不消问这贼囚根子，他也不肯实说。我听见说蛮小厮昨日也跟他爹去来，你只叫了蛮小厮来问他就是了。”(59 回)

例中的“跟”很容易被误作为介词，但只要结合上下文，就会发现，它们实际上均为动词。

作介词的仅 1 例：

⑧摆设下刑具，监中提出陈三、翁八审问情由，只是供称：“跟伊家人苗青同谋。”(47 回)

介词“至”在《词话》中有 2 例，用在韵文中，表示涉及到的人的范围：

⑨——八岁、十八、二十八，下至山根上至发。有无活计两头梢，三十印堂莫带煞。眼光带秀心中巧，不读诗书也可人。做作百般人可爱，纵然弄假不成真。(97 回)

介词“为”是由表“做”、“作”之义的动词“为”演变虚化而来的，是古代汉语中常用的一个介词。近代汉语有了一些发展，出现了“为了”、“为得”等形式。作为对象范围类介词，“为”在《词话》中的用法主要有二：

1. 引进动作行为的受益者，意义用法相当于介词“替”，共计 5 例。由“为”引导的介词结构在句中作状语：

⑩臣等待罪该科，备员谏职，徒以目击奸臣误国，而不为皇上陈之，则上辜君父之恩，下负平生所学。(17 回)

⑪你两个当初好，如今就为他耽些惊怕儿也罢，不抱怨了。(52 回)

⑫——就和你一般，为他声说不的，只好背地哭罢了。(52 回)

⑬西门庆便对翟谦道：“学生此来，单为老太师庆寿，聊备些微礼，孝顺太师，想不见却。……”(55 回)

⑭那应伯爵就说：“哥，你既有这片好心，为侄儿发愿，何不一力独成，也是小可的事体。”(57 回)

2. 表示被动，引出动作行为的施为者，意义用法相当于介词“被”，仅见 1 例：

⑮俺每为他连累，打了这一顿。刚才老爹分付，押出俺每来要他。他若不出来，大家都不得清净，就弄的不好了。(69 回)

第三节 原因、目的、条件类介词

原因、目的、条件类介词用来引进动作、行为所发生的原因、目的或条件。《词话》中表原因、目的、条件的介词有“为（了）”、“因”、“缘”、“由”、“被”、“以”等6个。

其中最为常见的是“为”，用例在300例上下；“因”、“以”则属于非常用介词，用例比较少见；“被”、“缘”、“由”用例更是罕见，尤其是“由”。它们在《词话》中的使用情况详见表30：

表30

词项	为	因	缘	由	被	以
用例数	269	52	12	4	17	27
百分比（%）	70.60	13.65	3.15	1.05	4.46	7.09

一、常用介词：为

“为”是古代汉语中常用的一个介词，所构成的介词短语常作状语，表动作行为的受益者、涉及的对象、原因和目的。近代汉语中沿用了“为”的这些用法，当然也有了一些新的发展，比较突出的是“为”后带上了“了”，形成了“为了”的新形式。

“为（了）”是《词话》中用例较多的一个原因、目的、条件类介词，共有269例，占《词话》中全部原因、目的、条件类介词用例的70.60%。概括一下，“为（了）”的用法主要有以下两种：

1. 表动作行为的原因。如：

①一日，金莲为些零碎事情，不凑巧骂了春梅几句。（10回）

②因舍亲陈宅那边，为些闲事，替他乱了几日。（18回）

③见小厮鼻口流血，抱他到房里，慢慢问他，方知为拾鞋之事。（28回）

④后边为这把壶好不番乱，玉箫推小玉，小玉推玉箫……（51回）

⑤因春梅，两个为一个棒槌，和我大嚷大闹，通不让我一句儿哩。（72回）

⑥黄四因用下官钱粮，和李三家，还有咱家出去的保官儿，都为钱粮，拿在监里遣赃。（97回）

2. 表动作行为的目的。如：

⑦夏龙溪因我前日送了他那匹马，今日全为我费心，治了一席酒请我，又叫了两

个小优儿。(38 回)

⑧常进屋里看他，为这孩子，来看不打紧，教人把肚子也气破了。(44 回)

⑨辜负他爹的心，此来为你叫将他来，你又不言语的。(61 回)

⑩不瞒你，我为他爷儿两个这一场事，昼夜上下替他走跳……(67 回)

⑪小媳妇因不幸，为了场官司，把旧时那房儿弃了。(69 回)

⑫为你这奴才，一时小节不完，丧了两个人性命。(76 回)

《词话》中除了出现了“为了”的形式外，还出现了“为着”、“为得”等形式。

二、非常用介词：因、以

（一）因

介词“因”可表原因也可表凭借，两者在意义上有很大的联系。《词话》里，表原因的“因”数量不多，共有 52 例，占原因、目的类介词的 13.65%。介词“因”后引进的宾语成分较单一，均为名词或名词性成分。如：

①认的是武松，便问：“你告什么？因何声冤？”(9 回)

②他为甚么？你只因他甚么？打与他一顿。(26 回)

③好二叔，你老人家杀人哩！我因这件事整走了这半月，谁得闲来！(92 回)

④正是：盼穿秋水因钱钞，哭损花容为邓通。(93 回)

⑤厅下打的那人，声音模样，倒好似陈姐夫一般，他因何出家做了道士？(94 回)

《词话》中的“因”也可带谓词性成分，这时候的“因”为连词，我们将在第五章“《金瓶梅词话》中的连词系统”的“因果连词”部分加以讨论。

（二）以

“以”是古代汉语中常用的一个介词，所构成的介词短语常作状语或补语，表动作行为所赖以实现的工具、手段、凭借、所涉及的对象、所产生的原因、所发生的时间等。到了近代汉语中，“以”的一些用法被沿用了下来，而不少用法则逐渐消失。

《词话》中的“以”既是工具、手段、依据类介词，又是原因、目的、条件类介词，这里讨论后者。“以”在《词话》中原因、目的、条件类介词中的数量并不多，总共有 27 例，占《词话》中全部原因、目的、条件类介词用例的 7.09%。

“以”的用法是：用在单音节名词之前，构成介词短语，表示动作行为的原因。如：

①迎春、绣春都已被西门庆要了，以此凡事不避他。(16 回)

②以此就差来保雇车辆，装载两个女子，出门往东京太师府中来。(81 回)

③后年至三十二岁，以疾而终。(100 回)

三、罕见介词：被、缘、由

（一）被

元代已出现表原因的介词“被”。在《词话》中，介词“被”除了表施为者外，另一较特殊的用法就是用作原因介词。全文共有17例，如：

①刚走到仪门首，不想李瓶儿被地滑了一交。(21回)

②被杨府尹大怒，都喝下来了，说道：“你这厮少打！当初你那内相一死之时，你每不告做甚么来?”(14回)

③琴童道：“娘们来了，又被乔亲家娘在门首让进去吃酒哩，也将好起身。”(46回)

④来问他母亲借了五十两银子，复谋管事，被他吃醉了，往张舅门上骂攘。(92回)

⑤经济道：“身边银钱倒有，都被夜晚刘二打我时，被人掏摸的去了。身上衣服都扯碎了，那得钱来?”(94回)

以上表原因的“被”多少带有点被动的意味，可见，介词“被”的两种用法中间存在一定的关联性。

（二）缘

“缘”在先秦时期获得了“因为”的义项，而有“缘 + N + V”的格式；发展至唐宋时期，“缘”作为口语词，多出现在变文和笔记小说的人物对话中。在《词话》中，表原因的介词“缘”共有12例，多用在引用的诗句或尼姑讲授的佛经故事中。如：

①缘汝曾杀我来，我今故来报怨。(59回)

②盖缘汝有大道心，常持《佛顶心陀罗经》，善神日夜拥护，所以杀汝不得。(59回)

例①、②是薛姑子夜间为刚失去爱子的李瓶儿“念《楞严经》、《解冤咒》”时所援引的佛经故事里的句子。可见，在当时的口语中，表原因的介词“缘”已被“为”、“因”等取代了。

而且，在12个“缘”的用例中，有4例为“缘”与“何”的组合，这种组合到现代汉语中已词化。如：

③不知子晋缘何事，才学吹箫便作仙。(16回)

④你不和他两个有首尾，他的簪子缘何到你手里?(83回)

此外，还有2例是“为”与“缘”的连用：

⑤为缘你常持诵《佛顶心陀罗经》，并供养不缺，所以杀汝不得。(59回)

⑥为缘你供养修持，舍了此经一千五百卷，有此功行，他投害你不得，今此离身。(59 回)

（三）由

《诗经》中已有表原因的“由”，那时的“由”还是动词；发展至汉代，“由”开始出现在动词前的位置上，而表原因的介词“由”正是由此演变而来的。《词话》中这种用法的“由”有4例：

①凭陵中夏：此皆误国之大者，皆由京之不职也。(17 回)

②不是朱颜容易变，何由声价竟天高。(23 回)

③窃谓教化凌夷，风俗颓败，皆由取士不得真才，而教化无以仰赖。(48 回)

④皆由御之不得其道故也。(14 回)

第四节 工具、手段、依据类介词

工具、手段、依据类介词用来引进动作行为发生所凭借的工具、手段和依据。《词话》中的工具、手段、依据类介词共有以下 15 个：用、拿、以、把、将、依、按、凭、乘、顺、照、据、仗、趁、论。

其中相对较为常见的介词是“用”、“拿”、“以”等 3 个，用例均在 200 例上下；不太常见的介词有“把”和“将”2 个，用例均在 50 ~ 100 例之间；比较少见的介词有“依”和“按”2 个，用例均在 20 ~ 50 例之间；很少见的介词有“顺”、“凭”、“乘”等 3 个，用例均在 10 ~ 20 例之间；极为罕见的介词有“照”、“据”、“仗”、“趁”、“论”等 5 个，用例均在 10 例以下。它们在《词话》中的使用情况详见表 31：

表 31

词项	用	拿	以	乘	凭	仗	趁	据
用例数	236	231	155	15	16	6	5	9
百分比（%）	25.99	25.44	17.07	1.65	1.76	0.66	0.55	0.99

词项	按	依	照	论	将	把	顺
用例数	20	32	10	2	60	94	17
百分比（%）	2.20	3.52	1.10	0.22	6.61	10.35	1.87

一、常用介词：用、拿、以

“用”、“拿”、“以”等是《词话》中最为常用的3个工具、手段、依据类介词，用例均在200例上下。

（一）用

介词“用”是由表“使用”义的动词“用”发展演变而来的，早在先秦文献中就已有用例。到了近代汉语，它日渐常用，直到现代汉语中依然是一个十分活跃的介词。《词话》中介词“用”的用例不少，共有236例，占《词话》全部工具、手段、依据类介词用例的25.99%。

《词话》中的“用”同名词性成分构成介词短语，作状语，主要有以下两种用法：

1. 表示动作行为所凭借的具体的工具、手段。这是《词话》中介词“用”最主要的用法，共有233例，占方式类介词的25.66%，占其介词用例的98.7%。如：

①婆子一面把门拽上，用索儿拴了，倒关他二人在屋里。(4回)

②妇人用纤手一数，原做下一扇笼三十个角儿，翻来覆去只数得二十九个，少了一个角儿，便问往那里去了。(8回)

③西门庆这边，止是月娘、金莲、春梅，用梯子接着。

④书童使画童儿用方盒把下饭先拿在李瓶儿房中，然后又提了一坛金华酒进去。

⑤“我皮箱内有稍带的玫瑰花饼，取两罐儿，用小描金盒儿盛着。”

2. 表示动作行为发生所凭借的抽象的某物、某事或某种条件。这种用法的介词“用”在《词话》中用例不多，仅见3例：

⑥卿道是用《论语》治朝廷有方，却原来这半部运出河在掌。(71回)

⑦用六韬三略定边疆，把元戎印掌。(71回)

⑧三皇凭礼乐而有封疆，五帝用征伐而定天下。(99回)

（二）拿

介词“拿”是由表“执持”义的动词“拿”发展演变而来的，始见于元代文献中。到了明代，它日渐常用，直到现代汉语中依然是一个十分活跃的介词。《词话》中介词“拿”的用例也不少，共有231例，占《词话》中全部工具、手段、依据类介词用例的25.44%。

《词话》中“拿”唯一的用法是：同名词性成分构成介词短语，作状语，表示动作行为所凭借的工具、手段。如：

①那周守备那里肯放，拦门拿巨杯相劝。(17回)

②傻才料，你拿响金白银包着他，你不去，可知他另接了别的汉子？(21回)

③里边五娘、六娘使我要买搽的粉，你如何说拿秤称？(24回)

④你就赖他做贼，万物也要个着实才好，拿纸棺材糊人，成个道理？(26回)

⑤分付春梅："拿块石头与他顶着。"（28 回）

⑥西门庆出来相见了，就拿龟板对天祷告，作揖，进入堂中，放龟板在桌上。那施灼龟双手接着，放上龟药，点上了火，又吃一瓯茶。（53 回）

（三）以

如前面所述，《词话》中的"以"既是工具、手段、依据类介词，又是原因、目的、条件类介词（参见本章第三节之"四"），这里讨论前者。"以"也是《词话》中工具、手段、依据类介词中用例较少的一个，总共仅有 155 例，占《词话》全部工具、手段、依据类介词用例的 17.07%。"以"的用法是：用在单音节名词之前，构成介词短语，表示动作行为所赖以实施的凭借、依据，用法同"凭"、"拿"。如：

①小人以理分说，他反不容，乱行踢打，把小人货物都抢了。（19 回）

②李瓶儿尚不知堕他计中，每以姐姐呼之，与他亲厚尤密。（20 回）

二、次常用介词：把、将

不太常见的介词有"把"和"将"，是《词话》中用例数量仅次于"用"、"拿"、"以"的 2 个工具、手段、依据类介词，用例均在 50～100 例之间。

（一）把

《词话》中，共有表示工具的介词"把"94 例，占全部方式介词的 10.35%，使用频率相对较高。这种用法的"把"在现代汉语中常用介词"拿"来代替。如：

①武松顶睛看时，却是个人把虎皮缝做衣裳，头上带着虎磕脑。（1 回）

②那人一面把手整头巾，一面把腰曲着地还喏道："不妨，娘子请方便。"（2 回）

③左手扶起武大，右手便把药来灌。（5 回）

④那苗秀、苗实把好言知慰了一番。（55 回）

⑤又写个礼单儿，把些尺头书帕做个通问得礼儿。（55 回）

⑥一面用手去摊开他胸脯，说时迟，那时快，把刀子去妇人白馥馥心窝内只一剜，剜了个血窟窿，那鲜血就邈出来。（87 回）

（二）将

引进工具的介词"将"在《词话》中出现了 60 例。它的这种用法和功能与"拿"相似，并在现代汉语中逐渐为"拿"所代替。如：

①约凑有七八十人，先把死大虫抬在前面，将一个兜轿抬了武松，径投本处一个土户家。（1 回）

②一个临栏对景，戏将红豆掷金鳞；一个伏槛观花，笑把罗纨惊粉蝶。（19 回）

③贲四嫂良久扶他上炕坐的，和玉箫将话儿劝解他，做一处坐的。（26 回）

④西门庆将小金菊花杯斟荷花酒，陪伯爵吃。（34 回）

⑤金莲将那一枝桃花儿做了一个圈儿，悄悄套在经济帽子上。(48回)

⑥到家只拿出一锭元宝来与月娘，还将言语恐吓月娘："若不是我去，还不得他这锭元宝拿家来。"(82回)

三、非常用介词：依、按、顺、凭、乘

"依"、"按"、"顺"、"凭"、"乘"等是《词话》中颇为少见的工具、手段、依据类介词，用例除"依"和"按"外均在20例以下。

(一) 依

介词"依"在《词话》中唯一的用法就是表示动作行为发生的依据，共有32例。如：

①依子平正论，娘子这八字，虽故清奇，一生不得夫星济，子上有些妨碍。(12回)

②两边孟玉楼、孙雪娥、潘金莲、西门大姐，各依序而坐。(19回)

"依"还可以与"照"相连，形成"照依"的组合，用法和功能与"依"相似。《词话》"照依"例共有8处。如：

③他要打一件九凤甸儿，一件照依上房戴的，正面那一件玉观音满池娇分心。(20回)

④月娘道："既要我行令，照依牌谱上饮酒：一个牌儿名，两个骨牌，合《西厢》一句。"(21回)

⑤府尹胡师文又与西门庆相交，照依原行文书叠成案卷，将陈三、翁八问成强盗杀人斩罪。(48回)

(二) 按

表示动作行为发生依据的介词"按"在《词话》中有20例，其功能和用法类似于"依"。如：

①乘兴服之，遂入苍龙之梦；按时而动，预征飞燕之祥。(53回)

②两旁挂四轴美人，按春夏秋冬：惜花春起早，爱月夜眠迟，掬水月在手，弄花香满衣；……(59回)

③女子十四面天癸至，任脉通放，月候按时而行，常以三旬一见则无病。(85回)

④这买卖成了，就按贤弟同谢三郎做主管。(98回)

⑤你有银子乞借应与我父亲五两，奴按利纳还，不可推阻。(98回)

(三) 顺

"顺"原来是动词，有"遵循、听从"之义。介词"顺"是由动词"顺"发展演

变而来的。表示顺应的介词“顺”在魏晋南北朝时期已经有比较多的例子了。介词“顺”在《词话》中，表示动作行为发生时所需顺应的某种方式，共有17例，占方式类介词的1.87%。如：

①这妇人不听便罢，听了由不的那里眼中珠泪儿顺着香腮流将下来。(8回)

②须臾打了三十大棍，打得皮开肉绽，鲜血顺腿淋漓。(12回)

③这春梅看了，顺手就放在窗户台上。(95回)

④西门庆道：“疼的两个字？捞的顺着指头儿流血！”(34回)

⑤不想那玉楼冷眼瞧破。忽然抬头看见，顺手一推，险些儿经济跌了一交，慌忙惊散不题。(55回)

以上诸例中，“顺”后引进的宾语均为名词，可以是人身体的某一部位，或是其他。

(四) 凭

作为依据介词是“凭”在《词话》中最为常见的用法，共有16个用例。介词“凭”后出现的名词性成分均为动作行为所凭借的事物，而且多用于诗句、唱词中。如：

①我做媒人实可能，全凭两腿走殷勤。(7回)

②王姑子道：“小哥儿万金之躯，全凭佛力保护。”(53回)

③行医不按良方，看脉全凭嘴调。(61回)

④正是：欲向深闺求艳质，全凭红叶是良媒。(69回)

⑤我只叫来爵儿密密打听，但有嫁人的风缝儿，凭我甜言美语打动春心，你却用几百两银子，娶到家中，尽你受用便了。(81回)

《词话》中的“凭”也有用作连词，表示无条件的，但仅见2例：

⑥夏提刑看了，便道：“恁凭长官尊意裁处。”(48回)

⑦若哥请他来家，凭你许多丫头、小厮同眠同宿，你看水秀才乱么？再不乱的！(56回)

(五) 乘

表示动作行为发生所凭借的某人、某物、某事或某种条件是介词“乘”在《词话》中的主要用法之一，共15例，占其介词用例的51.72%。作为凭借类介词，“乘”在《词话》中的用法就是同其后的名词性成分或谓词性成分组合，表示动作行为实现所赖以利用的时机、条件。“乘”后经常出现的名词性成分有“……势”、“……兴”、“……机”、“……因由”等。如：

①武松将半截棒丢在一边，乘势向前，两只手揪在大虫顶花皮，使力只一按。(1回)

②你便乘此机，把些小意儿贴恋他。(5 回)

③构栏妓者眉如猱，只堪乘兴暂时留。(12 回)

④西门庆拆看书中之意，于是乘着喜欢，将书拿到卷棚内，教温秀才看。(66 回)

⑤这陈经济乘着这个因由，使薛嫂儿往西门庆家对月娘说：只是经济风里言风里话，在外声言发话，说不要大姐。(91 回)

四、罕见介词：照、据、仗、趁、论

“照”、“据”、“仗”、“趁”、“论”等是《词话》中用例很少的工具、手段、依据类介词，用例均在 10 例以下。

(一) 照

介词“照”是由“考察”义的动词“照”虚化而来的。据马贝加《近代汉语介词》：引起“照”虚化的直接原因，似应是词义渗透，是同义词“按”的词义、词性变化引发了“照”的同向变化，介词“按”(案) 在唐代已属常见，介词“照”的产生当在唐代之后。[①] “照”的主要功能就是同名词性成分组合，表示动作行为所依据的标准，此外，它还具有表示处所方向的功能。这两种功能在现代汉语中依然使用。

《词话》中，表示动作行为发生依据的介词“照”有 10 例。如：

①西门庆道：“你们只照旧时整理就是了。”(72 回)

②春梅、迎春、玉箫、兰香四人分头照席捧递，甚是礼数周详，举止沉稳。(43 回)

③役上来三道五割，酒肴比前两日更丰盛齐整，照席还磕了头。(65 回)

④这李瓶儿老实，就说道：“奴也照样儿要教银匠打恁一件哩！”(20 回)

⑤每钞折派三分，旧钞搭派七分。令商人照所派产盐之地下场支盐。(48 回)

介词“照”所引导的介词短语，在文中均只能作状语。

(二) 据

1. 介词“据”在《词话》中的用例很少，表示凭借的介词“据”在《词话》中只有 3 例，占凭借类介词的 0.99%。

①据此等说时，正是怎生得好？却是苦也！(5 回)

②西门庆道：“据这小厮所言，就是实话，汝等如何展转得过？”(48 回)

③两位官府据着陈经济状子审问，一顿夹打，监禁数日，追出三百五十两银子，一百桶生眼布，其余酒店中家活，共算了五十两…… (98 回)

2. 《词话》中，表示动作行为发生依据的介词“据”有 6 例，这也是其主要的介

---

① 马贝加：《近代汉语介词》，中华书局，2002 年，第 269 页。

词用法。在文中，“据”可与“看”连用，形成“据看”的格式，置于句首。如：

④据看武松又好气力，何不交他搬来我家住？（1回）

⑤须臾，潘道士瞑目变神，端坐于位上，据案击令牌，恰似问事之状，久久乃止。（62回）

⑥我据看你，也是个命官娘子，这状上情理，我都知了。（92回）

（三）仗

“仗”在《词话》中主要用作名词和动词，作为介词的用例比较少，只有6例，都表凭借，占其在《词话》中所有用例的6.6%，占凭借类介词的0.66%。6例兹列如下：

①只凭说六国唇枪，全仗话三齐舌剑。只鸾孤凤，霎时间交仗成双；寡妇鳏男，一席话搬唆摆对。（2回）

②后次这宋惠莲越发猖狂起来，仗西门庆背地和他勾搭，把家中大小都看不到眼里，逐日与玉楼、金莲、李瓶儿、西门大姐、春梅在一处顽耍。（25回）

③正是：富贵必因奸巧得，功名全仗邓通成。（30回）

④因说道：“舍亲龙溪久称盛德，全仗扶持，同心协恭，莫此为厚。”西门庆道：“不敢。在下常领教诲，今又为堂尊，受益恒多，可幸可幸。”（70回）

⑤入朝中百官悚畏，仗一人假虎张威。（71回）

⑥照见本来心，冤愆自然雪。仗此经力深，荐拔诸恶业。（100回）

（四）趁、论

《词话》中的“趁（着）”可以用作表示利用某种条件或机会实施某种动作行为。这与介词“乘”类似，但并不是介词“趁”的主要用法，因此，全文总共只有5例：

①他怎肯守定颜回，甘贫乐道？专一趁东风，水上漂。有疾被他撞到，无情被他挂着，到底被他缠住拿着。（4回）

②人替我收去，放在大官人那里，奴用时取去。趁此奴不思个防身之计，信着他，往后过不出好日子来。（14回）

③怕热田舍间农夫，每日耕田迈垅，扶犁把耙，趁王苗二税，纳仓廪余粮，到了那三伏时节，田中无雨，心间一似火烧……（27回）

④应伯爵因记挂着二人许了他些业障儿，趁此机会好问他要，正要跟随同去，又被西门庆叫住说话。（42回）

⑤那没廉耻趁汉精便浪，俺每真材实料不浪！（75回）

《词话》中，表示动作行为发生依据的介词“论”仅有2例，均由其构成的介词短语作状语。其中一例中，介词“论”引进的宾语是主谓小句；另一例则是名词。

⑥金莲道：“大姐不肯。论他说的也是：你又买了他房子，又娶他老婆，当初又

与他汉子相交了一世，方才好。”（16 回）

⑦论四时赏玩，各有去处：春赏燕游堂，桧柏争鲜；夏赏临溪馆，荷莲斗彩；秋赏叠翠楼……（19 回）

本章参考文献

著作

1. 北京大学中文系 1955、1957 级语言班编：《现代汉语虚词例释》，北京：商务印书馆，1982 年。

2. 陈昌来：《介词与介引功能》，合肥：安徽教育出版社，2002 年。

3. 冯春田：《近代汉语语法研究》，济南：山东教育出版社，2000 年。

4. 傅雨贤、周小兵、李炜：《现代汉语介词的研究》，广州：中山大学出版社，1997 年。

5. 何乐士、敖镜浩、王克仲等：《古代汉语虚词通释》，北京：北京出版社，1985 年。

6. 侯学超：《现代汉语虚词词典》，北京：北京大学出版社，1998 年。

7. 江蓝生：《近代汉语探源》，北京：商务印书馆，2000 年。

8. 蒋绍愚、曹广顺主编：《近代汉语语法史研究综述》，北京：商务印书馆，2005 年。

9. 吕叔湘主编：《现代汉语八百词》（增订本），北京：商务印书馆，1999 年。

10. 马贝加：《近代汉语介词》，北京：中华书局，2002 年。

11. 马真：《现代汉语虚词研究方法论》，北京：商务印书馆，2004 年。

12. 王力：《汉语史稿》（中册），北京：中华书局，1980 年。

13. 吴福祥：《敦煌变文语法研究》，长沙：岳麓书社，1996 年。

14. ［日］香坂顺一著，江蓝生、白维国译：《白话语汇研究》，北京：中华书局，1997 年。

15. ［日］香坂顺一著，植田均译：《水浒词汇研究》（虚词部分），北京：文津出版社，1992 年。

16. ［日］志村良治著，江蓝生、白维国译：《中国中世语法史研究》，北京：中华书局，1995 年。

17. 俞光中、植田均：《近代汉语语法研究》，上海：学林出版社，1999 年。

18. 张斌主编：《现代汉语虚词词典》，北京：商务印书馆，2001 年。

19. 张谊生：《现代汉语虚词》，上海：华东师范大学出版社，2000 年。

20. 中国社会科学院语言研究所古代汉语研究室编：《古代汉语虚词词典》，北京：商务印书馆，1999 年。

21. 中国社会科学院语言研究所词典编辑室编:《现代汉语词典》(第5版),北京:商务印书馆,2005年。

论文

1. 曹炜:《〈金瓶梅词话〉中的时间、处所、方向类介词初探》,《苏州大学学报》2003年第4期。

2. 曹炜:《〈金瓶梅词话〉中“和”类虚词用法差异计量考察》,《江苏大学学报》2007年第2期。

3. 曹炜:《近代汉语中被忽视的“和”类虚词成员“并”》,《古汉语研究》2006年第4期。

4. 江蓝生:《被动关系词“吃”的来源初探》,《中国语文》1989年第5期。

5. 马贝加、徐晓萍:《时处介词“从”的产生及其发展》,《温州师范学院学报》2002年第5期。

6. [美]梅祖麟:《唐宋处置式的来源》,《中国语文》1990年第3期。

7. 邵宜:《近代汉语介词“望”的形成及与“往”之比较》,《暨南学报》2005年第5期。

8. 唐钰明:《唐至清的“被”字句》,《中国语文》1988年第6期。

9. 吴金花:《处所介词“到”的产生》,《福建师范大学学报》2005年第4期。

10. 周芍、邵敬敏:《试探介词“对”的语法化过程》,《语文研究》2006年第1期。

11. 周小兵:《介词的语法性质和介词研究的系统方法》,《中山大学学报》1997年第3期。

第五章 《金瓶梅词话》中的连词系统

《词话》中的连词系统可谓阵容壮观。现代汉语中活跃着的大部分连词，在这个连词系统中都能找到，即使找不到，也能见到其原形或雏形。

连词是用来连接两个或两个以上的词、短语、句子和句群的一种虚词。根据其所连接的项之间的语义关系，我们可以把《词话》中的连词分成九大类，即并列连词（15个）、递进连词（13个）、顺承连词（16个）、选择连词（11个）、假设连词（30个）、条件连词（18个）、转折连词（8个）、因果连词（15个）、目的连词（4个）等。下面我们将对上述九大类连词依次展开讨论。

《词话》连词系统九大类连词的成员状况详见表32：

表32

类别		词项（用例数）
并列连词	连接词语	并（237），连（17），和（505），与（395），共（7），同（201），及（15），共（8），跟（1）
	连接句子	一面（544），一边（2），一头（4），一壁（9），且（1），一者…二者（11）
递进连词		况（36），兼（9），况且（6），况兼（1），况是（2），且是（7），且（17），亦且（1），又且（3），不但（5），何况（14），尚然（1），尚且（4）
选择连词	未定选择	或（80），或者（2），或是（16），却是（6）
	已定选择	不如（44），不若（3），宁（4），倒不如（3），与其（2），比时（7），宁可（20）
顺承连词	前时	等（357），待（125），等到（20），待到（12），比及（29），才待（43），直待（8），也待（5），恰待（1），待后（1）
	后时	后（41），后来（36），次后（14），然后（154），接着（1），便（1506）
转折连词		虽（92），虽然（35），虽是（21），虽则（3），但（5），只是（126），却（201），而（49）
条件连词	有条件	但（60），但是（3），但凡（19），只有（1），只要（17）
	无条件	不论（7），不问（2），不管（9），不拣（2），不拘（24），任是（1），就是（1），那管（2）
	排除条件	自除非（1），则除是（1），除非是（4），除非（6），只除非（2）

（续上表）

类别		词项（用例数）
假设连词	一致性假设	若（486），若是（64），待要（20），待欲（1），如（18），如若（1），如果（1），倘（26），倘或（5），倘忽（5），倘若（1），倘然（1），倘要（1），假如（2），假若（3），设使（3），不争（18）
	非一致性假设	便（9），便是（5），就（66），就算（4），就是（80），纵（1），纵然（3），总然（4），任（7），由（3），饶（28），饶是（1），那怕（9）
因果连词	说明因果	为（37），因（987），因是（5），因为（42），为因（1）
		因此（54），以此（97），，为此（1），因而（4），致（6），以致（7），以此（24），故（20），故此（10），所以（27）
	推论因果	既（167），既然（21），既是（85），然则（1），可见（3）
目的连词		好（54），免得（2），省得（12），以（71）

第一节　并列连词

并列连词用来连接几个具有并列关系的词语或句子。

《词话》的连词中最具特色的便是表并列关系的连词。无论是在成员的构成上，还是在具体的用法上，它们与秦汉时代汉语的并列连词有异，也同现代汉语中的并列连词有别。《词话》中的并列连词从其所连接成分的语法地位差异来看可分为两类：一类是连接词语的并列连词，一类是连接句子的并列连词。

一、连接词语的并列连词

《词话》中连接词语的并列连词有“并”、“连”、“和”、“同”、“与”、“及”、“共”、“跟”等8个，它们在分布及用法上存在着明显的差异，下面我们逐个来进行讨论。

（一）并

前面我们在讨论对象介词“并”的时候已经指出，“并”是长期以来一直被学界忽视的近代汉语并列连词①。

① 参见曹炜：《近代汉语并列连词“并”的产生、发展及其消亡》，《语文研究》2003年第4期，第37～39页；曹炜：《近代汉语中被忽视的“和”类虚词成员“并”》，《古汉语研究》2006年第4期，第16～20页；曹炜《〈金瓶梅词话〉中“和”类虚词用法差异计量考察》，《江苏大学学报》2007年第2期，第71～79页。

现代汉语中的“并”同“并且”，可连接词、短语和句子，是个表递进关系的连词。但在近代汉语中，“并”最主要、最常见的用法是用作表并列关系的连词。从《词话》中“并”的使用情况来看，“并”无疑是近代汉语中语法意义最丰富、用法也最多的一个并列连词。

《词话》中用作并列连词的“并”的语法意义和分布情况主要表现为以下4种情形：

1. 连接句中并列的两个或三个名词性成分或动词性成分，同现代汉语中的连词“和”。这种用法的“并”，去掉诗词中重复出现的，共有153例，是《词话》中并列连词“并”最常见的用法。其中连接名词性成分的有144例。如：

①金莲在傍拿把抿子与李瓶儿抿头，见他头上戴着一副金玲珑草虫儿头面，并金累丝松竹梅岁寒三友梳背儿。(20回)

②那春梅、玉箫并惠莲，都前后瞧了一遍，又到临街楼上推开窗子瞧了一遍。(24回)

③四月十八日，李娇儿生日，院中李妈妈并李桂姐，都来与他做生日。(26回)

④别的倒也罢了，只这条犀角带并鹤顶红，就是满京城拿着银子，也寻不出来。(31回)

⑤这春梅真个押着他，花园到处并葡萄架跟前，寻了一遍。(50回)

上述诸例中的“并”均处在两个或三个并列的名词性成分之间，构成一个联合词组，作主语、宾语甚至状语。

连接动词性成分的有9例，这种用法的“并”依然是表并列关系的连词。如：

⑥到明日上任，参官贽见之礼，连摆酒，并治衣类鞍马，少说也得七八十两银子，那里区处？(31回)

⑦西门庆把路上辛苦，并到翟家住下，明日蔡太师厚情，与内相日日吃酒事情，备细说了一遍。(55回)

⑧经济就把从前西门庆家中出来，并讨箱笼的一节话，告诉玉楼。(92回)

例⑥中“并”与“连”连用，“连”后面的“摆酒”同“并”后面的“治衣类鞍马”可以换位而不影响文意，足证“并”为并列连词；例⑦中“并”连接列举的“路上辛苦”、“到翟家住下”等4件事情，并与“事情”构成同位词组作介词“把”的宾语；例⑧中“并”连接列举的“从前西门庆家中出来”、“讨箱笼”等两件事情，并与“一节话”构成偏正词组后作介词“把”的宾语。

最能说明问题的是下面几个叙述同一件事情的句子。如：

⑨只见玉箫拿下一银执壶酒，并四个梨，一个柑子，径来厢房中送与书童儿吃。(31回)

⑩此是上房里玉箫，和书童儿小厮七个八个，偷了这壶酒，和些柑子、梨，送到书房中与他吃。(31回)

⑪西门庆便把东京富丽的事情，及太师管待情分，备细说了一遍。（55 回）

例⑨、⑩说的是同一件事，且处在上下文中，一用“并”，一用“和”，可见“并”与“和”相同。例⑪同例⑦说的也是同一件事，且由同一个人说出，处在上下文中，一用“并”，一用“及”，可见“并”亦与“及”相同。

2. 连接句中三个以上名词性成分，所连接的前后各项往往存在主次差异。这种用法的“并”共有 53 例。这种用法的“并”同现代汉语中的并列连词“以及”相近，可以用“以及”替换。如：

⑫西门庆慌整衣冠出二门迎接，因是知县李达天，并县丞钱成、主簿任廷贵、典史夏恭基。（32 回）

⑬止有吴大舅、二舅、花大舅、应伯爵、谢希大、温秀才、常时节，并众伙计在此，晚夕观看水火炼度。（66 回）

⑭那来旺又取一盒子各样大翠鬓花，翠翘满冠，并零碎草虫生活来。（90 回）

例⑫中“知县李达天”在西门庆出二门迎接的这拨人中地位最高，“县丞钱成”等地位次之；例⑬中“吴大舅”等是被西门庆请来观看黄真人炼度的主要宾客，“众伙计”则是作陪的；例⑭中“各样大翠鬓花，翠翘满冠”是来旺售卖的主要商品，而“零碎草虫生活”则是次要的相对廉价的物品。总之，上述诸例中，“并”所连接的前后各项具有主次差异：“并”前面的人或事物的地位以及在事件中的重要性均要高于“并”后面的人或事物。

3. 连接句中三个以上名词性成分，所连接的前后各项虽然很难说存在主次差异，但往往具有类别上的差异。这种用法的“并”共有 14 例。如：

⑮有玉皇庙吴道官，使徒弟送了四盒礼物：一盒肉、一盒银鱼、两盒果馅蒸酥，并天地疏、新春符、谢灶语。（39 回）

⑯（孟玉楼、李娇儿）又寻出件绑衬身紫绫小袄儿，一件白绸子裙，一件大红小衣儿，并白绫女袜儿，妆花漆裤腿儿。（62 回）

⑰统制领兵一万二千，在东昌府屯住已久，使家人周忠稍书来家，教搬取春梅、孙二娘并金哥、玉姐家小上车，止留下周忠。（100 回）

例⑮中“并”前面的均是食品，“并”后面的均是除夕过年用的贴画、诰帖之属；例⑯中“并”前面的都是衣服，“并”后面的都属于服饰；例⑰中“并”前面的是周统制的两个小妾，“并”后面的则是他的一双儿女。以上诸例中，“并”所连接的前后各项很难说存在主次差异，但类别上的差异则是明显的。

“并”的这种显示类别差异的作用在下面表述同一事件的不同话语中得到了充分的展示。如：

⑱西门庆取过笔来，把李桂儿、秦玉芝儿，并老孙、祝日念名字多抹了，吩咐：“只动这小张闲等五个光棍，即与我拿了，明日早带到衙门里来。”（69 回）

⑲当初干事的打上事件，我就把王三官、祝麻子、老孙，并李桂儿、秦玉芝名字多抹了，只来打拿几个光棍。(69 回)

例⑱是书中作者的叙述，例⑲是书中主人公西门庆的话语，说的是同一个事件，只是人物次序有颠倒，而这个颠倒并不是杂乱无章的，而是以“并”为分水岭的，一边是一个性别类别。由此可见，这里的“并”凸显的主要是类别上的差异。

4. “并”同“并”、“与”、“和”、“及”等搭配连用在由三个以上名词性成分构成的一个复杂的联合词组中：所连接的前后各项通常既有主次区别，又有类别上的差异。这种用法的“并”共有 17 例。如：

⑳原来乔大户娘子，那日请了尚举人娘子，并左邻朱台官娘子，崔亲家母，并两个外甥侄女儿——段大姐及吴舜臣媳妇儿郑三姐。(41 回)

㉑月娘与李娇儿、孟玉楼、潘金莲、李瓶儿、孙雪娥、大姐，并两个姑子，正在上房坐着。(50 回)

㉒且说那日杨姑娘与吴大妗子、潘姥姥坐轿子先来了，然后薛姑子、大师父、王姑子，并两个小姑子妙趣、妙凤，并郁大姐，多买了盒儿来，与玉楼做生日。(73 回)

㉓（西门庆）回来家中摆酒，请吴道官、吴二舅、花大舅、沈姨夫、韩姨夫、任医官、温秀才、应伯爵，并会中人李智、黄四、杜三哥，并家中二个伙计，十二张桌儿。(76 回)

例⑳中“并”、“并”、“及”连用：第一个“并”前面的客人要尊于“并”后面的客人；而第二个“并”前面的客人与主人同辈，后面的客人则均属主人的晚辈。例㉑中“与”、“并”连用，“与”连接的都是亲属，而“并”后的则是外人。例㉒中“与”、“并”、“并”连用：所连接的四拨人与西门家、孟玉楼的关系渐次疏远；而且存在类别上的差异，“郁大姐”是个卖唱的盲女。例㉓中两个“并”所连接的三拨人在西门庆的社交圈中的地位、亲疏关系依次递降；同时也存在类别上的差异：第一拨人是西门庆的亲友，这第二拨人是会友，第三拨人是家中倚重的伙计。

综上所述，《词话》中并列连词“并”的语法意义及分布情况见表 33：

表 33

并列连词“并”	表并列	表主次	表类别	兼表主次、类别
用例数	153	53	14	17
百分比（%）	64.56	22.36	5.91	7.17

（二）连

于江（1996）将《词话》中部分用法的“连”看作连词①，颇为允当。《词话》

① 于江：《近代汉语“和”类虚词的历史考察》，《中国语文》1996 年第 6 期，第 457 ~ 464 页。

中的“连”除了作介词之外，也可作并列连词，连接句中并列的几个名词性成分，同现代汉语中的并列连词“和”。这种用法的“连”共有17例。《词话》中除了于文所举的3个例证①外，还有如：

①（金莲）教他买一坛金华酒，一个猪首，连四只蹄子。(23回)

②五娘、三娘都上覆你，使我买了酒、猪首连蹄子，都在厨房里。(23回)

③家里三四个丫鬟连养娘轮流看视，只是害怕。(39回)

④我这一回去再把病妇谋死，这分家私连刁氏，都是我清受的。(47回)

⑤十大车段货，连家用酒米，直卸到掌灯时分。(59回)

上述诸例中的“连”无疑均为并列连词。

有时“连”还同“并”、“和”连用，构成复杂的联合短词组，作主语或宾语。如：

⑥到明日上任，参官贽见之礼，连摆酒，并治衣类鞍马，少说也得七八十两银子，那里区处？(31回)

⑦到明日灯节，咱少不的置席酒儿，请请何大人娘子，连周守备娘子、荆南岗娘子、张亲家母、乔亲家母、云二哥娘子，连王三官儿母亲，和大妗子、崔亲家母，这几位都会会。(78回)

例⑥中的“参官贽见之礼，连摆酒，并治衣类鞍马”结构作主语；例⑦中的“连……连……和……”结构作宾语，“连”与“并”、“和”均为连词。

（三）和、与、同

我们在前面介词的讨论中曾经考察过作为对象、范围类介词的“和”、“同”、“与”。《词话》中也有一部分“和”、“同”、“与”是连词，但用例数量要比作介词的少得多。

其中，作连词的“和”用例相对多一些，有505例。如：

①再不，把春梅小肉儿和上房里玉箫，你房里兰香，李大姐房里迎春，都带了去。(24回)

②西门庆就把生辰担，并细软银两，驮垛书信，交付与来保和吴主管。(26回)

③于是一直走来报西门庆说：“应二爹和吴二叔来了。”(31回)

---

① 高育花对于江所援引的《词话》中“连”作并列连词的3个用例持怀疑态度。这3个例证是：①（潘金莲）一日，在园中置了一席，请吴月娘、孟玉楼连西门庆，四人共饮酒。(11回) ②月娘众人连吴银儿、大妗子，都在房里瞧着。(59回) ③吹打毕，三个小厮连师范，在筵前银筝象板，三弦琵琶，唱了一套《正宫·端正好》。(71回) 高育花认为上述3例中的“‘连’字作为介词来讲，似乎更合理一些”，理由是“在 N_1 连 N_2 中，N_1 与 N_2 并非等立的，N_1 是句中动作的主要接受者或发出者，N_2 只是补充说明这一受事或施事对象，若前后互换，则与上下文意不协”。参见高育花：《近代汉语“和”类虚词研究述评》，《古汉语研究》1998年第3期，第57~60页。

④（李桂姐）进来先向月娘笑嘻嘻插烛也似拜了四双八拜，然后才与他姑娘和西门庆磕头。(32 回)

⑤且说常时节和应伯爵来到厅上，问知大官人在屋里，欢的坐着。(56 回)

⑥西门庆道："大房下和第二、第三、第五的房下，四人去。"(78 回)

作并列连词的"与"用例相对少一些，有 395 例。如：

⑦西门庆与吴月娘居上坐，其余李娇儿、孟玉楼、潘金莲、李瓶儿、孙雪娥、西门大姐在两边列坐。(24 回)

⑧春梅开了花园门回，来房打发西门庆与妇人上床就寝。(27 回)

⑨我与你爱亲做亲，就是我家小儿也玷辱不了你家小姐，如何却说此话？(41 回)

⑩西门庆与伯爵两个坐着，赌酒儿打双陆。(45 回)

⑪西门庆走到面前坐地，就把那道长老募缘，与那自己开疏的事，备细对月娘说了一番。(57 回)

⑫西门庆备席在卷棚内管待，请了吴大舅与温秀才相陪，三个小优儿弹唱。(65 回)

作并列连词的"同"用例要少于"和"、"与"，有 201 例。如：

⑬雪娥同李娇儿又来告诉月娘。(12 回)

⑭早辰，金莲领着他同潘姥姥，叫春梅开了花园门，各处游看了一遍。(14 回)

⑮惟有潘金莲、孟玉楼同两个唱的，只顾搭伏着楼窗子往下观看。(15 回)

⑯教你往东京去了，恐怕你蔡府中不十分熟些，所以教来保同吴主管去了。(26 回)

⑰昨日使他同来保拿了两锭大银子作样银，已是成了来了，约下今日兑银子去。(33 回)

⑱不一时，贲四同两个人抬进去，放在厅堂上。(45 回)

我们注意到，《词话》中"同"与"和"类虚词其他成员配合使用，不管其他成员是连词还是介词，"同"一般多为介词。在《词话》中，我们共找到"同"与"和"类虚词其他成员配合使用的用例 15 例，其中 12 例中"同"为介词。如：

⑲钱老爹见了爹帖子，随即写书，差了一吏，同小的和黄四儿子，到东昌府兵备道下与雷老爹。(67 回)

⑳不一时，汪东桥与钱晴川就同王海峰来了。(81 回)

只有 3 例"同"为并列连词：

㉑小的与平安儿两个，同排军多看放了烟火。(42 回)

㉒父亲慌了，教儿子同大姐和些家伙箱笼，且暂在爹家中寄放，躲避些时。(17 回)

㉓小玉和奶子如意儿，同大妗子家使的老姐兰花，也在两边打横列坐，把酒来

斟。(89回)

可见，在《词话》中，“同”用作介词的习惯就已露端倪。“同”多用作介词的这种分工到了现代汉语中则进一步得到了彰显。

(四) 及、共、跟

“及”、“共”、“跟”是《词话》中使用频率相对较低的3个“和”类虚词成员。而且“共”主要出现在《词话》的戏词、韵文甚至章回标题中。可见，在《词话》时代，“共”已经很少在自然语言中使用了。

《词话》中“及”共有15个用例，全部作并列连词。从其用法来看，又有以下三种情形：

1. 连接句中并列的两个名词性成分，同现代汉语中的连词“和”。这种用法的“及”有9例，是《词话》中“及”最主要的用法。如：

①西门庆就叫玳安：“把拜庙里的东西及猪羊收拾了，待明早去罢。”(53回)

②月娘一面教众人收好行李，及蔡太师送的下程，一面做饭与西门庆吃。(55回)

③西门庆便把东京富丽的事情，及太师管待情分，备细说了一遍。(55回)

2. 连接句中三个以上指人的名词性成分，所连接的前后各项往往存在主次差异。这种用法的“及”共有2例：

④那时，东平府知府，及合属州县方面有司军卫官员、吏典生员、僧道阴阳，都具连名手本，伺候迎接。(55回)

⑤使人请吴大舅、应伯爵、谢希达、温秀才、傅自新、甘出身、韩道国、贲四、崔本，及女婿陈经济。(55回)

3. 连接句中三个以上名词性成分，所连接的前后各项虽然很难说存在主次差异，但往往具有类别上的差异。这种用法的“及”共有4例。如：

⑥申请三天三境界上帝、十极高真、三关四圣、泰玄都省，及天曹大皇万满真君、天曹掌醮司真君、天曹降圣司真君，到坛证监功德的奏收。(39回)

⑦此一字，是晚期谢恩诚词都疏，及一百八十表醮、经醮，云鹤，马子俵分钱马，满散关文。(39回)

《词话》中“共”的用例有15例，其中作并列连词的有8例。如：

⑧和尚灯，月明与柳翠相连；判官灯，钟馗共小妹并坐。(15回)

⑨言迄，西门庆共他相偎相抱，上床云雨，不胜美快之极。(71回)

其中除了例⑨为出现在自然语言中外，其余均出现在韵文、戏词中。

例⑧、⑨中“共”连接的均为名词性成分。“共”连接动词性成分的仅见1例：

⑩一壁厢舞着，唱着共弹着，惊人的这百戏其实妙。动人的高戏怎生学，笑人的

院本其实笑。(42 回)

《词话》中“跟”最常见的用法是作动词；作介词用的只有 1 例（见第五章第二节之“七”）；作连词用的也仅见 1 例：

⑪伯爵道：“我跟你爹在他家吃酒，你还小哩。这几年倒没曾见，不知出落得怎样的了。”(58 回)

二、连接句子的并列连词

《词话》中连接句子的并列连词主要有“一面”、“一壁”、“一边”、“一头……一头……”、“且……且……”、“一者……二者……”、“一来……二来……”等。下面我们将分别加以讨论。

（一）一面

作为并列连词的“一面”大概是元代以后产生的，《水浒传》中大量使用。[①]《词话》中“一面”的使用频率极高，用法也很多，概括一下，主要有以下几种情况：

1. 独用。连接一句内几个分句间同一个主体的不同动作、行为。共有 127 例。有两种情形：

一种情形是“一面”表示两个动作行为同时进行。这种情形的“一面”有 16 个用例。如：

①妇人听见他来，连忙叫迎儿收拾房中干净，一面出房来迎接。(8 回)

②这李瓶儿一面穿衣缠脚，叫迎春开箱子拿出银子。(21 回)

③那迎春听见李瓶儿嘱付他，接了首饰，一面哭的言语说不出来。(62 回)

另一种情形是“一面”表示两个动作行为先后进行。这种情形的“一面”有 111 个用例。如：

④西门庆听见，一面令王婆快打发衬钱与他。(8 回)

⑤这玳安出了院门，一面走到李瓶儿那里，回了妇人话。(19 回)

⑥西门庆收了，一面梳头洗脸，穿了衣服出门。(20 回)

⑦月娘一面同玉楼、金莲、李瓶儿、大姐并吴银儿，对西门庆说了，分付奶子在家看哥儿，都穿戴收拾定当，共六顶轿子起身。(45 回)

⑧这妇人听了满心欢喜，一面接了符药藏放在厢中，拿过历日来看，二十九日是壬子日。(73 回)

从用例情况来看，“表示两个动作行为先后进行”的用法要比“表示两个动作行为同时进行”的用法更为常见。而且独用的“一面”既可以出现在前面的分句中，如例②、⑦中的“一面”，也可以出现在后面的分句中，如例①、③、④中的“一面”，

---

① ［日］香坂顺一著，植田均译：《水浒词汇研究》（虚词部分），文津出版社，1992 年，第 78 页。

还可以出现在中间的分句中，如例⑤、⑥、⑧中的“一面”。香坂顺一认为：“‘一面’也可单用，相当于今天的‘同时’。”[①]此话未免以偏概全。因为只有当“一面”表示两个动作行为同时进行，而且又位于后面的分句中时，如例①、③中的“一面”，才相当于现代汉语中的“同时”。

2. 独用。连接一句内几个分句间不同主体的动作、行为。这种情况有5例。如：

⑨经济忙向前深深作揖，金莲一面还了万福。(18回)

⑩西门庆一面走出外边来，那应春儿连忙跨马磕头说：“家师父多拜上老爹，没什么孝顺，使小徒弟来送这天地疏，并些微礼儿，与老爹赏人。”(39回)

3. 独用。连接句子之间同一个主体的不同动作、行为。共有262例。如：

⑪只见玳安走来，说道：“等我与嫂子凿。”一面接过银子在手，且不凿，只顾瞧那银子。(23回)

⑫陈经济道：“他那里收了咱二百五十两，还找与他七十两银子就是了。”一面问月娘又要出七十两雪花银子，二人去了。(62回)

⑬（应伯爵、谢希大）两个又哭了，说道：“哥烦恼，烦恼。”一面让至厢房内，与温秀才叙礼坐下。(62回)

⑭文嫂道：“我知道。不在明日，只在后日，随早随晚，讨了示下就来了。”一面走出来。(69回)

⑮西门庆道：“他就来，我也不出来见他，只答应不在家。”一面叫将门上人来，都分付了：“但是他二人，只答应不在。”(69回)

4. 独用。连接句子之间不同的两个或几个主体的动作、行为。共有89例。如：

⑯当下三四个人，不由分说，拖番竹山在地，痛责三十大板，打的皮开肉绽，鲜血淋漓。一面差两个公人，拿着白牌，押蒋竹山到家，处三十两银子，交还鲁华。(19回)

⑰老婆买了许多东西，叫老冯厨下整治，等候西门庆。一面丫鬟锦儿拿茶上来，妇人递了茶。(47回)

⑱西门庆分付道：“起来说话。”那文嫂一面站立在傍边。(69回)

5. 独用。连接两个或几个相关的句组。这种情况共有17例。如：

⑲李瓶儿在房中听见外边人攘，走来帘下听觑，见地方拴的竹山去了，气了个立睁。使出冯妈妈来，把牌面幌子都收了。街上药材，被人抢了许多。一面关闭了门户，家中坐的。(19回)

⑳席前打发马上人两盘点心、两盘熟肉、两瓶酒，周守备举手谢道：“忝多了。”令左右上来领下去，然后坐下。一面刘、薛二内相，每人送周守备一大杯。觥筹交

---

① ［日］香坂顺一著，植田均译：《水浒词汇研究》（虚词部分），文津出版社，1992年，第354页。

错，歌舞吹弹，花攒锦蔟饮酒。(58回)

㉑（西门庆）看了满心欢喜，又旋寻了伯爵来看，因说："这板也看得过了。"伯爵口不住只顾喝彩不已……（西门庆）分付匠人："你用心，只要做的好，你老爹赏你五两银子。"匠人道："小人知道。"一面在前厅，七手八脚，连夜儹造棺椁不题。(62回)

㉒（李瓶儿）先叫过王姑子来……（王姑子）于是把银子和绸子接过来了。又唤过冯妈妈来……（冯妈妈）哭的说道……李瓶儿又叫过奶子如意儿……（如意儿）说毕，接了衣服首饰，磕了头起来，立在旁边，只顾揩眼泪。李瓶儿一面叫过迎春、绣春来……(62回)

㉓春梅分付秋菊："你往房里看去。听着，若叫我，来这里对我说。"那秋菊把嘴谷都着去了。一面摆酒在炕桌上，都是烧鸭、火腿、薰腊鹅、细鲊、糟鱼、果仁、咸酸蜜食、海味之类，堆满春台。(78回)

6. 合用。连接一句内几个分句间同一个主体的不同动作、行为。这种情况有36例。如：

㉔（西门庆）方才一面令丫鬟收下了，一面放下一张小桌儿，请桂姐下席来唱。(11回)

㉕老婆一面用手攥着他那话，一面在上噙酒哺与他吃。(23回)

㉖这经济一面把眼瞧着众人，一面在下戏把金莲小脚儿上踢了一下。(23回)

㉗李瓶儿唬得顿口无言，攒眉欲泪，一面差小玉报西门庆，一面急急归到房里。(53回)

㉘月娘不听便了，听了魂飞天外，魄散九霄，一面分付雪娥快熬粥，一面走来金莲房中看视。(79回)

7. 合用。连接句子之间同一个主体的不同动作、行为。这种情况有4例。如：

㉙这西门庆一面使来安往那边房子里，叫冯妈妈，又不在，锁了门出去了，对一丈青说下："等他来，好歹教他快来，宅内六娘叫他哩！"西门庆一面又差下玳安："明日早起，你和应二爹往门外五岳观，请潘道士去。"(62回)

㉚（西门庆）一面使玳安送两盒胙肉与乔大户家，就请乔大户来吃酒，与他劄付瞧。又分送与吴大舅、温秀才、应伯爵、谢希大、傅伙计、甘伙计、韩道国、贲地传、崔本，每人都是一盒。俱不在话下。一面又发帖儿，初三日请周守御、荆都监、张团练、刘薛二内相、何千户、范千户、吴大舅、乔大户、王三官儿，共十位客，叫一起杂耍乐工，四个唱的。(76回)

8. 同"又"等搭配使用。这种情况有4例。如：

㉛竹山一面出来安抚了公人，又去里边哀告妇人，直撅儿跪在地下，哭哭啼啼说道……(19回)

现代汉语中的“一面”只用于句子内部，不用于句子之间，尤不用于句组之间；而且它一般要求配合使用，如果要单用，则必须用在后面的分句里；“一面”只表示几个动作行为同时进行，而不表示几个动作行为先后进行。《词话》中“一面”的用法远较现代汉语中的复杂。

（二）一壁、一边

同“一面”一样，“一壁”也是近代汉语中新产生的一个表并列关系的连词。《词话》中“一壁”的用例很少，共9例，较之于“一面”的用例少远甚。尽管用例数量少，但用法并不单一，主要有以下几种情况：

1. 合用。连接一句内几个分句间同一个主体的不同动作、行为，表示这几个动作行为同时进行。如：

①西门庆一壁接酒，一壁笑道……（16回）

②咱一壁打鼓，一壁磨旗，幸的他若好了，把棺材就舍与人。（62回）

③那如意儿一壁哭着，一壁挽头发……（72回）

2. 独用。连接句子之间或一句内几个分句间同一个主体的不同动作、行为，表示这几个动作行为同时或先后进行。如：

④妇人接过月琴，在手内弹了一回，说道：“我问孟三儿，也学会了几句儿了。”一壁弹着，见太湖石畔石榴花经雨盛开，戏折一枝，簪于云鬓之旁，说道：“我老娘带个三日不吃饭——眼前花。”（27回）

⑤这文嫂走到后边，一力撺掇，打了二钱银子酒，买了一钱银子点心，猪羊牛肉各切几大盘，拿将出去，一壁哄他众人在前厅大酒肉吃着。（69回）

有时也作“一壁厢”，表示几个动作行为先后进行。如：

⑥从此辞了大众，着上了禅鞋，戴上个斗篷笠子，一壁厢直奔到西门庆家府里来。（57回）

⑦小的也通晓得，并不嗔道作难，一壁厢进报西门庆。（57回）

3. 同“一面”合用。连接一句内几个分句间同一个主体的不同动作、行为，表示这几个动作行为同时进行。这种情况有3例。如：

⑧经济一壁接酒，一面把眼儿不住斜溜妇人。（24回）

⑨（西门庆）一壁干着，一面口中呼叫他……（75回）

“一边”也是近代汉语中新产生的一个表并列关系的连词。《词话》中“一边”的用例更少，仅见2例：

⑩武松听见他叫，向前一刀，也割下头来，拖过尸首。一边将妇人心肝五脏，用刀插在楼后房檐下。（87回）

⑪这守备厅上打经济，才打到十棍，一边还拶着娼的，忽听后边夫人有请，分付

牢子把棍且阁住休打，一面走下厅来。(94回)

从用例来看，“一边”均为独用，既可以连接句子，如例⑩，也可以连接分句，如例⑪。现代汉语中常见的结构是“一边……一边……”。

（三）一头……一头……

“一头……一头……”也是近代汉语中新产生的一对表并列关系的连词。《词话》中“一头……一头……”的用例比“一壁”还少，共4例，用法也比“一壁”单一：总是配合使用，连接一句内几个分句间同一个主体的不同动作、行为，表示这几个动作行为同时进行。

①这婆子一头一叉，一头一大栗暴凿，直打出街上去。(4回)

②这小猴子打那虔婆不过，一头一骂，一头一哭，一头一走，一头一街上拾梨儿……(4回)

③当初只因潘家那淫妇，一头一放火，一头一放水，架的舌，把个好媳妇儿生生逼勒的吊死了。(90回)

④（爱姐）一头一说，一头走。(98回)

（四）且……且……

“且……且……”也是表示两个动作行为同时进行的一对并列连词。《词话》中仅见1例：

两个耍一回，又干了一回。傍边迎春伺候下一个小方盒，都是各样细巧果仁肉心、鸡鹅腰掌、梅桂菊花饼儿，小金壶内满泛琼浆。从黄昏掌上灯烛，且干且饮，直耍到一更时分。(17回)

“且”后所连接的是两个单音节动词。“且”这种用法特点一直保留到了现代汉语中。

（五）一者……二者（来）……

同前面五个（对）连接句子的并列连词有别，“一者……二者（来）……”主要用来列举事情发生的原因、目的或条件。这对连词“好像从五代之际就有了，‘一来……二来……’似乎出现得迟些，在元代才变得多起来”。①《词话》中“一者……二者（来）……”的用例共有11例，且用法单一。具体形式主要有以下两种：

1.“一者……二者……”式。这种形式相对较为常见，如：

①且说家中吴月娘，一者置酒回席，二者又是玉楼上寿，吴大妗、杨姑娘并两个姑子，都在上房里坐的。(21回)

②今日安排一席酒，一者与他两个把一杯，二者当家儿只当赏雪，耍戏一日，有

① ［日］香坂顺一著，植田均译：《水浒词汇研究》（虚词部分），文津出版社，1992年，第80页。

何不可！(21回)

③薛内相起身说道："生等一者过蒙盛情，二者又值喜庆，不觉留连畅饮，十分扰极，学生告辞。"(31回)

④他想必和他鸨子计较了，见你大爹做了官，又掌着刑名，一者惧怕他势要，二者恐进去稀了。(32回)

⑤这李瓶儿一者思念孩儿，二者着了重气，把旧时病症又发起来。(60回)

⑥今日一者请老爹解解闷，二者就恕俺两口儿罪。(61回)

⑦今日一者银儿在这里，不好意思；二者我居着官，今年考察在迩，恐惹是非，只是白日来和你坐坐罢了。(68回)

⑧薛嫂道："再有谁？你丈母心内不好，一者送大姐来家，二者敬与你爹烧纸。"(89回)

⑨一者是西门庆三周年，二者是孝哥儿生日。(96回)

2. "一者……二来……"式。这种形式较为罕见，仅有2例：

⑩这任道士听了，一者年老的着了惊怕，二来身体胖大……昏倒在地。(94回)

⑪一者也是冤家相凑，二来合当祸这般起来。(99回)

（六）一来……二来……

"一来……二来……"的产生年代可能略迟于"一者……二者（来）……"，两者语法意义相同，均用来列举事情发生的原因、目的或条件。但在《词话》中则表现出用法上的差异，"一来……二来……"的用法较之"一者……二者（来）……"来得复杂。表现在：

1. "二来"可以省却，形成"一来"单用的局面。这里的"一来"相当于"二来"。如：

①西门庆道："今日斋堂里，都是内相、同官，一来天气暄热，我不耐烦，先来家。"(11回)

例①中，形式上看是省却"二来"，实际上是省却了"今日"前面本应有的"一来"，而用"一来"取代了本应出现的"二来"。

2. "一来"同"二来"配合使用。如：

②当下只有李瓶儿，一来有了孩子，二来服了药，不出房来。(55回)

③这两日，一来我心里不自在，二来因些闲话，没曾往那边去。(85回)

3. "一来"同"二者"乃至"三者"配合使用。如：

④一来也是你老人家际遇，二者小人有缘，不消犹豫，就骑上马，跟你老人家往府中去。(96回)

⑤那时吴大舅已死，止同吴二舅、玳安儿、小玉，领着十五岁孝哥儿，把家中前

后都倒玚了，要往济南府投奔云离守，一来那里避兵，二者与孝哥完就其亲事去。（100回）

⑥这月娘一来因孙雪娥被来旺儿盗财拐去，二者又是来安儿小厮走了，三者家人来兴媳妇惠秀又死了……听见薛嫂来说此事，唬的慌了手脚，连忙雇轿子，打发大姐家去。（91回）

香坂顺一指出："现代汉语中没有此类异形语连用，《水浒》中，异形词连用用得比同形语连用要多，但与《水浒》同时代的其他作品却很少。这种连用的具体格式不少。"他列举了"一面……一头……"、"一面……一壁……"、"一面……一边……"、"一头……一面……"等，并由此推断"异形语连用词序并不固定"①。从《词话》中的情况来看，异形语连用的用例确实要比《水浒传》中的用例少得多，而且连用的具体格式也少许多。

第二节　递进连词

递进连词用来连接几个在意思的表达上更进一层的词语或句子。

《词话》中递进连词主要有"况"、"且"、"兼"、"况且"、"况兼"、"况是"、"且是"、"不但"、"何况"、"尚且"、"尚然"等11个。根据前后分句或句子间的语义关系，此类连词可以分为两大类：一类是一般递进连词，有"况"、"且"、"兼"、"况且"、"况兼"、"况是"、"且是"、"不但"等8个；一类是衬托递进连词，有"何况"、"尚且"、"尚然"等3个。下试详述之。

一、一般递进连词

《词话》中的一般递进连词有"况"、"且"、"兼"、"况且"、"况兼"、"况是"、"且是"、"不但"等8个。这些递进连词在使用上有一个共同特点：基本上都是单用；合用的很少。

（一）况

连词"况"从先秦一直沿用至现代汉语书面语。②"况"前一般都有一个句子或分句作铺垫，"况"后再引导一个句子或分句，使整个句组或句子的意思更进一层。《词话》中作递进连词的"况"共有36个用例，相当于现代汉语中的"况且"、"何况"。其基本用法有：

1. "况"全部用在后一句子或分句之中。从其出现的位置来看，又分为两种情形：

---

① ［日］香坂顺一著，植田均译：《水浒词汇研究》（虚词部分），文津出版社，1992年，第354~355页。

② 中国社会科学院语言研究所古代汉语研究室编：《古代汉语虚词词典》，商务印书馆，1999年。

一种情形是"况"后紧接着句子或分句的主语，共有28例。如：

①他家见有正头娘子，乃是吴千户家女儿，你过去做大是，做小却不难为你了？况他房里又有三四个老婆，并没上头的丫头。到他家，人歹口多，你惹气也！(7回)

②这府尹名唤杨时，别号龟山，乃陕西弘农县人氏，由癸未进士升大理寺卿，今推开封府尹，极是个清廉的官；况蔡太师是他旧时座主，杨戬又是当道时臣，如何不做分上。(14回)

③娘子早时对我说，不然进入他家，如飞蛾投火一般，坑你上不上，下不下，那时悔之晚矣。况近日他亲家那边为事，干连在家，躲避不出，房子盖的半落不合的，多丢下了。(17回)

④我想来，狮子街房子空闲，打开门面两间，倒好收拾开个绒线铺子，搭个伙计。况来保已是郓王府认纳官钱，教他与伙计在那里，又看了房儿，又做了买卖。(33回)

⑤刘太监慌了，亲自拿着一百两银子到我这里，再三央及，只要事了。不瞒说，咱家做着些薄生意了，料也过了日子，那里希罕他这样钱！况刘太监平日与我相交，时常受他些礼，今日因这些事情，就又薄了面皮？(34回)

另一种情形是"况"后并未出现句子或分句的主语，有5例：

⑥谁知道这小伙儿绵里之针，肉里之刺。常向绣帘窥贾玉，每从绮阁窃韩香。有诗为证：东床娇婿实堪怜，况遇青春美少年。待客每令侧席坐，寻常杂在便门穿。家前院后明嘲戏，采里撒乖暗做奸。空在人前称半子，从来骨肉不牵连。(20回)

⑦便是我不肯，说女子与阮三虽是私通，阮三久思不遂，况又病体不痊，一旦苟合，岂不伤命。(34回)

⑧那薛姑子不合假以作佛事，窝藏男女通奸，因而致死人命，况又受赃，论了个知情，褪衣打二十板，责令还俗。(34回)

⑨这西门庆有酒的人，睡在枕畔，见都是绫锦被褥，貂鼠、绣帐、火箱、泥金暖阁床。在被窝里，见满窗月色，番来覆去睡不着。良久，只闻夜漏沉沉，花阴寂寂，寒风吹得窗纸有声。况离家已久，欲待要呼王经近来陪他睡。(71回)

⑩这经济未信，向河下不见船只，扑了空，说道："这天杀的，如何不等我来，就起身去了！"况新打监中出来，身边盘缠已无，和陈安不免搭在人船上，把衣衫解当，讨吃归家。(92回)

2. "况"既可以连接同一句组中的句子，如例①、②、③、④、⑤、⑧、⑨中的"况"；也可以连接同一句子中的谓词性成分，如例⑥、⑦、⑧；还可以连接体词性成分，当然用例不多，仅见3例：

⑪一个好色的妇女，因与了破落户相通，日日追欢，朝朝迷恋，后不免尸横刀下，命染黄泉，永不得着绮穿罗，再不能施朱傅粉。静而思之，着甚来由。况这妇人，他死有甚事！(1回)

⑫你蔡大爷分上，又是你杨老爷亲，我怎么好受此礼物？况你杨爷，昨日圣心回

动，已没事。(18 回)

⑬自古谗言罔行，虽君臣父子，夫妇昆弟之间，犹不能免，况朋友乎？(18 回)

3. “况”可以与副词“又”配合使用，表递进。《词话》中共有 14 例。具体又可分为以下几种情形：

第一种情形是“又”与“况”连用，构成“又况”，表递进。共有 2 例：

⑭做官的养儿养女也往上长，（阴先生）再三不肯做文书送问，与提刑官抵面相讲。况两位提刑官，上下都被西门庆买通了，以此掣肘难行。又况来旺儿监中无钱，受其凌逼。多亏阴先生悯念他负屈衔冤，是个没底人，反替他分付监中狱卒，凡事松宽看顾他。(26 回)

⑮那陈经济金命水命，走投无命，奔到家把大门关闭，如铁桶相似，就是樊哙也撞不开。由着杨二风牵爷娘，骂父母，拿大砖砸门，只是鼻口内不听见气儿。又况才打了官司出来，梦条绳蛇也害怕，只得含忍过了。(93 回)

第二种情形是“况”与“又”连用，构成“况又”，表递进。也有 2 例，即例⑦、⑧。

第三种情形是“况”与“又”搭配使用，构成“况……又……”结构，表递进。这种情形用例最多，有 10 个用例。如：

⑯相你这起光棍，你是他什么人，如何敢越墙进去？况他家男子不在，又有幼女在房中，非奸即盗了。(34 回)

⑰这韩道国进城，来到十字街上，心中算计：“且住。有心要往西门庆家去，况今他已死了，天色又晚。不如且归家停宿一宵，和浑家商议了，明日再去不迟。”(81 回)

⑱这韩道国当先尝着这个甜头，靠老婆衣饭肥家，况此时王六儿年约四十五六，年纪虽半，风韵犹存，恰好又得他女儿来接代，也不断绝这样行业，如今索性大做了。(98 回)

表递进作用的“况”在现代汉语中已经消失了。

“况”的用法分布情况见表 34：

表 34

词项	总用例数	使用情况		用例数	百分比（%）
况	36	连接成分	谓词性	33	91.67
			体词性	3	8.33
		与主语的位置关系	主语前	28	77.78
			主语未出现	5	13.89

（二）且

“且”作为递进连词，先秦时便已有用例。如《左传·隐公元年》：“公曰：‘尔有母遗，繄我独无。’颍考叔曰：‘敢问何谓也？’公语之故，且告之悔。”①

“且”作为递进连词，在《词话》中共有17个用例，主要有以下三种用法：

1.“且”用在同一句组的后一句子句首，表递进，这种用法的“且”有4例：

①又有一件不敢说，泪堂丰厚，亦主贪花；谷道乱毛，号为淫抄。且喜得鼻乃财星，验中年之造化；承浆地阁，管末世之荣枯。（29回）

②常记的古人说得好：人杰地灵。事到如今，咱不做主，那个做主？咱不出头，那个出头？且前日山东有个西门大官，官居锦衣之职。他家私巨万，富比王侯，家中那一件没有。（57回）

③贲四娘子儿和气，就定出菜儿来；或要茶水，应手而至。就是贲四一时铺中归来，撞见亦不见怪。以此今日他不在家，使着那个不替他动。且玳安儿与平安儿常在他屋里坐的多。（77回）

④又专治妇人胎前产后。且妇人以血为本，藏于肝，流于脏，上则为乳汁，下则为月水，台精而成胎气。（85回）

2.“且”用在复句中的后一分句句首，表递进，这种用法的“且”有6例：

⑤他曾见过甚么大头面，且比哥那咱的勾当，题起来，把他唬杀了罢了。（52回）

⑥直可还精补液，不必求他玉杵霜；且能转女为男，何须别觅神楼散。（53回）

⑦文嫂儿道：“这咱哩！那一年吊死人家丫头，打官司，为了场事，把旧房儿也卖了，且说驴子哩！”（68回）

⑧正景姐姐分付的曲儿不教唱，且东沟犁西沟耙，支使的个小王八子乱哄哄的，不知依那个的是。（73回）

⑨就两个脸对脸儿亲嘴，且咂舌头做一处。（74回）

⑩重喜儿打窗眼内望里张看，说道：“他起来了，且在房里打秋千耍子儿哩。”（92回）

3.“且”用在单句中两个谓词性词语之间，表递进，这种用法的“且”有3例：

⑪府尹胡师文见了上司批下来，慌得手脚无措，即调委阳谷县县丞狄斯彬——本贯河南舞阳人氏，为人刚而且方，不要钱，问事糊突，人都号他做狄混。（48回）

⑫生以不幸，闺人不禄，特蒙亲家远致赙仪，兼领诲教，足见为我之深且厚也。（67回）

---

① 该例引自中国社会科学院语言研究所古代汉语研究室编：《古代汉语虚词词典》，商务印书馆，1999年，第424页。

⑬我在屋里正描鞋，你使小鸾来请我，我说且倘倘儿去，歪在床上，还未睡去着也。见这小肉儿百忙且槌裙子，我说你就带着把我的裹脚槌槌出来。(72回)

《词话》中的递进连词“且”有时也同副词“又”连用，构成“又且”结构，仍表递进。《词话》中共有3例：

⑭小人只认的大郎，是个养家经纪人。且是街上做买卖，大大小小不曾恶了一个，又会撰钱，又且好性格，真个难得这等人！(3回)

⑮第二个姓谢，名希大，乃清河卫千户宫儿应袭子孙，自幼儿没了父母，游手好闲，善能踢的好气毬，又且赌博，把前程丢了，如今做帮闲的。(11回)

⑯就是哥儿寄名，小道礼当叩祝三宝保安，增延寿命，尚不能以报老爹大恩，何以又叨受老爹厚赏，许多厚礼，诚有愧赧。经衬又且过厚，令小道愈不安。(39回)

虽然只有3例，但体现了“又且”的两种用法：例⑭、⑮中的“又且”连接的是复句中的分句，而且位于后面的分句句首；例⑯中的“又且”连接的是两个句子，而且位于后句主语之后。

《词话》中的递进连词“且”有时还同副词“亦”连用，构成“亦且”结构，仍表递进。《词话》中仅有1例：

⑰爱卿韩五姐妆次：向蒙会问，又承厚款，亦且云情雨意，衽席钟爱，无时少怠。(98回)

（三）兼

“兼”是现代汉语中已经不用了的递进连词。

在《词话》中，“兼”还有表递进的用例。

其中“兼”独用的有4例，全部用于官场交际所用的客套寒暄之文言文中：

①西门庆道：“学生一向欠恭，今又承老先生枉吊，兼辱厚仪，不胜感激。”(65回)

②生以不幸，闺人不禄，特蒙亲家远致赙仪，兼领诲教，足见为我之深且厚也。(67回)

③二人到厅上叙礼，西门庆令玳安揭开段盒，捧上贽见之礼，拜下去说道：“适承光顾，兼领厚仪，所失迎迓。”(70回)

④又蒙遣人垂顾，兼惠可口佳肴，不胜感激。(98回)

用例中的“兼”全部用于复句之中，且全部用于后面的分句中。

与副词“又”连用，构成“又兼”结构，也有4例：

⑤西门庆自从娶李瓶儿过门，又兼得了两三场横财，家道营盛，外庄内宅焕然一新……(20回)

⑥西门庆道：“岂敢动劳车驾，又兼谢盛仪。外日多谢妙药。”(58回)

⑦既是宋公祖老先生分付，敢不领命，又兼谢盛仪。赙礼且领下，分资决不敢收。(65 回)

⑧今又承命修理河道，当此民穷财尽之时，前者皇船载运花石，毁闸折坝，所过倒悬，公私困弊之极；而今瓜州、南旺、沽头、鱼台、徐沛、吕梁、安陵、济宁、宿迁、临清、新河一带，皆毁坏废圮，河南南徒，淤沙无水，八府之民皆疲弊之甚，又兼贼盗梗阻，财用匮乏，大覃神输鬼役之才，亦无如之何矣。(68 回)

“又兼”既可用于官场应酬之文言文中，如例⑥、⑦，也可用于自然语言中，如例⑤、⑧。

与副词“更”连用，构成“更兼”结构的也有 1 例：

⑨武大一病五日不起。更兼要汤不见，要水不见。(5 回)

“更兼”在《水浒传》中用例尚较多，而到了《词话》中则用例罕见，可见其颓势。

（四）况且、况兼

“况且”是现代汉语中比较常见的一个连词，既可用在句子内各分句之间，也可用在句组内各句子之间。在《词话》中“况且”出现的频率却不高，只有 6 例：

①他每日只在外边胡撞，就来家，奴等闲也不和他沾身。况且老公公在时，和他另在一间房睡着，我还把他骂的狗血喷了头。(17 回)

②西门庆家如此这般为事，吉凶难保。况且奴家这边没人，不好了一场，险不丧了性命。为今之计，不如把这位先生招他进来，过其日月，有何不可？(17 回)

③一篇话把妇人说的闭口无言。况且许多东西丢在他家，寻思半晌，暗中跌脚，嗔怪道：“一替两替请着他不来，原来他家中为事哩！”(17 回)

④故此不拘形迹，便随意写个曲儿。我一见了，也有几分着恼；后想一想，他自托相知，才敢如此，就不恼罢了。况且那只曲儿，也倒做的有趣，哥却看不出来。(56 回)

⑤哥若有好心，常言道：救人须救急时无，省的他嫂子日夜在屋里絮絮叨叨。况且寻的房子住着了，也是哥的体面。况且寻的房子住着了，也是哥的体面。因此，常二哥央小弟特地来求哥，早些周济他罢。(56 回)

⑥那佛祖说的好：如有人持颂此经，或将此经印刷抄写，转劝一人，至千万人持诵，获福无量。况且此经里面，又有护诸童子经咒。(57 回)

从上述诸例中可以看出，《词话》中的“况且”全部用在句组内的句子之间：前一句子已经说明理由，后一句子用“况且”引出追加的理由，表示更进一层的意思；而且全部用在后面句子的句首，放于句子主语之前。

“况兼”作为递进连词在《词话》中仅有 1 例：

⑦（西门庆）家里开着两个绫缎铺，如今又要开个标行，进的利钱也委的无数。

况兼他性格温柔，吟风弄月，家里养着七八十个丫头，那一个不穿绫着袄？(55 回)

(五) 况是、且是

“况是”作为递进连词在《词话》中仅有 2 例：

①吹龙笛，击鼍鼓；皓齿歌，细腰舞。况是青春莫虚度，银缸掩映娇娥语，酒不到刘伶坟上去。(11 回)

②落后上了拜，堂客散时，月娘和四位轿子只打着一个灯笼，况是八月二十四日，月黑的时分。(35 回)

《词话》中“且是”的用例很多，但大多是作副词，意义、用法同现代汉语中的副词“倒是”。作递进连词的“且是”比较少见，共有 7 个用例：

③小人只认的大郎，是个养家经纪人。且是街上做买卖，大大小小不曾恶了一个……(3 回)

④生得五短身材，团面皮，细湾湾两道眉儿，且是白净，好个温克性儿。(10 回)

⑤他来了咱家这几年，大大小小没曾惹了一个人，且是又好个性格儿，又不出语，你教我舍得他那些儿！(62 回)

⑥不觉红莲长成十六岁，清一道人每日出锁入锁，如亲生女一般。女子衣服鞋袜如沙弥打扮。且是生得清俊，无事在房做针线。(74 回)

⑦武二哥，比旧时保养，胡子查儿也有了，且是好身量，在外边又学得这般知礼。(87 回)

⑧大姐姐，你看道士家也精细的，这小履鞋，白绫底儿，都是倒扣针儿，方胜儿锁的；这云儿又且是好。(39 回)

⑨他看见哥儿，又与了一对簪儿。好不和气起解，行三坐五，坐着大轿子，许多跟随。又且是出落的比旧时长大了好些，越发白胖了。(90 回)

从递进连词“且是”的用例来看，其主要有两种用法：一种是用在复句中，连接几个分句，如例④、⑤、⑦、⑧；一种是用在句组内，连接几个句子，如例③、⑥、⑨。

“且是”也可以同副词“又”连用，如例⑧、⑨。

(六) 不但

“不但”在现代汉语中是个极为常见的递进连词，常与“而且”等搭配使用。在《词话》中，“不但”用例很少，仅有 5 例：

①小的不但干了这件事的，又打听的两桩好事来，报爹知道。(48 回)

②这两个小伙子，不但唱的好，就他容貌也标致的劲。(55 回)

③今老太太不但结识他来往相交，只央浼他把这干人断开了，须玷辱不了咱家门户。(69 回)

④大家闺阁要严防，牝鸡司晨最不良；不但悖得家声丧，有愧当时节义堂。(72 回)

⑤既是令亲，到明日类本之时，不但加升本等职级，我还保举他见任管事。(76 回)

从用例来看，《词话》中的“不但”全部用在句子内的前一分句中，有 4 例用在主语之后，有 3 例与后面分句中的“又”、“也”、“还”搭配使用。

二、衬托递进连词

《词话》中的衬托递进连词有“何况”、“尚且”、“尚然”等 3 个，其中“何况”用在表衬托的分句或句子之后，“尚且”、“尚然”则用在表衬托的分句或句子中。

（一）何况

“何况”也是现代汉语中比较常见的一个递进连词，在《词话》中共有 14 个用例。

其中有 6 例，“何况”用在句组中的后一句句首，且全部置于主语之前。如：

①你既收了他许多东西，又买了房子，今日又图谋他老婆，就着官儿也看乔了。何况他孝服不满，你不好娶他的。(20 回)

②谢希大道：“哥，你这话难说。当初有言在先，不为嫂子，俺每怎么儿来？何况这个嫂子，见有我尊亲花大哥在上，先做友，后做亲，又不同别人。请出来见见怕怎的？”(20 回)

③常言俗语说得好：借米下得锅，讨米下不的锅。哄了一日是两晌。何况你又在他家曾做过买卖，他那里把你这几两银子放在心上。(31 回)

另有 8 例，“何况”用在句子中的后一分句句首，而且前一分句中常有“还”、“尚且”与之搭配。如：

④你在外边，那个不吃你嘲过？你背地干的那营生儿，只说人不知道。你把娘们还放不到心上，何况以下的人。(24 回)

⑤但冯二已曾责子在先；何况与孙文相忿殴，彼此俱伤；歇后身死，又在保辜限外：问之抵命，难以平允。(67 回)

⑥这吴大舅已听他妹子说不做钱粮，何况又黑眼见了白晃晃银子，如何不应承，于是收了银子。(79 回)

递进连词“何况”也可以与副词“又”在一个句子中前后搭配使用。如：

⑦西门庆会中常在建醮，每生辰节令，疏礼不缺。何况西门庆又做了刑名官，来此做好事，送公子寄名，受其大礼，如何不敬。(39 回)

⑧常言道官官相护，何况又同寮之间，费恁难事，你等原抵斗的过他！(79 回)

⑨这个都是过世老头儿惹的，恰似卖富一般，但摆酒请人，就交家乐出去，有个

不传出去的？何况韩伙计女儿又在府中答应老太太，有个不说的？(81回)

像上述诸例这样的“何况”与“又”搭配使用的用例共有6例。

（二）尚且、尚然

“尚且”也是现代汉语中比较常见的一个连词，由“尚”和“且”同义复合构成表递进的连词，始见于宋元时期，明清时期已广泛使用。①

作为递进连词的“尚且”在《词话》中共有4个用例：

①席间尚且求云雨，反被都头骂一场。(1回)

②那顷这丫头在娘房里，着紧不听手，俺没曾在灶上把刀背打他，娘尚且不言语。可可今日轮到他手里，便骄贵的这等的了！(11回)

③你趁早与我搬出去罢！再迟些时，连我这两间房子，尚且不勾你还人！(19回)

④天公尚且含生育，何况人心忒妄为。(27回)

其中例①、④是用在韵文中，例①、③是用在自然语言中，这说明《词话》时代“尚且”尚不常用。从用例来看，“尚且”全部用于复句中，有2例用在了前一分句中，2例是用在了后一分句中。其中3例是独用，1例是同“何况”搭配使用。

“尚然”作为递进连词在《词话》中仅见1例：

⑤猛虎尚然遭恶兽，毒蛇犹自怕蜈蚣。(100回)

该例出现在韵文中，可见，在当时的自然语言中“尚然”已经基本不使用了。

综上所述，《词话》中递进连词的用法分布情况详见表35：

表35

词项	用例数	递进连词百分比（%）	在现代汉语中的情况
况	36	35.29	消失
况且	6	5.88	存在
况兼	1	0.98	消失
况是	2	1.96	消失
何况	14	13.73	存在
不但	5	4.90	存在
且	17	16.67	存在

① 周刚：《连词与相关问题》，安徽教育出版社，2002年，第184~185页。

（续上表）

词项	用例数	递进连词百分比（%）	在现代汉语中的情况
且是	7	6.86	消失
尚且	4	3.92	存在
尚然	1	0.98	消失
兼	9	8.82	消失

从表中反映的情况来看，《金瓶梅词话》中最常用的递进连词是“况”，其次是“且”，再次是“何况”，三者用例占了全部递进连词用例的65%强。

这些递进连词有近一半还保留在现代汉语连词系统中；另外一半则已经在现代汉语的连词系统中消失了。

第三节 顺承连词

顺承连词用来连接几个在时间上具有先后相承关系的词语或句子。

《词话》中的顺承连词特别丰富，绝大部分是近代汉语中新产生而在现代汉语中又消失了的，因此显得格外珍贵。《词话》中的顺承连词，从其所引导的分句或句子所叙述的动作行为或事件发生时间的先后，可分为两大类：一类是前时连词；一类是后时连词。

一、前时连词

前时连词引导的分句或句子所叙述的动作行为或事件发生在先或原本应该发生在先，因此多位于复句中的前一分句或句组中的前一句子中。《词话》中的前时连词有“等”、“待”、“等到”、“待的”、“比及”、“才待”、“恰待”、“直待”、“也待”、“待后”等10个。前时连词连接的分句中，常有“便”、“却”等词与之呼应。

（一）等

作为顺承连词的“等”在《词话》中共有357个用例。其基本用法有：

1. “等”连接同一复句内的几个分句，其引导的分句所叙述的动作行为发生在先。《词话》中所有的顺承连词“等”均为此用法，没有连接句子的用例。如：

①你有书信，交与我就是了。等他回来，我递与他，也是一般。（8回）

②如不要，伏望老爹再宽限两三日，等我倒下价钱，将货物卖了，亲往老爹宅里进礼去。（47回）

③我的儿，你若一心在我身上，等他来家，我爽利替他另娶一个，你只长远等着我便了。（79回）

④等我卖尽货物，讨了赊帐，你两口跟我往湖州家去罢，省得在此做这般道路。(100 回)

2. “等”后紧接着出现主语的有 337 例。如：

⑤等我明日往铺子里去了，他若来时，你只推我不知道，休要怠慢了他，凡事奉他些儿。(38 回)

⑥等他爷来家，交他定结果了这厮。(99 回)

“等”后未出现分句主语的有 19 例。如：

⑦不如且回他，等讨徐家银子一总与他罢。(53 回)

⑧等有了新房子，搬进去也好看些。(56 回)

“等”出现在主语后的也有 1 例：

⑨人家知惭愧的，略坐一会儿就去，他直等拿酒来吃了才去。(35 回)

3. “等”可以与“时”构成“等……时”结构。其中“时”的语法功能及意义曾经颇引人关注，不少学者对此作过研讨①。在《词话》中“时”除了可以用在前时连词连接的分句中之外，还可以用在假设连词和推论因果连词引导的分句中。用在前时连词分句中的“……时”相当于现代汉语中的“……的时候”，“等……时”相当于现代汉语中的“等到……的时候”。这种用法共有 6 例。如：

⑩况他的参本还未到。等他本上时，等我对老爷说了，随他本上参的怎么重，只批了“该部知道”。老爷这里再拿帖儿分付兵部余尚书，只把他的本立了案，不覆上去。随他有拔天关本事，也无妨。(48 回)

⑪请应二爹和谢爹去了，等他来时，娘这里使人拿饭上去，消不的他几句言语儿，管情爹就吃了饭。(62 回)

“等”的用法分布情况见表 36：

表 36

词项	总用例数	使用情况		用例数	百分比（%）
等	357	连接成分	分句	357	100.00
			句子	0	0
		与主语的位置关系	主语前	337	94.40
			主语未出现	19	5.32
			主语后	1	0.28

① 艾皓德：《近代汉语以“时”煞尾的从句》，《中国语文》1991 年第 6 期，第 451 页。

（二）待

作为顺承连词的“待”在《词话》中共有125个用例。其基本用法有：

1. “待”连接同一复句内的分句，其引导的分句所叙述的动作行为发生在先。《词话》中所有的顺承连词“待”均为此用法，没有连接句子的用例。如：

①如今他离东京回家去了。我目下就要送你们过去，你们早收拾包裹，待我稍下书，打发你们。(55回)

②即便同去，随分那里经坊，与我印下五千卷经。待完了，我就算帐，找他。(57回)

③待洗三来，再与你一两就是了。(79回)

2. “待”后紧接着出现分句主语的有55例。如：

④初会怎好骤然请见的，待小的达知老太太，讨个示下，来请老爹相见。(69回)

⑤待他家小搬到京，收拾了，这里长官家小起身不迟。(71回)

“待”后未出现分句主语的有48例。如：

⑥仙长远来，一定未用早斋。待用过，看命未迟。(29回)

⑦把拜庙里的东西及猪羊收拾了，待明早去罢。(53回)

“待”出现在主语后的也有17例。如：

⑧昨日府里才领了三锭银子，姐夫且收了这十两，余者待后次再送来。(61回)

⑨小的待回南边去，又没顺便人带去；这城内寻个人家跟，又没个门路。(87回)

3. “待”也可连接体词性成分，仅见5例。如：

⑩待他生日，千万来走走。(8回)

⑪待月色上来的时候，奴送三位娘去。(15回)

4. “待”可以与“时”、“日”等构成“待……（之）时/日”结构，相当于现代汉语中的“等到……的时候”。这种用法共有4例。如：

⑫待你孝服满时，我自有处，不劳你费心。(16回)

⑬待十月分娩之时，尤当谨护。(85回)

“待”的用法分布情况见表37：

表 37

词项	总用例数	使用情况		用例数	百分比（%）
待	125	连接成分	谓词性	120	96.00
			体词性	5	4.00
		与主语的位置关系	主语前	55	45.83
			主语未出现	48	40.00
			主语后	17	14.17

（三）等到

“等到”作为顺承连词在《词话》中共有20例。其基本用法有：

1. “等到”连接同一复句内的分句，其引导的分句所叙述的动作行为发生在先。《词话》中所有的顺承连词“等到”均为此用法，没有连接句子的用例。如：

①此是待俺娘的，奴存下这桌整菜儿。等到干娘买来，且有一回耽搁，咱且吃着。(6回)

②潘金莲晚夕就没曾上的寿，直等到今晚来家就与他递酒，来到大门站立。(39回)

③他家叫了个女先生申二姐来，年纪小小，好不会唱，又不说郁大姐。等到明日重阳，使小厮拿轿子接他来家，唱两日你每听，就与你解解闷。(61回)

④如此这般，你来先到来昭屋里，等到晚夕，踩着梯凳，越过墙，顺着遮隔，我这边接你下来。(90回)

2. “等到”连接谓词性成分的共有7例。如：

⑤端正好，搭梯望月，等到春分昼夜停，那时节隔墙儿险化作望夫山。(21回)

⑥看看等到月上花稍，静悄悄全无消耗。(74回)

3. “等到”连接体词性成分的共有13例。如：

⑦等到二三更，使春梅瞧数次，不见动静。(38回)

⑧等到明日，韩道国老婆不来便罢；若来，你看我指与他一顿好的不骂！(76回)

“等到”的用法分布情况见表38：

表 38

词项	总用例数	使用情况		用例数	百分比（%）
等到	20	连接成分	谓词性	7	35.00
			体词性	13	65.00
		与主语的位置关系	主语前	7	100.00
			主语未出现	0	0

（四）待的

“待的”作为顺承连词在《词话》中共有 12 例。其基本用法有：

1. “待的”连接同一复句内的分句，其引导的分句所叙述的动作行为发生在先。《词话》中所有的顺承连词“待的”均为此用法，没有连接句子的用例。如：

①到次日，使刘婆送了符水镇物与妇人，如法安顿停当，将符烧灰，顿下好茶，待的西门庆家来，妇人叫春梅递茶与他吃。（12 回）

②两个唱的，月娘每人与他二钱银子。待的李娇儿吃过酒，月娘起身，嘱付玉楼、金莲道：“我两个先起身。我去便使小厮拿灯笼来接，你们也就来罢，家里没人。”（15 回）

③妇人将身子把灯影着，左手执酒，刚待的经济用手来接，右手向他手背只一捏，这经济一面把眼瞧着众人，一面在下戏把金莲小脚儿踢了一下。（24 回）

④李瓶儿都留了几句姊妹仁义之言，不必细记。落后待的李娇儿、玉楼、金莲众人都出去了，独月娘在屋里守着他。（62 回）

2. “待的”连接谓词性成分的共有 10 例；“待的”后面紧接着出现分句主语的有 7 例。如：

⑤书童没人在家，不敢收，连盒担留下，待的西门庆衙门中回来，拿与西门庆瞧。（35 回）

⑥至更深时分，更无一人觉的，直待的大门关了，后边仪门上了拴，家中大小歇息定了，彼此都有个暗号儿，只听墙内雪娥咳嗽之声。（90 回）

“待的”后面未出现分句主语的有 2 例：

⑦却说陈定从东京载灵柩家眷到清河县城外，把灵柩寄在永福寺，待的念经发送，归葬坟内。（88 回）

⑧到于守备府前，伺候半日。待的守备升厅，两边军牢摶下，然后带进入去。（95 回）

“待的”出现在主语后的也有 1 例：

⑨我待的打发了他每起身，我才来哩。(50 回)

3. "待的" 连接体词性成分的有 2 例：

⑩待的事宁之日，恩有重报，不敢有忘。(17 回)

⑪如今晚了，待的明日也罢了。(71 回)

"待的" 的用法分布情况见表 39：

表 39

词项	总用例数	使用情况		用例数	百分比（%）
待的	12	连接成分	谓词性	10	83.33
			体词性	2	16.67
		与主语的位置关系	主语前	7	70.00
			主语未出现	2	20.00
			主语后	1	10.00

（五）比及

"比及" 在古代汉语中是两个词，"比" 即 "及"，意谓 "等到"，均为表时间、处所的介词。《词话》中不见表时间、处所的 "比"，而只有 "比及" 这一种形式，可以推测《词话》时代 "比及" 这种复合形式已取代了 "比" 和 "及"，而成为一种凝固的形式。

作为顺承连词的 "比及" 在《词话》中共有 29 个用例，全部用于句首，用以连接复句内的分句，其引导的分句所叙述的动作行为发生在先。其基本用法有：

1. "比及" 连接谓词性成分，未出现分句主语的有 17 例。如：

①比及进院门，架儿、行头都躲过一边，只该日俳长两边站立，不敢跪接。(68 回)

②比及起了货来，狮子街卸下，就是下旬时分。(77 回)

③春梅正在房中，听见，迎出来，见是月娘。比及楼上叫妇人，先是经济拿衣服下楼往外走，被月娘喝骂了几句，说："小孩儿没记性，有要没紧进来撞甚么！"(85 回)

2. "比及" 后紧接着出现分句主语的有 7 例。如：

④李娇儿又使玉箫前边教如意儿来了。比及玉楼回到里面屋里，不见李娇儿。原来李娇儿赶月娘昏沉，房内无人，箱子开着，暗暗拿了五定元宝，往他屋里去了。(79 回)

3. "比及" 与 "时" 等构成 "比及……（之）时/际/次" 格式的，有 5 例。如：

⑤比及星眼惊闪之际，已抽拽数十度矣。(29 回)

⑥比及二官推让之次，而桌席已抬送出门矣。(49 回)

⑦比及黄昏时分，只见许多闲汉，用大红毡条裹着，抬板进门，放在前厅天井内。(62 回)

⑧比及吃得酒浓时，薛嫂教他媳妇金大姐，抱孩子躲去人家坐的，教他两个在里间自在坐个房儿。(86 回)

“比及”的用法分布情况见表 40：

表 40

词项	总用例数	使用情况		用例数	百分比（%）
比及	29	连接成分	谓词性	24	82.76
			体词性	5	17.24
		与主语的位置关系	主语前	7	29.17
			主语未出现	22	70.83

（六）才待

“才待”作为顺承连词在《词话》中共有 43 例。其基本用法有：

1. “才待”全部用来连接同一复句内的分句，其引导的分句所叙述的动作行为原本应该发生在先，却由于突发事件而未能发生。如：

①于是把文书收了。才待后边取银子去，忽有提刑所夏提刑拿帖儿差了一名写字的，拿手本三班送了十二名排军来答应，就问讨上任日期，讨问字号，衙门同僚具公礼来贺。(31 回)

②老爹那里叫唱在后，咱姐儿才待收拾起身，只见王家人来，把姐儿的衣包拿的去。(59 回)

③西门庆分付玳安、琴童、四个排军，收拾下暖轿跟随。才待出门，忽平安儿慌慌张张从外拿着双贴儿来报，说：“工部安老爹来拜。先差了个吏送帖儿，后边走着便来也。”(68 回)

④两边军牢向前，才待扯翻经济，摊去衣服，用绳索绑起，转起棍来。(94 回)

2. “才待”连接谓词性成分的，共有 43 例。其中“才待”后未出现分句主语的有 25 例。如：

⑤才待发火烧毁，不想他老子卖棺材宋仁，打听得知，走来拦住，叫起冤屈来。(26 回)

⑥（韩二）才待搬泥头，被妇人劈手一推，夺过酒来，提到屋里去了。(38 回)

“才待”出现在主语后的也有18例。如：

⑦经济唱毕，金莲才待叫春梅斟酒与他，忽有吴月娘从后边来，见奶子如意儿抱着官哥儿在房门首石台基上坐。(33回)

⑧迎春才待使绣春叫去，只见春鸿走来向着火。(75回)

“才待”的用法分布情况见表41：

表41

词项	总用例数	使用情况		用例数	百分比（%）
才待	43	连接成分	谓词性	43	100.00
			体词性	0	0
		与主语的位置关系	主语未出现	25	58.14
			主语后	18	41.86

（七）直待、也待、恰待、待后

“直待”、“也待”、“恰待”、“待后”均为《词话》中用例极少的顺承连词。

其中“直待”的用例相对多一些，共有8例。其基本用法有：

1.“直待”全部用于连接同一复句内的分句，所引导的分句所叙述的动作行为发生在先。如：

①前日我把你这话，到家对房下和潘五姐也说过了，直待与你把房盖得完，那时你孝服将满，娶你过门不迟。(16回)

②直待天晚，家中灯笼来接，吴月娘轿子起身。(97回)

2.“直待”全部连接谓词性成分。其中“直待”后紧接着出现分句主语的有3例。如：

③直待人散，一同起身。(11回)

④又不敢叫，直待他番身，方才请他：“有个粥儿在此，请奶奶吃粥。”(94回)

“直待”后未出现分句主语的有4例。如：

⑤如今且在舍亲这边权住，直待过年，差人取家小罢了。(70回)

⑥收拾直待过年罢了，先打发家小去才好，十分在衙门中也不方便。(71回)

“直待”出现在主语后的也有1例：

⑦西门庆直待篦了头，又教小周儿替他取耳，把奶子放在桌上，只顾不吃。(67回)

“直待”的用法分布情况见表42：

表 42

<table>
<tr><th>词项</th><th>总用例数</th><th colspan="2">使用情况</th><th>用例数</th><th>百分比（%）</th></tr>
<tr><td rowspan="5">直待</td><td rowspan="5">8</td><td rowspan="2">连接成分</td><td>谓词性</td><td>8</td><td>100.00</td></tr>
<tr><td>体词性</td><td>0</td><td>0</td></tr>
<tr><td rowspan="3">与主语的位置关系</td><td>主语前</td><td>3</td><td>37.50</td></tr>
<tr><td>主语未出现</td><td>4</td><td>50.00</td></tr>
<tr><td>主语后</td><td>1</td><td>12.50</td></tr>
</table>

“也待”作为顺承连词在《词话》中共有5例：

⑧他的轿子也待进城，我使回两个小厮接去了。（11回）

⑨你的情意我知道，也待你这边孝服满，我那边房子盖了才好。（16回）

⑩亦发再宽待些时，你这边房子七八也待盖了，撺掇匠人，早些装修油漆停当；你这边孝服也将满。（16回）

⑪就取也待出月，如今何长官且在衙门权住着哩。（72回）

⑫也待我往他大娘子那里交了银子，才打发他过去。（87回）

从上述诸例可以看到，“也待”全部用来连接同一复句内的分句，所连接的全部是谓词性成分。其中，“也待”后未出现分句主语的有1例；“也待”后紧接着出现分句主语的有2例；“也待”出现在主语后的也有2例。

“恰待”作为顺承连词在《词话》中只出现1次。用于连接同一复句内的分句，连接的是谓词性成分，并且出现于主语之后：

⑬两个睡到次日饭时，李瓶儿恰待起来临镜梳头，只见迎春后边拿将来四小碟甜酱瓜茄，细巧菜蔬，一瓯顿烂鸽子鸰儿，一瓯黄韭乳饼，并醋烧白菜，一碟火熏肉，一碟红糟鲥鱼，两银厢瓯儿白生生软香稻粳米饭儿，两双牙箸。（20回）

“待后”作为顺承连词在《词话》中只出现1次，用于连接同一复句内的分句，连接的是谓词性成分，并且出现于主语之前：

⑭你爹正在个气头上，待后慢慢的俺每再劝他，你安心回房去罢。（26回）

二、后时连词

后时连词引导的分句或句子所叙述的事件或动作行为发生在后，因此，它全部用于后一分句或句子中。此类连词《词话》中有“后”、“然后”、“后来”、“次后”、“接着”、“便”等6个，其中“便”最为常见，有1 506个用例；“然后”次之，有154个用例；“后”又次之，有41个用例；“后来”更次之，有36个用例；至于“次后”、“接着”的用例那就比较罕见了，尤其是“接着”这个现代汉语最为常见的后时连词在《词话》中仅有1例。

（一）后

“后”作为顺承连词在《词话》中共有41个用例。其基本用法为：

1. “后”连接同一复句内的分句，其引导的分句居后。这种用法共有27例。如：

①如今这一本书，乃虎中美女，后引出一个风情故事来。（1回）

②我一见了，也有几分着恼；后想一想，他自托相知，才敢如此，就不恼罢了。（56回）

2. “后”连接同一句群内的句子，所引导的分句居后。这种用法有14例。如：

③卖在张大户家，学弹唱。后因大户年老，打发出来，不要武大一文钱，白白与了他，为妻这几年。（3回）

④后月娘归家，开了门户，家产器物都不曾疏失。后就把玳安改名做西门安，承受家业，人称呼为西门小员外。（100回）

3. “后”全部连接谓词性成分。“后”之后紧接着出现分句主语的有6例。如：

⑤后俺爹进去了，我寻俺春梅姑姑要果子，在葡萄架底下拾了这只鞋。（28回）

⑥后经济开门，进入房中。（82回）

“后”之后未出现分句主语的有35例。如：

⑦先在惜薪司掌厂，御前班直，后升广南镇守。（20回）

⑧笑嘻嘻进门，向西门庆磕了头，后与温秀才等各位多道了万福。（68回）

“后”的用法分布情况见表43：

表43

词项	总用例数	使用情况		用例数	百分比（%）
后	41	连接成分	谓词性	41	100.00
			体词性	0	0
		与主语的位置关系	主语前	6	14.63
			主语未出现	35	85.37

（二）然后

“然后”作为顺承连词在《词话》中共有154个用例，用例数量位居后时连词第二。其基本用法有：

1. “然后”连接同一复句内的分句，所引导的分句居后，前面的分句中往往有

“先”等词语与之呼应。这种用法共有122例。如：

①我说一家只姑奶奶是大。先来觌面，亲见过你老人家，讲了话，然后才敢领去门外相看。(7回)

②（李瓶儿）接过来先奉了一对与月娘，然后李娇儿、孟玉楼、孙雪娥每人都是一对。(14回)

③先送礼来，然后才使人送帖儿请他，坐了一日去了。(97回)

2. “然后”连接同一句群内的句子，所引导的句子居后。这种用法有32例。如：

④先是李桂姐、吴银儿、董玉仙、韩金钏儿，从晌午时分，坐轿子就来了，在月娘上房里坐的。官客在新盖卷棚内坐的吃茶。然后到齐了，大厅上坐。(20回)

⑤那玳安去了半日出来，复请了西门庆进去。然后才把脚下人赶出去，关上仪门，四个唱的都往后边弹乐器，簇拥妇人上拜。(20回)

⑥春梅烧了纸，落了几点眼泪。然后周围设放围屏，火炉内生起炭火，安放大八仙桌席，摆茶上来。(96回)

3. “然后”连接谓词性成分，共有154例。“然后”后紧接着出现分句主语的有34例。如：

⑦先是春梅拿茶来吃了，然后李瓶儿那边的茶到，孟玉楼房里兰香落后才拿茶至。(29回)

⑧等到午后，只见琴童儿先送了一坛葡萄酒来；然后西门庆坐着凉轿，玳安、王经跟随，到门首下轿，头戴忠靖冠，身穿青水纬罗直身，粉头皂靴。(61回)

“然后”后未出现分句主语的有120例。如：

⑨（周守备）令左右上来领下去，然后坐下。(58回)

⑩我家做官的若是到任所，还望大人那里替他看所宅舍儿，然后好搬取家小。(71回)

“然后”的用法分布情况见表44：

表44

<table>
<tr><th>词项</th><th>总用例数</th><th colspan="2">使用情况</th><th>用例数</th><th>百分比（%）</th></tr>
<tr><td rowspan="4">然后</td><td rowspan="4">154</td><td rowspan="2">连接成分</td><td>谓词性</td><td>154</td><td>100.00</td></tr>
<tr><td>体词性</td><td>0</td><td>0</td></tr>
<tr><td rowspan="2">与主语的位置关系</td><td>主语前</td><td>34</td><td>22.08</td></tr>
<tr><td>主语未出现</td><td>120</td><td>77.92</td></tr>
</table>

（三）后来

“后来”作为顺承连词在《词话》中共有36例。其基本用法有：

1. “后来”连接同一复句内的分句，这种用法共有26例。如：

①初时李瓶儿还请的大街坊胡太医来看；后来怕使钱，只挨着。（14回）

②头上只小雪，后来下大雪来了。（67回）

2. “后来”连接同一句群内的句子，这种用法有10例。如：

③曾记他十年前应举两道策，那一科试官极口赞他好。却不想又有一个赛过他的，便不中了。后来连走了几科不中，禁不的发白鬓斑。（56回）

④那水秀才连住了四五年，再不起一些邪念。后来不想被几个坏事的丫头、小厮，见是一个圣人一般，反去日夜括他。（56回）

3. “后来”全部连接谓词性成分。“后来”后紧接着出现分句主语的有10例。如：

⑤悭吝的积下许多金宝，后来子孙不好，连祖宗坟土也不保。（56回）

⑥往后金莲还把这根簪子与了经济。后来孟玉楼嫁了李衙内，往严州府去。经济还拿着这根簪子做证见，认玉楼是姐，要暗中成事。（82回）

“后来”后未出现分句主语的有25例。如：

⑦你不信，只问老冯和两个丫头，便知端的。后来把奴摄的看看至死，不久身亡，才请这蒋太医来看。（19回）

⑧因受了四拜，后来都以父子相称。（55回）

“后来”出现在主语后的也有1例：

⑨我后来运限何如，有灾没有？（29回）

“后来”的用法分布情况见表45：

表45

词项	总用例数	使用情况		用例数	百分比（%）
后来	36	连接成分	谓词性	36	100.00
			体词性	0	0
		与主语的位置关系	主语前	10	27.78
			主语未出现	25	69.44
			主语后	1	2.78

(四) 次后、接着

"次后"、"接着"都是《词话》中用例很少的后时连词。

"次后"作为顺承连词在《词话》中共有14例。其基本用法有:

1. "次后"连接同一复句内的分句。这种用法共有8例。如:

①迎头儿跟着人说媒,次后揽人家些衣服卖,又与人家抱腰、收小的,闲常也会做牵头、做马伯六,也会针灸看病,也会做贝戎儿。(2回)

②婆婆初时答应家中染病,次后见人来验看,才说往原籍家中打盘缠去了。(100回)

2. "次后"连接同一句群内的句子,这种用法有6例。如:

③二位内相皆穿青缧绒蟒衣,宝石绦环,正中间坐下。次后周守御到了,一处叙话。(76回)

④单表武松,自从西门庆垫发孟州牢城充军之后,多亏小管营施恩看顾。次后施恩与蒋门神争夺快活林酒店,被蒋门神打伤,央武松出力,反打了蒋门神一顿。(87回)

3. "次后"后紧接着出现分句主语的有7例。如:

⑤次后李娇儿、孟玉楼、孙雪娥,多拜见,平叙了姊妹之礼,立在旁边。(9回)

⑥次后甘伙计收了铺子,又请来坐,与伯爵掷骰猜枚谈话,不觉到掌灯已后。(77回)

"次后"后未出现分句主语的也有7例。如:

⑦初时跟着人做兄弟儿来;次后投入大人家做家人,把人家奶子拐出来做了浑家,却在故衣行做经纪。(16回)

⑧交完银子,领到府中,先见了大奶奶并二奶奶孙氏,次后到房中来见春梅。(90回)

"次后"的用法分布情况见表46:

表46

词项	总用例数	使用情况		用例数	百分比(%)
次后	14	连接成分	谓词性	14	100.00
			体词性	0	0
		与主语的位置关系	主语前	7	50.00
			主语未出现	7	50.00

“接着”作为顺承连词在《词话》中只出现1次，用于连接同一复句内的分句，连接的是谓词性成分，并且其后未出现分句主语。

⑨李铭、王柱席前又拿乐器，接着弹唱此词，端的声慢悠扬，挨徐合节。(46回)

“接着”在现代汉语中是个极为常用的后时连词。

（五）便

“便”是《词话》中最为常见的后时连词，用例多达1 506例，超过其他所有后时连词用例数量的总和。其基本用法有：

1. “便”连接同一复句内的分句，其引导的分句所叙述的动作行为发生在后，全部用于后一分句中。这种用法共有830例。如：

①李瓶儿见他妆饰少次于众人，便立起身来问道：“此位是何人？奴不知，不曾请见的。”(14回)

②只见黑洞洞，灯也不点，炕上有两个戴白毡帽子的酒太公，一个炕上睡下，那一个才脱裹脚，便问道：“是甚么人？进屋里来了！”(50回)

③不想小玉听见下边扮戏的旦儿名子也叫玉箫，便把玉箫拉着说道：“淫妇，你的孤老汉子来了，鸨子叫你接客哩，你还不出去！”(63回)

2. “便”连接同一句群内的句子，其引导的分句子所叙述的事件发生在后，全部用于后一句子中。这种用法有676例。如：

④正陪着在房中坐的，忽见小厮玳安抱进毡包来，说：“爹来家了。”吴大妗子便往李娇儿房里去了。(14回)

⑤过两日，西门庆正在前厅坐的，忽见冯妈妈来回话。拿了帖儿与西门庆瞧，上写着：“韩氏，女命，年十五岁，五月初五日子时生。”便道：“我把你老人家的话对他老子说了，他说：‘既是大爹可怜见，孩儿也是有造化的……’”(37回)

⑥打开一坛麻姑酒，众人围炉吃酒。月娘便与大妗子掷色儿抢红。(73回)

3. “便”全部连接谓词性成分。“便”后未出现分句主语的有675例。如：

⑦我这婆娘，每日去王婆家里做衣服，做鞋脚，归来便脸红。(5回)

⑧王八认的玳安是提刑所西门老爹家管家，便让坐。(50回)

⑨张知县，起躬身，便令坐下；叙寒温，分宾主，捧出茶汤。(74回)

“便”出现在主语后的也有831例。如：

⑩于是打发众人吃了茶，小玉便拿回盏托去了。(23回)

⑪思想起来，你背地图他老婆，他便背地要你家小娘子。(25回)

⑫至晚，西门庆来家。玳安便把此事禀知西门庆。(76回)

“便”的用法分布情况见表47：

表 47

<table>
<tr><th>词项</th><th>总用例数</th><th colspan="2">使用情况</th><th>用例数</th><th>百分比（%）</th></tr>
<tr><td rowspan="4">便</td><td rowspan="4">1 506</td><td rowspan="2">连接成分</td><td>谓词性</td><td>1 506</td><td>100.00</td></tr>
<tr><td>体词性</td><td>0</td><td>0</td></tr>
<tr><td rowspan="2">与主语的位置关系</td><td>主语未出现</td><td>675</td><td>44.82</td></tr>
<tr><td>主语后</td><td>831</td><td>55.18</td></tr>
</table>

综上所述，《词话》中顺承连词的用法分布情况详见表 48：

表 48

词项	用例数	百分比（%）	在现代汉语中
等	359	15.24	存在
待	125	5.31	消失
等到	20	0.85	存在
待的	12	0.51	消失
比及	29	1.23	消失
才待	43	1.83	存在
恰待	1	0.04	消失
直待	8	0.34	消失
也待	5	0.21	消失
待后	1	0.04	消失
后	41	1.74	存在
然后	154	6.54	存在
后来	36	1.53	存在
次后	14	0.59	消失
接着	1	0.04	存在
便	1 506	63.95	存在

从表中反映的情况来看，《金瓶梅词话》中最常用的顺承连词是“便”，用例超千例；其次是“等”、“待”、“然后”，用例超百例；再次是“才待”、“后”、“后来”、“比及”等，用例有数十例；其他的如“直待”、“也待”、“恰待”、“待后”、“接着”等就鲜见其用例了。

第四节 选择连词

选择连词用来连接几个具有取舍选择关系的词语或句子。

《词话》中的选择连词阵容是最接近现代汉语的，共有“不如”、“不若”、“倒不如”、“与其”、“比时（是）”、“宁可”、“宁”、“或”、“或者”、“或是”、“却是”等11个，除了“不若”、“比时（是）”、“却是”已经消失外，其余都还活跃在现代汉语中，共有用例187个。根据说话人的选择情况，我们把选择连词分为已定选择连词和未定选择连词两大类。下试详述之。

一、已定选择连词

已定选择连词表示说话人已经选定了其中的某一种情况，也叫决选连词。《词话》中的已定选择连词有“不如”（44例）、“不若”（3例）、“倒不如”（3例）、“与其”（2例）、“比时（是）”（7例）、“宁可”（20例）、“宁”（4例）等7个。其中，前5个属于先舍后取的；后2个属于先取后舍的。共有用例83个。

（一）不如、不若、倒不如

“不如”、“不若”、“倒不如”均属于先舍后取且居后式已定选择连词。

“不如”作为选择连词在《词话》中共有44个用例，是《词话》中用例最多的已定选择连词。其基本用法有：

1. “不如”连接同一复句内的分句，用在后一分句句首，先舍后取，引导的是所取的，此前的分句所给的选择则是所舍的。这种用法共有17例。如：

①比时明日与哥庆喜，不如咱如今替哥把一杯儿酒，先庆了喜罢。（16回）

②西门庆道：“哭也没用，不如请施灼龟来与他灼一个龟板，不知他有甚祸福纸脉，与他完一完再处。”（53回）

有时，“不如”前面的选项会隐去，但通过上下文的提示，还是不难找到。如：

③（吴月娘）对西门庆道：“你今晚醉昏昏的，不要在这里鬼混。我老人家月经还未净，不如在别房去睡了。明日来罢！”（53回）

④船上布货约四千余两，见今加三利息，不如且卖一半，便益钞关纳税，就到家发卖也不过如此。（81回）

2. “不如”连接同一句群内的句子，位于后一句子的句首，先舍后取，引导的是所取的，此前的句子所给的选择则是所舍的。这种用法有27例。如：

⑤韩道国道：“盖两间厦子倒不好了，是东子房子了。不如盖一层两间小房罢。”（48回）

⑥你好的段匹，也都没放；你剩这些粉段，他又干不得事。不如凑现物与他，省了小人脚步。(53回)

⑦翟谦道："亲家，你等不的冬至圣上郊天回来。那日天下官员上表朝贺毕，还要排庆成宴，你每原等的？不如你今日先鸿胪寺报了名，明日早朝谢了恩，直到那日堂上官引奏毕，领扎付起身就是了。"(70回)

3. "不如"全部连接谓词性成分。"不如"后紧接着出现分句主语的有8例。如：

⑧西门庆道："如今就门外去也晚了。不如老先生把手下从者留下一二人答应，余者都分付回去，明日来接。庶可两尽其情。"(36回)

⑨若大娘知道，问我要人怎了？不如你二人打房上去，就丽破些瓦，还有踪迹。(90回)

"不如"后未出现分句主语的有27例。如：

⑩西门庆道："是便是，那里去凑？不如且回他，等讨徐家银子一总与他罢。"(53回)

⑪不然，我们药也不好拿去，恐怕回家去，一定又要回来，空走脚步。不如作速收了，候的药去便好。(54回)

"不如"出现在主语后的也有9例。如：

⑫后边惜薪司挡住路儿，柴众。咱不如还在五娘那里，色丝子女。(23回)

⑬……咱不如瞒着老爹，庙上买几根木植来，咱这边也搭起个月台来。(48回)

其中，有2例"不如"所连接的是谓词性代词：

⑭依我不如如此如此，这般这般，悄悄送上二十两银子与吴大舅，只当兖州府干了事来了。(79回)

⑮不如如此这般，先诓了两车细软箱笼家去。待娶了六姐，再来搬取灵柩不迟。(88回)

"不如"的用法分布情况见表49：

表49

词项	总用例数	使用情况		用例数	百分比（%）
不如	44	连接成分	谓词性	44	100.00
			体词性	0	0
		与主语的位置关系	主语前	8	18.18
			主语未出现	27	61.37
			主语后	9	20.45

"不若"作为选择连词在《词话》中极为罕见，仅有3例：

⑯你家武大郎知，须连累我。不若我先去对武大说去。(4回)

⑰与其病后能求药，不若病前能自防。(26回)

⑱爽口物多终致病，快心事过必为殃。与其病后能求药，不若病前能自防。(79回)

其中，例⑯中的"不若"连接的是句组中的前后句子，并且"不若"后紧接着出现主语。例⑰、⑱中的"不若"连接的是复句中的分句，用在后一分句句首，且"不若"后未出现分句主语。

另外，例⑰、⑱均为诗歌，非自然语言。可见，在《词话》时代"不若"已经很少用了。

"倒不如"作为选择连词在《词话》也仅有3例：

⑲自从他去了，弄的这屋里空落落的，件件的都看了我。弄的我鼻儿乌，嘴儿黑，相个人模样！倒不如他死了，扯断肠子罢了。(37回)

⑳白来创道："今日扰兄了，不如着入己的，倒也径捷些儿。省得虚脾胃，吃又吃不成，倒不如入已的有实惠。"(54回)

㉑如今他已是死了，这里无人，咱和他有甚瓜葛，不争你送与他一半，交他招韶道儿，问你下落。倒不如一狠二狠，把他这一千两，咱雇了头口，拐了上东京，投奔咱孩儿那里。(81回)

上述3例中的"倒不如"连接的全部是句组中的前后句子，其中例⑲、⑳中的"倒不如"位于句子主语前。

（二）与其、比时（是）

"与其"、"比时（是）"均属于先舍后取且居前式已定选择连词。

"与其"作为选择连词在《词话》中仅出现2个用例：

①与其病后能求药，不若病前能自防。(26回)

②爽口物多终致病，快心事过必为殃。与其病后能求药，不若病前能自防。(79回)

在这两例中，"与其"都居于前一分句句首，所连接的都是谓词性成分，而且在"与其"后都未出现分句主语，后句中有"不若"与之配合使用。

"比时"也作"比是"，意义用法同"与其"，在《词话》中共有7个用例：

③比时明日与哥庆喜，不如咱如今替哥把一杯儿酒，先庆了喜罢。(16回)

④比时我拿帖对县里说，不如只分付地方，改了报单，明日带来我衙门里来发落就是了。(34回)

⑤比时恁地快使性子，到明日不要来他家，怕他拿长锅煮吃了我，随我和他家缠

去。(58 回)

⑥比是你恁怕他，就不消剪他的来了。(12 回)

⑦比是哥请俺每到酒楼上，咱何不往里边望望李桂姐去？(15 回)

⑧比是搭月台，买些砖瓦来，盖上两间厦子却不好？(48 回)

⑨西门庆听了，说道："比是我与人家打伙儿做，不如我自家做了罢，敢量我拿不出这一二万银子来！"(78 回)

"比时（是）"全部用于连接复句中的分句，均居于前句中，所叙述的选项是属于舍弃的。后句中常有"不如"或反问句、否定句与之配合使用。如例③、④、⑨中就有"不如"与之配合使用；例⑤、⑥是用否定句；例⑦、⑧是用反问句与之配合使用，后句均为选取之项。

（三）宁可、宁

"宁可"、"宁"均属于先取后舍且居前式已定选择连词。

"宁可"表示从两种不希望的事情中勉强选取在说话人看来是较好的一件事，这件事情总是假设的，并且往往含有夸张的意味，以衬托出对另一事情的不希望。[①]"宁可"作为选择连词在《词话》中共有 20 个用例，多用于选择复句的前一分句；后一分句中常有"强如"、"也"、"休要"等词语与之呼应。当然，"宁可"也可以单用。其基本用法如下：

1. "宁可"主要连接复句中的分句，常用于前一分句中，后一分句中也常有"强如"、"也"、"休要"、"不"等词语与之呼应。如：

①宁可先在婆子身上倒，还强如别人说多。(7 回)

②……宁可我们不要，也少不得你的。(47 回)

③俺在江湖上走的多，晓的行情，宁可卖了悔，休要悔了卖。(81 回)

④宁可耽迟不耽错。(88 回)

"宁可"有时候也用于后一分句中，这样，前一分句所叙述的动作行为就成为舍弃的了。如：

⑤我今日不出去，宁可在屋里唱与娘听罢。(32 回)

⑥就是爹赏的这银子，小媳妇也不敢领去，宁可领了爹言语，对太太说就是了。(69 回)

2. "宁可"也可连接句组中的句子，常用于后一句子中，前一句子蕴涵与后一句子所述相反的事件。如：

⑦谁和他有甚么大闲事？宁可他不来我这里还好。(44 回)

⑧娘且是说的好，我家里没人，俺姐姐又被人包住了。宁可拿乐器来唱个与娘

---

① 北京大学中文系 1955、1957 级语言班编：《现代汉语虚词例释》，商务印书馆，1982 年，第 346 页。

听，娘放了奴去罢。（44回）

3. “宁可”后未出现分句或句子主语的有16例，出现在句子或分句主语前面的有4例。如：

⑨宁可把二千货银都使了，只要救得性命家去。（47回）

⑩宁可我同你一答儿里死了罢，我也不久活于世上了。（59回）

⑪法官戒我休往房里去，我怎生忍得，宁可我死了也罢，须得厮守着，和他说句话儿。（62回）

“宁”作为选择连词在《词话》中的用例要大大少于“宁可”，仅有4例：

⑫虞姬泣曰：“妾宁以义死，不以苟生。”（1回）

⑬正是：比肩刑害乱扰扰，转眼无情就放刁；宁逢虎摘三生路，休遇人前两面刀。（46回）

⑭宁教我西门庆口眼闭了，倒也没这等割肚牵肠！（62回）

⑮宁把儿子打死爹爹跟前，并舍不的妇人。（92回）

从上述诸例可以看到，“宁”全部用于连接复句的分句，且全部用于前一分句中；后句中均有“不”、“休”、“没”等词与之呼应；“宁”后未出现分句主语的有3例，“宁”出现在主语后面的仅1例。

二、未定选择连词

未定选择连词表示说话人提供了几种情况，但是未选择其中的任何一种，也叫商选连词。《词话》中的未定选择连词有“或”、“或者”、“或是”、“却是”等4个，共有104个用例。

（一）或、或者

“或”作为选择连词在《词话》中共有80个用例，是《词话》中未定选择连词中用例最多的一个。其基本用法如下：

1. “或”单用，连接的都是谓词性成分，共有29个用例。如：

①两个约定暗号儿，但子虚不在家，这边使丫鬟立墙头上，暗暗以咳嗽为号，或先丢块瓦儿；见这边无人，方才上墙叫他。西门庆便用梯凳扒过墙来，这边早安下脚手接他。（13回）

②那佛祖说的好：如有人持颂此经，或将此经印刷抄写，转劝一人，至千万人持诵，获福无量。（57回）

2. “或”合用，构成“或……或……”结构，共有51个用例。其中连接谓词性成分的有44个用例，连接体词性成分的有7个用例。如：

③譬如在家俗人，或士农工商，富贵长者，小相俱全，每被利名所绊，或人事往

来，虽有美妻少妾在旁，忽想起一件事来关心，或探探瓮中无米，囤内少柴，早把兴来没了，却输与这和尚每许多。(8 回)

④转灯儿一来一往，吊灯儿或仰或垂。(15 回)

⑤这伙人，单看韩二进去，或倩老妪洒堂；或夜晚扒在墙上看觑；或白日里暗使小猴子在后堂推道捉蛾儿：单等捉奸。(33 回)

⑥往后没三日不和他相会，或一日经济庙中有事不去，金宝就使陈三儿稍寄物事，或写情书来叫他去。一次，或五钱，或一两。(94 回)

3. “或”起总领作用，下面几项均为商选关系，《词话》中有 2 个用例：

⑦叫了媒人，你分付他，好歹上紧替他寻着，不拘大小人家，只要好女儿，或十五六、十七八的也罢，该多少财礼，我这里与他。(36 回)

⑧他不是你的儿女，都是宿世冤家债主，托生来化财化目，骗劫财物，或一岁而亡，二岁而亡，三、六、九岁而亡。(59 回)

“或者”作为选择连词在《词话》中仅有 2 例：

⑨恁日头半天里，就拿马来，接了你爹往那里去？端的谁使了你来？或者是你家中那娘使了你来？(16 回)

⑩相春梅后日来也生贵子，或者只怕你用了他，各人子孙也看不见。我只不信说他春梅后来戴珠冠，有夫人之分。(29 回)

例⑨中的“或者”连接的是句组中的句子；例⑩中的“或者”连接的是复句中的分句。

（二）或是

“或是”作为选择连词在《词话》中共有 16 个用例。其基本用法如下：

1. “或是”单用，共有 10 个用例。其中用于连接复句中的分句的有 8 个用例。如：

①你爹虽故家里有这几个老婆，或是外边请人家的粉头，来家通不瞒我一些儿，一五一十就告我说。(23 回)

②你做一个摆布，与他弄好了便好。把些香愿也许许，或是许了赛神，一定减可些。(53 回)

③你这两日怎的不去后边坐，或是往花园中散心走走？每日短叹长吁，端的为些甚么？(83 回)

用于连接句组中句子的有 2 个用例：

④书童儿晚夕只在床脚踏板上搭着铺睡，未曾西门庆出来，就收拾头脑，打扫书房干净，伺候答应。或是在那房里歇，早辰就使出那房里丫鬟来前边取衣服。(31 回)

⑤你上覆他，教他休要使性儿往他母舅张家那里吃饭，惹得他张舅唇齿，说你在

丈人家做买卖，却来我家吃饭！显得俺们都是没处活的一般，教他张舅怪。或是未有饭吃，教他铺户里拿钱，买些点心和伙计吃便了，你使性儿不进来，和谁赌鳖气哩？(85 回)

2. “或是”合用，构成“或是……或是……”结构的有 2 例：

⑥太医遇着一个门口，或是阶头上，或是转湾去处，就打一个半喏的躬，浑身恭敬，满口寒温。(54 回)

⑦只有那潘金莲，打扮的如花似玉，娇模乔样，在丫鬟伙里，或是猜枚，或是抹牌，说也有，笑也有，狂的通没些成色。(55 回)

“或是”与“或”合用，构成“或……或是……”结构的有 1 例：

⑧或把我放在外头，或是招我到家去，随你心里，淫妇爽利把不值钱的身子弃与达达罢，无有个不依你的。(79 回)

“或是”与“或者”合用，构成“或者……或是……”结构的有 1 例：

⑨恁日头半天里，就拿马来，接了你爹往那里去？端的谁使了你来？或者是你家中那娘使了你来？或是里边十八子那里？(16 回)

3. “或是”连接谓词性成分的有 10 例，如例①、②、③、④、⑤、⑦、⑧等；连接体词性成分的有 6 例，除了例⑥中的 2 例和例⑨中的 1 例外，还有：

⑩西门庆道：“长官所言甚妙，也不消长官费心，学生这里着人寻个庵观寺院，或是人家庄园亦好，教个厨役早去整理。”(35 回)

⑪却说贲四娘子，自从他家长儿与了夏家，每日买东买西，只央及平安儿和来安、画童儿，或是隔壁韩嫂儿的儿子小雨儿。(77 回)

⑫韩道国免不得又交老婆王六儿，又招惹别的熟人儿，或是商客，来屋里走动，吃茶吃酒。(98 回)

4. “或是”后未出现分句或句子主语的有 14 例，如例①～⑫；出现分句主语的有 2 例：

⑬若有两家告状的，他便卖串儿；或是官吏打点，他便两下里打背工。(9 回)

⑭月娘随他往那房里去，也不管他；来迟去早，也不问他；或是他进房中取东取西，只教丫头上前答应，也不理他。(18 回)

“或是”的用法分布情况见表 50：

表 50

词项	总用例数	使用情况		用例数	百分比（%）
或是	16	连接成分	谓词性	10	62.50
			体词性	6	37.50
		与主语的位置关系	主语前	2	12.50
			主语未出现	14	87.50
			主语后	0	0

（三）却是

“却是”作为选择连词在《词话》中共有 6 个用例：

①你要死，却是要活？（9 回）

②李瓶儿笑道：“你看这妈妈子说混话，这里不见的，不是金子却是什么？”（43 回）

③月娘道：“不是那里，却是谁家？”（59 回）

④赵先生道：“不泄泻，却是甚么？怎生的害个病，也教人摸不着头脑！”（61 回）

⑤丫头便是我惯了他，我也浪了图汉子喜欢。象这等的，却是谁浪？（75 回）

⑥不是他却是谁？（97 回）

从这 6 例来看，“却是”全部用于反问句中，常与“不是”配合使用；所连接的成分大部分是体词性成分，谓词性成分仅 1 例。“却是”在复句中全部用于后一分句句首。

《词话》中选择连词的用法分布情况详见表 51：

表 51

词项	用例数	百分比（%）
不如	44	23.53
不若	3	1.60
宁	4	2.14
倒不如	3	1.60
与其	2	1.07
比时（是）	7	3.74
宁可	20	10.70

（续上表）

词项	用例数	百分比（%）
或	80	42.78
或者	2	1.07
或是	16	8.56
却是	6	3.21

从表中反映的情况来看，《词话》中最常用的选择连词是“或”和“不如”；其次是“宁可”和“或是”；至于“不若”、“宁”、“倒不如”、“与其”、“比时(是)”、“或者”、“却是”等用例均极少见。需要说明的是，除了“不若”、“比时(是)”、“却是”之外，这些连词均保留在了现代汉语的连词系统中。

第五节　假设连词

假设连词连接具有假设关系的词语或句子。

《词话》中的假设连词有“若”、“若是”、“不争”、“待要”、“待欲”、“如”、“如果”、“如若”、“倘”、“倘忽”、“倘或”、“倘然”、“倘若”、“倘要”、“假如”、“假若”、“设使”、“就”、“就算”、“就是”、“饶”、“饶是”、“便”、“便是”、“任”、“由”、“那怕”、“纵”、“纵然”、“总然”等30个，共有用例868个。根据所连接的两部分的语义关系来分，假设连词可以分为两大类：一致性假设连词和非一致性假设连词。《词话》中的这些假设连词，绝大部分保存在了现代汉语的连词系统中。下面我们就分别来讨论这30个假设连词。

一、一致性假设连词

一致性假设连词连接的是假设和结果一致的词语和句子，所谓假设和结果一致是指：假设如果成立，后果就能出现。《词话》中一致性假设连词有“若”、“若是”、“不争”、“待要”、“待欲”、“如”、“如果”、“如若”、“倘”、“倘忽”、“倘或”、“倘然”、“倘若”、“倘要”、“假如”、“假若”、“设使”等17个。下试详述之。

（一）若

“若”是从上古汉语中沿用下来的一个一致性假设连词，具有较浓的文言色彩。在近代汉语中，“若”依然是个很活跃的假设连词。在《词话》中，“若”作为假设连词共有486个用例，用例数量位居所有假设连词之首，甚至超过其他所有假设连词用例数量的总和。其基本用法有：

1. “若”连接谓词性成分，有479例。在“若”后紧接着出现分句主语的有16

例。如：

①刚才若他撅了不来，休说你哭瞎了你眼，唱门词儿，到明日诸人不要你，只我好说话儿将就罢了。(21回)

②若吴氏明日壬子日，服了薛姑子药，便得种子，承继西门香火，不使我做无祀的鬼，感谢皇天不尽了！(53回)

③若哥请他来家，凭你许多丫头、小厮，同眠同宿，你看水秀才乱么？再不乱的！(56回)

“若”后未出现分句主语的有245例。如：

④若有两家告状的，他便卖串儿；或是官吏打点，他便两下里打背工。(9回)

⑤若不嫌奴有玷，奴就拜他五娘做个姐姐罢。(13回)

⑥本当参治你这狗官，且饶你这遭，下次再若有犯，定行参究。(95回)

“若”出现于主语后的有208例。如：

⑦你若有本事，到家里只剪下一料子头发，拿来我瞧，我方信你是本司三院有名的好子弟。(12回)

⑧金莲道：“你若夺一夺儿，赌个手段，我就把他扯得稀烂，大家看不成。”(13回)

⑨你若不嫌奴丑陋，到家好歹对大娘说，奴情愿只要与娘们做个姊妹，随问把我做第几个的也罢。(16回)

⑩你若不说过，一百年也不对你爹说，替你这小狗秃儿娶老婆。(16回)

⑪你若入港相会，有东西出来，休要独吃，须把些汁水教我呷一呷，俺替你们须耽许多利害。(90回)

2. “若”也可以连接体词性成分，《词话》中共有7例。如：

⑫若小可人家，还可有话说。不想闻得是县前开生药铺西门庆定了。(7回)

⑬复使大官儿后边问去，若所下的血，紫者犹可以调理；若鲜红者，乃新血也。学生撮过药来，若稍止则可有望，不然难为矣。(61回)

⑭婆子越发张致起来，说：“若九十两，到不的如今，提刑张二老爹家抬的去了。”(87回)

3. “若”可以与“时”搭配，构成“若……时”结构，表假设，共有34例。如：

⑮他那日本等心中不自在，他若好时，有个不出来见你的？(12回)

⑯早是只李娇儿在傍边坐着，大姐没在根前。若听见时，又是一场儿。(29回)

⑰若早知时，已定不答应王皇亲家唱，先往老爹宅里去了。(59回)

“若”的用法分布情况见表52：

表 52

词项	总用例数	使用情况		用例数	百分比（%）
若	486	连接成分	谓词性	479	98.56
			体词性	7	1.44
		与主语的位置关系	主语前	16	3.29
			主语后	208	42.80
			主语未出现	245	50.41

（二）若是

现代汉语中，“若是”的意义、用法同“若”，但文言色彩略轻。《词话》中，“若是”的用法与“若”基本相同，但使用频率要低很多，共有64个用例。其基本用法有：

1. “若是”全部连接谓词性成分，共有64个用例。在“若是”后紧接着出现分句主语的有27例。如：

①早是这只旧鞋，若是娘头上的簪环不见了，你也推赖个人儿就是了？（28回）

②还是这孩子有福，若是别人家似的手里怎么容得，不骂奴才少椒末儿，又肯抬举他。（76回）

“若是”出现于分句主语后的有6例。如：

③他若是背义忘恩寻罪责，我将那盟山誓海说的明白。（43回）

④我家做官的若是到任所，还望大人那里替他看所宅舍儿，然后好搬取家小。（71回）

“若是”后未出现分句主语也有31例。如：

⑤若是吃一遭酒，不见了一把，不嚷乱，你家是王十万！（31回）

⑥他今日把东西与你，却是甚么意思？我今六十已上年纪，自从没了你爹爹，满眼只看着你。若是做出事来，老身靠谁？（100回）

《词话》中有一些连接体词性成分的“若是”，共有26例，实际上不宜看作是假设连词“若是”，而最好看作是假设连词“若”加上表判断的动词“是”。如：

⑦因问：“他帖上儿写着谁的名字？若是他娘子的名字，今日写我的帖儿，请他娘子过来坐坐，他也只恁要来咱家走走哩。若是他男子汉名字，随你请不请，我不管你。”西门庆道：“是花二哥名字，我明日请他便了。”（13回）

⑧相他这等就没的话说。若是别人，又不知怎的说浪！（21回）

⑨若是闲常日子，随娘留我几日，我也住了。(45 回)

例⑦最能说明问题：西门庆的回答中“是花二哥名字”终于揭示前面的2个“若是”实际均为“若（假设连词）+是（系词）”。例⑧、⑨中的“若是”作假设连词似也说得通，但还是将其看作“若（假设连词）+是（系词）”更稳妥一些。

2. “若是”可以与“时”搭配，构成“若是……时”结构，表假设，共有11例。如：

⑩若是他不来兜揽答应时，此事便休了。(3 回)

⑪若是不嫌时，奴这几日倒闲，出手与干娘做如何？(3 回)

⑫若是你爹来时，就报我知道。(4 回)

⑬我自在巷口等你，若是见西门庆入去时，我便来叫你…… (5 回)

需要说明的是，这11例“若是……时”结构全部集中在前5回中；后面的95回中再也没有一例。而前5回脱胎于《水浒传》，《水浒传》中“若是……时”结构用例较多，而且分布均匀。

“若是”的用法分布情况见表53：

表 53

词项	总用例数	使用情况		用例数	百分比（%）
若是	64	连接成分	谓词性	64	100.00
			体词性	0	0
		与主语的位置关系	主语前	27	42.19
			主语未出现	31	48.44
			主语后	6	9.38

（三）不争

“不争”作为假设连词在《词话》中共有18个用例。其基本用法有：

1. “不争”用于复句的前一分句句首，位于主语之前。共有12例。如：

①你是个一家之主，不争你与他爹两个不说话，就是俺每不好张主的，下边孩子们也没投奔。(20 回)

②不争你要了他，到明日又教汉子好在门首放羊儿剌剌，你为官为宦，传出去什么好听？(72 回)

③不争你今日要了这个妇人，惹江湖上好汉耻笑。(84 回)

2. “不争”用于复句的前一分句句首；“不争”后未出现分句主语。也有6例。如：

④不争打发他出去，大节间，俺姑娘房中没个人使，你心里不急么？(45回)

⑤不争为这妇人，你囚死他，往后你年老休官，倚靠何人？(92回)

⑥不争对着下人，脱去他衣裳，他爷体面上不好看的。(94回)

不存在“不争”用在后一分句句首、位于分句主语之前的用例。“不争”在现代汉语中已经消失。

“不争”的用法分布情况见表54：

表54

词项	总用例数	使用情况		用例数	百分比（%）
不争	18	连接成分	谓词性	18	100.00
			体词性	0	0
		与主语的位置关系	主语前	12	66.67
			主语未出现	6	33.33

（四）待要、待欲

“待要”作为假设连词在《词话》中共有20个用例。其基本用法有：

1.“待要”连接谓词性成分，且全部用于前一分句。出现于主语后的有1例：

①我待要不来对你说，诚恐你早晚暗遭他毒手。(67回)

其余19例“待要”后未出现分句主语。如：

②待要含忍了他，恐怕他明日不认……(23回)

③待要赌气不寻他，况老汉恁大年纪，止生他一个儿子，往后无人送老。(58回)

④待要说是客人，没好衣服穿；待要说是烧火的妈妈子，又不似，倒没的教我惹气！(78回)

“待要”引导的复句中，后一分句常有否定词语“不”、“无”等与之呼应，如例②、③、④。

2.“待要”常与副词“又”配合使用，表假设，共11例。如：

⑤待要不请你见，又说俺院中没礼法。(12回)

⑥待要把他做你小老婆，奴才又见在；待要说是奴才老婆，你见把他逞的恁没张置的，在人根前上头上脸，有些样儿！(26回)

“待要”的用法分布情况见表55：

表 55

<table>
<tr><th>词项</th><th>总用例数</th><th colspan="2">使用情况</th><th>用例数</th><th>百分比（%）</th></tr>
<tr><td rowspan="5">待要</td><td rowspan="5">20</td><td rowspan="2">连接成分</td><td>谓词性</td><td>20</td><td>100.00</td></tr>
<tr><td>体词性</td><td>0</td><td>0</td></tr>
<tr><td rowspan="2">与主语的位置关系</td><td>主语后</td><td>1</td><td>5.00</td></tr>
<tr><td>主语未出现</td><td>19</td><td>95.00</td></tr>
<tr><td>与其他词配合使用情况</td><td>又</td><td>11</td><td>55.00</td></tr>
</table>

“待欲”作为假设连词在《词话》中仅见 1 例：

⑦待要管，又说我多揽事；我待欲不管，又看不上。人家的孩儿在你家，每日起早睡晚，辛辛苦苦，替你家打勤劳儿，那个兴心，知慰他一知慰儿也怎的？（18 回）

在此例中，“待欲”用于前一分句，连接谓词性成分，且出现在主语后面；后句中有副词“又”与之配合使用。

（五）如、如果、如若

“如”作为假设连词在《词话》中共有 18 个用例，其基本用法如下：

1. “如”连接谓词性成分，且全部用于前一分句。出现于主语前的有 4 例。如：

①如借债人东西不在，代保人门面南北躲闪。（42 回）

②《大藏经》上不说的，如你吃他一口，到转世过来须还他一口。（50 回）

③如人家主子行苟且之事，家中使的奴仆皆效尤而行。（78 回）

“如”后未出现分句主语也有 11 例。如：

④如有扼阻淹滞不行者，则小民何以变通，而国课何以仰赖矣。（48 回）

⑤老爹就要货物，发一千两银子货与老爹。如不要，伏望老爹再宽限两三日，等我倒下价钱，将货物卖了，亲往老爹宅里进礼去。（48 回）

⑥如有丝毫差迟，听得是我这里进香的，不拘村坊店道，闻风害怕，好不好把店家拿来本州夹打，就教他寻贼人下落。（84 回）

“如”出现于主语后的有 3 例。如：

⑦你如递解他，也和我说声儿，暗暗不透风，就解发远远的去了。（26 回）

2. “如”可以与“时”构成“如……时”结构，表假设。不过《词话》中仅见 1 例：

⑧如有欠少时，家值钱物件折准。（19 回）

“如”的用法分布情况见表 56：

表 56

词项	总用例数	使用情况		用例数	百分比（%）
如	18	连接成分	谓词性	18	100.00
			体词性	0	0
		与主语的位置关系	主语后	3	16.67
			主语未出现	11	61.11
			主语前	4	22.22
		使用情况与其他词配合	“如……时”结构	1	5.56

“如果”是由表假设的连词“如”和“果”复合而成，“如”和“果”用例见于上古时期，“如果”成为一个连词不晚于宋代，宋代以后，用例逐渐增加。[①]“如果”作为假设连词在《词话》中仅见 1 例：

⑨如果臣言不谬，将延龄等亟赐罢斥，则官常有赖，而禅圣德永光矣。(48 回)

在此例中，“如果”用于前一分句连接谓词性成分，且出现在主语前面。

“如若”作为假设连词在《词话》中仅有 1 例：

⑩哥，如若不说，俺每明日唱扬的里边李桂姐、吴银儿那里知道了，大家都不好意思的。(16 回)

在此例中，“如若”用于前一分句连接谓词性成分，且“如若”后未出现分句主语。

（六）倘

“倘”是宋元以降新出现的一个近代汉语假设连词，宋代的《朱子语类》中尚不见“倘”[②]。元末明初的《水浒传》中已有假设连词“倘”的用例，“其引导的句子都省略了主语，后面大多是动宾结构，动词通常为‘蒙’、‘有’等”[③]。“倘”作为假设连词在《词话》中共有 16 个用例，其基本用法如下：

1.“倘”引导的分句中“倘”后有主语的，有 3 个用例。如：

①倘我后日有一步寸进，断不敢有辜盛德。(49 回)

---

① 参见周刚：《连词与相关问题》，安徽教育出版社，2002 年，第 164～165 页。

② 吴福详：《〈朱子语类辑略〉语法研究》，河南大学出版社，2004 年，第 201～202 页。

③ 征文平：《〈水浒传〉连词计量研究》，苏州大学汉语言文字学专业硕士学位论文，2007 年，第 58 页。

②倘县中派你甚差事，我拿帖儿与你李老爹说。(77 回)

2. “倘”引导的分句中“倘”后没有主语的，有 12 个用例。如：

③倘有些风吹草动，我武二眼里认的是嫂嫂，拳头却不认的是嫂嫂。(1 回)
④倘不纳，小弟亦不敢奉渎。(75 回)

3. “倘”引导的分句中“倘”前有主语的，有 1 个用例：

⑤二爹倘到宅内，见了爹，替小的加句美语儿说说。(72 回)

“倘”的用法分布情况见表 57：

表 57

词项	总用例数	使用情况		用例数	百分比（%）
倘	16	连接成分	谓词性	16	100.00
			体词性	0	0
		与主语的位置关系	主语前	3	18.75
			主语后	1	6.25
			主语未出现	12	75.00

（七）倘忽、倘或、倘然、倘若、倘要

“倘忽”、“倘或”、“倘然”、“倘若”、“倘要”均为《词话》中用例极少的假设连词，尤其是“倘然”、“倘若”、“倘要”的用例更是罕见；而在现代汉语中，“倘若”、“倘要”是比较常用的假设连词，“倘或”已经比较罕用了，“倘忽”、“倘然”则已经消失了。

“倘忽”在《词话》中共有 5 个用例，其中 3 例“倘忽”后有主语。如：

①倘忽那厮真个安心，咱每不言语，他爹又不知道，一时遭了他手怎的？(25 回)

②就算另替那奴才娶一个着，你要了他这老婆，往后倘忽你两个坐在一答里，那奴才或走来根前回话做甚么，见了有个不气的？(26 回)

另外 2 例“倘忽”后未出现主语：

③平白和来旺媳妇子打牙犯嘴，倘忽一时传的爹知道了，淫妇便没事，你死也没处死！(24 回)

④我便说，垓子点头，倘忽遇着一年地动，怎了？(42 回)

“倘或”在《词话》中也有 5 个用例，其中 1 例“倘或”后有主语：

⑤吾师不传于我方儿，倘或我久后用没了，那里寻师父去？(49 回)

另外4例“倘或”后均没有主语。如：

⑥妇人又问：“你头里过这边来，他大娘知道不知？倘或问你时，你怎生回答？”(13回)

⑦我闻得人说，他家房族中花大是个刁徒泼皮的人，倘或一时有些声口，倒没的惹虱子头上挠。(16回)

“倘然”在《词话》中仅有1个用例：

⑧官人倘然要说俺侄儿媳妇，自恁来闲讲便了。何必费烦，又买礼来，使老身却之不恭，受之有愧。(7回)

在此例中，“倘然”用于前一分句，且出现在主语后面；后面的分句中有“又”与之配合。

“倘若”在《词话》中也仅有1个用例：

⑨倘若推辞，连那鸨子都与我锁了，墩在门房儿里。(58回)

在此例中，“倘若”用于前一分句，连接谓词性成分，且其后未出现分句主语。

“倘要”在《词话》中也仅有1个用例：

⑩早是这个罢了，倘要是个汉子儿，你也爱他罢？(31回)

在此例中，“倘要”用于前一分句中，其后未出现主语；后一分句中有“也”与之配合使用，表假设。

（八）假如、假若、设使

“假如”是现代汉语中最常见的假设连词。宋代的《朱子语类》中尚未见其用例①；元末明初的《水浒传》中已有用例。在《词话》中“假如”作为假设连词仅有2个用例：

①假如你每日卖十扇笼炊饼，你从明日为始，只做五扇笼炊饼出去卖。(2回)

②假如灵柩家小箱笼一同起身，未免起眼，倘遇小喽啰怎了？(88回)

例①、②中的“假如”都用于前一分句，且其后均有主语。

“假若”在《词话》中只有3个用例：

③假若死了他，淫妇、王八儿也不好，称不了你甚么愿！(28回)

④假若我替你说成了，你伙计六人怎生谢我？(45回)

⑤天可怜见，到明日假若好了是的。你好心人，龙天自有加护。(62回)

这三例中的“假若”都用于前一分句。例③、⑤中的“假若”后未出现主语；而例④中的“假若”则位于主语前。

---

① 吴福祥：《〈朱子语类辑略〉语法研究》，河南大学出版社，2004年，第205页。

"设使"在《词话》中也只有3个用例：

⑥这个不妨。我见宋年兄说，设使就提来，放了他去就是了。(49回)
⑦设使我就说，对着谁说来，也有个下落！(51回)
⑧不怕他，设使就行到府里，我也还教宋松原拿回去就是。(78回)

这三例中的"设使"都用于复句中的前一分句。例⑥、⑦中的"设使"后未出现主语；而例⑦中的"设使"后有主语，而且例⑥、⑦的后一分句中都有"就"与之配合使用。

二、非一致性假设连词

非一致性假设连词连接的是假设和结果不一致的词语和句子，所谓假设和结果不一致是指，假设即使成立，与假设匹配的后果也照样不能出现。也正由于假设的条件与出现的结果是拧的，因此有人将这类非一致性假设连词归为转折连词[①]。香坂顺一在讨论《水浒传》中的虚词时把这类连词单独归为一类，命名为"表示假定让步的连词"。[②]也有不少人把这类连词单列，叫做"让步连词"[③]。

《词话》中的非一致性假设连词有"就"、"就算"、"就是"、"饶"、"饶是"、"便"、"便是"、"任"、"由"、"那怕"、"纵"、"纵然"、"总然"等13个。下试详述之。

（一）就、就算

"就"作为假设连词在《词话》中共有64个用例，数量位列所有非一致性假设连词第二，位列所有假设连词第三。其基本用法有：

1. "就"全部用于第一分句，常连接谓词性成分，有61例。其中"就"出现在主语后的有28例。如：

①你容奴说，奴便说；不容奴说，你就打死奴，也只臭烟了这块地。(12回)
②我就去不成，也不要那罍纱片子。拿出去倒没的教人笑话。(35回)
③你就去，也无过只是如此，倒没的丧了五口儿性命。(100回)

"就"后未出现分句主语的有33例。如：

④娶过门时，生辰贵长，官人放他来走走，就认俺这门穷亲戚，也不过上你穷。(7回)
⑤就寻去，你我也不怕他。(81回)
⑥我看得千真万真，就烧的成灰骨，我也认的。(97回)

2. "就"也可连接体词性成分，但用例不多，仅有3例。如：

---

① 参见北京大学中国语言文学系现代汉语教研室编：《现代汉语》，商务印书馆，1993年，第363页。
② ［日］香坂顺一著，植田均译：《水浒词汇研究》（虚词部分），文津出版社，1992年，第381页。
③ 参见周刚：《连词与相关问题》，安徽教育出版社，2002年，第37页。

⑦老夫人服过，要戒气恼，就厚味也少吃。(76回)

⑧咱家小奶奶，你这里写个帖凡，等我对他说声，教老爷差人分付迅检司，莫说一碉头面，就十副头面也讨去了。(95回)

3. “就”常与“也”配合使用，共有41例。除了上述8例外，还有如：

⑨你就把奴打死了，也只在这屋里，敢往那里去？(12回)

⑩你就疼也还放心里。(62回)

“就”的用法分布情况见表58：

表58

词项	总用例数	使用情况		用例数	百分比（%）
就	64	连接成分	谓词性	61	95.31
			体词性	3	4.69
		与主语的位置关系	主语后	28	45.90
			主语未出现	33	54.10

“就算”作为假设连词在《词话》中仅有4个用例：

⑪就算有如此，我也不怕你。(19回)

⑫我就算依了你，春梅贼小肉儿他也不容他这里。(23回)

⑬就算另替那奴才娶一个着，你要了他这老婆，往后倘忽你两个坐在一答里，那奴才或走来根前回话做甚么，见了有个不气的？(26回)

⑭就算我入了人，人没入了我？(86回)

从上述诸例可以看出，“就算”连接谓词性成分，且全部用于前一分句中。“就算”出现在主语前的有1例；出现在主语后的也有1例；“就算”后未出现分句主语的有2例。“就算”常与“也”配合使用。

（二）就是

“就是”是《词话》中最为常用的非一致性假设连词，用例多达80个，数量位列所有非一致性假设连词之首，位列全部假设连词第二。其基本用法有：

1. “就是”全部用于假设复句的前一分句中，其中连接谓词性成分的共有44例。这44例中，“就是”后紧接着出现分句主语的有23例。如：

①就是小人在构栏，三街两巷相交唱的，也没你这手好弹唱！(6回)

②妇人道：“就是家中有事，那里丢我恁个半月，音信不送一个儿！只是不放在心儿上。”(8回)

③大节间，灯儿也没点，饭儿也没上，就要家去，就是西门爹不在家中，还有他

姑娘们哩，怕怎的？（15回）

④好个浪家子淫妇，休说我是你个媒主，替你做成了恁好人家，就是世人进去，也不该那等大意。（86回）

“就是”后未出现分句主语的有21例。如：

⑤他手里有钱没钱，人所共知，就是积攒了几两银子，都使在这房子上。（7回）

⑥怪不的你老婆多死绝了，就是当初有他在，也不怎么的，到明日再扶一个起来和他做对儿么！（73回）

⑦就是下山，也还早哩。（84回）

2. “就是”常连接体词性成分。这种用法在《词话》中有36个用例。如：

⑧你老人家既开口，休说一个棺材本，就是十个棺材本，小人也来得起。（7回）

⑨就是你与的簪子，都有数儿，一五一十都在，你查不是！（12回）

⑩他胸中才学，果然班马之上；就是他人品，也孔孟之流。（56回）

⑪冷心不动一孤舟，净带灵台正好修；若还绳慢锁头松，就是万个金刚也降不住。（75回）

⑫那陈经济金命水命，走投无命，奔到家把大门关闭，如铁桶相似，就是樊哙也撞不开。（93回）

3. “就是”常与“也”、“都”、“还”等配合使用，构成“就是……也……”、“就是……都……”、“就是……还……”等格式。其中尤以“就是……也……”最为常见，《词话》中共有67例。除了例①、④、⑥、⑦、⑧、⑩、⑪、⑫诸例外，还有如：

⑬就是问你借的，也等慢慢好讲，如何这等撒野？（19回）

⑭还要旧时原价，就是清水，这碗里倾倒那碗内，也抛撒些儿。（86回）

“就是”的用法分布情况见表59：

表59

词项	总用例数	使用情况		用例数	百分比（%）
就是	80	连接成分	谓词性	44	73.33
			体词性	36	26.67
		与主语的位置关系	主语前	23	52.27
			主语未出现	21	47.73

（三）饶、饶是

“饶”作为非一致性假设连词在《词话》中也算是用例多的，共有28个用例，用例数量位列所有非一致性假设连词第三。其基本用法有：

1. “饶”连接的全部是谓词性成分，不连接体词性成分，且全部用于前一分句中。其中，出现于主语之前的有14例。如：

①饶奴终夕恁提心吊胆，陪着一千个小心，还投不着你的机会，只拿钝刀子锯处我，教奴怎生吃受！(12回)

②饶吴月娘恁般贤淑的妇人，居于正室，西门庆听金莲衽席睥睨之间言，卒致于反目，其他可不慎哉！(18回)

③但凡世上养汉的婆娘，饶他男子汉十八分精细，咬断铁的汉子，吃他几句左话儿右说的话，十个九个都着了道儿。(25回)

④饶他死了，你还这等念他。(67回)

“饶”后未出现主语的有11例。如：

⑤依着夏龙溪，饶受他一百两银子，还要动本参送，申行省院。(34回)

⑥饶费了心，那个道个是也怎的！(75回)

⑦饶养活着他，还教他弄乾坤儿，家里底事往外打探。(76回)

“饶”出现于主语后的有3例：

⑧我饶替娘寻出鞋来，还要打我；若是再寻不出来，不知还怎的打我哩！(28回)

⑨只一件，你饶与人为了美，多不得人心。(46回)

⑩俺爹饶使了这些钱，还使不着俺爹的哩。(64回)

2. “饶”可以与“假”连用，构成“假饶”结构，表示非一致性假设。共有3例：

⑪假饶不是娼门女，也是屏风后立人。(29回)

⑫假饶驾雾腾云术，取火钻冰只要钱。(43回)

⑬那李瓶儿就说：“娘说那里话，假饶儿子长成，讨的一官半职，也先向上头封赠起。娘，那凤冠霞帔，稳稳儿先到娘哩。好生奉养老人家！”(57回)

“饶”的用法分布情况见表60：

表60

词项	总用例数	使用情况		用例数	百分比（%）
饶	28	连接成分	谓词性	28	100.00
			体词性	0	0
		与主语的位置关系	主语前	14	50.00
			主语后	3	10.71
			主语未出现	11	39.29

“饶是”在《词话》中用例极少，仅见1例：

⑭饶是迎春在旁扶着，还把额角上磕伤了皮。(61回)

在此例中，“饶是”用于前一分句中，连接谓词性成分，且位于分句主语之前。

(四) 便、便是

“便”作为非一致性假设连词在《词话》中共有9个用例，其基本用法如下：

1. “便”全部用于所引导的复句的前一分句中，且全部连接谓词性成分，没有连接体词性成分的用例。其中，“便”后紧接着出现分句主语的有2例：

①若得娘子贵手做时，老身便死也得好处去。(3回)

②……便大官人知道，也须断我不是。(56回)

“便”出现于分句主语后的也有2例：

③哥哥，你便不做买卖也罢，只在家里坐的……(2回)

④我便昏了，你也昏了！(79回)

“便”后未出现分句主语的有5例。如：

⑤你有这般好的，与我主张一个，便来说也不妨。(2回)

⑥便得一片橘皮吃，切莫忘了洞庭湖。(3回)

2. “便”常与“也”、“还”等词配合使用，构成“便……也……”、“便……还……”等结构，表示非一致性假设。其中，“便……也……”结构的用例就有6个。除了例①、②、③、④、⑤等之外，还有：

⑦自古半老佳人可共，便差一两岁也不打紧。(2回)

“便……还……”的用例仅有1个：

⑧便塌了天，还有四个大汉。(64回)

“便”的用法分布情况见表61：

表61

<table>
<tr><th>词项</th><th>总用例数</th><th colspan="2">使用情况</th><th>用例数</th><th>百分比(%)</th></tr>
<tr><td rowspan="7">便</td><td rowspan="7">9</td><td rowspan="2">连接成分</td><td>谓词性</td><td>9</td><td>100.00</td></tr>
<tr><td>体词性</td><td>0</td><td>0</td></tr>
<tr><td rowspan="3">与主语的位置关系</td><td>主语前</td><td>2</td><td>22.22</td></tr>
<tr><td>主语未出现</td><td>5</td><td>55.56</td></tr>
<tr><td>主语后</td><td>2</td><td>22.22</td></tr>
<tr><td rowspan="2">与其他词配合使用情况</td><td>也</td><td>6</td><td>66.67</td></tr>
<tr><td>还</td><td>1</td><td>11.11</td></tr>
</table>

“便是”作为非一致性假设连词在《词话》中共有 9 个用例。其基本用法有：

1. “便是”全部用于所引导的复句的前一分句中，常连接谓词性成分，有 4 个用例。其中，“便是”后紧接着出现分句主语的有 2 例：

⑨便是武二回来，他待怎的？(5 回)

⑩只没有龙肝凤髓，其余奇巧富丽，便是蔡太师自家受用，也不过如此。(55 回)

“便是”出现于主语后的有 1 例：

⑪丫头便是我惯了他，我也浪了图汉子喜欢。(75 回)

“便是”后未出现分句主语的也有 1 例：

⑫便是要我的眼睛，也割来与你。(5 回)

2. “便是”也常连接体词性成分，共有 5 个用例。如：

⑬王婆道：“便是老身也要看娘子做生活，又怕门首没人。”(3 回)

⑭便是先妻，也没武大娘子这一般儿风流。(3 回)

⑮便是大官人，也有姓名。(4 回)

3. “便是”常与“也”配合使用，构成“便是……也……”结构，表示非一致性假设，共有 8 个用例，如例⑩、⑪、⑫、⑬、⑭、⑮等。其中有 2 例在“便是”前还有“休说”与之呼应，从而构成“休说……便是……也……”结构：

⑯休说一件，便是十件，奴也依干娘。(4 回)

⑰休说一个，便是十个也不妨事。(7 回)

“便是”的用法分布情况见表 62：

表 62

词项	总用例	使用情况		用例	百分比（%）
便是	9	连接成分	谓词性	4	66.67
			体词性	5	33.33
		与主语的位置关系	主语前	2	50.00
			主语未出现	1	25.00
			主语后	1	25.00

（五）任、由

“任”作为非一致性假设连词在《词话》中用例极少，全部出现在韵文中，共有

7 个用例。如：

①任君斗量并车载，难满虔婆无底坑。(20 回)

②任你腰金衣紫，任你大厦高堂，任你轻裘肥马，任你才俊栋梁，此药用托掌内，飘然身入洞房……(49 回)

③春心一点如丝乱，任锁牢笼总是虚。(2 回)

④任是肝肠如铁石，不生悲也自生悲。(60 回)

其中有 5 例“任”出现在主语前，有 2 例是出现在没有主语的句子中。

“由”作为非一致性假设连词在《词话》中仅有 3 个用例：

⑤由他笑也罢，我兄弟说的是好话，省了多少是非。(2 回)

⑥但凡世上妇人，由你十八分精细，被小意儿过纵，十个九个着了道儿。(3 回)

⑦由他到明日不与你个功德，你也不怕不把将军为神道。(32 回)

“由”全部用在所引导的复句的前一分句中。“由”均位于分句主语前。

（六）那怕

“那怕”作为非一致性假设连词在《词话》中共有 9 个用例，用法比较单一；“那怕”全部位于分句主语之前。其中有 7 例全部用于所引导的复句的前一分句中，如：

①夫人道：“那怕负心强人阴寒死了，奴也不疼他。”(8 回)

②那怕他使的那脸疼，休想我正眼看他一眼儿。(20 回)

③那怕他二娘，莫不挟仇打我五棍儿也怎的！(22 回)

④那怕蛮奴才到明日把一家子都收拾了，管人吊脚儿事！(35 回)

⑤那怕汉子成日在你那屋里不出门，不想我这心动一动儿。(51 回)

“那怕”用于所引导的复句的后一分句中只有 2 例：

⑥拜天诉尽衷肠事，那怕傍人隔院听。(21 回)

⑦佳人有意，那怕粉墙高万丈。(92 回)

例⑥、⑦中，表结果的正句排列在了前面，罗列条件的偏句排列在了后面。

（七）纵、纵然、总然

“纵”、“纵然”、“总然”等在《词话》中的用例均极少，属于《词话》时代口语中不常用的非一致性假设连词。

“纵”在《词话》中仅有 1 例：

①就是往胡公处，去路尚许远，纵二公不饿，其如从者何？(51 回)

在此例中，“纵”用于所引导的复句的前一分句中，其位于分句主语之前。

“纵然”在《词话》中只有 3 例：

②纵然他背地落，也落不多儿。(58回)

③纵然我到明日死了，你恁在我手下一场，我也不教你出门。(59回)

④做作百般人可爱，纵然弄假不成真。(96回)

这三例中的“纵然”都连接谓词性成分。其中有2例位于分句主语前。

“总然”在《词话》中共有4个用例：

⑤总然费却万般心，只落得火灭烟消成煨烬。(42回)

⑥总然四泉不受，转送宋公也是一般，何见拒之深耶！(75回)

⑦钱财使尽又还来，总然你久后营得成家讯犹如烈日照冰霜。(96回)

⑧红粉无情，总然共坐隔千山。(92回)

上述诸例中的“总然”连接的全是谓词性成分，且全部用于所引导复句的前一分句中。“总然”出现于主语前的有2例；“总然”后未出现分句主语的也有2例。

以上我们逐个讨论了《词话》中30个假设连词的使用及分布情况，具体情况详见表63：

表63

词项	用例数	百分比（%）	在现代汉语中
若	486	55.86	存在
若是	64	7.36	存在
不争	18	2.07	消失
待要	20	2.30	消失
待欲	1	0.11	消失
如	18	2.07	存在
如果	1	0.11	存在
如若	1	0.11	存在
倘	16	1.84	存在
倘忽	5	0.57	消失
倘或	5	0.57	存在
倘然	1	0.11	存在
倘若	1	0.11	存在

（续上表）

词项	用例数	百分比（%）	在现代汉语中
倘要	1	0.11	存在
假如	2	0.23	存在
假若	3	0.34	存在
设使	3	0.34	消失
就	64	7.59	存在
就算	4	0.46	存在
就是	80	9.20	存在
饶	28	3.22	消失
饶是	1	0.11	消失
便	9	1.03	消失
便是	9	1.03	消失
任	7	0.80	存在
由	3	0.34	消失
那怕	9	1.03	存在
纵	1	0.11	存在
纵然	3	0.34	存在
总然	4	0.46	消失

从表中反映的情况来看，《词话》中最常用的假设连词是“若”，占了全部假设连词用例的55.86%；其次是“若是”和“就是”，两者占了全部假设连词用例的16.55%；再其次是“饶”、“待要”、“不争”、“如”、“倘”等。其余的用例均很少，在10个用例以下，至于像“待欲”、“如果”、“如若”、“倘然”、“倘若”、“倘要”、“饶是”、“纵”等更是极为罕见，用例在浩繁的文本中均只有1例。

《词话》中的这些假设连词大部分还保留在了现代汉语连词系统中，只有“不争”、“待要”、“待欲”、“倘忽”、“设使”、“饶”、“饶是”、“便”、“便是”、“由”、“总然”等11个词，在现代汉语连词系统中已逐步消失。

第六节 条件连词

条件连词连接具有条件关系的词语或句子。

《词话》中的条件连词有“但”、“但凡”、“但是”、“只要”、“只有”、“除非”、“只除非”、“自除非”、“除非是”、“则除是”、“不拘”、“不论”、“不管”、“那管”、“不拣”、“不问”、“任是”、“就是”等18个，共有用例160个。从所连接的两部分的语义关系来分，条件连词可以分为三大类：充分条件连词、必要条件连词和无条件连词。下面我们就分类来加以讨论。

一、充分条件连词

所谓充分条件是指，只要满足偏句所提出的并非唯一的条件就会在正句产生相应的结果。《词话》中的充分条件连词有“但”、“但凡”、“但是”、“只要”、“只有”等5个，共有用例100个。其中“但”的用例有60个，占充分条件连词用例的60%；“但凡”和“只要”，分别有19个和17个用例，两者占充分条件连词的36%。其余的，“但是”的用例有3个，“只有”的用例仅1个，两者均属于用例比较少的充分条件连词。

（一）但

“但”作为充分条件连词在《词话》中使用频率最高，共有60个用例，用例数量不但位居充分条件连词之首，也位居所有条件连词之首。其基本用法如下：

1. “但”全部用于所引导的复句的前一分句中，连接谓词性成分，未见连接体词性成分的用例。其中，“但”位于分句主语之前的有1例：

①两个约定暗号儿，但子虚不在家，这边使丫鬟立墙头上，暗暗以咳嗽为号，或先丢块瓦儿，见这边无人，方才上墙叫他。西门庆便用梯凳扒过墙来，这边早安下脚手接他。（13回）

“但”位于分句主语之后的有17例。如：

②他若但放出个屁来，我教那贼花子坐着死，不敢睡着死。（16回）

③那边事小的但有一字知道，小的车辗马踏，遭官刑揲死。（72回）

“但”后未出现分句主语的多达42例。如：

④若明日他不进我房里来便罢，但到我房里来，等我慢慢劝他。（12回）

⑤我不知怎的，但没人在房里，心中只害怕。（62回）

2. “但”多与“就”配合使用，构成“但……就……”结构，共有17例。如：

⑥我但问你要甚么，你就稍出来与我。（64回）

⑦但题起头儿，就知尾儿。(73回)

“但”的用法分布情况见表64：

表64

词项	总用例数	使用情况		用例数	百分比（%）
但	60	连接成分	谓词性	60	100.00
			体词性	0	0
		与主语的位置关系	主语前	1	1.67
			主语未出现	42	70.00
			主语后	17	28.33

（二）但凡、但是

“但凡”作为充分条件连词在《词话》中有19个用例，用例数量位列所有充分条件连词第二，位列所有条件连词第三。其基本用法有：

1. “但凡”全部用于所引导的复句的前一分句中。常连接谓词性成分，共有8例。其中，“但凡”位于分句主语之前的有5例。如：

①但凡人客到，必请他席侧相陪，吃茶吃饭，一时也少不的他。(20回)

②今后但凡你爹前边人来，教玉箫和惠莲后边顿茶，灶上只管大家茶饭。(24回)

“但凡”出现于分句主语后的有2例：

③我若但凡不在家，要你洗心改正，早关了门户，不许你胡思乱想！(12回)

④你娘房里但凡大小事儿，就来告我说。(64回)

“但凡”后未出现分句主语的也有1例：

⑤原来妇人有一件毛病，但凡交媾后，只要教汉子干他后庭花，在下边揉着心子绕过。(37回)

2. “但凡”也常连接体词性成分，《词话》中多达11个用例。如：

⑥但凡大小人家，师尼僧道，乳母牙婆，切记休招惹他，背地甚么事不干出来？(12回)

⑦但凡家中大小事务、出入书柬、礼帖，都教他写。(20回)

⑧但凡世上帮闲子弟，极是势利小人。(80回)

“但凡”的用法分布情况见表65：

表 65

词项	总用例数	使用情况		用例数	百分比（%）
但凡	19	连接成分	谓词性	8	42.11
			体词性	11	57.89
		与主语的位置关系	主语前	5	26.32
			主语未出现	1	5.26
			主语后	2	10.53

"但是"作为充分条件连词在《词话》中仅有 3 个用例：

⑨但是入殓用的都买了，并家里一应物件也都买了。（6 回）

⑩但是妇人本钱置买的货物都留下；把他原旧的药材、药碾、药筛、箱笼之物，即时催他搬去：两个就开交了。（19 回）

⑪但是他爹说出来个曲儿，就和爹热乱，两个白搽白的，必须搽恼了才罢。（73 回）

从以上诸例中可以看出，"但是"全部用于所引导复句的前一分句中，连接的全部是谓词性成分。"但是"全部位于分句主语之前。

（三）只要、只有

"只要"用作表示充分条件的连词，不晚于唐代。宋代出现了与副词"便"构成的关联形式。①在现代汉语中，"只要"是最为常用的充分条件连词，它所引导的是一个表示充分条件的偏句，正句里常常有"就"、"便"、"都"等与之呼应。"只要"所引导的偏句既可位于正句前，也可位于正句后。②

"只要"作为充分条件连词在《词话》中共有 17 个用例，其基本用法如下：

1. "只要"常连接谓词性成分，《词话》中共有 14 例。其中，"只要"位于分句主语之前的有 6 例。如：

①往后久而自明，只要你与奴做个主儿便了。（12 回）

②只要你弟兄二人，替我出这口气便了。（19 回）

③我怎么不想达达，只要你松柏儿冬夏长青便好。（79 回）

"只要"位于分句主语之后的有 1 例：

④你若不嫌奴丑陋，到家好歹对大娘说，奴情愿只要与娘们做个姊妹，随问把我做第几个的也罢。（16 回）

---

① 参见周刚：《连词与相关问题》，安徽教育出版社，2002 年，第 202 页。

② 参见北京大学 1955、1957 级语言班编：《现代汉语虚词例释》，商务印书馆，1982 年，第 551 页。

"只要"后未出现分句主语的有7例。如：

⑤只要替我干得停当，还谢你二人。(19回)

⑥李三哥他不知道，只要靠着问那内臣借，一般也是五分行利。(45回)

2. "只要"也可连接体词性成分，《词话》中共有3例。如：

⑦叫了媒人，你分付他，好歹上紧替他寻着，不拘大小人家，只要好女儿，或十五六、十七八的也罢，该多少财礼，我这里与他。(36回)

⑧只要好人家好女孩儿，方可进入我门来。(97回)

3. "只要"与"就"配合使用，构成"只要……就……"结构，共有2例：

⑨只要汉子常守着他便好，到人屋里睡一夜儿，他就气生气死。(59回)

⑩你老人家是稀罕这钱的，只要把祸害离了门，就是了。(86回)

"只要"也与"便"配合使用，构成"只要……便……"结构，共3例，如例①、②、③等。

4. "只要"引导的偏句一般位于主句之前，如例①~⑩均为如此；但有时也位于主句之后，《词话》中有4例。如：

⑪官人做小做大我不管你，只要与我侄儿念上个好经。(7回)

⑫不枉的养儿不在阿金溺银，只要见景生情。(13回)

综上所述，充分条件连词"只要"的用法分布情况见表66：

表66

词项	总用例数	使用情况		用例数	百分比(%)
只要	17	连接成分	谓词性	14	82.35
			体词性	3	17.65
		与主语的位置关系	主语前	6	42.86
			主语未出现	7	50.00
			主语后	1	7.14

"只有"在现代汉语中是个最为常见的必要条件连词。但在《词话》中则是个充分条件连词，语法意义、用法同"只要"。在《词话》中，"只有"作为充分条件连词仅有1个用例：

⑬就是别的娘多让我几分。你凡事只有个不瞒我，我放着河水不洗船，好做恶人？(74回)

在此例中，"只有"用于所引导的复句的前一分句中，连接谓词性成分，且位于分句主语之后。

二、必要条件连词

所谓必要条件是指，必须满足偏句所提出的这个唯一的条件才会在正句产生相应的结果。《词话》中的必要条件连词有“除非”、“只除非”、“自除非”、“除非是”、“则除是”等5个，用例都很少。

（一）除非、只除非、自除非

“除非”作为必要条件连词在《词话》中仅有6个用例：

①常言：若要人不知，除非己莫为。（12回）

②我饶了小奴才，除非饶了蝎子。（28回）

③世间万般哀苦事，除非死别共生离。（59回）

④西门庆道：“傻狗材，若要人不知，除非己莫为。”（69回）

⑤正是：若要人不知，除非己莫为。不想被韩嫂儿冷眼睃见，传的后边金莲知道了。（77回）

⑥独有玉楼、小玉送金莲到门首，坐上轿子才回。正是：世上万般哀苦事，除非死别共生离。（86回）

“除非”所引导的偏句全部位于主句之后。其中例①、④、⑤实际上是同一个句子的重复使用；例③、⑥实际上也是同一个句子的重复使用，因此，除去重复使用的，《词话》中“除非”实际的用例只有3例。

“只除非”作为必要条件连词在《词话》中仅有2个用例：

⑦若好，只除非再与两世人是的。（62回）

⑧若得再和你相逢，只除非在鬼门关上罢了。（62回）

“只除非”所引导的偏句全部位于主句之后。

“自除非”作为必要条件连词在《词话》中仅见1例：

⑨若是饶了这个淫妇，自除非饶了蝎子娘是的。（12回）

用法同“只除非”。

（二）除非是、则除是

“除非是”作为必要条件连词在《词话》中仅有4例：

①我若饶了这奴才，除非是他就合下我来。（25回）

②盼娇儿，除非是梦儿中来到。（59回）

③新婚燕尔安排定，除非是折桂手报答前程。（74回）

④要知他半点真情，除非是穿绮窗皓月；能晓他一腔心事，却便似翻绣幌清风。（78回）

“除非是”所引导的偏句全部位于主句之后。“除非是”连接的全是谓词性成分；它位于分句主语之前的只有1例。“除非是”后未出现分句主语的有3例。

“则除是”在《词话》中仅见1例：

⑤嘱付你衷肠莫更变，要相逢则除是动载经年。(46回)

“则除是”所引导的偏句位于主句之后，它连接的是谓词性成分。

三、无条件连词

所谓无条件是指，不管偏句提出怎么样的条件正句均会产生同样的结果，即结果的产生与所提出的条件无关。《词话》中的无条件连词有“不拘”、“不论”、“不管”、“那管”、“不拣”、“不问”、“任是”、“就是”等8个，共有用例48个。其中“不拘”的用例有24个；“不论”的用例有7个；“不管”的用例有9个；“不拣”、“不问”和“那管”的用例各2个；“任是”、“就是”的用例都只有1个。下试详述之。

(一) 不拘

“不拘”作为无条件连词在《词话》中共有24个用例，用例数量位居无条件连词之首。其基本用法如下：

1. “不拘”所引导的偏句全部位于主句之前。其中，有11例“不拘”所连接的是联合结构。其中，联合结构为谓词性成分的有4例：

①不拘贫富，不限财礼，只要好的，他要图生长。(36回)

②上面晒酱，不拘做马坊，做个东净，也是好处。(48回)

③一战精神爽，再战气血刚。不拘娇艳宠，十二美红妆，交接从吾好，彻夜硬如枪。(49回)

④梁柱椽楹，不拘大小，喜舍到高题姓字；银钱布币，岂论丰赢，投柜日疏簿标名。(57回)

联合结构为体词性成分的有8例。如：

⑤西门庆分付：“你二位后日还来走走，再替我叫两个，不拘郑爱香儿也罢，韩金钏儿也罢，我请亲朋吃酒。”(32回)

⑥叫了媒人，你分付他，好歹上紧替他寻着，不拘大小人家，只要好女儿，或十五六 、十七八的也罢，该多少财礼，我这里与他。(36回)

⑦故此特叩高门，不拘五百一千，要求老檀那开疏发心，成就善果。(57回)

⑧不拘村坊店道，闻风害怕，好不好把店家拿来本州夹打，就教他寻贼人下落。(84回)

“不拘”所连接的是主语为联合短语的主谓结构，有1例：

⑨崔本专管收生活，不拘经纪、买主进来，让进去，每人饮酒二杯。(60回)

2. “不拘”后面连接含有疑问代词结构的，有11例。其中，为谓词性结构的，有2例：

⑩不拘拿了甚么，交付与他。教似元宵一般抬举你。(44回)
⑪早年父橙丢下家产，不拘多少，到你手里都了当了。(96回)

为体词性结构的有9例。如：

⑫不拘几件，我都依。(13回)
⑬不拘谁家衣裳，且交印铺睡觉。(40回)
⑭不拘娘的甚么旧白绫袄儿，与我一件儿穿罢。(45回)
⑮不拘几时，我也要对这两句话。(51回)
⑯若得老伯见怜，不拘那里，但安下身，小的情愿就去。(93回)

“不拘”后面连接不含有疑问代词的体词性结构的，有1例：

⑰故此不拘形迹，便随意写个曲儿。(56回)

（二）不论

“不论”作为无条件连词在《词话》中共有7个用例。其基本用法如下：

1. “不论”所引导的偏句全部位于正句之前。有5例“不论”所连接的为联合结构。其中，联合结构为谓词性成分的有3例：

①不论归迟归早，妇人顿羹顿饭，欢天喜地服事武松。(1回)
②妇人道：“人家到也不论乎大小，只像先生这般人物的。”(17回)
③不论上短下长，那管襟扭领拗。(40回)

联合结构为体词性成分的有2例，在同一处上下文中：

④俺老爷当今一人之下，万人之上，不论三台八位，不论公子王孙，谁敢在老爷府前这等称呼？趁早靠后！(30回)

2. “不论”所连接的是疑问代词或者所连接的结构中含有疑问代词的有2例：

⑤你还早央应二叔来，对当家的说了，拿个帖儿对县中李老爹一说，不论多大事情都了了。(34回)

⑥你只休恼狠着他，不论谁，他也骂你几句儿。(64回)

（三）不管

“不管”作为无条件连词在《词话》中共有9个用例，用法比较单一。“不管”所引导的偏句全部位于正句之前，而且有8例“不管”所连接的为联合结构。其中，联合结构为谓词性成分的有4例。如：

①你每都没些规矩儿，不管家里有人没人，都这等家反宅乱。(26回)

②到明日不管好歹，人都乞他骂了去罢，要俺每在屋里做甚么？(75回)

联合结构为体词性成分的也有4例。如：

③不管脐（肶）包衣，着忙用手撕坏。(30回)

④不管蝗虫蚂蚱，一例都说着。(76回)

另有1例“不管”后实际上省略了一个并列成分：

⑤到明日不管，一总谢罢了。(7回)

（四）那管、不拣、不问、任是、就是

“那管”、“不拣”、“不问”、“任是”、“就是”等均是《词话》中比较罕见的无条件连词。

“那管”在《词话》中仅有2例：

①不拘贵宅娇娘，那管皇亲国太。(30回)

②不论上短下长，那管襟扭领拗。(40回)

需要说明的是，该两例均用于对仗中，非自然语言中。“那管”所连接的一为体词性联合结构，一为谓词性联合结构。“那管”分别与“不拘”、“不论”配合使用。

“不拣”在《词话》中也仅有2例：

③不拣怎的，我都依你。(3回)

④蒙你老人家这等老爷前扶持看顾，不拣甚事，但肯分付，无不奉命。(30回)

“不拣”所引导的偏句全部位于正句之前。“不拣”所连接的一为谓词性疑问代词，一为含有体词性疑问代词的偏正结构。

“不问”作为无条件连词在《词话》中只有2例。

⑤别的倒也罢了，只吃了他贪滥蹋婪的，有事不问青水皂白，得了钱在手里就放了，成什么道理！(34回)

⑥统制大捣坐在厅上，提出张胜，也不问长短，喝令军牢五棍一换，打一百棍，登时打死。(99回)

“不问”所引导的偏句全部位于正句之前。“不问”所连接的均为谓词性联合结构。

“任是”在《词话》中仅有1例，且用于诗句对仗中。“任是”所引导的偏句位于正句之前，“任是”位于偏句主语之前：

⑦任是肝肠如铁石，不生悲也自生悲。(60回)

“就是”在《词话》中也仅有1例，用于自然语言中。“就是”所引导的偏句位于正句之前，“就是”位于偏句主语之前，“就是”所连接的结构中含有联合词组：

⑧就是我有孩子没孩子，到明日配上个小厮，与他做房家人媳妇也罢了。（62回）

综上所述，《词话》中条件连词的用法分布情况详见表67：

表67

词项	用例数	百分比（%）	在现代汉语中
但	60	37.04	消失
但是	3	1.85	消失
但凡	19	11.73	存在
只要	17	10.49	存在
只有	1	0.62	消失
除非	6	3.70	存在
只除非	2	1.23	消失
自除非	1	0.62	消失
除非是	4	2.47	消失
则除是	1	0.62	消失
不拘	24	14.81	消失
不论	7	4.32	存在
不管	9	5.56	存在
那管	2	1.23	存在
不拣	2	1.23	消失
不问	2	1.23	消失
任是	1	0.62	消失
就是	1	0.62	消失

从表中反映的情况来看，《词话》中最常用的条件连词是“但”，其次是“不拘”、“但凡”、“只要”，四者用例占了全部条件连词用例的74.07%。

“但凡”、“只要”、“除非”、“不论”、“不管”、“那（哪）管”等6个条件连词还保留在了现代汉语连词系统中；“只有”作为充分条件连词消失了，而由此演变成的必要条件连词却保留在了现代汉语中；同样，“就是”作为无条件连词消失了，由此演变成的非一致性假设连词却保留在了现代汉语中；“但”、“但是”、“只除非”、“自除非”、“除非是”、“则除是”、“不拘”、“不拣”、“不问”、“任是”等10个条件连词在现代汉语连词系统中已没有踪影。

第七节 转折连词

转折连词连接具有转折关系的词语或句子。

《词话》中的转折连词有“虽”、“虽然”、“虽故”、“虽是”、“虽则”、“而”、“只是”、“却”等8个，共有用例475个。根据前后分句语义相对程度的强弱，转折连词可以分为两大类：一类是重转连词，有“虽”、“虽然”、“虽故”、“虽是”、“虽则”、“却”、“而”等7个；一类是轻转连词，只有“只是”1个。《词话》中的这些转折连词，绝大部分保存在了现代汉语的连词系统中。下面我们就分别来讨论这两大类转折连词。

一、重转连词

《词话》中的重转连词有“虽”、“虽然”、“虽故”、“虽是”、“虽则”、“却”、“而”等7个。这些重转连词在使用上有一个共同特点：基本上都是单用，合用的相对较少。

（一）虽

“虽”作为转折连词在《词话》中共有92个用例，数量位列《词话》中所有转折连词第三。其基本用法如下：

1. “虽”引导的偏句全部位于主句之前。“虽”所连接的是谓词性成分，有87例；其中“虽”位列分句主语之前的有1例：

①你依我收下他这个礼，虽你不稀罕，明日谢钱公，又是一个样儿。(67回)

“虽”位列分句主语之后的有40例。如：

②男子汉虽利害，不打那勤谨省事之妻。(7回)

③李瓶儿口里虽说“奴吃不去了”，只不动身。(14回)

④倘蒙娘子垂怜见爱，肯结秦晋之缘，足称平生之愿。小人虽衔环结草，不敢有忘。(17回)

“虽”后未出现分句主语的有47例。如：

⑤虽有他小叔，还小哩，不晓得什么。(7回)

⑥今日来到奴这湫窄之处，虽无甚物供献，也尽奴一点劳心。(15回)

⑦二人道：“大官人没的说，小人平昔受恩甚多，如今使令小人之处，虽赴汤蹈火，万死何辞！”(19回)

2. “虽”所连接的是体词性成分的有5例。如：

⑧自古谗言罔行，虽君臣父子，夫妇昆弟之间，犹不能免，况朋友乎？(18回)

⑨我见五娘虽好模样儿，也中中儿的红白肉色儿，不如后边大娘、三娘倒白净肉色儿。(75 回)

⑩这韩道国当先尝着这个甜头，靠老婆衣饭肥家，况此时王六儿年约四十五六，年纪虽半，风韵犹存，恰好又得他女儿来接代，也不断绝这样行业，如今索性大做了。(98 回)

3. “虽”可以与“也”、“只”、“还”、“亦”、“倒（到）”、“只是”等词配合使用，表转折。其中，与“也”配合使用表转折的有9 例，如例⑥、⑨；与“只”配合使用表转折的有7 例，如例③；与“还”配合使用表转折的有5 例，如例⑤；与“亦”配合使用表转折的有2 例；与“倒”配合使用表转折的有2 例；与“只是”配合表转折的有1 例。如：

⑪冤家债主，须得本人可舍则舍之，虽阴官亦不能强。(62 回)

⑫嘴头子虽利害，倒没什么心。(74 回)

⑬虽不能伤，只是主有比肩不和，小人嘴舌，常沾些啾唧不宁之状。(12 回)

“虽”的用法分布情况详见表68：

表68

<table>
<tr><th>词项</th><th>总用例数</th><th colspan="2">使用情况</th><th>用例数</th><th>百分比（%）</th></tr>
<tr><td rowspan="13">虽</td><td rowspan="13">92</td><td rowspan="2">连接成分</td><td>谓词性</td><td>87</td><td>94.57</td></tr>
<tr><td>体词性</td><td>5</td><td>5.43</td></tr>
<tr><td rowspan="3">与主语的位置关系</td><td>主语前</td><td>1</td><td>1.09</td></tr>
<tr><td>主语后</td><td>40</td><td>43.48</td></tr>
<tr><td>主语未出现</td><td>47</td><td>51.09</td></tr>
<tr><td rowspan="6">与其他词配合使用情况</td><td>也</td><td>9</td><td>9.78</td></tr>
<tr><td>只</td><td>7</td><td>7.61</td></tr>
<tr><td>还</td><td>5</td><td>5.43</td></tr>
<tr><td>亦</td><td>2</td><td>2.17</td></tr>
<tr><td>倒</td><td>2</td><td>2.17</td></tr>
<tr><td>只是</td><td>1</td><td>1.09</td></tr>
</table>

（二）虽然

“虽然”作为转折连词在《词话》中共有35 个用例，其基本用法如下：

1. “虽然”所引导的偏句全部位于正句之前。“虽然”所连接的是谓词性成分的有33 例。其中，“虽然”位于分句主语之前的有6 例。如：

①虽然爹娘不言语，你我心上何安！(43 回)

②前日因哥儿没了，虽然小人在那里，媳妇儿因感了些风寒，不曾往宅里吊问的，恐怕老爹恼。(61 回)

③虽然二爹不稀罕，也尽小的一点穷心罢了。(72 回)

“虽然”位于分句主语之后的有2例：

④你虽然生养了孩子，奶头儿倒还恁紧。(74 回)

⑤若不是亲家看顾我，在家阻住，我虽然不怕他，也未免多一番唇舌。(81 回)

“虽然”后未出现分句主语的也有25例。如：

⑥虽然有这小丫头迎儿，奴家见他拿东拿西，蹀里蹀斜，也不靠他。(1 回)

⑦虽然不是我兄弟，也是我女婿人家。(92 回)

2. “虽然”所连接的是体词性成分的有2例：

⑧虽然官差，此是我赏你，怕怎的！(66 回)

⑨虽然一路帅臣，果是满堂神道。(94 回)

3. “虽然”可以与“只”、“却”、“果”、“但”、“也”等词配合使用，表转折。其中，与“也”配合使用表转折的有9例，如例③、⑤、⑦；与“果”配合使用表转折的有2例，如例⑨；与“倒”、“还”配合使用表转折的有1例，如例④；与“只”配合使用表转折的有2例；与“但”配合使用表转折的有2例；与“却”配合使用表转折的有1例。如：

⑩今日实对你说了罢，这个雌儿来历，虽然微末出身，却倒百伶百俐，会一手好弹唱，针指女工，百家奇曲，双陆象棋，无所不知。(3 回)

⑪虽然我和人睡，一片心只想着你。(76 回)

⑫这位娘子，体矮声高，额尖鼻小，虽然出谷迁乔，但一生冷笑无情，作事机深内重。(29 回)

“虽然”的用法分布情况详见表69：

表69

<table>
<tr><th>词项</th><th>总用例数</th><th colspan="2">使用情况</th><th>用例数</th><th>百分比（%）</th></tr>
<tr><td rowspan="10">虽然</td><td rowspan="10">35</td><td rowspan="2">连接成分</td><td>谓词性</td><td>33</td><td>94.29</td></tr>
<tr><td>体词性</td><td>2</td><td>5.71</td></tr>
<tr><td rowspan="3">与主语的位置关系</td><td>主语前</td><td>6</td><td>18.18</td></tr>
<tr><td>主语未出现</td><td>25</td><td>75.76</td></tr>
<tr><td>主语后</td><td>2</td><td>6.06</td></tr>
<tr><td rowspan="5">与其他词配合使用情况</td><td>也</td><td>9</td><td>25.71</td></tr>
<tr><td>果</td><td>2</td><td>5.71</td></tr>
<tr><td>只</td><td>2</td><td>5.71</td></tr>
<tr><td>倒/还</td><td>1</td><td>2.86</td></tr>
<tr><td>却</td><td>1</td><td>2.86</td></tr>
</table>

（三）虽故

“虽故”作为转折连词在《词话》中共有27个用例，其基本用法如下：

1. “虽故”所引导的偏句全部位于主句之前。所连接的是谓词性成分的有26例。其中，“虽故”位于分句主语之前的有6例。如：

①虽故姐夫里边头绪儿多，常言道：好子弟不嫖一个粉头，粉头不接一个孤老。（15回）

②虽故大娘有孩儿，到明日长大了，各肉儿各疼，归他娘去了。（91回）

“虽故”位于分句主语之后的有8例。如：

③金莲虽故口里说着，终久怀记在心，与雪娥结仇，不在话下。（11回）

④他虽故不言语，各人心上不安。（35回）

“虽故”后未出现分句主语的也有12例。如：

⑤虽故是恁说，他孝服还未满哩！（16回）

⑥好大舅，虽故有嫂子，外边事怎么理的？还是老舅主张。（79回）

2. “虽故”所连接的是体词性成分的有1例：

⑦这小粉头子，虽故好个身段儿，光是一味妆饰；唱曲也会，怎生赶的上桂姐的一半儿唱。（58回）

3. “虽故”常与“还”、“也”、“却”、“但”、“只是”等配合使用，表转折。其中，与“还”配合使用表转折的有2例。如：

⑧虽故地下笼着一盆炭火儿，还冷的打兢。（23回）

与“也”配合使用表转折的有2例。如：

⑨世上妇人，眼里火的极多。随你甚贤惠妇人，男子汉娶小，说不嗔，及到其间，见汉子往他房里同床共枕，欢乐去了，虽故性儿好杀，也有几分脸酸心歹。（9回）

与“却”配合使用表转折的有1例：

⑩虽故席上众人倒不曾看出来，却被他向窗隙灯影下观得仔细。（24回）

与“但”配合使用表转折的有1例：

⑪老太太虽故说得是，但令郎贤契赋性也聪明，如今年少，为小试行道之端，往后自然心地开阔，改过迁善，老太太倒不必介意。（72回）

与“只是”配合使用表转折的也有1例：

⑫寅皮是克过的夫主，是属虎的，虽故受宠爱，只是偏房。（91回）

“虽故”的用法分布情况详见表70：

表70

词项	总用例数	使用情况		用例数	百分比（%）
虽故	27	连接成分	谓词性	26	96.30
			体词性	1	3.70
		与主语的位置关系	主语前	6	22.22
			主语未出现	12	44.44
			主语后	8	30.77
		与其他词配合使用情况	还	2	7.41
			也	2	7.41
			却	1	3.70
			但	1	3.70
			只是	1	3.70

（四）虽是、虽则

“虽是”作为转折连词在《词话》中共有21个用例。其基本用法如下：

1.“虽是”所引导的偏句全部位于正句之前。所连接的全部是谓词性成分。其中，“虽是”位于分句主语之前的有6例。如：

①虽是日逐钱打我手里使，都是扣数的，使多少，交多少，那里有富余钱。（21回）

②俺娘已是没了，虽是后边大娘承揽，娘在前边还是主儿，早晚望娘抬举。（74回）

“虽是”位于分句主语之后的有13例。如：

③这几日，我虽是看了几个女子，都是卖肉的，挑担儿的，怎好回你老人家话。（37回）

④怪油嘴，这一家虽是有他们，谁不知我在你身上偏多。（72回）

“虽是”后未出现分句主语的有2例：

⑤当日妇人轿子归家，也回了一个灵位供养在房中。虽是守灵，一心只想着西门庆。（14回）

⑥虽是打扮的乔样，倒没见他输身。（37回）

2.“虽是”常与“还”、“也”、“只”、“却”、“到”、“只是”等词配合使用，表转折。其中：

与“还”配合使用表转折的有3例。除例②外还有如：

⑦如今他虽是飘零书剑，家里也还有一百亩田，三四带房子，整的洁净住着。(56回)

与“也”配合使用表转折的有3例。如：

⑧相俺爹虽是抄的银子放在屋里，俺娘正眼儿也不看他的。(78回)

与“只”配合使用表转折的有2例。如：

⑨虽是月娘不信秋菊说话，只恐金莲少女嫩妇，没了汉子，日久一时心邪，着了道儿。(83回)

与“却”配合使用表转折的有2例。如：

⑩小人先妻陈氏，虽是微末出身，却倒百伶百俐，是件都替的小人。(3回)

与“只是”配合使用表转折的有1例：

⑪家中虽是吴月娘大娘子，在正房居住，常有疾病，不管家事，只是人情看往，出门走动。(11回)

与“倒”配合使用表转折的也有2例，见例⑥、⑩。

“虽是”的用法分布情况详见表71：

表71

词项	总用例数	使用情况		用例数	百分比（%）
虽是	21	连接成分	谓词性	21	100.00
			体词性	0	0
		与主语的位置关系	主语前	6	28.58
			主语未出现	2	9.52
			主语后	13	61.90
		与其他词配合使用情况	还	3	14.29
			也	3	14.29
			只	2	9.52
			却	2	9.52
			倒	2	9.52

“虽则”作为转折连词在《词话》中仅有3个用例：

⑫可怜苗员外平昔良善，一旦遭其仆人之害，不得好死，虽则是不纳忠言之劝，其亦大数难逃。(47 回)

⑬后见王姑子制就头胎衣胞，虽则是做成末子，然终觉有些注疑，有些焦刺刺的气子，难吃下口。(53 回)

⑭我虽则往东京，一心只吊不下家事哩，店里又不知怎样，因此急忙回来。(55 回)

从用例情况来看，“虽则”所引导的偏句都位于正句之前；“虽则”所连接的都是谓词性成分；“虽则”位于分句主语后的有 1 例；“虽则”后未出现分句主语的有 2 例；“虽则”还可与“只”配合使用表转折。

（五）却

“却”作为转折连词在《词话》中共有 201 个用例，数量位居《词话》所有转折连词之首。其基本用法如下：

1.“却”常连接同一复句内的分句，“却”全部位于后面的分句中。这种用法共有 179 例。如：

①白来创意思还要下棋，却被众人笑了。(54 回)

②实为住的房子不方便，待要寻间房子安身，却没有银子，因此要求哥周济些儿。(55 回)

③伯爵道：“连日哥吃酒忙，不得些空，今日却怎的在家里？”(56 回)

2.“却”也常连接同一句群内的句子，“却”全部位于后面的句子中。这种用法有 22 例。如：

④西门庆把春梅叫到金莲房内，令他伏侍金莲，赶着叫娘。却用五两银子另买一个小丫头，名唤小玉，伏侍月娘。(9 回)

⑤两个搂抱，正做得好。却不防潘金莲打听他二人入港已是定了，在房中摘去冠儿，轻移莲步，悄悄走来花园内，听他两个私下说甚么话。(23 回)

⑥曾记他十年前应举两道策，那一科试官极口赞他好。却不想又有意个赛过他的，便不中了。(56 回)

3.“却”所连接的全部是谓词性成分。其中，“却”后未出现分句主语的有 157 例。如：

⑦你去了，好了和尚，却打发来好赶热被窝儿。(67 回)

⑧这蛮子也是个不上芦帚的行货子，人家小厮与你使，却背地干这个营生！(76 回)

⑨他们还只在人前撇清，要打我，今日却真实被我看见了。(83 回)

“却”出现在主语后的也有 44 例。如：

⑩你才说这两桩都是吊谎，我却不信你的吊谎。(56 回)

⑪金莲道："他便在外边，你在家却照顾了他老婆了。"(61 回)

⑫忌口些，郁大姐在这里，你却骂瞎淫妇人。(75 回)

"却"的用法分布情况详见表 72：

表 72

词项	总用例数	使用情况		用例数	百分比（%）
却	201	连接成分	谓词性	201	100.00
			体词性	0	0
		与主语的位置关系	主语未出现	157	78.11
			主语后	44	21.89

（六）而

"而"是从古代汉语中沿用下来的连词，可以表示并列、转折、顺承等多种关系。这里我们只讨论表转折关系的"而"。作为转折连词的"而"在《词话》中共有 49 个用例。从"而"所连接的前后语言成分来看，可以分为以下两种情形：

1. "而"连接结构相同或相近、语义相对或相反的谓词性成分。这种用法的"而"共有 17 个用例。如：

①自古男治外而女治内，往往男子之名都被妇人坏了者为何？(14 回)

②眼不哭而泪汪汪，心无虑而眉缩缩，若无刑克，必损其身。(29 回)

③散淡高人，日涉之以成趣；往来游女，每乐此而忘疲。果属奇观，非因过誉。(54 回)

2. "而"连接表相对或相反的行为或事件的小句，"而"用于后句的句首。这种用法的"而"共有 32 例。如：

④竹山道："又一件，似娘子这等妙年，生长深闺，处于富足，何事不遂，而前日有此郁结不足之病？"(17 回)

⑤西门庆虽身接目视，而犹如无物。(51 回)

⑥西门庆自知淫人妻子，而不知死之将至，当日在夹道内奸耍了来爵老婆，走到卷棚内，陪吴大舅、应伯爵、谢希大、常时节饮酒。(79 回)

二、轻转连词

《词话》中的轻转连词唯有"只是"一个。

转折连词"只是"由相邻的两个非直接成分"范围副词'只'+判断词'是'"

逐渐虚化而粘合成，用例始见于唐代，晚唐五代逐渐多起来。现代汉语中还保留后续转折这种用法。[①]“只是”作为转折连词在《词话》中共有126个用例，用例数量位列所有转折连词第二。其基本用法如下：

1.“只是”用于转折复句中。“只是”用于后一分句中，所连接的都是谓词性成分，《词话》中共有69例。如：

①诸般都好，只是有这些孩子气。(14回)

②一般三日摆大酒席，请堂客会亲吃酒，只是不往他房里去。(19回)

③他不是假撇清，他有心也要和，只是不好说出来的。(21回)

④月娘道：“相的也都好，只是三个人相不着。”(29回)

⑤王六儿道：“就是和他做亲也好，只是爹如今居着恁大官，会在一处，不好意思的。”(47回)

⑥好个标致娘子，正好青春享福，只是去世太早些。(64回)

⑦西门庆道：“老公公盛情，只是学生得罪夏公了。”(71回)

2.“只是”用于转折句组中。“只是”用于后句中，在《词话》中有57例。如：

⑧蒙爹娘抬举，莫大之恩，生死难报。只是儿子年幼，不知好歹，望爹娘耽待便了，岂敢非望。(20回)

⑨这位娘子，体矮声高，额尖鼻小，虽然出谷迁乔，但一生冷笑无情，作事机深内重。只是吃了这四反的亏，后来必主凶亡。(29回)

⑩既是大爹可怜见，孩儿也是有造化的。但只是家寒，没备办的。(37回)

⑪这马是昨日东京翟云峰亲家送来的，是西夏刘参将送他的。口里才四个牙儿，脚程紧慢多有他的。只是有些毛病儿，快护糟趸蹬。(38回)

⑫前年陈郎中娘子，也是中年无子，常时小产了几胎，白不存，也是吃了薛师父符药，如今生了好不丑满抱的小厮儿！一家儿欢喜的要不得。只是用着一件物件儿难寻。(40回)

⑬论起后边大娘没甚言语，也罢了。倒只是别人见娘生了哥儿，未免都有些儿气。(44回)

3.“只是”还可与“也”、“但”、“倒”等连用，表转折。其中，“也只是”有4个用例；“但只是”有3个用例；“倒只是”有2个用例；除了例⑫、⑮外还有如：

⑭我的哥，难道你便怨了我？我也只是要你成家。(56回)

⑮三老爹在外为人做人，他原在人家落脚？这个人说的讹了。倒只是他家里深宅大院，一时三老爹不在，藏掖个儿去，人不知鬼不觉，倒还许说。(69回)

⑯如今阴司不收，我白日游游荡荡，夜归向各处寻讨浆水，适间蒙你送了一陌钱

---

① 参见周刚：《连词与相关问题》，安徽教育出版社，2002年，第197页。

纸与我。但只是仇人未获，我的尸首埋在当街，你可念旧日之情，买具棺材盛了葬埋，免得日久暴露。(88 回)

“只是”的用法分布情况详见表 73：

表 73

<table>
<tr><th>词项</th><th>总用例数</th><th colspan="2">使用情况</th><th>用例数</th><th>百分比（%）</th></tr>
<tr><td rowspan="5">只是</td><td rowspan="5">126</td><td rowspan="2">连接单位</td><td>复句分句</td><td>69</td><td>54.76</td></tr>
<tr><td>句组句子</td><td>57</td><td>45.24</td></tr>
<tr><td rowspan="3">与其他词连用情况</td><td>也只是</td><td>4</td><td>3.17</td></tr>
<tr><td>但只是</td><td>3</td><td>2.38</td></tr>
<tr><td>倒只是</td><td>2</td><td>1.59</td></tr>
</table>

综上所述，《词话》中转折连词的用法分布情况详见表 74：

表 74

词项	用例数	百分比（%）	在现代汉语中
虽	92	19.37	存在
虽然	35	7.37	存在
虽故	27	5.69	消失
虽是	21	4.42	存在
虽则	3	0.63	存在
而	49	10.32	存在
只是	126	9.88	存在
却	201	42.32	存在

从表中反映的情况来看，《词话》中最常用的转折连词是“却”，占了全部转折连词用例的 42% 强；其次是“只是”和“虽”，两者用例占了全部转折连词用例的 29% 强；再次是“而”、“虽然”。这些连词绝大部分保留在了现代汉语的连词系统中。

第八节 因果连词

因果连词连接具有因果关系的词语或句子。

《词话》中的因果连词有“因$_1$”[①]、“因是$_1$”[②]、“因为”、“为因”、“为”、“因$_2$”、“因而”、“因此”、“为此”、“因是$_2$”、“所以”、“故”、“故此”、“致”、“以致”、“以此”、“既”、“既然”、“既是”、“可见”、“然则”” 等21个，共有用例1 503个。

根据前后分句或句子间因果关系的差异，我们把这些连词分为说明因果连词和推论因果连词两大类。属于说明因果连词的有“因$_1$”、“因是$_1$”、“因为”、“为因”、“为”、“因$_2$”、“因而”、“因此”、“为此”、“因是$_2$”、“所以”、“故”、“故此”、“致”、“以致”、“以此”等16个，共有用例1 226个；属于推论因果连词的有“既、既然、既是、可见、然则”等5个，共有用例277个。《词话》中的这些因果连词，绝大部分保存在了现代汉语的连词系统中。下面我们分类加以讨论。

一、说明因果连词

说明因果连词可以根据连词所在的分句或句子是表原因的还是表结果的，分为两小类：因连词和果连词。

第一类，因连词。因连词所在的分句或句子表原因，《词话》中因连词有“因$_1$”、“因是$_1$”、“因为”、“为因”、“为”等5个，共有用例394个。

（一）因$_1$、因是$_1$

“因$_1$” 意义用法大致同现代汉语中的“因为”，用在表示因果关系的复句的偏句里，表示原因。与现代汉语中的“因为”用法略有不同的是，“因为”引导的偏句可以位于表结果的正句之后，但是“因$_1$”引导的偏句只能位于主句之前，不能放在主句之后。“因$_1$”作为因连词在《金瓶梅词话》中共有310例。其基本用法如下：

1. “因$_1$”全部用于连接同一复句内的分句，不用来连接同一句群内的句子。如：

①只因小女出嫁，忙了几日，不曾得闲工夫来看你。(8回)

②西门庆因见金莲装扮丫头，灯下艳妆浓抹，不觉淫心漾漾，不住把眼色递与他。(40回)

---

① 由于“因”在《金瓶梅词话》中有两种用法：一种是因连词，用同“因为”，表原因，一种是果连词，用同“因此”，表结果，为了加以区分，我们这里用“因$_1$”来指称因连词“因”，用“因$_2$”来指称果连词“因”。

② 由于“因是”在《金瓶梅词话》中有两种用法：一种是因连词，用同“因为”，表原因，一种是果连词，用同“因此”，表结果，为了加以区分，我们这里用“因是$_1$”来指称因连词“因”，用“因是$_2$”来指称果连词“因”。

③应伯爵因记挂着二人许了他些业障儿，趁此机会好问他要，正要跟随同去，又被西门庆叫住说话。(43 回)

④吴大妗子同二妗子、郑三姐都还要送月娘众人，因见天气落雪，月娘阻回去了。(46 回)

⑤因后边有堂客，不好坐的，月娘交西门庆留大舅大厅上吃酒。(51 回)

2. “因1” 全部用于连接谓词性成分。其中，“因1” 位于分句主语之前的有 78 例。如：

⑥那来旺儿，因他媳妇自家痨病死了，月娘新近与他娶了一房媳妇。(22 回)

⑦你当初为娶这个妇人来家，今是他家女婿，因这妇人带了许多装奁，金银箱笼，口口声声称是当朝逆犯杨戬寄放应没官之物，来问你要。(92 回)

“因1” 后未出现分句主语的有 144 例。如：

⑧因见春梅伶变，知是西门庆用过的丫鬟，与了他一付金三事儿。(14 回)

⑨到夜间要茶吃，叫迎春不应，如意儿起来递茶，因见被拖下炕来，接过茶盏，用手扶起被。(65 回)

“因1” 位于分句主语之后的有 88 例。如：

⑩两个因按在一处夺瓜子儿嗑，不防火盆上坐着一锡瓶酒，推倒了，那火烘烘望上腾起来，漰一地灰起去。(46 回)

⑪以后丈夫得病死了，他因佛门情熟，这等就做了个姑子。(57 回)

“因1” 的用法分布情况详见表 75：

表 75

词项	总用例数	使用情况		用例数	百分比（%）
因1	310	连接成分	谓词性	310	100.00
			体词性	0	0
		与主语的位置关系	主语前	78	25.16
			主语未出现	144	46.45
			主语后	88	28.39

“因是1” 作为因连词在《词话》中共有 4 例：

⑫因是提刑官吏，上下受了西门庆贿赂，要陷害此人，图谋他妻子，故入他奴婢图财，持刀谋杀家长的重罪，也要天理…… (26 回)

⑬皆因是前世里无缘，你今生寿短。(59 回)

⑭这老婆当初在王皇亲家，因是养个主子，被家人不忿攘闹，打发出来，今日又

撞着这个道路，如何不从了，一面就递舌头在西门庆口中。(78 回)

⑮我娘儿们好好儿的，拆散开你东我西，皆因是为谁来？(86 回)

从上例可以看出，“因是1”所引导的表原因的偏句既可位于表结果的正句前，如例⑫、⑬、⑭；也可位于正句后，如例⑮。“因是1”所连接的均为谓词性成分。“因是1”位于分句主语之前的有 1 例；“因是1”后未出现分句主语的有 3 例。

（二）因为、为因

“因为”由“因”、“为”同义复合而成，产生于唐五代，明代以前“因为”、“为因”语序形式自由，至清代才固定为“因为”这一种形式。[①]“因为”作为因连词在《词话》中共有 42 个用例。其基本用法如下：

1.“因为”所引导的表原因的偏句绝大多数位于主句前，这种用法的用例多达 39 例。“因为”所连接的是谓词性成分的，有 34 例。其中，“因为”位于分句主语之前的有 12 例。如：

①忽一日，有一老僧在门首化缘，自称是东京报恩寺僧，因为堂中缺少一尊镀金铜罗汉，故云游在此，访善纪录。(47 回)

②因为你们通同作弊，弄出丑事来，才被他打发出门。(86 回)

③你师父任道士，因为你宿娼坏事，被人打了，拿在守备府去，查点房中箱笼，东西银两没了，一口重气，半夜就死了。(96 回)

“因为”后未出现分句主语的有 13 例。如：

④我自前日别了，因为有些小事，不得空，不曾来看得你老人家，心子里吊不下，今日同这薛姑子来看你。(57 回)

⑤因为搭伙计在外，被人坑陷了资本，着了气来家，问他要饭吃。(92 回)

⑥奴家是清河县人氏，因为荒乱，前往江南投亲，不期天晚，权借婆婆这里投宿一宵，明早就行，房金不少。(100 回)

“因为”位于分句主语之后的有 9 例。如：

⑦到了狮子街东口，西门庆因为月娘众人今日都在李瓶儿家楼上吃酒，恐怕他两个看见，就不往西街去看大灯，只到卖纱灯的跟前就回了。(15 回)

⑧爹因为小的告嫂子说了旺哥去了，要打我。(26 回)

⑨学生因为公事往东京去了，悮了与老太太拜寿，些须薄礼，胡乱送与老太太赏人便了。(72 回)

2.“因为”所连接的是体词性成分的有 8 例。如：

⑩没勾当怎好来踅门踅户，今日不因老九，因为他兄弟的事，敢来央烦老爹，老

① 周刚：《连词与相关问题》，安徽教育出版社，2002 年，第 189 页。

身还不来哩。(76回)

⑪你师父因为你，如此这般，得了口重气，昨夜三更鼓死了。(94回)

3. “因为”所引导的表原因的偏句有时也位于表结果的主句之后，《词话》中共有3例：

⑫实和你说了罢，大姐姐和他爹，那些时两个不说话，因为你来！(20回)

⑬他爹昨日和大姐姐好了，咱每人五钱银子，你便多出些儿，当初因为你起来。(21回)

⑭金莲便道：“李大姐，你也该梯己与大姐姐递杯酒儿，当初因为你的事起来，你做了老林，怎么还恁木木的！”(21回)

“因为”的用法分布情况见表76：

表76

词项	总用例数	使用情况		用例数	百分比（%）
因为	42	连接成分	谓词性	34	80.95
			体词性	8	19.05
		与主语的位置关系	主语前	12	35.29
			主语未出现	13	38.24
			主语后	9	26.47

“为因”作为因连词在《词话》中仅见1例：

⑮立借契人蒋文蕙，系本县医生，为因妻丧，无钱发送，凭保人张胜，借到鲁名下白银三十两，月利三分，入手用度。(19回)

（三）为

“为”作为因连词在《词话》中共有37个用例。其基本用法如下：

1. “为”绝大多数连接因果复句中的分句，共有35个用例。如：

①咱两个人，每人出五钱银子，叫李瓶儿拿出一两来，原为他废事起来。(21回)

②前日为你去了，和人家大嚷大闹的，你知道？(78回)

③前日为我告你说，打了我一顿。(83回)

“为”也可连接句群中的句子，《词话》中有2个用例：

④金莲道：“怪道囚根子，唬的鬼也似的！我说甚么勾当来，恁惊天动地的？原来为那奴才淫妇。”(26回)

⑤这倒不要作准他。只为他与我是三世之交。(56 回)

2. “为”绝大多数连接谓词性成分，共有 26 个用例。如：

⑥也不是为放进白来创来，敢是为他打了象牙梳，不是打了象牙，平白为什么打得小厮这样的！(35 回)

⑦他便为放人进来，这画童儿却为什么，也陪拶了一拶子？是好吃的果子，陪吃个儿？吃酒吃肉也有个陪客，十个指头套在拶子上，也有个陪的来？(35 回)

“为”也可连接体词性成分，共有 11 个用例。如：

⑧当初有言在先，不为嫂子，俺每怎么儿来？(20 回)

⑨为他气的我不好了，把大娘的寿日都误了，没曾来。(62 回)

⑩做甚么为这入遍街捣遍巷的贼瞎妇，教大娘这等骂我，嗔俺娘不管我，莫不为瞎妇扯倒打我五板儿？(76 回)

3. “为”所引导的表原因的偏句位于表结果的正句之前的有 34 例。如：

⑪生生为这孩子不好，是白日黑夜思虑起这病来了。(61 回)

⑫为这小肉儿骂了那贼瞎淫妇，也说不管，偏有那些声气的。(76 回)

“为”所引导的表原因的偏句位于正句之后的有 3 例：

⑬西门庆前边陪着乔大户说话，只为扬州盐商王四峰，被安抚使送监在狱中，许银二千两，央西门庆对蔡太师讨人情释放。(25 回)

⑭玉楼道：“姐姐你不知道，爹打平安为放进白来创来了。”(35 回)

⑮正是：蚊虫遭扇打，只为嘴伤人。(83 回)

4. “为”位于分句主语之前的有 17 例，如：

⑯为你来了，平白教大娘骂了我一顿好的。(46 回)

⑰为他和俺姐夫在家里殴作攘乱，昨日差些儿没把俺大娘气杀了哩。(86 回)

“为”位于分句主语之后的有 6 例。如：

⑱奴为他这等在外胡行，不听人说，奴也气了一身病痛在这里。(13 回)

⑲舌为柔和终不损，齿因坚硬必遭伤。(87 回)

“为”后未出现分句主语的有 3 例。如：

⑳银姐你不知，俺这家人多舌头多，自今日为不见了这锭金子，早是你看着，就有人气不愤，在后边调白你大娘，说拿金子进我屋里来，怎的不见了。(44 回)

“为”的用法分布情况见表 77：

表 77

词项	总用例数	使用情况		用例数	百分比（%）
为	37	连接成分	谓词性	26	70.27
			体词性	11	29.73
		与主语的位置关系	主语前	17	65.38
			主语未出现	3	11.54
			主语后	6	23.08

第二类：果连词。果连词所在的分句或句子表结果。《词话》中果连词有“因$_2$”、“因而”、“因此”、“为此”、“因是$_2$”、“所以”、“故”、“故此”、“致”、“以致”、“以此”等 11 个，共有用例 832 个。

（一）因$_2$、因而

“因$_2$”作为果连词表示“因此”、“所以”之意，在《词话》中共有 677 例。其基本用法如下：

1.“因$_2$”所引导的正句全部位于表原因的偏句之后。“因$_2$”所连接的都是谓词性成分。其中，“因$_2$”后未出现分句主语的有 574 例。如：

①妇人打发穿上衣服，做了一盏暖酒与他吃。打马一直来家。只见后堂中秉着灯烛，女儿、女婿都来了，堆着许多箱笼床帐家活，先吃了一惊，因问：“怎的这咱来家？”（17 回）

②然后妇人脱了衣裳，钻在被窝内。怎奈那欲火烧身，淫心荡意，因问西门庆：“和尚药在那里放着哩？”（79 回）

“因$_2$”位于分句或句子主语之后的有 103 例。如：

③晚夕上床宿歇，西门庆见妇人脚上穿着两只纱绸子睡鞋儿，大红提跟儿，因说道：“阿呀，如何穿这个鞋在脚？怪怪的不好看。”（28 回）

④不一时，兰香到上房要了两丸来。西门庆看见，筛热了酒，剥去蜡，里面露出金丸来，看着玉楼吃下去。西门庆因令兰香：“趁着酒，你筛一钟儿来，我也吃了药罢。”（75 回）

2.“因$_2$”常连接同一复句内的分句，这种用法共有 395 例。如：

⑤琴童道：“崔大哥来了，请厅上坐。爹在对门房子里，等我请去。”一面走到对门，不见西门庆，因问平安儿。平安儿道：“爹敢进后边去了。”（77 回）

⑥月娘到家中，先到天地佛前炷了香，然后西门庆灵前拜罢，就对玉楼众姊妹家中大小，把岱岳庙中及山寨上的事，从头告诉一遍，因大哭一场。（85 回）

"因2"也常连接同一句群内的句子，这种用法有282例。如：

⑦西门庆道："我分咐明日来接我，这咱晚又来做甚么？"因叫进房来问他。那小厮慌慌张张走到房门首，西门庆与妇人睡着，又不敢进来，只在帘外说话，说道："姐姐、姐夫都搬来了，许多箱笼在家中……"（17回）

⑧春梅看了一回，先走到李瓶儿那边，见楼上丢着些折桌、坏凳、破椅子，下边房都空锁着，地下草长的荒荒的。方来到他娘这边，楼上还堆着些生药香料，下边他娘房里，止有两座橱柜，床也没了。因问小玉："俺娘那张床往那去了，怎的不见？"（96回）

"因2"的用法分布情况详见表78：

表78

词项	总用例数	使用情况		用例数	百分比（%）
因2	677	连接成分	谓词性	677	100.00
			体词性	0	0
		与主语的位置关系	主语未出现	574	84.79
			主语后	103	15.21

"因而"作为果连词在《词话》中共有4个用例，都用于连接同一复句内的分句，且连接的都是谓词性成分，都未出现分句主语。如：

⑨那薛姑子不合假以作佛事，窝藏男女通奸，因而致死人命，况又受赃，论了个知情，褪衣打二十板，责令还俗。（34回）

⑩但有司奉行之过，因而致扰，有伤圣治。（48回）

（二）因此、为此、因是2

"因此"作为果连词在《词话》中共有54个用例。其基本用法如下：

1."因此"连接同一复句内的分句，这种用法共有30例。如：

①这大户早晚还要看觑此女，因此不要武大一文钱，白白的嫁与他为妻。（1回）

②还说我在你家雌饭吃，你家收着俺许多箱笼，因此起的这大产业，不道的白养活了女婿！（89回）

2."因此"连接同一句群内的句子，这种用法有24例。如：

③且说西门庆正和县中一个皂隶李外传，专一在县在府绰揽些公事，往来听气儿撰钱使。若有两家告状的，他便卖串儿；或是官吏打点，他便两下里打背工。因此县中起了他个浑名，叫做"李外传"。（9回）

④左右背地里气，只是出眼泪。因此这样暗气暗恼，才致了这一场病。（62回）

3. “因此”连接谓词性成分，共有54例。其中，“因此”位于分句或句子主语之前的有20例。如：

⑤本待要去县前寻兄弟说话，却被这妇人千叮万嘱，分付交不要去兜揽他，因此武大不敢去寻武松。(1回)

⑥不想街坊有几个浮浪子弟，见妇人搽脂抹粉，打扮乔模乔样，常在门首站立睃人；人略斗他斗儿，又臭又硬，就张致骂人。因此街坊这些小伙子儿，心中有几分不愤，暗暗三两成群，背地讲论，看他背地与什么人有首尾。(33回)

“因此”后未出现分句或句子主语的有29例。如：

⑦我虽则往东京，一心只吊不下家事哩，店里又不知怎样，因此急忙回来。(55回)

⑧出去投亲不理，投友不顾，因此在寺内佣工。(97回)

“因此”位于分句或句子主语之后的有5例。如：

⑨此是花二哥，前日请我们在院中与吴银儿做生日，醉了，被我搀扶了他来家；又见我常时院中劝他休过夜，早早来家。他娘子儿因此感不过我的情，想对花二哥说，买了此礼来谢我。(13回)

⑩行令之间，可可见贲四不防头，说出这个笑话儿来。伯爵因此错他这一错，使他知道。(35回)

“因此”的用法分布情况详见表79：

表79

词项	总用例数	使用情况		用例数	百分比（%）
因此	54	连接成分	谓词性	54	100.00
			体词性	0	0
		与主语的位置关系	主语前	20	37.04
			主语未出现	29	53.70
			主语后	5	9.26

“为此”作为果连词在《金瓶梅词话》中只有1例，用于连接同一句群内的句子，且连接的是谓词性成分，并且未出现分句主语。

⑪……庶凶顽知警，良善得以安生，而死者不为含冤矣。为此，具状上告本县青天老爷施行。(92回)

“因是2”作为果连词在《词话》中仅有2例：

⑫妇人道："怎的不与他寻个亲事，与干娘也替得手？"王婆道："因是这等说，家中没人。待老身东挨西补的来，早晚也替他寻下个儿……"（3回）

⑬想起头里月娘骂玳安说两样话，不知弄的甚么鬼，因是向床上摸那淫器包儿，又没了。（50回）

其中，例⑫中的"因是2"用在同一句群的各句子之间；例⑬中的"因是2"用于连接复句中的分句，且"因是2"后均未出现句子或分句主语。

（三）所以

"所以"作为果连词在《词话》中共有27个用例。其基本用法如下：

1. "所以"常用来连接同一复句内的分句，所引导的表结果的主句均位于表原因的偏句之后。这种用法的"所以"共有24例。如：

①教你往东京去了，恐怕你蔡府中不十分熟些，所以教来保同吴主管去了。（26回）

②帮年逼节，丢着个孩子在家，我来，家中没人，所以就不曾来。（78回）

2. "所以"也可连接同一句群内的句子，这种用法有3例。如：

③论来，男人煞重掌威权，女子煞重必刑夫。所以主为人聪明机变，得人之宠辱。（12回）

④我如今了毕你的事，我方才得去。所以叫大官儿跟了我来，成了房子，我不回他爹话去，教他回回便了。（60回）

3. "所以"连接的都是谓词性成分。其中，"所以"位于分句或句子主语之前的有6例。如：

⑤陈经济每日只在花园中管工，非呼唤不敢进入中堂，饮食都是小厮内里拿出来吃，所以西门庆手下这几房妇女，都不曾见面。（18回）

⑥正为这个缘故，所以他肝经原王，人却不知他。（54回）

"所以"后未出现分句或句子主语的有19例。如：

⑦那厮坏了事，所以打发他。（26回）

⑧盖缘汝有大道心，常持《佛顶心陀罗经》，善神日夜拥护，所以杀汝不得。（59回）

"所以"位于主语之后的有2例：

⑨我问他，如何不说，我所以打他。（9回）

⑩我前日见你这里打的酒，通吃不上口，我所以拿的这坛酒来。（38回）

表 80

词项	总用例数	使用情况		用例数	百分比（%）
所以	27	连接成分	谓词性	27	100.00
			体词性	0	0
		与主语的位置关系	主语前	6	22.22
			主语未出现	19	70.37
			主语后	2	7.41

（四）故、故此

“故”作为果连词在《词话》中共有 20 个用例。其基本用法如下：

1. “故”常连接同一复句内的分句，这种用法共有 16 例。如：

①大娘因身上不方便，大姐不自在，故不去了。(24 回)

②一向心中牵挂陈经济，在外不得相会，情种心苗，故有所感，发于吟咏。(96 回)

2. “故”连接同一句群内的句子，这种用法有 4 例。如：

③此一只词儿，单说着情色二字，乃一体一用。故色绚于目，情感于心，情色相生，心目相视。(1 回)

④路上走来，又怕有些邪气。故来灶门前走走。(53 回)

3. “故”连接的均是谓词性成分。其中，“故”位于分句或句子主语之前的有 2 例，除了例③之外还有：

⑤因是八月十五生的，故小字叫做月娘。(9 回)

“故”后未出现分句或句子主语的有 16 例。如：

⑥长老慈悲，故收而埋之。(48 回)

⑦诗人看到此，必甚不平，故作诗以叹之。(72 回)

“故”出现在主语之后的有 2 例：

⑧西门庆故问王婆道：“干娘，不敢动问，这位娘子是谁家宅上的娘子？”(3 回)

⑨六姨，你原来这等量窄，我故便不对你说。(8 回)

“故”的用法分布情况详见表 81：

表 81

词项	总用例数	使用情况		用例数	百分比（%）
故	20	连接成分	谓词性	20	100.00
			体词性	0	0
		与主语的位置关系	主语前	2	10.00
			主语未出现	16	80.00
			主语后	2	10.00

“故此”由连词“故”和指示代词“此”连用组成，用于连接复句中的分句和句群中的句子，位于同一复句内的后一分句的句首或同一句群内后一句子的句首，用法同“因此”。“故此”作为果连词在《词话》中共有 10 个用例。其基本用法如下：

1. “故此”连接同一复句内的分句，这种用法共有 7 例。如：

⑩原来西门庆有心要梳笼桂姐，故此发言，先索落他唱。(11 回)

⑪只听东边咚咚鼓来响动，原来本尉八员太尉堂官，见朱太尉新加光禄大夫、太保，又荫一子为千户，都各备大礼在此，治具酒筵，来此庆贺，故此有许多教坊伶官在此动乐。(70 回)

2. “故此”连接同一句群内的句子，这种用法有 3 例。如：

⑫俺每才进门就先问你要，你在人家招赘了，初开了这个铺子，恐怕丧了你行止，显的俺每阴骘了。故此先把几句风话来教你认范。(19 回)

⑬因此是一个人一般，极好兄弟。故此不拘形迹，便随意写个曲儿。(56 回)

3. “故此”连接的均为谓词性成分。其中，“故此”位于分句主语之前的有 1 例：

⑭因为那肉眼凡夫不知去向，不生尊信，故此佛祖演说此经，劝人专心念佛，竟往西方见了阿弥陀佛，自此一世二世，以至百千万世，永永不落轮回。(57 回)

“故此”后未出现分句或句子主语的有 7 例。除例⑩、⑪、⑫、⑬外还有如：

⑮吴氏与小的有仇，故此诬赖小的，望老爷察情。(92 回)

“故此”位于主语之后的仅有 1 例：

⑯他去世的父亲号逸轩，他故此改号小轩。(77 回)

“故此”还有 1 例连接的是谓词性代词：

⑰他昨日已有酒了，故此这般，等我慢慢说他。(89 回)

“故此”的用法分布情况详见表 82：

表 82

<table>
<tr><th>词项</th><th>总用例数</th><th colspan="2">使用情况</th><th>用例数</th><th>百分比（%）</th></tr>
<tr><td rowspan="6">故此</td><td rowspan="6">10</td><td rowspan="2">连接成分</td><td>谓词性</td><td>10</td><td>100.00</td></tr>
<tr><td>体词性</td><td>0</td><td>0</td></tr>
<tr><td rowspan="4">与主语的位置关系</td><td>主语前</td><td>1</td><td>10.00</td></tr>
<tr><td>主语未出现</td><td>7</td><td>70.00</td></tr>
<tr><td>谓词性代词</td><td>1</td><td>10.00</td></tr>
<tr><td>主语后</td><td>1</td><td>10.00</td></tr>
</table>

（五）致、以致、以此

“致”作为果连词在《词话》中共有 6 例。其基本用法如下：

1. “致”连接同一复句内的分句，这种用法共有 5 例。如：

①比有娼妇牛氏、包氏见证，致被地方保甲捉获。（10 回）

②此冤家不曾离于前后，欲求方便，致杀其母，遂以托荫此身。（59 回）

2. “致”连接同一句群内的句子，这种用法仅有 1 例：

③他儿子屈镗，因他娘屈姥姥安歇郑旺夫妻二人，带此东西，夜晚见财起意，掘开房门，偷盗出来耍钱。致被捉获，具了事件，拿去本县见官。（90 回）

3. “致”连接的均为谓词性成分，且“致”后均未出现分句或句子主语。除例①、②、③外，还有如：

④昨夜至三更时分，有先不知名今知名贼人二名：陈经济、陈安，锹开库门锁钥，偷出脏银二百两，越墙而过，致被捉获，来见老爷。（92 回）

“以致”作为果连词在《词话》中共有 7 例。其基本用法有：

1. “以致”连接同一复句内的分句，这种用法共有 5 例。如：

⑤汉举孝廉，唐兴学校，我国家始制考贡之法，各执偏陋，以致此辈无真才，而民之司牧何以赖焉？（48 回）

⑥（永福禅寺）渐成寂寞，断绝门徒；以致凄凉，罕稀瞻仰。兼以鸟鼠穿蚀，那堪风雨漂摇。（57 回）

2. “以致”也连接同一句群内的句子，这种用法有 2 例：

⑦话说宋徽宗皇帝政和年间，朝中宠信高、杨、童、蔡四个奸臣。以致天下大

乱，黎民失业，百姓倒悬，四方盗贼蜂起，罡星下生人间，搅乱大宋花花世界，四处反了四大寇。(1回)

⑧夤缘钻刺者，骤升美任；贤能廉直者，经岁不除。以致风俗颓败，赃官污吏遍满天下，役烦赋兴，民穷盗起，天下骚然。(30回)

3. “以致”所连接的是谓词性成分的有6例。其中，“以致”位于分句或句子主语之前的有5例。除了例⑤、⑦、⑧之外，还有如：

⑨七情感伤，肝肺火太盛，以致木旺土虚，血热妄行，犹如山崩而不能节制。(61回)

“以致”连接体词性成分的仅有1例：

⑩奶子不看好他，以致今日。(53回)

“以致”的用法分布情况见表83：

表83

词项	总用例数	使用情况		用例数	百分比（%）
以致	7	连接成分	谓词性	6	85.71
			体词性	1	14.29
		与主语的位置关系	主语前	5	83.33
			后无主语	1	16.67

“以此”作为果连词在《词话》中共有24例。其基本用法如下：

1. “以此”连接同一复句内的分句，这种用法共有11例。如：

⑪第三名唤吴典恩，乃本县阴阳生，因事革退，专一在县前与官吏保债，以此与西门庆来往。(11回)

⑫来旺儿和吴主管二人。还有盐客王四峰一千干事的银两，以此多着两个去。(25回)

2. “以此”连接同一句群内的句子，这种用法有13例。如：

⑬俗语言其身上粗糙、头脸窄狭故也。以此人见他这般软弱朴实，多欺负他。(1回)

⑭生的魁伟身材，一脸胡须。襟怀洒落，广结交，好施舍。见作本宫住持。以此，高贵达官多往投之做醮。(39回)

3. “以此”所连接的为谓词性成分的共有23例。其中，“以此”位于分句或句群主语之前的有11例。如：

⑮原来花子虚死了，迎春、绣春都已被西门庆要了，以此凡事不避他，教他收拾床铺，拿果盒杯酒。(16 回)

⑯又听见李娇儿说，金莲当初用毒药摆布死了汉子，被西门庆占将来家，又偷小厮，把第六个娘子生了儿子，娘儿两个生生吃他害杀了，以此张二官就不要了。(87 回)

“以此”后未出现分句主语的有 12 例。如：

⑰况两位提刑官，上下都被西门庆买通了，以此掣肘难行。(26 回)

⑱问他房中玉箫与迎春，情愿要去。以此就差来保雇车辆，装载两个女子，出门往东京太师府中来。(81 回)

“以此”连接体词性成分的仅有 1 例：

⑲西门庆见他这般本事，常照顾他在生药铺中秤货，讨中人钱使。以此凡大小事情，少他不得。(16 回)

“以此”的用法分布情况详见表 84：

表 84

词项	总用例数	使用情况		用例数	百分比（%）
以此	24	连接成分	谓词性	23	95.83
			体词性	1	4.17
		与主语的位置关系	主语前	11	47.83
			主语未出现	12	52.17

二、推论因果连词

推论因果连词用在推论因果复句的前一分句，“提出已有的事实或肯定的论断作为前提，推论出后一分句的结论”①。《词话》中推论因果连词有“既”、“既然”、“既是”、“然则”、“可见”等 5 个，共有用例 277 个。

（一）既、既然、既是

“既”、“既然”、“既是”这三个推论因果连词都包含共同的标志性语素“既”，而且语法意义和用法大致相同。“既”作连词表示“既然”的意思②；“既是”作连词

① 参见侯学超编：《现代汉语虚词词典》，北京大学出版社，1998 年，第 309 页。

② 参见中国社会科学院语言研究所词典编辑室编：《现代汉语词典》（第 5 版），商务印书馆，2005 年，第 647 页。

也表示“既然”的意思[1]。所以，我们把它们归在一起讨论。

“既”作为推论因果连词在《词话》中共有167个用例，数量位居所有推论因果连词之首，甚至超过其他推论因果连词用例数量的总和，位列《词话》所有因果连词第三位。

“既”用法比较单一。“既”全部用于复句之中，没有用于句群之中的用例。且全部用在推论因果复句的前一分句，用来提出已经成为事实的前提；后一分句根据这一前提推出结论。“既”全部连接谓词性成分。其中，“既”位于分句主语之前的有4例。如：

①既你这说，我明日打发他去便了。(25回)

②既你不肯，我把这酒礼收了，那尺头你还拿去，我也不留你坐了。(77回)

“既”后未出现分句主语的有81例。如：

③既留下俺每，我教人家去回妈声，放心些。(31回)

④既已省悟，也不消前去。(100回)

“既”位于分句主语之后的多达82例。如：

⑤你既有真心娶奴，先早把奴房撺掇盖了。娶过奴去，到你家住一日，死也甘心。(16回)

⑥你两个既会唱，斟上酒你周奶奶吃，你每慢唱。(96回)

“既”的用法分布情况详见表85：

表85

词项	总用例数	使用情况		用例数	百分比（%）
既	167	连接成分	谓词性	167	100.00
			体词性	0	0
		与主语的位置关系	主语前	4	2.40
			主语未出现	81	48.50
			主语后	82	49.10

“既”在上古时期就用作推论因果连词；晚唐时期，“既”加后缀“然”粘合成双音节连词；宋元以后用例逐渐增多。[2]“既然”作为推论因果连词在《词话》中共有21例。

① 参见中国社会科学院语言研究所词典编辑室编：《现代汉语词典》(第5版)，商务印书馆，2005年，第648页。

② 周刚：《连词与相关问题》，安徽教育出版社，2002年，第193页。

“既然”用法比较单一。“既然”全部用于复句之中，没有用于句群之中的用例，且全部用在推论因果复句的前一分句。“既然”所连接的也都是谓词性成分。其中，“既然”位于分句主语之前的有 4 例。如：

⑦既然我遮藏你们，我有一条计。(5 回)

⑧既然家中有人拘管，就不消在前梳笼人家粉头，自守着家里的便了。(12 回)

“既然”后未出现分句主语的有 14 例。如：

⑨既然赐与，奴家不敢推辞，只得接了。(1 回)

⑩既然好，已是见过，不必再相。(91 回)

“既然”位于分句主语之后的有 3 例。如：

⑪嫂子既然分付在下，在下已定伴哥同去同来，怎肯失了哥的事。(13 回)

⑫他既然不是你我的儿女，干养活他一场。他短命死了，哭两声，丢开罢了。(59 回)

“既然”的用法分布情况详见表 86：

表 86

词项	总用例数	使用情况		用例数	百分比（%）
既然	21	连接成分	谓词性	21	100.00
			体词性	0	0
		与主语的位置关系	主语前	4	19.05
			主语未出现	14	66.67
			主语后	3	14.28

“既是”作为推论因果连词在《词话》中共有 85 例。“既是”用法比较单一。“既是”全部用于复句之中，没有用于句群之中的用例，且全部用在推论因果复句的前一分句中。“既是”所连接的均是谓词性成分。其中，“既是”后紧接着出现分句主语的有 38 例。如：

⑬既是嫂子恁说，我到家教人来取。(14 回)

⑭月娘便道：“既是姐夫会看牌，何不进去咱同看一看?”(18 回)

⑮既是应二哥作保，你明日只还我一百两本钱就是了。(31 回)

“既是”后未出现分句主语的也有 38 例。如：

⑯既是许了干娘，务要与干娘做了。(3 回)

⑰西门庆道：“既是早哩，使丫头请你六娘来听唱。”(30 回)

⑱既是投宿，娘子请炕上坐。等老身造饭，有几个挑河夫子来吃。（100回）

“既是”出现在分句主语后的有9例。如：

⑲爹既是许了你，拜谢拜谢儿。（30回）

⑳你既是一心在我身上，到明日等卖下银子，这遭打发他和来保起身，亦发留他长远在南边立庄，做个买手。（61回）

《词话》中有些“既是”并非推论因果连词，而是推论因果连词“既”带上了系词“是”，后面连接的是体词性成分，共有13例。如：

㉑既是好日子，交丫头热水，你替孩儿洗头，交小周儿慢慢哄着他剃。（52回）

㉒既是令亲，到明日类本之时，不但加升本等职级，我还保举他见任管事。（76回）

“既是”的用法分布情况见表87：

表87

词项	总用例数	使用情况		用例数	百分比（%）
既是	85	连接成分	谓词性	85	100.00
			体词性	0	0
		与主语的位置关系	主语前	38	44.71
			主语未出现	38	44.71
			主语后	9	10.59

（二）然则、可见

“然则”作为推论因果连词在《词话》中只有1个用例，连接谓词性成分，用在同一句群的后一句句首：

①虽然，妻之视妾，名分虽殊，而戚氏之祸，尤惨于虞姬。然则，妾妇之道以事其丈夫，而欲保全首领于牖下，难矣。（1回）

“可见”作为推论因果连词在《词话》中共有3个用例：

②我哄他只说要做网巾顶线儿。径拿进来与你瞧。可见我不失信。（12回）

③西门庆更不问这嗄饭是那里，可见平日家中受用、管待人家，这样东西无日不吃。（34回）

④行令之间，可见贲四不防头，说出这个笑话儿来。（35回）

在这3例中，“可见”全部连接谓词性成分，且都出现于分句或句子主语之前。只有例②用在同一句群的后一句句首；例③、④用在同一复句的后一分句句首。

《词话》中因果连词的用法分布情况详见表88：

表88

词项	用例数	百分比（%）	在现代汉语中
因1	310	20.63	存在
因是	4	0.27	消失
因为	42	2.79	存在
为因	1	0.07	消失
为	37	2.46	消失
因2	677	45.04	存在
因而	4	0.27	存在
因是2	2	0.13	消失
因此	54	3.59	存在
为此	1	0.07	存在
所以	27	1.80	存在
故	20	1.33	存在
故此	10	0.67	消失
致	6	0.40	消失
以致	7	0.47	存在
以此	24	1.60	消失
既	167	11.11	存在
既然	21	1.40	存在
既是	85	5.66	消失
然则	1	0.07	消失
可见	3	0.20	存在

从表中反映的情况来看，《金瓶梅词话》中最常用的因果连词是“因2”，占了全部因果连词用例的45.04%；其次是“因1”和“既”，两者用例占了全部因果连词用例的31.74%；再次是“既是”、“因此”、“因为”等；其余“为”、“所以”、“以此”、“既然”、“故”等用例均相对比较少。至于“以致”、“致”、“因是”、“为因”、

“因而”、“为此”、“可见”、“然则”等用例更是罕见。

第九节 目的连词

目的连词是连接行为与行为目的之间的关系的连词。

《金瓶梅词话》中的目的连词有“好”、“以”、“省得”、“免得”等4个，共有139个用例。根据所连接的前后分句间的语义关系，这些目的连词可以分为两大类：其中“好”、“以”是表示积极目的的连词，共有125个用例，占全部目的连词用例的89.93%；“省得”、“免得”是表示消极目的的连词，共有14个用例，占全部目的连词用例的10.07%。由此可见，在《词话》中表示积极目的连词的用例要远远多于表示消极目的连词的用例。

《词话》中所有目的连词全部保留在了现代汉语的连词系统中。下试详述之。

一、积极类目的连词

《词话》中的积极类目的连词有2个：“好”和“以”。它们都表示希望发生某种情况，共有125个用例。

（一）好

“好”作为目的连词在《词话》中共有54个用例。其基本用法如下：

“好”全部用于复句之中，“好”引导的表目的的正句均位于表行为或事件的偏句之后。“好”连接的都是谓词性成分，未见有体词性成分的用例。其中，“好”出现在分句主语后面的有40例。如：

①不是老身路歧相烦，难得这位娘子在这里，官人好与老身做个主人，拿出些银子，买些酒食来，与娘子浇浇手，如何？（3回）

②（妇人）因问：“官人行礼日期？奴这里好做预备。”（7回）

③爹说交娘每瞧瞧六娘这影，看画的如何，那些儿不像，说出去教韩先生好改。（63回）

“好”后未出现分句主语的，有14例。如：

④不然，怎的把他的鞋这等收藏的娇贵，到明日好传代。（28回）

⑤应伯爵因记挂着二人许了他些业障儿，趁此机会好问他要。正要跟随同去，又被西门庆叫住说话。（43回）

⑥还望大人对他说说，早把房儿腾出来，这里好打发家小起身。（71回）

没有“好”出现在分句主语前面的用例。

“好”的用法分布情况详见表89：

表 89

词项	总用例数	使用情况		用例数	百分比（%）
好	54	连接成分	谓词性	54	100.00
			体词性	0	0
		与主语的位置关系	主语后	40	74.07
			主语未出现	14	25.93

（二）以

“以”作为目的连词在《词话》中共有 71 个用例。其基本用法如下：

“以”全部用于复句之中，“以”引导的表目的的正句均位于表行为或事件的偏句之后。“以”所连接的都是谓词性成分，未见有体词性成分的用例。其中，“以”出现在分句主语后面的仅有 1 例：

①妾宁以义死，不以苟生。(1 回)

“以”后未出现分句主语的多达 70 例。如：

②西门庆向桂卿说道：“今日二位在此，久闻桂姐善能禾唱南曲，何不请歌一词，以奉劝二位一杯儿酒，意下如何？”(11 回)

③到明日，讨他大娘和五娘的脚样儿来，奴亲自做两双鞋儿过去，以表奴情。(13 回)

④今日拙夫灵已烧了，蒙大官人不弃，奴家得奉巾栉之欢，以遂于飞之愿。(16 回)

⑤经济见妇人去了，默默归房，心中怏然不乐。口占《折桂令》一词，以遣其闷。(19 回)

⑥此是奴家这几日盼你不来，闲中在楼上作得几首词，以消遣闷怀，恐汙官人贵目。(99 回)

没有“以”出现在分句主语前面的用例。

“以”的用法分布情况详见表 90：

表 90

词项	总用例数	使用情况		用例数	百分比（%）
以	71	连接成分	谓词性	71	100.00
			体词性	0	0
		与主语的位置关系	主语后	1	1.41
			主语未出现	70	98.59

二、消极类目的连词

《词话》中的消极类目的连词有“省得”和“免得”2个，都表示不希望发生某种情况。用例很少，总共才有14个。

（一）省得

“省得”作为目的连词在《词话》中共有12例，其基本用法如下：

1.“省得”引导的表目的的正句均位于表行为或事件的偏句之后；“省得”所连接的都是谓词性成分，未见有体词性成分的用例。其中，“省得”出现在分句主语前面的有6例。如：

①你两家亲都在此，漏眼不藏丝，有话当面说，省得俺媒人们架谎。（7回）

②金莲道：“李大姐，你有披袄子，带出件来我穿着，省得我往屋里去走一遭。”（24回）

③有了原物在，省得两家赖，教人家人在门前放屁。（95回）

“省得”后分句主语未出现的，也有6例。如：

④到明日，叫奶子抱了哥儿也去走走，省得家里寻他娘哭。（40回）

⑤领出头面来，还了人家，省得合口费舌。（95回）

⑥等我卖尽货物，讨了赊帐，你两口跟我往湖州家去罢，省得在此做这般道路。（100回）

2.“省得”常用在复句中，共有7例，如例①～⑥；“省得”也可用在句群中，连接前后句子，共有5例：

⑦论起春梅，又不是我房里丫头，你气不愤，还教他伏侍大娘就是了。省得你和他合气，把我扯在里头。（11回）

⑧先在家里吃饭，倒也有理。省得又到那里吃饭，径把攒盒，酒，小碟儿拿去罢。（54回）

⑨你既有真心娶奴，先早把奴房撺掇盖了。娶过奴去，到你家住一日，死也甘心。省得奴在这里度日如年。（16回）

⑩今日扰兄了，不如着入己的，倒也径捷些儿。省得虚脾胃，吃又吃不成，倒不如入己的有实惠。（54回）

⑪再有甚点心，拿上一盒子与他吃。省得他又说，大清早辰拿寡酒灌他。（95回）

3.“省得”可以与副词“又”配合使用，全书中共有3例。除了例⑧、⑪外还有：

⑫随姐姐拣，衫儿也得，裙儿也得，咱两个一事，包了做拜钱倒好，省得又取去。（35回）

"省得"的用法分布情况详见表91：

表91

词项	总用例数	使用情况		用例数	百分比（%）
省得	12	连接语言单位	复句中的分句	7	58.33
			句群中的句子	5	41.67
		与主语的位置关系	主语前	6	50.00
			主语未出现	6	50.00

（二）免得

"免得"作为目的连词，其用法基本同"省得"①。"免得"在《词话》中共有2例：

①但只是仇人未获，我的尸首埋在当街，你可念旧日之情，买具棺材盛了葬埋，免得日久暴露。(88回)

②情愿个单夫独妻，免得惹气。(94回)

在这两例中，"免得"全部用在目的复句的正句句首，连接的都是谓词性成分，且在"免得"后皆未出现分句主语。

《词话》中目的连词的用法分布情况详见表92：

表92

词项	好	以	省得	免得	总计
用例数	54	71	12	2	139
百分比（%）	38.85	51.08	8.63	1.44	100
现代汉语中	存在	存在	存在	存在	

从表中反映的情况来看，《词话》中最常用的目的连词是"以"，其用例数量占了全部目的连词用例的51.07%。这些目的连词全部保留在了现代汉语的连词系统中。

① 吕叔湘主编：《现代汉语八百词》（增订本），商务印书馆，1999年，第489页。

本章参考文献

著作

1. 北京大学中文系1955、1957级语言班编:《现代汉语虚词例释》，北京：商务印书馆，1982年。

2. 董志翘、蔡镜浩:《中古虚词语法例释》，长春：吉林教育出版社，1994年。

3. 冯春田:《近代汉语语法研究》，济南：山东教育出版社，2000年。

4. 何乐士、敖镜浩、王克仲等:《古代汉语虚词通释》，北京：北京出版社，1985年。

5. 侯学超:《现代汉语虚词词典》，北京：北京大学出版社，1998年。

6. 江蓝生:《近代汉语探源》，北京：商务印书馆，2000年。

7. 蒋绍愚、曹广顺主编:《近代汉语语法史研究综述》，北京：商务印书馆，2005年。

8. 蒋绍愚:《近代汉语研究概况》，北京：北京大学出版社，1994年。

9. 吕叔湘主编:《现代汉语八百词》（增订本），北京：商务印书馆，1999年。

10. 马真:《现代汉语虚词研究方法论》，北京：商务印书馆，2004年。

11. 王力:《汉语史稿》（中册），北京：中华书局，1980年。

12. 吴福祥:《敦煌变文语法研究》，长沙：岳麓书社，1996年。

13. ［日］香坂顺一著，江蓝生、白维国译：《白话语汇研究》，北京：中华书局，1997年。

14. ［日］香坂顺一著，植田均译:《水浒词汇研究》（虚词部分），北京：文津出版社，1992年。

15. ［日］志村良治著，江蓝生、白维国译:《中国中世语法史研究》，北京：中华书局，1995年。

16. 俞光中、植田均:《近代汉语语法研究》，上海：学林出版社，1999年。

17. 张斌主编:《现代汉语虚词词典》，北京：商务印书馆，2001年。

18. 张谊生:《现代汉语虚词》，上海：华东师范大学出版社，2000年。

19. 中国社会科学院语言研究所古代汉语研究室编:《古代汉语虚词词典》，北京：商务印书馆，1999年。

20. 中国社会科学院语言研究所词典编辑室编:《现代汉语词典》（第5版），北京：商务印书馆，2005年。

21. 朱德熙:《语法讲义》，北京：商务印书馆，1982年。

22. 周刚:《连词与相关问题》，合肥：安徽教育出版社，2002年。

论文

1. 艾皓德：《近代汉语以“时”煞尾的从句》，《中国语文》1991 年第 6 期。

2. 曹炜：《近代汉语并列连词“并”的产生、发展及其消亡》，《语文研究》2003 年第 4 期。

3. 曹炜：《近代汉语中被忽视的“和”类虚词成员“并”》，《古汉语研究》2006 年第 4 期。

4. 曹炜：《〈金瓶梅词话〉中“和”类虚词用法差异计量考察》，《江苏大学学报》2007 年第 2 期。

5. 高育花：《近代汉语“和”类虚词研究述评》，《古汉语研究》1998 年第 3 期。

6. 李英哲、卢卓群：《汉语连词发展过程中的若干特点》，《湖北大学学报》1997 年第 4 期。

7. 汪维辉：《所以完全变成连词的时代》，《古汉语研究》2002 年第 2 期。

8. 于江：《近代汉语“和”类虚词的历史考察》，《中国语文》1996 年第 6 期。

9. 周刚：《连词产生和发展的历时要略》，《安徽大学学报》2003 年第 1 期。

后　记

这是一部前前后后断断续续写作了十多年才完成的小书。

本书是在我博士学位论文的基础上不断修改增补而成的。

写作本书时的心态特别好，很多时候是自己渴望写作，而不是被某种外来因素驱使，在某种压力下写作。也就是说，写作是在闲适的状态中进行的，想搁笔就搁笔，想写作就写作，一切率性而为。当然，这也要感谢出版方的大度和宽容——从不拿签就的合同说事，已荣任暨南大学出版社文史编辑室主任的杜小陆编辑真可谓谦谦君子也，对待作者温文尔雅，丝毫没有时下某些出版社编辑的那种令人不怎么舒服的强势做派。

想想也是，学术原本便“是荒江野老屋中二三素心人商量培养之事”，理应不该成为谋稻粱之器。既然不是谋稻粱之器，那就少了许多功利的纠缠与躁动；没有了功利的纠缠与躁动，自然也就从容、闲适了许多；如此，学术讨论中充满机趣的一面就会凸显出来，徜徉于其中者自然也就乐此不疲。

我的高中同学、室友蒋国忠，眼下是我所居处的这座城市的政法委副书记。有一次开了他的那辆车牌号为“苏 OE00004”的专车来接我去参加一个聚会。这位领导看我一天到晚蛰居家中，很少出来走动，便用了一连串题目来测试我的幸福指数，得出的结论是：我的幸福指数高于他。转述一下就是：一个长期蛰居书房的大学教授的幸福指数超过一个副省级城市的政法委副书记。这是我同我这位同学无数次的世俗较量中仅有的一次胜出。我的胜出得益于我的问学人生，我的幸福指数的向高，也来源于我的这种生活状态。

我的生活状态主要是由说写与阅读构成的。

20 世纪的那十六年，讲授所占的份额多一些，作为对我十六年讲授生涯的一个肯定与奖励。20 世纪末，苏州大学于校本部学术报告厅隆重集会，主管教学工作的副校长殷爱荪同志向我颁发了首届青年教师课堂教学竞赛一等奖证书，并指定我作为获奖教师的代表上台发言。从世俗的角度来看，这应算是我教学生涯的辉煌顶点。

21 世纪以来的这十年，写作所占的份额多一些，主要是遇上了一群好编辑，像学林出版社的雷群明，北京大学出版社的郭力、乔征胜、胡双宝，汉语大词典出版社的黄丽丽、王土然、孙毕，暨南大学出版社的李战、杜小陆、陈鸿瑶等等，他们的信任与褒扬不断撩起我写作的欲望。尤其是杜小陆编辑，他的敏锐、执著、大气、谦和，让我在情感上没法舍弃他所在的暨南大学出版社而去寻找别的出版社——我同他签下了多份出版合同。从世俗的角度来看，十年写作似乎没有迎来前面十六年教学所取得的辉煌[①]；但就个人精神层面而言，写作所带来的愉悦、享受丝毫不输于成功的讲授。

很显然，阅读、讲授、写作已经构成我生活的主要内容。我非常享受我目前的生活状态，我曾经不止一次地在课堂上或课后闲聊时讲过，如果还有来世，我还会选择我今世的生活状态。我就是想不通，我那宝贝儿子为什么不愿选择我所选择的生活方式，子承父业，在我这里，几成泡影。

就目前的学术评价制度来看，学术著作的写作是件吃力不讨好的事情。我眼下所在的这所高校就出台了详尽的科研奖励条例、职称评聘条例、教授评级条例，这些条例所追捧的全是所谓权威期刊论文和核心期刊论文。有一份中社科的刊物，若在上面发表1篇论文，校系两级的奖励多达5万元；若在上面发表2篇论文，除享受前述奖励之外，还可以享用学校给予的10万元科研资助；若在上面发表5篇论文，可以直接评聘为二级教授。而一部数十万字的学术著作，除了获得750~1 750元的科研奖励外，别无用处——职称评聘、教授评级对学术著作均视作可有可无之物。据说，全国高校概莫能外，只是奖多奖少而已。如此一来，许多人就把全部心思、浑身解数全用在如何上权威期刊发表论文上面去了，一些领导干部甚至动用公共资源为自己的论文上权威刊物架桥铺路。在学院的一次教代会上，我就曾经登台呼吁，废除校系对于权威或核心期刊论文的多重奖励制度，因为那会助长高校愈演愈烈的不正之风。

目前的这种重论文轻著作的态势应该还会持续一段时间。反过来想想，这样也好，大浪淘沙，这股风潮会让部分“素心人”还留在书房里慢慢写作，淘金者则全部奔向权威或核心期刊去了，图书出版业也可以缓一口气了。

好的学术著作，我以为应该具备以下特征之一二：①著作中所讨论的问题是此前别人所未曾讨论过的或此前别人虽有所讨论但留下的遗憾较多、漏洞较大而自己又有不少新发现的；②别人阅读了该著作后能对有关学术问题的来龙去脉以及学术界目前的研究状态了然于胸，并能看到作者对这些学术问题的处理意见；③为学界同仁提供一种研究的路径与范式，这种路径与范式或者是别人从没尝试过的，或者前人偶有尝试但没有好好总结，而该著作则是第一次加以总结完善的；④提出一整套具有独创性的理论，并被实践证明，这种理论在目前的状态下对解决相关问题具有超越前人的便捷性与说服力；⑤著作中所贯穿的理念与思想对现存的学术体系具有颠覆性意义，著作的问世，标志着一个时代的终结与另一个时代的开始。这五项特征所体现的学术高度和难度是依次递增的。其中，具备上述特征⑤的是伟大的学术著作，具备特征④的是杰出的学术著作，具备特征③的是优秀的学术著作，具备特征②或①的是较好的学

---

① 小斩获也是有的，21世纪初曾以《〈金瓶梅〉文学语言研究》一书获由复旦大学面向全国设立的（第三届）陈望道修辞学奖，接着又以《现代汉语词义学》一书和《商品叫卖语言》一书两度获江苏省哲学社会科学优秀成果奖。

术著作，连特征②或①也不具备的那就是可出可不出的著作，甚至可怀疑是剪刀加糨糊的抄袭之作了。

本著作属于哪一类，那得由别人去评说。要是让我说说所偏爱的章节，那我会毫不迟疑地说第二章关于《金瓶梅词话》代词系统的讨论，这章是我写得最为满意的部分；其次是第三章关于《金瓶梅词话》助词系统的讨论；再次是第四章关于《金瓶梅词话》介词系统的讨论；相对最不满意的是第五章关于《金瓶梅词话》连词系统的讨论，当然，其中的第一节还是满意的。

最后，我要感谢那些在本书的写作过程中给过我帮助的人们。我的导师蔡镜浩先生早在10多年前本课题展开之初就给予了我许多积极的建议，使我少走了很多弯路。在课题实施过程中，我遇到了一些干扰和困难。在这个时候，广东揭阳已过耳顺之年的王继如先生侠肝义胆，替我遮挡风雨；我的同仁周晓林教授也无畏无惧，公开予以支持；现代文学学科带头人刘祥安教授也古道热肠，在我最困难的时候给予了温馨的支持；正直犀利的廖大国先生也嘘寒问暖，自始至终给予我热情的关怀。在课题收尾的时候，我的研究生吕欣同学、刘伟同学给予了我很大的帮助，书中不少数据的计算和表格的制作都是由他们来完成的，尤其是吕欣同学，几乎成了消防队员，哪个地方的讨论碰到有问题的数据或用例，她都会及时地前来帮助处理，从而让我腾出时间和精力去延续进行中的讨论而不会动辄被打断思路。

我要感谢无论是我处在顺境中还是逆境中，始终对我不离不弃、关爱有加的家人——我的妻子、儿子和我的父母。我和我的妻子同在一所学校工作，在她眼中，我的教学与科研是天大的事情，是我们家最重要的事情。我曾经给她带来过光荣和喜悦，也给她带来过焦虑和忧愁，尤其是2005年之后，我在工作上受到了一些干扰，期间还大病了一场，除夕夜前夕别的人家在置办年货，我的妻子则在医院的病床前陪伴我静脉点注。在这个时候，我感受到了亲情的温暖。让我深感欣慰的是，我的不理想状态几乎没有影响儿子实现他的求学理想，他如愿以偿地被苏州中学保送到了中国人民大学法语系学习。也许是遗传了我和我妻子凡事力求完美的生物基因，儿子学习自觉、刻苦、勤奋，学习成绩始终在年级名列前茅。前不久他又被中国人民大学法语系保送到了上海外国语大学法语系攻读硕士学位，这是中国人民大学法语系今年唯一一个被保送进入国内著名外国语大学读硕士的学生。儿子为人低调、与人为善，所以在学校人缘极好，有一年我去中国人民大学看望他，走到了他们宿舍的传达室，传达室工作人员一听我儿子的姓名就大呼小叫起来，我还以为发生了什么事情，结果这位看门的大叔直夸起小孩的好来，什么有教养、懂礼貌、谦和阳光等等，好话说了一箩筐。他说，他们都很喜欢我的小孩。这倒有点像我在所在街道小区的情形，所有保安、门卫、清洁工都与我极为友善，都知道我是苏州大学的教授。用我妻子的玩笑话说，以后想要做点坏事不让人知道都不可能了。

当然，最后我也不能不感谢那些为我设置障碍的人们，正是由于他们的所为，让我感受到了亲情的珍贵和友情的温暖，也让我感受到了人情冷暖和世态炎凉；也正是由于他们的所为，让我更加不敢懈怠，兢兢业业地把自己想做的事情做好。

曹　炜
2010年12月26日
于苏州学士街寓所

今夜心情非常好，很是难得。这些年风风雨雨经历了很多。熟人多不解，像我这么一个安分守己的人为何会遭遇他人的构陷。好在一切皆已成往事。“是非成败转头空，青山依旧在，几度夕阳红。”这是我最喜欢的一段词曲，不惟她那抑扬迂回的优美旋律，也包括她那灵秀隽永的歌词。不过，今晚最想哼唱的却是毛泽东的七律《送瘟神》：“天连五岭银锄落，地动三河铁臂摇。借问瘟君欲何往，纸船明烛照天烧。”

图书在版编目（CIP）数据

《金瓶梅词话》虚词计量研究/曹炜著．—广州：暨南大学出版社，2011.8
ISBN 978－7－81135－958－9

Ⅰ.①金…　Ⅱ.①曹…　Ⅲ.①金瓶梅—虚词—研究　Ⅳ.①I207.419 ②H146.2

中国版本图书馆CIP数据核字（2011）第167884号

出版发行：暨南大学出版社

地　　址：中国广州暨南大学
电　　话：总编室（8620）85221601
　　　　　营销部（8620）85225284　85228291　85228292（邮购）
传　　真：（8620）85221583（办公室）　85223774（营销部）
邮　　编：510630
网　　址：http：//www.jnupress.com　http：//press.jnu.edu.cn

责任编辑：杜小陆　侯丽庆
责任校对：周明恩　罗明艳

排　　版：暨南大学出版社照排中心
印　　刷：湛江日报社印刷厂

开　　本：787mm×1092mm　1/16
印　　张：21
字　　数：453千
版　　次：2011年8月第1版
印　　次：2011年8月第1次
印　　数：1—2000册

定　　价：42.00元